Scandale du crime

Du même auteur aux éditions J'ai lu :

Les illusionnistes (n° 3608)
Un secret trop précieux (n° 3932)
Ennemies (n° 4080)
Meurtres au Montana (n° 4374)
La rivale (n° 5438)
Ce soir et à jamais (n° 5532)
Comme une ombre dans la nuit
(n° 6224)
La villa (n° 6449)
Par une nuit sans mémoire
(n° 6640)
La fortune des Sullivan (n° 6664)
Bayou (n° 7394)
Un dangereux secret (n° 7808)
Les diamants du passé (n° 8058)
Les lumières du Nord (n° 8162)
Douce revanche (n° 8638)
Les feux de la vengeance (n° 8822)

Lieutenant Eve Dallas :
Lieutenant Eve Dallas (n° 4428)
Crimes pour l'exemple (n° 4454)
Au bénéfice du crime (n° 4481)
Crimes en cascade (n° 4711)
Cérémonie du crime (n° 4756)
Au cœur du crime (n° 4918)
Les bijoux du crime (n° 5981)
Conspiration du crime (n° 6027)
Candidat au crime (n° 6855)
Témoin du crime (n° 7323)
La loi du crime (n° 7334)
Au nom du crime (n° 7393)
Fascination du crime (n° 7575)
Réunion du crime (n° 7606)
Pureté du crime (n° 7797)
Portrait du crime (n° 7953)
Imitation du crime (n° 8024)
Division du crime (n° 8128)
Visions du crime (n° 8172)
Sauvée du crime (n° 8259)
Aux sources du crime (n° 8441)
Souvenir du crime (n° 8471)
Naissance du crime (n° 8583)
Candeur du crime (n° 8685)
L'art du crime (n° 8871)

Les frères Quinn :
Dans l'océan de tes yeux (n° 5106)
Sables mouvants (n° 5215)
À l'abri des tempêtes (n° 5306)
Les rivages de l'amour (n° 6444)

Magie irlandaise :
Les joyaux du soleil (n° 6144)
Les larmes de la lune (n° 6232)
Le cœur de la mer (n° 6357)

Les trois clés :
La quête de Malory (n° 7535)
La quête de Dana (n° 7617)
La quête de Zoé (n° 7855)

Les trois sœurs :
Maggie la rebelle (n° 4102)
Douce Brianna (n° 4147)
Shannon apprivoisée (n° 4371)

Trois rêves :
Orgueilleuse Margo (n° 4560)
Kate l'indomptable (n° 4584)
La blessure de Laura (n° 4585)

L'île des trois sœurs :
Nell (n° 6533)
Ripley (n° 6654)
Mia (n° 8693)

En grand format

Le secret des fleurs :
Le dahlia bleu (et poche n° 8388)
La rose noire (et poche n° 8389)
Le lys pourpre (et poche n° 8390)

Le cercle blanc :
La croix de Morrigan (et poche n° 8905)
La danse des dieux (et poche n° 8980)
La vallée du silence

Le cycle des sept :
Le serment
Le rituel

NORA ROBERTS

Lieutenant Eve Dallas - 26
Scandale du crime

Traduit de l'américain par Sophie Dalle

Titre original :

STRANGERS IN DEATH
Éditeur original :
G.P. Putnam's Sons, published by the Penguin Group (USA) Inc.

Nombreux sont les outils du péché,
mais tous ont un manche commun,
le mensonge.
OLIVER WENDELL HOLMES

On ne peut se trouver
à deux endroits en même temps.
PROVERBE DU XVIIᵉ SIÈCLE

1

Le meurtre ne connaît ni sectarisme ni parti pris, et ne souscrit à aucun système de classe. Il ignore la race, la croyance, le genre et le statut social. Telles étaient les pensées qui traversaient l'esprit du lieutenant Eve Dallas tandis qu'elle se tenait au milieu de la chambre somptueuse du défunt Thomas A. Anders.

Pas plus tard que la veille elle avait clôturé une affaire d'homicide. Une jeune femme de vingt ans qu'on avait étranglée, battue, puis poussée par la fenêtre d'un logement minable au neuvième étage.

Cet appartement loué à la semaine – où le petit ami de la victime prétendait avoir dormi pendant le drame – empestait le sperme, le Zoner rance et la nourriture chinoise de très mauvaise qualité. La chambre du fastueux appartement de Park Avenue d'Anders sentait les fleurs, l'opulence et le cadavre. La mort l'avait surpris dans les draps luxueux de son vaste lit à baldaquin drapé de soie. Tisha Brown, elle, avait perdu la vie sur un matelas souillé à même le sol d'une piaule de junkie. La chute sur le trottoir n'avait été qu'une fioriture.

Quel que soit son sexe, sa race ou sa situation financière, la mort mettait tout le monde sur un pied d'égalité. Flic à la Criminelle de New York depuis douze ans, Eve Dallas connaissait la chanson par cœur.

Il était à peine 7 heures du matin et elle était seule avec le corps. Les premiers officiers arrivés sur la scène du crime se trouvaient au rez-de-chaussée, avec la gouvernante qui avait alerté les secours. Les mains enduites de Seal-It, elle fit le tour de la pièce tandis que son magnétophone enregistrait ses commentaires.

— La victime a été identifiée. Il s'agit d'Anders, Thomas Aurelius, domicilié à cette adresse. Mâle, type caucasien, soixante et un ans. Marié. Son épouse, actuellement hors de la ville, a été prévenue par Horowitz. Greta, la domestique qui a découvert le corps aux alentours de 6 heures, a prévenu la police à 6 h 12.

Eve inclina la tête. Ses courts cheveux châtains, toujours un peu en bataille, encadraient son visage aux traits anguleux. Son regard ambre, perçant et froid, s'attarda sur l'homme.

— Anders était prétendument seul dans la maison. Les deux droïdes serviteurs étaient débranchés. À première vue, il n'y a aucune trace d'effraction, de cambriolage ni de lutte.

Elle se rapprocha du lit. Mince, élancée, elle portait un pantalon sport, un chemisier en coton et un long manteau de cuir noir. Derrière elle, au-dessus d'une cheminée où dansaient des flammes rouge et or, un écran mural s'alluma.

Bonjour, monsieur Anders !

Eve pivota en plissant les yeux. La voix informatisée l'agaça tout autant que les images aux couleurs dégoulinantes d'un pseudo-soleil levant.

Tandis que l'ordinateur rappelait d'un ton enjoué à Anders ce qu'il avait commandé pour son petit déjeuner, Eve pensa : « Pas d'œufs brouillés pour vous ce matin, Tom. »

De l'autre côté de la pièce, dans l'espace à vivre, un mini autochef à boutons en cuivre bipa deux fois.

Votre café est prêt ! Bonne journée !

— Ça m'étonnerait, murmura Eve.

L'écran afficha le flash information du matin présenté par une femme à peine moins guillerette que l'ordinateur. Eve coupa le son.

La tête de lit était en cuivre, elle aussi. Les poignets d'Anders étaient attachés par des rubans de velours noir à deux des barreaux. De la même manière, ses chevilles étaient ligotées au pied du lit. Un cinquième lien lui soulevait la tête au-dessus des oreillers. Ses yeux étaient grands ouverts, sa bouche béante comme s'il était surpris de se retrouver en pareille position.

Plusieurs sex toys se trouvaient sur la table de chevet. Sonde anale, vibrateur, anneaux de couleurs, lubrifiants... Les suspects habituels, songea Eve. Se penchant, elle inspecta et renifla le torse mince d'Anders. Kiwi, décida-t-elle en se détournant légèrement pour lire les étiquettes des différentes lotions.

Kiwi, sans aucun doute. Chacun ses goûts.

Elle souleva la couette qui couvrait Anders jusqu'à la taille. En dessous, trois anneaux réfléchissants s'empilaient sur une érection impressionnante.

— Pas mal pour un macchabée.

Eve ouvrit le tiroir de la table de chevet. À l'intérieur, comme elle le soupçonnait, elle découvrit un paquet économique d'« Erectus », le best-seller des produits destinés à l'amélioration de la fonction érectile.

— Sacrée publicité.

Elle commença à ouvrir son kit de terrain, puis s'arrêta en reconnaissant le claquement des boots de sa partenaire. Le calendrier avait beau clamer l'approche du printemps, à New York, c'était un gros mensonge. Comme pour le prouver, l'inspecteur Delia Peabody surgit sur le seuil, engoncée dans une énorme parka matelassée mauve, une écharpe à rayures multicolores enroulée autour du cou. Entre celle-ci et le bonnet enfoncé jusqu'aux sourcils, seuls ses yeux étaient visibles.

— On pèle de froid ! gémit-elle.

— Je sais.

— Si on prend en compte le facteur vent, il fait moins dix !

— En effet.

— On est au mois de mars, le printemps est dans trois jours. C'est injuste !

— Plaignez-vous auprès d'eux.

— De qui ?

— De ces imbéciles de la météo qui se sentent obligés de nous annoncer les températures. C'est minant sur le plan psychologique. Enlevez ces fringues. Vous êtes ridicule.

— Même mes dents sont gelées.

Cependant, Peabody s'appliqua à retirer les multiples couches bardant son corps robuste. Écharpe, doudoune, gants, polaire… Eve se demanda comment elle parvenait à marcher avec tout ça sur le dos. Une fois débarrassée de son bonnet, ses cheveux foncés légèrement recourbés sur la nuque se placèrent autour de son visage carré. Elle avait le bout du nez rouge.

— D'après le collègue à l'entrée, c'est une partie de jambes en l'air qui aurait mal tourné.

— Possible. L'épouse est en voyage.

— Vilain garçon.

En tenue de ville, les mains enduites de Seal-It, Peabody transporta son kit de terrain jusqu'au lit. Elle jeta un coup d'œil sur la table de chevet.

— *Très* vilain garçon.

— Vérifions son identité et l'heure précise du décès.

Eve examina l'une des mains de la victime.

— On dirait qu'il s'est offert une manucure récemment. Les ongles sont courts, propres, polis… Pas d'égratignures, pas d'hématomes, aucun traumatisme apparent hormis autour de la gorge. Et…

De nouveau, elle souleva la couette. Peabody arrondit les yeux.

— Waouh !

— Mouais. Chargé à bloc. Un endroit comme celui-ci est sûrement équipé d'un système de sécurité haut de gamme. À contrôler. Il y a deux droïdes domestiques – il faudra analyser les disques de sauvegarde. Et vérifier tous les appareils électroniques, ordinateurs internes, communicateurs de poche, agendas, répertoires. Tom avait de la compagnie. Il ne s'est pas ficelé comme ça tout seul.

— Cherchez la femme…

— Ou l'homme. Terminez avec le corps, ordonna Eve. Je m'occupe de la pièce.

Le décor était superbe à condition d'avoir un faible pour les dorures, les trucs qui brillent et les enjolivures. Outre le lit gigantesque dans lequel Anders avait apparemment trépassé, un canapé, deux fauteuils surdimensionnés et un siège de relaxation permettaient de se détendre. Près de l'autochef trônaient un réfrigérateur en cuivre, un bar, une unité de divertissement. Les salles de bains – celle de monsieur et celle de madame –, toutes deux immenses, comprenaient baignoires à remous, douche, cabine de séchage, unité centrale de divertissement et de communication. Il y avait aussi deux dressings à triple niveau.

Eve se demanda à quoi pouvait bien servir le reste de la maison.

Cela dit, elle pouvait parler. Elle vivait avec Connors dans un véritable palais. Dieu merci, son mari avait meilleur goût que les Anders. Elle ne l'aurait probablement pas aimé – encore moins épousé – s'il s'était entouré ainsi d'or et de paillettes.

Curieusement, malgré l'abondance de meubles et d'objets, tout semblait… à sa place. Elle trouva un coffre-fort dans chacune des armoires, si bien dissimulé qu'un enfant de dix ans aux yeux pleins de poussière aurait pu le repérer. Elle en parlerait à la veuve mais, à son avis, rien n'avait été volé.

Elle retourna dans la chambre et scruta attentivement les alentours.

— Les empreintes correspondent bien à celles d'Anders, Thomas A, domicilié à cette adresse, annonça Peabody. Heure du décès estimée à 3 h 32. C'est soit très tard, soit très tôt pour une partie d'attache-moi-ligote-moi.

— Si l'assassin et la victime sont montés ici ensemble, où sont ses vêtements ?

Peabody se tourna vers son lieutenant, fit la moue.

— Sachant que vous êtes la femme de l'homme le plus séduisant de l'univers, je ne devrais pas avoir à vous expliquer que l'intérêt d'une partie d'attache-moi-ligote-moi, c'est d'y jouer tout nu.

— Encore faut-il se déshabiller. Je l'imagine mal le faire, puis accrocher sa chemise et son pantalon dans son armoire ou jeter son caleçon dans le panier à linge sale. Quand on a tout ça au menu, ajouta Eve en indiquant les sex toys, on ne pense pas à ranger. Les vêtements, on se les arrache, on les balance par terre. Non ?

Peabody haussa les épaules. Elle inclina la tête pour examiner une nouvelle fois la scène, repoussant d'un geste distrait une mèche de cheveux tombée sur sa joue.

— Il m'arrive de suspendre mes fringues. Mais pas quand je suis sur le point de sauter sur McNab, ou inversement, admit-elle. Tout me semble bien ordonné ici, ainsi que dans le reste de la maison d'après ce que j'ai vu en montant. La victime est peut-être un maniaque de la propreté ?

— Possible. Le meurtrier a pu entrer alors qu'il était déjà couché. 3 heures du matin, surprise, surprise ! Puis les choses ont dérapé – accidentellement ou non. La victime ou un autre membre de la maison devait connaître le tueur. Je ne vois aucun signe d'effraction. Le système de sécurité est hautement sophistiqué. Ça fait peut-être partie du jeu ? Il vient une fois qu'Anders s'est endormi. Il le surprend. Le réveille. L'attache, l'excite.

— Et ça dégénère.

Eve secoua la tête.

— Il ou elle a arrêté le jeu au moment voulu. La thèse de l'asphyxie érotique ne colle pas.

— Mais…

Peabody examina le corps, la scène, se reprocha de ne pas voir ce qu'Eve avait vu.

— Pourquoi ? risqua-t-elle.

— Si c'est un jeu qui a mal tourné, pourquoi l'assassin a-t-il laissé le ruban autour du cou d'Anders ? Un accident, d'accord, mais dans ce cas, on cherche à desserrer le nœud, à ranimer la victime quand elle commence à convulser, non ?

— Et si dans les affres de… Bon, je sais que c'est un peu tiré par les cheveux, mais si tout s'est passé très vite, qu'il ou elle a paniqué…

— Dans un cas comme dans l'autre, nous avons un cadavre sur les bras, donc une enquête à mener. Nous verrons ce que le légiste en pense. Allons interroger la gouvernante et donner le feu vert aux techniciens pour qu'ils passent les lieux au peigne fin.

Greta Horowitz était une femme solide et pleine de bon sens. Dans la vaste cuisine noire et chrome, elle leur proposa un café, qu'elle leur servit sans trembler, les yeux secs. Avec son fort accent germanique, son regard bleu direct et sa silhouette de Walkyrie, Eve devinait en Greta une femme capable de surmonter tous les obstacles.

— Depuis combien de temps êtes-vous ici, madame Horowitz ?

— Je travaille et vis dans ce pays depuis neuf ans.

— Vous venez de…

— Berlin.

— Par quel biais les Anders vous ont-ils embauchée ?

— Ils sont passés par un organisme officiel. Vous voulez savoir comment j'ai atterri ici et pourquoi. C'est simple. Nous parlerons ensuite de ce qui est important. Mon mari était dans l'armée. Il est mort il y a douze ans. Nous n'avions pas d'enfants. Je sais tenir une maison. Je me suis inscrite dans une agence de placement en Allemagne. Je voulais m'installer ici. Une femme de militaire voit beaucoup de pays, mais je ne connaissais pas New York. J'ai postulé pour cet emploi et, après plusieurs entretiens par holo-communication, j'ai été engagée.

— Parfait. Avant d'en venir à l'essentiel, savez-vous pourquoi les Anders tenaient particulièrement à recruter une domestique allemande ?

— Je suis gouvernante.

— Une gouvernante.

— La grand-mère de M. Anders était originaire de là-bas et, enfant, il avait eu une nounou allemande.

— Bien. À quelle heure êtes-vous arrivée ce matin ?

— 6 heures précises. Je viens tous les jours à 6 heures précises sauf le dimanche, ma journée de congé. Je pars à 16 heures précises sauf le mardi et le jeudi, où je m'en vais à 13 heures. Mon emploi du temps peut être modifié à la demande dans la mesure où l'on me prévient suffisamment à l'avance.

— Quand vous êtes arrivée à 6 heures précises ce matin, qu'avez-vous fait ? Précisément.

Greta esquissa ce qui ressemblait à un sourire.

— Précisément, j'ai enlevé mon manteau, mon bonnet, mon écharpe, mes gants. Je les ai rangés dans l'armoire. Puis j'ai branché les caméras de sécurité internes. M. Anders les déconnecte chaque soir avant de se coucher. Il déteste se sentir observé même s'il n'y a personne dans la maison. Ma première tâche est donc de remettre le système en marche. Ensuite, je suis venue ici. J'ai mis les informations et, comme d'habitude, vérifié le dispositif de communication.

Mes employeurs commandent le plus souvent leur petit déjeuner la veille. Ils préfèrent que je le leur prépare moi-même. M. Anders désirait un quartier de melon, des œufs brouillés et deux tranches de pain complet grillées avec du beurre et de la marmelade. Du café – il boit le sien avec un soupçon de lait et du sucre – et un verre de jus de tomate.

— Savez-vous à quelle heure il a fait sa commande?

— Oui. 22 h 17.

— Vous vous y êtes donc mise aussitôt?

— Non. M. Anders souhaitait déjeuner à 8 h 15. Avant cela, je devais rebrancher les deux droïdes et programmer leurs tâches de la journée. Ils sont dans cette pièce, là-bas… J'y suis allée mais, en passant, j'ai remarqué sur les écrans de sécurité que la porte de la chambre de M. Anders était ouverte. M. Anders ne laisse *jamais* sa porte ouverte. Qu'il soit là ou non, la porte reste fermée. Si je dois m'y rendre, je dois la laisser ouverte le temps de mon passage et la refermer en sortant. De même pour les droïdes.

— Pourquoi?

— Ce n'est pas à moi de poser la question.

— Vous avez remarqué que la porte était ouverte, mais vous n'avez pas vu l'homme mort sur le lit?

— Les caméras de la chambre ne filment que le coin salon. Une exigence de M. Anders.

— Il souffre de phobies?

— Disons que c'est un homme très discret.

— Donc, sa porte était ouverte.

— Neuf ans, marmonna Greta. Depuis neuf ans que je travaille ici, pas une seule fois je n'ai trouvé cette porte ouverte à mon arrivée le matin, à moins que mes employeurs ne soient partis en voyage. J'étais inquiète. J'ai laissé tomber les droïdes et je suis montée directement. J'ai tout de suite vu le feu dans la cheminée. M. Anders interdit que l'on fasse du feu quand il dort ou en son absence. Je suis entrée. Je me suis approchée du lit, je me suis rendu compte que je ne pouvais rien pour lui. Je suis redescendue et j'ai prévenu les secours.

— Pourquoi ne pas avoir utilisé le communicateur de la chambre ?

Greta parut perplexe.

— J'ai lu des romans, vu des films ; j'ai pensé qu'il valait mieux ne rien toucher dans la pièce. Je me suis trompée ?

— Non, vous avez parfaitement réagi.

— Tant mieux.

Greta se félicita en opinant brièvement.

— Ensuite, j'ai contacté Mme Anders et attendu la police. Les officiers se sont présentés au bout de cinq, six minutes. Je les ai emmenés à l'étage. L'un d'entre eux m'a ramenée ici, dans la cuisine, et a patienté avec moi jusqu'à votre venue.

— Puis-je savoir qui détient les codes de sécurité de la maison ?

— M. et Mme Anders, et moi-même. Ils sont changés tous les dix jours.

— Personne d'autre ? Un ami proche, un autre employé, un parent ?

Greta secoua vigoureusement la tête.

— Personne.

— Mme Anderson est en voyage.

— En effet. Elle est partie vendredi passer une semaine à Sainte-Lucie avec des amies. Elles s'offrent une escapade ensemble tous les ans, pas forcément au même endroit.

— Vous m'avez dit que vous l'aviez prévenue.

— Oui.

Greta changea de position.

— Avec le recul, je m'aperçois que j'aurais dû attendre, que la police s'en serait chargée. Mais… ce sont mes employeurs.

— Comment avez-vous réussi à la joindre ?

— Je suis passée par la réception de l'hôtel. Lorsqu'elle est en vacances, elle éteint son communicateur de poche.

— Comment a-t-elle réagi ?

— Je lui ai dit qu'il y avait eu un accident, que M. Anders était mort. Sur le coup, j'ai eu l'impression qu'elle ne me croyait pas, ou qu'elle n'avait pas compris. J'ai dû répéter. Vu les circonstances, je n'ai pas osé lui répondre quand elle a voulu savoir ce qui s'était passé. Elle a dit qu'elle rentrait immédiatement.

— Très bien, Greta. Vos relations avec les Anders sont-elles bonnes ?

— Ce sont des patrons modèles. Justes, très corrects.

— Ils s'entendent bien ? Je ne vous demande pas des ragots, ajouta Eve en voyant l'expression de Greta. Il est «juste» et «correct» que vous me disiez tout ce qui pourrait m'aider à découvrir ce qui a pu se passer.

— Ils me semblaient heureux ensemble, bien assortis. J'avais l'impression qu'ils s'appréciaient mutuellement.

Ce n'était pas celle que donnait la scène du crime, songea Eve.

— L'un ou l'autre, voire les deux, avaient-ils des relations extraconjugales ?

— Des relations sexuelles, vous voulez dire. Je n'en sais rien. Je tiens la maison. Je n'ai jamais rien remarqué qui puisse le laisser croire.

— Connaissez-vous quelqu'un qui aurait pu vouloir la mort de M. Anders ?

— Non. J'ai pensé… enfin, j'ai supposé qu'on était entré par effraction pour commettre un cambriolage, et que M. Anders avait été tué par accident.

— Avez-vous remarqué si des choses avaient été déplacées ou avaient disparu ?

— Non. Non. Mais je n'ai pas vérifié.

— Vous allez le faire maintenant. L'un de mes collègues va vous accompagner.

Elle jeta un coup d'œil à Peabody, qui venait d'apparaître sur le seuil de la cuisine.

— Peabody, appelez un des uniformes. Mme Horowitz va s'assurer que rien n'a été volé dans la maison.

19

Cela fait, vous pourrez rentrer chez vous, ajouta Eve à l'adresse de la gouvernante. Si vous voulez bien me dire où je peux vous joindre.

— Je préfère rester jusqu'à l'arrivée de Mme Anders, si vous me le permettez. Elle peut avoir besoin de moi.

— Entendu.

Eve se leva, marquant la fin de l'entretien.

— Merci de votre coopération.

Tandis que Greta sortait, elle gagna la pièce attenante où se trouvaient les deux droïdes débranchés. Un mâle, une femelle, tous deux en uniforme et d'apparence digne. Les écrans de sécurité que Greta avait évoqués couvraient tout un mur et, comme elle l'avait signalé, les caméras de la chambre des maîtres ne filmaient que le coin salon.

— Dallas ?

— Mouais ?

— La sécurité interne a été déconnectée à 2 h 28 et réenclenchée à 3 h 26.

Eve se tourna vers Peabody en fronçant les sourcils.

— Réenclenchée avant l'heure du décès ?

— Oui. Tous les disques de sécurité sur une période de vingt-quatre heures précédant la reconnexion ont disparu.

— Quelle surprise ! Il va falloir rameuter la DDE pour qu'ils creusent la question. Ainsi, le visiteur de nuit d'Anders l'a laissé agonisant, mais vivant. Ça ne ressemble pas à une partie fine qui a mal tourné.

— Non, convint Peabody. Ça ressemble à un meurtre.

Le communicateur d'Eve bipa.

— Dallas.

— Lieutenant, Mme Anders est là. Voulez-vous que je vous l'amène ?

— Dans la cuisine.

Eve raccrocha.

— Voyons ce que la veuve a à dire.

Pivotant vers les écrans, elle regarda Mme Anders franchir le seuil de l'entrée, son manteau de fourrure ouvert sur un tailleur bleu. Mince, des cheveux d'un blond délicat tirés en arrière révélant un visage anguleux. De grosses perles se balançaient à ses oreilles et des lunettes noires masquaient ses yeux. Elle traversa le vestibule d'une démarche élégante, les talons aiguilles de ses bottes cliquetant sur le carrelage.

Eve retourna s'asseoir dans la cuisine quelques secondes avant l'entrée d'Ava.

— C'est vous la responsable ? glapit cette dernière en pointant le doigt sur elle. C'est vous la responsable ? J'aimerais savoir ce qui se passe. Qui diable êtes-vous ?

— Lieutenant Dallas. Département de police de New York. Criminelle.

— Criminelle ? Comment cela, « Criminelle » ?

Elle ôta ses lunettes, les jeta sur le plan de travail. Ses yeux étaient d'un bleu aussi profond que son tailleur.

— Greta m'a dit qu'il y avait eu un accident. Thomas a eu un accident. Où est mon mari ? Où est Greta ?

Eve se leva.

— Madame Anders, j'ai le regret de vous annoncer que votre époux a été assassiné ce matin.

Ava demeura clouée sur place. Les sourcils froncés, elle respirait par à-coups.

— Assassiné. Mais Greta m'a dit… j'ai cru comprendre…

Elle agrippa le comptoir, s'approcha d'un siège à pas lents.

— Comment ? A-t-il… fait une chute ? Est-il tombé malade ou…

— On l'a étranglé dans son lit.

Ava plaqua la main sur sa bouche. Ses magnifiques yeux bleus s'emplirent de larmes. Elle secoua la tête.

— Je suis désolée, mais j'ai quelques questions à vous poser.

— Où est Thomas ?

— Nous nous occupons de lui, madame Anders, répondit Peabody en lui tendant un verre d'eau.

Elle s'en empara d'une main tremblante, et but un peu.

— Quelqu'un s'est introduit dans la maison ? C'est impossible. Nous sommes en sécurité ici. Quinze ans. Nous vivons ici depuis quinze ans. Jamais nous n'avons été cambriolés.

— Il n'y a aucune trace d'effraction.

— Je ne comprends pas.

— Soit la personne qui a tué votre mari connaissait les codes de sécurité, soit on lui a ouvert.

— Ce n'est pas possible. Personne d'autre n'a les codes hormis Thomas, Greta et moi-même. Vous ne suggérez tout de même pas que Greta…

— Non, interrompit Eve, bien qu'elle eût la ferme intention de vérifier les antécédents de la gouvernante. Pour l'heure, rien ne permet de penser que le vol soit le mobile.

Ava posa les doigts sur le rang de perles qui scintillaient à son cou.

— Vous dites que Thomas a laissé entrer un inconnu et que celui-ci l'a assassiné. Ça n'a aucun sens.

— Madame Anders, votre mari entretenait-il des relations extraconjugales ?

Ava détourna la tête, puis le corps.

— Je ne veux pas parler de cela maintenant. Mon mari est mort.

— Si vous connaissez quelqu'un qui a pu pénétrer dans la maison, jusqu'à la chambre – pendant que vous étiez en voyage –, cela pourrait nous aider à découvrir qui a tué votre mari, et pourquoi.

— Je n'en sais rien. Je vous assure. C'est *impensable*, ajouta Ava d'un ton cinglant. Je veux que vous me laissiez tranquille. Je veux que vous sortiez de ma maison.

— Il n'en est pas question. Tant que nous n'aurons pas résolu cette affaire, votre domicile sera sous le coup d'une enquête pour homicide. La chambre de votre mari est une scène de crime. Je vous conseille de vous installer ailleurs pour les jours à venir et de rester à notre disposition. Si vous le souhaitez, nous reprendrons cet entretien plus tard.

— Je veux voir mon mari. Je veux voir Thomas.

— Nous allons arranger cela dès que possible. Voulez-vous que nous prévenions quelqu'un ?

— Non. Je ne veux voir personne.

Eve prit le volant tandis que Peabody s'installait du côté passager.

— Dur, commenta celle-ci. Une minute, on sirote un cocktail exotique sous les tropiques, la minute d'après, on apprend la mort de son mari.

— Elle sait qu'il la trompait.

— J'imagine que c'est presque toujours le cas. Le conjoint se doute de quelque chose, mais feint de ne rien voir ou refuse d'y croire.

— Si McNab vous avait trompée, le pleureriez-vous à chaudes larmes ?

Peabody fit la lippe.

— Pour être franche, comme c'est probablement moi qui l'aurais trucidé, c'est sur mon propre sort que je m'apitoierais parce que vous seriez obligée de m'arrêter. Ce qui me ferait une peine folle. En tout cas, ça ne devrait pas être difficile de s'assurer qu'Ava était bien à l'étranger à l'heure du décès de son chéri.

— Occupez-vous-en. Et vérifiez ses comptes. Ils roulent sur l'or. Elle a peut-être engagé quelqu'un pour se débarrasser de lui. Payé sa camarade de jeux pour qu'elle s'en charge.

— C'est horrible !

— Il faudra interroger les amis, les associés, les partenaires au golf...

— Les partenaires au golf ?

— Il devait jouer ce matin avec un certain Edmond Luce. Avec un peu de chance, nous découvrirons avec qui il se divertissait quand sa femme s'offrait un voyage entre filles.

— Ça ne vous plairait pas ? Un voyage entre filles ?

— Non.

— Allons, Dallas ! s'exclama Peabody, que cette perspective réjouissait. Ce serait génial ! Paresser, boire du bon vin, s'offrir des nettoyages de peau et des massages, lézarder sur la plage, papoter des nuits entières.

— Plutôt me faire traîner nue sur un lit de verre pilé.

— On devrait essayer un de ces jours, s'entêta Peabody. Vous, moi, Mavis, pourquoi pas Nadine et Louise ? Et Trina, bien sûr. Elle nous coifferait et...

— Si Trina devait participer à ce cauchemar mythique, c'est *elle* que je traînerais sur un lit de verre pilé. Point à la ligne.

— Ce serait amusant, marmonna Peabody.

— Certainement. Je m'en voudrais sans doute encore vingt ans après de l'avoir si mal traitée mais, sur le moment, ça m'amuserait beaucoup.

Vaincue, Peabody soupira, sortit son ordinateur de poche et plongea dans les bases de données.

2

Intéressant, mais guère surprenant, le siège d'Anders Worldwide se trouvait dans la superbe tour noire de la Cinquième Avenue abritant le siège new-yorkais des Entreprises Connors, dont ce dernier était propriétaire.

— Vous voulez qu'on fasse un saut chez...

— Non.

Derrière Eve, Peabody leva les yeux au ciel tandis qu'elles pénétraient dans le hall immense avec ses rivières de fleurs, ses cartes animées et ses boutiques.

— Je me disais juste que, tant qu'à être là...

— Pourquoi sommes-nous là, Peabody? Et si vous recommencez à lever les yeux au ciel dans mon dos, je vous les extirpe de l'orbite avec un bâton.

— Vous n'avez pas de bâton.

— J'aperçois un arbre tout près. Je m'en procurerai un.

Peabody poussa un profond soupir.

— Nous sommes là parce que nous enquêtons sur un meurtre.

— Pensons-nous que Connors soit l'assassin d'Anders?

— Non.

Eve s'arrêta à la sécurité, commença à sortir son insigne. Le gardien de service la gratifia d'un sourire édenté.

— Lieutenant Dallas. Vous pouvez monter.

— Je vais chez Anders.

Il tapota sur son clavier.

— Vingt et unième et vingt-deuxième étages. La réception est au vingt et unième. Il faut emprunter la première série d'ascenseurs. Voulez-vous que je les prévienne ?

— Non, merci.

Eve appela la cabine, y pénétra, demanda le vingt et unième étage.

— Vous croyez que Connors connaissait Anders ?

— Sans doute.

— Ce pourrait être utile.

— Possible. D'après son fichier, Anders pèse un demi-milliard de dollars.

Crochetant les pouces à ses poches, elle pianota sur ses cuisses.

— Les mobiles de meurtre sont nombreux. Si on y ajoute le sexe, on a à peu près tout : l'avidité, la jalousie, l'appât du gain, la vengeance.

— Ce type l'a bien cherché.

Eve sourit.

— C'est ce que nous allons tenter de découvrir.

Reprenant son sérieux, elle émergea sur le palier.

Trois réceptionnistes coiffés de casques s'affairaient derrière un long comptoir rouge. Celle du milieu, une brune au teint mat, leur adressa un large sourire.

— Bonjour ! En quoi puis-je vous aider ?

— J'ai besoin de voir le responsable.

— De quel service… Oh !

Elle s'interrompit, cilla comme Eve posait son insigne devant elle.

— Tous. Qui est le second de Thomas A. Anders ?

— Je ne travaille ici que depuis une semaine. Je ne sais pas ce que je suis censée faire. Frankie !

— Qu'est-ce qu'il y a, Syl ? s'enquit l'homme à sa gauche. Que puis-je pour vous, euh…

— Lieutenant. Je souhaite parler avec le bras droit de Thomas Anders, ou quiconque occupe l'échelon le plus élevé de la hiérarchie actuellement.

26

— M. Forrest. Ben Forrest. Il est en réunion, mais…

— Il ne l'est plus.

— Entendu. Si vous voulez bien m'accorder un instant pour avertir son assistant. Il descendra vous chercher.

— Je peux monter seule. Dites à l'assistant de sortir Forrest de sa réunion.

Eve remonta dans l'ascenseur, se délia les épaules.

— Je me suis bien amusée.

— Vous avez été odieuse.

— Exactement.

Au vingt-deuxième étage, une femme maigre en talons hauts se précipita vers elles.

— Ah ! Si vous voulez bien me suivre.

— Vous êtes ?

— L'assistante de l'assistant. Je vous accompagne jusqu'au bureau de M. Walsh.

— L'assistant.

— C'est cela. M. Walsh est allé prévenir M. Forrest de votre arrivée. Apparemment, la réception n'a pas saisi l'objet de votre visite.

— En effet.

L'assistante de l'assistant ouvrit la bouche, se ravisa, la referma. Elles se faufilèrent à travers un labyrinthe de boxes, puis effectuèrent un virage à quarante-cinq degrés pour franchir le seuil de l'espace réservé à – son nom était gravé sur une petite plaque en onyx – Leopold Walsh.

Son poste de travail consistait en un long comptoir laqué noir sur lequel s'alignaient les appareils de rigueur, ordinateur, communicateur. Sur un deuxième meuble longeant le mur trônaient un fax laser et un autre ordinateur. Un autochef et un réfrigérateur occupaient une troisième desserte. Un trio de cubes d'une blancheur immaculée servait de sièges pour les visiteurs.

Seule, une plante aux fleurs rouges apportait une note de couleur à l'ensemble.

Fournitures et dossiers devaient être dissimulés dans des placards encastrés dans les murs.

Eve décida qu'elle préférait son bureau minable et encombré du Central.

— Si vous voulez bien vous asseoir, M. Walsh ne va pas tarder…

L'assistante de l'assistant jeta un coup d'œil vers la porte et son visage s'éclaira.

— Monsieur Walsh !

— Merci, Delly.

Il s'avança. C'était un homme imposant à la peau chocolat, vêtu d'un costume à fines rayures. Sous ses cheveux, qui formaient une sorte de casque, son visage était saisissant. Ses yeux bruns, profondément enfoncés dans leurs orbites, passèrent sur Peabody pour se fixer sur Eve.

— Leopold Walsh. Lieutenant…

— Dallas.

Pour la forme, Eve lui présenta son insigne.

— Et l'inspecteur Peabody. Nous souhaitons voir Ben Forrest.

— C'est ce que l'on m'a dit. Comme vous le savez, M. Forrest est en réunion.

— Peu m'importe.

— Ce serait plus facile si vous m'expliquiez de quoi il s'agit.

Il cherchait à gagner du temps, et Eve ne pouvait guère lui en vouloir. Elle aurait agi de même à sa place.

— Ce serait plus facile si j'expliquais à M. Forrest de quoi il s'agit.

— M. Forrest…

Il se tut, leva la main tandis que son oreillette se mettait à clignoter.

— Oui, monsieur… Bien sûr. Monsieur Forrest est disponible. Par ici, je vous prie.

Le bureau de Ben Forrest n'était qu'à quelques pas, mais Eve eut la sensation d'atterrir sur une autre planète. Ici, le poste de travail comportait le matériel nécessaire et inévitable, mais aussi tout un assortiment de ce qu'Eve considérait comme des joujoux de mec : une balle de base-ball signée sur un piédestal, un jeu de golf miniature, quelques trophées, un ballon de foot en éponge. Photos et affiches d'athlètes et de produits de sport se bousculaient sur le mur.

Les fauteuils en cuir étaient profonds, un peu usés, confortables.

Forrest mesurait quelques centimètres de moins que son assistant. Il portait une chemise à col ouvert, un pantalon kaki et des baskets à la mode. Avec ses cheveux blonds en désordre, son sourire affable et ses yeux noisette pétillants, il était l'incarnation du monsieur tout-le-monde aimable et sympathique.

— On vous a fait attendre. Désolé. J'avais un dossier à régler. Ben Forrest.

Tout en parlant, il traversa la pièce, la main tendue. Eve la lui serra, puis l'examina tandis qu'il se tournait vers Peabody.

— Lieutenant Dallas, Inspecteur Peabody.

— Asseyez-vous. Que pouvons-nous vous offrir ? Un café ? De l'eau minérale ? Une boisson énergétique ?

— Rien, merci. Nous sommes ici pour vous parler de Thomas Anders.

Il sourit.

— Ne me dites pas que l'oncle Thomas a encore fait des siennes.

— Oncle Thomas ?

— C'est le frère de ma mère. Prenez place, je vous en prie.

Il indiqua les fauteuils et s'assit.

— Un peu plus, en fait, puisque c'est lui qui m'a élevé après le décès de ma maman.

— Comment est-elle morte ?

— Dévorée par un requin.

Intriguée, Eve le dévisagea.

— Vraiment ?

De nouveau, il sourit.

— Oui, vraiment. J'avais six ans environ, et je me souviens à peine d'elle. Elle faisait de la plongée au large de Madagascar. Enfin, peu importe. Alors, au sujet de mon oncle ?

La situation devenait délicate.

— J'ai le regret de vous annoncer que M. Anders a été tué ce matin.

L'amusement céda à la stupéfaction et à l'incrédulité. Il blêmit.

— Quoi ? Tué ? Comment ? Vous en êtes certaine ? Attendez.

Il se leva, extirpa un communicateur de sa poche.

— Monsieur Forrest, nous venons de quitter le domicile de votre oncle et de sa veuve.

— Mais... nous devions assister au match des Kicks ce soir. Nous... nous jouions au golf tous les dimanches. Il...

— Ben.

Leopold s'approcha de lui, lui prit l'appareil des mains et, doucement, l'obligea à se rasseoir.

— Je suis profondément navré. Je vais annuler le reste de vos rendez-vous pour la journée.

Il s'approcha d'un placard, en sortit une bouteille d'eau fraîche dont il dévissa le bouchon avant de la tendre à Ben.

— Buvez un peu.

Telle une marionnette, Ben s'exécuta. Eve ne protesta pas lorsque, tel un ange gardien, Leopold se planta derrière son siège.

— Que s'est-il passé ?

— On l'a étranglé.

— C'est impossible, murmura Ben en secouant lentement la tête. Impossible.

— Connaissez-vous quelqu'un qui lui voudrait du mal ?

— Non. Non.

— Où étiez-vous ce matin entre 1 et 4 heures ?

— Seigneur ! Chez moi. Dans mon lit.

— Seul ?

— Non. J'ai... une amie.

Il frotta la bouteille glacée sur sa figure.

— Gatch Brooks. Elle a passé la nuit avec moi. Nous nous sommes levés vers 6 heures pour faire notre séance de sport ensemble. Elle est partie... nous sommes partis tous les deux à 8 heures. Vous pouvez vérifier. Allez-y. Jamais je ne ferais du mal à l'oncle Thomas. Il a été un véritable père pour moi.

— Vous étiez proches. Comment décririez-vous la relation de M. Anders avec sa femme ?

— Formidable. Excellente. Ava est... vous avez dit que vous lui aviez parlé. Que vous lui aviez dit... Mon Dieu ! Leopold, trouvez-moi les coordonnées de son hôtel. Il faut que je...

— Elle est chez elle, monsieur Forrest, coupa Peabody.

— Elle... Ah, elle est rentrée. Elle est rentrée quand vous l'avez prévenue...

Ben appuya les doigts sur ses yeux.

— J'ai du mal à réfléchir. Il faut que j'aille la voir. Que je... Où est-il ? Toujours à la maison ou...

— On l'a transporté à la morgue.

Ben Forrest ne chercha pas à retenir ses larmes.

— Vous... votre famille pourra organiser les obsèques dès que nous aurons terminé nos examens, reprit Eve.

— Bien.

— Avec qui votre oncle avait-il des relations sexuelles ?

— Hein ?

Les yeux déjà rougis de Ben se posèrent sur Eve.

— Ava, bien sûr ! Ils étaient mariés.

— Des relations sexuelles extraconjugales, j'entends.

— Personne ! riposta-t-il, la colère lui redonnant quelques couleurs. Comment osez-vous insinuer une chose pareille ? Il ne trompait pas sa femme. Ce n'était pas un tricheur. Vous ne savez pas quel genre d'homme c'était. Il croyait en l'honnêteté, la loyauté, l'esprit d'équipe ; il jouait pour gagner, mais il respectait les règles.

— Qui pourrait bénéficier de sa disparition ?

— Personne. Sa mort nous ampute tous. Financièrement, vous voulez dire ? Ava et moi, je suppose.

Il exhala bruyamment.

— Je ne suis pas au courant de ses intentions sur ce plan. J'imagine qu'il a prévu des legs pour certaines organisations caritatives, un petit quelque chose pour Greta – la gouvernante. Mais vous faites allusion à Ava et à moi. Il faut que je me rende là-bas.

Comme il se levait, le communicateur que détenait Leopold bipa. Après avoir jeté un coup d'œil sur l'écran d'affichage, l'assistant le lui remit.

— C'est Mme Anders.

Ben s'en empara et leur tourna le dos.

— Mode privé, ordonna-t-il. Ava. Mon Dieu, Ava, je viens d'apprendre… Je sais. Je sais. Oui, la police est ici. C'est exact. J'arrive. Je…

Sa voix se brisa. Il se ressaisit aussitôt.

— Je n'en reviens pas. Je n'y crois pas. Je serai là dès que possible.

Après avoir coupé la communication, il pivota vers Eve. Il était visiblement anéanti.

— Elle a besoin de moi. Il faut que j'y aille tout de suite.

— Nous voudrions voir le bureau de M. Anders. Nous aurons besoin d'accéder à tous ses outils électroniques.

Eve attendit qu'elles redescendent pour exprimer le fond de sa pensée.

— C'est curieux, non ? Le bureau d'Anders, comme celui de son neveu, respire la décontraction – tous ces trophées, ces accessoires de sport. Rien d'affecté ou de provocateur. Tout l'opposé du lieu où il vit.

— Les accessoires de sport, il les vend. Et la plupart des demeures reflètent davantage le goût de la femme que celui de l'homme. Ou le goût de l'un prend le pas sur celui de l'autre.

Eve pensa à Connors et à elle. Elle devait admettre que la décoration, ce n'était pas son truc. Pourtant, son bureau – plutôt misérable comparé au reste – correspondait à ce qu'on pouvait appeler son style.

— Je n'ai pas repéré une pièce à son image chez lui, commenta-t-elle avant de hausser les épaules. Qu'avez-vous pensé de Forrest, Peabody ?

— Soit il remporte le grand prix de l'acteur du siècle, soit il était vraiment sous le choc et brisé par le chagrin. Je n'ai pas senti la moindre fausse note. Je le crois franchement bouleversé.

— Son émotion m'a paru authentique. Nous vérifierons son alibi. Si Anders l'a élevé depuis qu'il a six ans, cela fait plus ou moins vingt-cinq ans. C'est étrange, Ava nous a affirmé qu'ils n'avaient pas d'enfant.

— Ce n'est pas faux.

— Elle n'a même pas évoqué Ben. Elle a attendu plusieurs heures avant de l'appeler. Ce pourrait être un faux pas, spécula Eve. Ou le choc. Forrest donne l'impression d'être un type bien – dans le genre aisé. Désormais, il est carrément riche.

— Je vais lancer une recherche sur lui. Vous n'avez pas mentionné à quel point il était mignon, observa Peabody tandis qu'elles prenaient l'ascenseur pour rejoindre le parking. Quant à l'assistant…

Peabody émit une sorte de sifflement.

— Il est *torride* !

— Bien sûr, à condition d'être un homme.

— Hein ?

— Il est gay, Peabody.

— Ah bon ?

— Il pourrait être bi, admit Eve en haussant les épaules. Quoi qu'il en soit, il a le béguin pour son patron.

— Sans blague ! Ça m'a complètement échappé.

— Parce que vous étiez trop occupée à vous laisser griller. J'ai moi-même été noyée sous les vibrations amour déçu/désir brûlant. Leopold le Torride a réussi à se contenir jusqu'à ce que Forrest craque. Ce doit être pénible.

— Ce n'est peut-être pas un amour/désir déçu ?

Eve secoua la tête.

— Forrest n'a rien pigé. Il n'a même pas vu Leopold tressaillir quand il a affirmé avoir passé la nuit avec son alibi. Je propose qu'on se renseigne aussi sur le Torride… Parfois, l'amour rend fou.

Elle en eut la confirmation quelques instants plus tard lorsqu'elle aperçut Connors nonchalamment appuyé contre son véhicule de fonction « budget serré ». Grand, mince, une crinière noire encadrant un visage béni des dieux, il braqua sur elle ses yeux d'un bleu à tomber. C'était ridicule, mais le cœur d'Eve fit un bond.

Glissant son mini-ordinateur dans sa poche, il sourit.

— Lieutenant. Bonjour, Peabody.

— Tu ne devrais pas être là-haut en train d'acheter l'Alaska ? lança Eve.

— Je m'en suis occupé la semaine dernière. J'ai ouï dire qu'il y avait des flics dans la maison. En quoi puis-je rendre service au département de police de New York ?

Et cette voix ! songea Eve. Teintée d'un accent évoquant les collines verdoyantes de l'Irlande. Pourquoi s'étonnait-elle de le voir là ? Connors était toujours au courant de tout.

— Ce n'est pas toi qui m'intéresses puisque tu as un alibi en béton pour la période concernée.

— On ne peut plus solide, renchérit Peabody. « J'étais au lit avec la responsable de l'enquête. »

Eve lui décocha un regard noir. Peabody se voûta.

— Je disais ça comme ça.

Connors lui sourit.

— Et la responsable s'est levée aux aurores, appelée par le devoir. Qui est mort ? ajouta-t-il à l'adresse d'Eve.

— Thomas A. Anders, de la société Anders Worldwide.

Le sourire de Connors s'estompa.

— Vraiment ? Quel dommage.

— Tu le connaissais ?

— Un peu. Je l'appréciais. Vous êtes allées à son bureau. Je suppose que vous avez vu Ben Forrest.

— Un point pour toi. Que sais-tu de Forrest ?

— Nous nous sommes croisés à plusieurs reprises. Il est du genre décontracté. Sympathique, et plus intelligent que certains ne l'imaginent.

— Et la veuve ?

Connors inclina la tête de côté.

— Si tu voulais m'interroger, tu aurais pu venir me trouver. Nous aurions bavardé dans un environnement plus plaisant.

— Il faut que j'aille à la morgue.

— Combien d'hommes entendent cela presque au quotidien de la bouche de leur femme ? Je me le demande.

Il consulta sa montre.

— Ça tombe bien, j'ai à faire en ville. Tu pourrais me déposer et en profiter pour me cuisiner en chemin.

L'idée avait ses mérites. Eve déverrouilla la voiture.

— Je t'emmène jusqu'à l'institut médico-légal. Ensuite, tu te débrouilles.

— Quel bonheur !

Il ouvrit la portière côté passager pour Peabody, qui déclina d'un geste.

— Je m'installe à l'arrière. J'ai du boulot.

— Commencez par contrôler l'alibi de Forrest, ordonna Eve avant de démarrer.

— Comment Anders est-il mort ? s'enquit Connors.

— J'aimerais d'abord que tu me donnes tes impressions. La victime, la veuve, d'autres personnes de son entourage.

— La société a été transmise à Anders par son père, qui est décédé, je crois, il y a environ un an. Peut-être un peu plus. C'est un joli succès. Ils vendent de bons produits à des prix raisonnables.

— Ce n'est pas cet aspect qui m'intéresse pour le moment, dit Eve en fonçant vers la sortie.

— L'un influence l'autre. C'était un homme plutôt discret, il me semble. Fou de sports – comme son neveu. Il avait une passion particulière pour le golf, mais aimait aussi d'autres jeux qui consistent à taper dans une balle. J'ai cru comprendre qu'il préférait si possible négocier ses contrats sur un court de tennis ou un green. Je pense qu'il prenait plaisir à son travail et le faisait bien.

Eve se faufila entre les voitures, déboîta brusquement pour contourner un maxibus.

— Et l'épouse ?

— Séduisante, cultivée. Très impliquée dans diverses œuvres caritatives. Anders parraine des camps sportifs pour les enfants défavorisés, et je crois que c'est elle qui collecte les fonds pour financer ces opérations. Je ne les ai pas souvent vus ensemble dans les soirées, mais il avait la réputation de détester les mondanités – comme une certaine personne que je connais.

Elle lui glissa un regard de biais.

— Je t'accompagne parfois. Ton avis sur le ménage ?

— Difficile à dire vu que nous n'étions pas amis intimes. Ils semblaient former une bonne équipe. Ils étaient sur la même longueur d'onde.

— Des rumeurs sur d'éventuelles aventures extraconjugales ?

Connors haussa les sourcils.

— Pas que je sache. Pourquoi ? Tu as des raisons de penser qu'il trompait sa femme ?

— Au moment du décès, celle-ci était en voyage. C'est confirmé. La domestique – pardon, la *gouvernante* – l'a découvert ce matin juste après 6 heures. Nu, les chevilles et les poignets attachés par des rubans de velours, un autre autour du cou. La table de chevet croulait sous les accessoires sexuels, et la victime arborait une érection impressionnante quand la responsable a entamé son enquête. Aucune trace d'effraction n'a été constatée, ni de bagarre ou de violences.

Connors demeura silencieux quelques instants.

— Les gens ont leur jardin secret. Tout de même, cela m'étonne de sa part. C'est le genre de détails salaces qui feront saliver les médias. Difficile pour ceux qui restent.

— Sais-tu si quelqu'un lui en voulait ? Quelqu'un qui aurait pu monter le coup dans l'intention de faire saliver les médias ?

— Dans quel but ? Si tu penses à un concurrent, éliminer Anders ne résout pas le problème. Un scandale de ce genre n'affecterait pas les ventes de façon significative. Au contraire, ça pourrait provoquer une augmentation provisoire. Les gens sont bizarres. « J'ai besoin d'une nouvelle paire de baskets. Je crois que je vais m'offrir celles que fabriquait ce type qui est mort en bandant. »

— L'alibi de Forrest colle, annonça Peabody depuis la banquette arrière. J'ai joint la DDE. Une équipe est au domicile. Une autre va récupérer les appareils du bureau d'Anders. Le premier rapport confirme mes constatations. Sécurité débranchée à 2 h 28, réenclenchée à 3 h 38. On a donc un trou de près d'une heure.

— Le meurtrier devait avoir une télécommande, décréta Eve en jetant un coup d'œil à Connors. Il faut les codes ou les spécificités du système pour éviter l'alarme automatique.

— Il existe toujours un moyen de passer outre.

— Mais c'est inutile à moins que le geste n'ait été prémédité. Tom le Chaud Lapin a décidé de recevoir, il n'a pas besoin de débrancher son propre système de sécurité. Sa femme est sous les tropiques avec ses copines. Donc, il ouvre lui-même la porte ou il transmet le code. Là, c'est trop élaboré, trop *réfléchi*.

— Avec un petit côté cruel, ajouta Connors. On peut tuer de toutes sortes de manières. Pourquoi en avoir choisi une aussi intime, qui salit la victime et sa famille?

— Nous allons le découvrir. Premier arrêt.

Eve se gara en double file devant la morgue.

— Peabody, j'y vais. Foncez au Central et lancez les recherches. Tâchez de localiser le partenaire de golf de la victime. Je veux que la DDE évalue le genre de dispositif dont s'est servi l'assassin. Et qu'on retrace l'emploi du temps d'Anders hier.

Ignorant le concert d'avertisseurs, elle se tourna vers Connors.

— C'est ici que tu descends, camarade.

Il contempla l'institut médico-légal.

— Pas avant un bon moment, j'espère. Bonne chance, Peabody! lança-t-il avant de rejoindre Eve sur le trottoir. Je pourrais mener ma petite enquête. Je connais des personnes de son entourage professionnel.

— En effet, tu pourrais.

Eve fourra les mains dans ses poches et y découvrit avec surprise une paire de gants.

— La nouvelle est en train de se répandre. Autant prendre le taureau par les cornes. Tu as vraiment à faire en ville?

— Oui. Mais quand bien même, le jeu en valait la chandelle.

Elle le dévisagea.

— Discuter meurtres et cadavres t'amuse?

— Non. En revanche...

Elle aurait dû prévoir le coup. Il l'attira à lui et captura sa bouche. Une onde brûlante la submergea instantanément, lui faisant oublier le froid et le vent. Chancelant, elle se demanda si des rayons de soleil n'avaient pas jailli du bout de ses doigts.

Connors lui prit le menton et lui sourit.

— Oui, le jeu en valait la chandelle.

— Ça suffit.

— Bravo, beau gosse !

Tous deux se tournèrent vers une SDF recroquevillée sous un porche non loin de là. Elle – du moins Eve supposa-t-elle que c'était une femme, car elle disparaissait sous des couches de vêtements qui la faisaient ressembler à une montagne – leur sourit et dressa le pouce.

Eve enfonça l'index dans la poitrine de Connors.

— À présent, va-t'en !

— Non, vraiment, je ne regrette pas. Bonne chasse, lieutenant !

Il s'éloigna d'un pas tranquille tandis qu'Eve filait vers l'entrée de la morgue. Comme elle lui jetait un coup d'œil par-dessus son épaule, elle le vit s'arrêter et s'accroupir devant la clocharde. Curieuse, elle ralentit pour l'observer. Et ne fut pas étonnée lorsqu'il plongea la main dans sa poche.

Il donnerait probablement à cette pauvre femme plus que ce qu'elle récoltait d'ordinaire en une semaine. Plutôt que de se prendre une chambre d'hôtel, elle irait s'acheter une bouteille de gnôle. Il le savait, et pourtant…

Et pourtant, songea Eve, fière d'aimer un homme qui n'hésitait pas à jeter une poignée de crédits par la fenêtre, au cas où. Sur cette pensée, elle pénétra dans la demeure où les morts trouvaient toujours une chambre.

3

Dans une vaste salle tout en chrome et carrelage blanc, l'impassible et élégant médecin légiste en chef, Morris, était penché sur le corps de Thomas Anders. Le ruban tressé dans sa longue natte brune était assorti à sa chemise rouille et or. Une imposante paire de lunettes grossissantes dissimulait à demi son visage intelligent aux yeux vifs et aux traits sévères. Il souleva délicatement le foie dont Anders n'avait plus besoin, le déposa sur la balance, puis adressa à Eve un sourire chaleureux.

— Un voyageur s'arrête chez un fermier et lui demande l'asile pour la nuit.

— Pourquoi ?

Morris agita un doigt ensanglanté.

— Le fermier dit au voyageur qu'il peut partager la chambre de sa fille à condition de ne pas la toucher. Le voyageur accepte, entre dans la pièce plongée dans la pénombre et se glisse dans le lit aux côtés de la fille du fermier. Bien entendu, il rompt sa promesse. Le lendemain matin, envahi par un sentiment de culpabilité, il propose au fermier de le payer pour son hospitalité, mais celui-ci refuse. Le voyageur lui dit alors qu'il espère ne pas avoir dérangé sa fille. « Ça m'étonnerait, répond le fermier. Nous l'enterrons aujourd'hui. »

Eve ricana.

— C'est de l'humour noir.

— Une spécialité de la maison. Et qui me paraît convenir parfaitement aux circonstances.

Il désigna l'érection d'Anders.

— Justement, qu'en est-il ? demanda Eve.

— C'est à la fois triste et enviable. Je fais effectuer une analyse toxicologique mais, à moins que votre victime ne soit une merveille de la science, je peux présupposer qu'elle était imbibée d'un cocktail explosif. Une fois le décollage achevé, les anneaux stratégiquement placés ont bloqué l'afflux de sang au... point de friction.

— Bon sang, Morris, je ne suis qu'un pauvre flic ! Vous m'embrouillez avec tous vos termes techniques.

Il s'esclaffa, puis découpa une fine tranche du foie.

— Ces érections au moment de la mort sont assez courantes, notamment en cas de décès par strangulation ou par pendaison, quand le sang dans le torse s'efforce d'obéir aux lois de la gravité et s'écoule vers le bas. Le tissu érectile s'en remplit, se gonfle. Mais une fois le corps déplacé, comme celui de notre ami ici présent, l'effet se dissipe… Donc, en ce qui concerne notre invité du jour : l'asphyxie érotique – ou auto-érotique si on se la joue en solo – réduit l'apport en oxygène et excite les endorphines pour accroître le plaisir sexuel. Cette pratique est à l'origine d'un nombre considérable de morts accidentelles chaque année, et de beaucoup d'autres officiellement considérées comme des suicides.

— Ce qui n'est pas le cas ici.

— En effet.

Morris contempla Anders.

— Je pense qu'il a mis entre quinze et vingt minutes pour mourir. Une lente suffocation. Pourtant, je n'ai relevé aucune trace d'hématomes sur ses chevilles et ses poignets. Les liens étaient en velours, certes, mais un homme dans cette situation se débat, lutte. Rubans de velours ou pas, les marques de ligatures apparaîtraient.

Il offrit à Eve une paire de lunettes grossissantes.

— Voyez là où le lien s'est resserré, enfoncé dans la chair, bloquant l'arrivée d'oxygène. Il n'y a aucune trace prouvant qu'il a cherché à se débattre. Les ecchymoses sont presque homogènes.

— Il est resté inerte jusqu'à son dernier souffle.

— Apparemment.

— Même chez un individu qui veut mettre fin à ses jours, le corps réagit.

— Exactement. À moins…

— Qu'il n'en soit empêché. D'ici combien de temps recevrez-vous le rapport toxicologique ?

— Je l'ai fait passer en priorité. Mais je peux d'ores et déjà vous montrer quelque chose. Regardez ceci.

Elle se pencha de nouveau sur Anders, inspecta les alentours de son oreille droite. Enfin, elle repéra la marque circulaire en partie masquée par un hématome.

— Une seringue.

— Bravo ! Vous êtes une élève brillante. Drôle d'endroit pour s'injecter soi-même un produit, surtout quand on est droitier – ce qu'il était.

Remontant ses lunettes sur son front, Eve se revit dans la chambre d'Anders.

— Le tueur entre, s'approche du lit. Il s'est protégé de la tête aux pieds. Il drogue Anders dans son sommeil. Vite fait, bien fait. Anders n'a sans doute rien senti. Quand bien même il aurait commencé à se réveiller, le tranquillisant l'aurait assommé sans délai. Il ne reste plus qu'à l'attacher, maquiller la scène et repartir. Récupérer les disques de sécurité au passage. Notre assassin a déconnecté le système, mais il prend les disques. Soit ce type est un maniaque, soit il nous prend pour des imbéciles et s'imagine que nous opterons pour la thèse de l'accident.

— Sauf que nous ne sommes pas des imbéciles.

— Quoi qu'il en soit, Anders est mort.

Elle s'éloigna, revint sur ses pas.

— Quitte à vouloir s'en débarrasser, pourquoi se contenter de le neutraliser ? Pourquoi ne pas l'exécuter par overdose ? On peut comprendre que le meurtrier rechigne à lui trancher la gorge ou à le frapper à mort, qu'il ait un faible pour des méthodes plus passives. Mais alors, pourquoi cette mise en scène humiliante alors qu'une quantité létale de barbituriques, de poison ou d'une autre substance aurait suffi ?

— C'était un acte personnel.

Eve opina, ravie de leur complicité, et afficha un sourire féroce.

— Hé, non ! Nous ne sommes pas des imbéciles. Prévenez-moi dès que vous aurez le rapport toxicologique, Morris.

Lorsqu'elle franchit le seuil de la grande salle du Central, Eve aperçut Peabody en train de vider goulûment un mug tout en s'affairant devant son écran. Elle se rappela qu'elle était en manque de café. Elle fit signe à sa partenaire de la rejoindre dans son bureau, pivota, faillit renverser un de ses inspecteurs.

— Dégagez, Baxter !

— J'ai à vous parler.

— Alors suivez-moi.

Elle fonça dans son antre avec son unique fenêtre, sa table branlante et son fauteuil usé. Son premier geste fut de commander un café à l'autochef.

Elle en avala une gorgée en étudiant Baxter pardessus sa tasse. Ce dernier eut l'intelligence d'attendre qu'elle ait sa dose de caféine.

— De quoi s'agit-il ? lui demanda-t-elle enfin.

— D'une affaire sur laquelle je travaille depuis deux mois. Je suis au point mort.

— Rafraîchissez-moi la mémoire.

— Un type à qui on a tranché la gorge et coupé les parties génitales dans la chambre d'un hôtel de passe, avenue D.

— Ah, oui! Il y est entré avec une créature dont personne ne se souvient, et qu'aucun témoin n'a vue ressortir.

— C'est la femme de ménage – au sens large du terme – qui l'a découvert le lendemain matin. Custer, Ned, trente-huit ans, employé de maintenance dans un immeuble de bureaux du centre-ville. Il a laissé une veuve et deux gosses.

— Cherchez la femme, railla Eve, se remémorant le commentaire de Peabody le matin même.

— Je l'ai cherchée partout. Les descriptions sont toutes plus vagues les unes que les autres. À force de creuser, nous avons déniché le bar – là encore, au sens large du terme – où ils s'étaient rencontrés. On n'a rien appris de plus sinon qu'elle était rousse et que c'était sûrement une pro. Selon ses amis et associés, Custer était un joueur invétéré. Il découchait régulièrement, fréquentait les bars et les clubs une ou deux fois par semaine. Trueheart et moi avons passé des heures à explorer bouges, bouis-bouis et autres cafés mal famés. Nous sommes en panne, Dallas.

— Et sa femme? Elle savait qu'il la trompait?

— Oui, soupira Baxter. Nous n'avons guère eu de mal à lui faire cracher le morceau. Elle a avoué qu'ils s'étaient disputés à ce sujet. Il la battait de temps en temps, en plus. Elle l'a admis, et les voisins ont confirmé.

— C'est elle qui aurait dû l'émasculer!

— Oui, les femmes s'en prennent toujours aux bijoux de famille. Pas elle. Voyant qu'il n'était toujours pas rentré à minuit, elle a essayé de le joindre sur son communicateur et lui a laissé de multiples messages jusqu'à 3 heures du matin. On a estimé l'heure du décès à 1 h 30 et elle l'a appelé de chez eux à 1 h 15, puis de nouveau à 1 h 40. Folle de rage, en larmes, et à mille lieues de l'avenue D. Si vous voulez mon avis, elle est mieux sans lui. Mais ça m'ennuie de ne pas avoir élucidé cette affaire.

— Retournez à l'hôtel de passe, interrogez les compagnes licenciées qui y descendent, quadrillez toutes les gargotes du quartier. Qu'en est-il des moyens de transport ?

— Aucun taxi n'est passé par là ; la surveillance souterraine n'a rien donné. Nous nous sommes dit qu'ils étaient venus à pied. C'est comme ça qu'on a trouvé le bar.

— Recommencez. Montrez-vous plus agressif. Hormis ses activités extraconjugales, il ne trempait dans rien d'autre ?

— Pas que je sache. C'était un col bleu minable qui gaspillait son fric en buvant de l'alcool de mauvaise qualité et en se payant des putes alors qu'il a une femme et deux petits à la maison. Ce qui me tracasse, Dallas, c'est qu'il a été tué de sang-froid. Un seul coup de couteau. Par-derrière. Il s'est écroulé mais, d'après le médecin légiste, il était encore vivant quand elle l'a émasculé. Elle devait être couverte de sang. Pourtant il n'y a pas la moindre trace nulle part. Pas une goutte.

— Elle a fait le ménage.

— Rien dans le lavabo, dans le robinet, dans les tuyaux. Comme si elle était arrivée préparée. Comme si elle avait tout planifié d'avance. J'ai interrogé plusieurs femmes qui pourraient lui en vouloir, mais ça n'a mené nulle part.

— Essayez de nouveau. Je jetterai un coup d'œil sur le dossier dès que j'aurai un moment. Parfois, il suffit d'un autre regard.

— Merci.

Lorsqu'il fut parti, Eve s'approcha de son poste de travail. Son communicateur n'affichait pas moins de huit messages. Les requins des médias étaient sans doute déjà sur le coup. Un homme fortuné assassiné dans sa propre demeure… Le ruisseau ne tarderait pas à devenir fleuve. Il y aurait des fuites. C'était inévitable.

— Je peux ? s'enquit Peabody depuis le seuil.

— Oui.

— Baxter voulait vous parler du dossier Avenue D, je suppose ? Trueheart m'en a touché deux mots. Ils font du surplace.

— Ils vont tout reprendre de zéro. Qu'est-ce que vous avez pour moi ?

— Ben Forrest – dont la mère a vraiment été dévorée par un requin. Ou du moins sérieusement mastiquée. Il avait six ans à l'époque. Il vivait à New York sous la garde d'une nounou et d'une armée de domestiques. D'après ce que j'ai compris, la mère était une accro des sensations fortes. Elle ne reculait devant aucun défi. Elle avait trente-cinq ans au moment de sa mort, deux fois divorcée, un seul enfant. Quand elle s'est retrouvée au menu principal des *Dents de la mer*, Anders a requis la garde de son neveu. Le père biologique ne s'y étant pas opposé, celle-ci lui a été accordée.

— Combien Anders l'a-t-il payé ? Le père biologique ?

— D'après mes renseignements, cinq millions. Il passe le plus clair de son temps à écumer les endroits à la mode en Europe. Il n'a pas revu Ben depuis le divorce – plus de quatre ans avant le décès de la mère. Il a été marié à trois reprises depuis et vit actuellement dans le sud de la France. Je n'ai pas l'impression qu'il soit impliqué.

— La mère avait-elle des intérêts financiers dans la société ?

— Aucun. Elle avait préféré accepter une donation de son père. Elle a été suffisamment intelligente – ou vindicative – pour s'organiser de manière à ce que le père biologique ne puisse rien toucher sur les parts de l'enfant – même s'il acceptait de s'en occuper après sa disparition. Anders a pris Thomas sous son aile et l'a élevé avec ses propres deniers.

Peabody marqua une pause, parcourut rapidement ses notes.

— Forrest a touché un joli pactole à l'âge de vingt et un ans, puis une deuxième portion à vingt-cinq ans et une troisième à trente. Il est diplômé d'Harvard. Chez Anders, il a gravi tous les échelons depuis son premier poste jusqu'à celui qu'il occupe aujourd'hui, à savoir chef des opérations.

— Il a un casier ?

— *Nada*. Quelques amendes pour excès de vitesse et une tonne de P-V pour stationnement interdit – tous payés.

Eve se cala dans son fauteuil, le fit pivoter d'un côté puis de l'autre.

— Et l'épouse ?

— Ava Montgomery Anders. Elle était bien dans sa suite d'hôtel à Sainte-Lucie quand on l'a prévenuc que son mari avait eu un accident. Aussitôt après la communication, elle a pris un billet de retour. Il n'existe aucune trace prouvant qu'elle aurait pu quitter l'île avant. Née à Portland dans l'Oregon en 2008, famille bourgeoise. Mariée à un certain Dirk Bronson en 2032, divorcée en 2035. Pas d'enfants. Elle est diplômée – en management et relations publiques – de Brown University où elle a pu suivre ses études grâce à une bourse. Par la suite, elle s'est occupée du service communication d'Anders Worldwide à Chicago, où elle s'était installée après son divorce. Mutée au bureau de New York en 2041, elle a épousé Anders en 44. Elle est désormais l'ambassadrice des activités caritatives de la société. Elle siège au conseil d'administration de « Tout le monde peut jouer », une organisation qui procure locaux, formation et équipements sportifs à des enfants dans le monde entier. Elle siège aussi au conseil d'administration de l'association « Les Mamans aussi », un programme qui propose séminaires, ateliers et autres réseaux de rencontres aux mères des gamins de « Tout le monde peut jouer ». Casier judiciaire vierge. À elle seule, elle pèse environ dix millions de dollars.

Peabody abaissa son bloc-notes.

— Je pourrais vous résumer ce que j'ai trouvé sur Greta Horowitz, mais tout ce qu'elle nous a raconté est vrai. Je m'apprêtais à lancer une recherche sur Leopold Walsh, seulement je meurs de faim.

Le visage de Peabody se fendit d'un grand sourire.

— Que diriez-vous d'un délicieux sandwich ?

— Que diriez-vous de chercher ces foutus rapports qui devraient être sur mon bureau ? Je veux…

Eve s'interrompit comme son ordinateur lui annonçait un message entrant.

— C'est Morris, murmura-t-elle.

— Pendant que vous chantez les louanges de notre médecin légiste, je pars en chasse.

— Ordinateur, afficher message à l'écran, copier dans le fichier ouvert et imprimer.

Tâches multiples en cours…

Tandis que la machine ronronnait, Eve parcourut le rapport toxicologique.

— Eh bien, mon pauvre Thomas, vous n'aviez pas l'ombre d'une chance !

Pendant que l'imprimante crachait son papier, elle contacta les techniciens pour les harceler. Puis, l'esprit ailleurs, elle décrocha son communicateur lorsqu'il bipa quelques instants plus tard.

— Dallas.

— Vous n'appelez pas, vous n'écrivez pas.

— Nadine.

Eve croisa le regard vert émeraude de la présentatrice la plus réputée de la ville. Le fait qu'elles étaient amies présentait certains avantages – ou inconvénients, selon les circonstances.

— J'adorerais bavarder, mais j'allais justement déjeuner. Et ensuite, je crois que je vais m'offrir une manucure.

— Comme c'est mignon! gloussa Nadine. Vous avez une affaire énorme sur les bras, Dallas. Exactement le genre de sujet que je veux traiter dans mon émission. Demain soir. C'est vous qui lancerez le débat avec une séquence de dix minutes.

— Là encore, ce serait avec un immense plaisir, mais il se trouve que demain soir, justement, on doit me brûler les yeux avec un tison. Sinon...

— Le meurtre de Thomas Anders est une sacrée nouvelle, Dallas.

— Nous n'avons pas encore déterminé ni annoncé qu'il s'agissait d'un meurtre.

— Ce n'est pas ce que j'ai entendu. Il paraît qu'il a été étranglé dans son lit, les pieds et les mains ligotés. Si ce n'est pas un meurtre, est-ce un jeu sexuel qui a mal tourné?

Le ruisseau était déjà devenu fleuve.

— Nadine...

— Ce n'est pas interdit de tenter sa chance! C'était un type bien, Dallas. J'aimerais me montrer à la hauteur.

— Vous le connaissiez?

— Je l'ai interviewé à plusieurs reprises, ainsi que sa femme et son neveu, au fil des ans. Nous n'étions pas intimes, loin de là, mais le peu que j'ai vu m'a plu. Vous savez pertinemment que les tabloïds vont tout miser sur le côté scandaleux de l'affaire. Je ne peux pas l'éviter, mais je souhaite être impartiale. Aidez-moi.

— Pas cette fois. En revanche, je vais vous prêter Peabody. Je vous interdis de la manipuler. Elle manque d'expérience dans le domaine des médias. Aidez-la, *vous*.

— Entendu. Mon assistante va la contacter mais dites-lui d'ores et déjà que j'aurai besoin d'elle ici, au studio, à 17 heures demain.

— Nadine, en cinq mots ou moins, résumez-moi l'impression que vous avez eue du ménage Anders et de la relation entre Anders et son neveu.

— Avec sa femme, il se montrait affectueux et fier. De même pour le neveu, peut-être davantage. Je me rappelle avoir demandé à Anders ce qu'il considérait comme son œuvre la plus accomplie. Il a retourné une photo qu'il conservait sur son bureau – un portrait de son neveu. « Vous l'avez devant vous », m'a-t-il répondu. J'ai conclu mon reportage là-dessus.

— Merci.

Eve coupa la communication et lança un coup d'œil à Peabody qui revenait les bras chargés de nourriture.

— J'ai pris des sandwichs à la dinde reconstituée, des chips au soja et ces adorables tubes de purée de légumes. Et j'ai pensé à votre Pepsi.

Eve la regarda tout déballer sur le bureau.

— Qu'est-ce que vous avez derrière la tête, Peabody ?

— Moi ? Rien. J'essaie de vous empêcher de sauter un repas. Vous oubliez tout le temps de manger, d'où votre silhouette de rêve, du reste.

Peabody détourna les yeux tout en disposant les couverts en plastique. Puis elle poussa un profond soupir.

— Bon, d'accord. J'espérais, si on n'est pas sur une piste sérieuse, que vous qui avez le cœur sur la main…

— Épargnez-moi vos salades.

— J'aimerais partir une heure plus tôt. McNab et moi avons un rendez-vous galant.

— Vous vivez ensemble.

— Oui, eh bien, justement.

Peabody rapprocha le siège des visiteurs, ramassa son sandwich, mordit dedans à pleines dents.

— Nous nous sommes rendu compte que la force de l'habitude risquait d'atténuer l'étincelle, si vous voyez ce que je veux dire. Nous avons donc décidé d'instituer une Soirée Spéciale Mensuelle. Ce soir, c'est la première. J'aimerais pouvoir rentrer à la maison me pomponner. Une Soirée *Spéciale*, vous comprenez? Une Soirée jambes en l'air.

— Pour ça, mieux vaut rester chez soi.

— Dallas.

— Bien, bien. Prenez votre heure, pomponnez-vous, etc.

— Merci. Nous allons dans un club, ajouta Peabody en agitant une chips au soja avant de l'engloutir. Un endroit où on peut écouter de la musique, danser. Je veux lui en mettre plein la vue. C'est pourquoi j'ai vraiment besoin de cette heure.

— Parfait. Vous la rattraperez demain. Vous avez rendez-vous avec Nadine à Channel 75 à 17 heures.

— Quoi? s'exclama Peabody, la bouche pleine de purée de légumes.

— Elle va vous interroger sur l'affaire Anders. Débrouillez-vous pour...

— Quoi? Moi? À l'antenne?

Elle s'étrangla, roula des yeux, avala une gorgée de Pepsi Light.

— Non.

— Vous représenterez le département et cette brigade. Tâchez d'être à la hauteur.

— Mais... mais les gens regardent l'émission de Nadine! Pratiquement tout le monde. Je ne peux pas...

— Bousiller cette interview. Précisément.

C'était petit et mesquin, mais la réaction de Peabody réjouissait Eve.

— Nadine respecte les flics et la procédure, mais elle n'en demeure pas moins une journaliste. Elle est habile. Ne l'oubliez pas. Vous exposerez les faits que je vous aurai communiqués et, si vous le souhaitez, vos propres impressions, mais si elle fait pression sur vous – elle n'y manquera pas – pour vous soutirer des détails concernant l'enquête, vous érigez un mur. Optez pour la réponse standard : à ce stade, il m'est impossible de...

Peabody avait verdi. Elle plaqua la main sur son estomac.

— Je crois que je vais vomir.

— Si vous gerbez sur mon bureau, je vous jette par la fenêtre. Vous n'aurez plus à vous inquiéter de votre prestation à l'écran.

— Vous ne pouvez pas y aller à ma place ? Vous avez l'habitude.

— Non. Et il est temps que vous vous fassiez à cet exercice.

— Qu'est-ce que je vais mettre ?

Eve pressa les doigts sur le muscle qui commençait à se contracter sous son œil droit.

— Doux Jésus ! La fenêtre, Peabody. La tête la première.

— Je ne passerais pas.

— Ça reste à prouver.

— D'accord, d'accord ! Maintenant, j'ai la tête à l'envers.

— Remettez-la à l'endroit. Nous avons quelques affaires à régler qui me paraissent un peu plus importantes que votre Soirée spéciale et vos débuts sous les projecteurs. La victime a été droguée *deux fois*.

— Quoi ? Qui ? Une seconde…

Paupières closes, Peabody s'efforça de respirer à fond.

— Anders. J'y suis. Anders a été drogué ?

— On lui a fait une piqûre sous l'oreille. Une dose massive de barbituriques, de quoi assommer un cheval. Il y avait aussi des traces de ces somnifères qu'on peut se procurer sans ordonnance. A priori, ces produits ont été absorbés trois à quatre heures avant le décès. Le panachage l'a mis HS. Le meurtrier aurait pu lui opérer le cerveau, Anders n'aurait rien remarqué.

— Pourquoi ne pas lui avoir administré une dose fatale ? Pourquoi toute cette mise en scène ?

— Excellente question, et l'une des raisons pour lesquelles je ne vous ai pas encore balancée par la fenêtre. La mise en scène comptait autant que le meurtre. Désir d'humilier ? Vengeance ? Est-ce intelligent ou, au contraire, maladroit ?

Peabody réfléchit en grignotant une poignée de chips.

— Si l'on veut faire croire à une mort accidentelle due à une asphyxie érotique, pourquoi l'avoir gorgé de barbituriques ? Un tranquillisant aurait suffi pour le neutraliser, le temps de le ligoter. Quitte à se donner autant de peine, je suppose que l'assassin voulait qu'il souffre. Dans ce cas, à quoi bon le droguer ?

— Encore d'excellentes questions. Vous remontez dans mon estime. Je vais envoyer le dossier au Dr Mira. J'aimerais avoir son avis. Il se peut que le meurtrier ait eu la main un peu lourde avec les sédatifs. D'autant qu'Anders avait ingurgité une grosse quantité d'un stimulateur érectile… J'ai la sensation que c'est un crime très personnel, mais je propose que l'on cherche des meurtres semblables dans les archives de l'IRCCA. Nous nous concentrerons d'abord sur les liens et les tranquillisants. Et nous creuserons un peu plus l'aspect financier. Forrest et la veuve vont sans doute bénéficier d'un héritage conséquent. Ils sont à l'aise l'un et l'autre, mais qui ne veut pas davantage ? Renseignons-nous aussi sur les maîtresses anciennes ou actuelles. Il a attendu d'avoir la quarantaine avancée pour se marier, il a sûrement prospecté avant de dire « oui ».

— Je peux harceler la DDE.

— Je veux des copies de toutes les communications entre la victime et son épouse, la victime et son neveu.

— Lieutenant ?

Trueheart, le jeune assistant de Baxter, frappa discrètement au chambranle.

— Désolé d'interrompre votre déjeuner, mais un certain Edmond Luce demande à vous voir au sujet de l'affaire Anders. Il me paraît très énervé et... très britannique.

Eve posa le reste de son sandwich sur l'assiette en carton de Peabody, jeta la sienne dans la benne de recyclage.

— Accordez-moi une minute, puis envoyez-le-moi.

— Oui, lieutenant.

— Virez-moi tout ça, Peabody. Occupez-vous de la DDE. Pendant que vous y êtes, contactez le labo. J'ai besoin de la liste de toutes les substances prélevées sur la scène.

— Tout de suite.

— Ordinateur, sortir une biographie standard d'Edmond Luce, nationalité anglaise, ayant des contacts professionnels ou personnels avec Anders, Thomas A. de la société Anders Worldwide. Affichage uniquement.

Requête en cours.

En attendant, Eve envoya le dossier accompagné d'un bref message au Dr Mira, la profileuse du département.

Tâche accomplie. Données affichées.

Eve les parcourut rapidement. Luce, né à Londres, avait soixante-seize ans. Il était le président-directeur général d'Anders Worldwide en Grande-Bretagne. Diplômé d'Oxford, domicilié à Londres et à New York. Divorcé, remarié, trois enfants dont un issu du premier lit.

— Copier ce fichier dans le dossier, ordonna-t-elle, puis, en entendant des pas dans le couloir : Bloquer l'affichage.

Tâche accomplie.

Elle pivota vers la porte tandis que surgissait une véritable armoire à glace à la tignasse argentée et aux yeux noirs luisants de rage.

Les plis de son pantalon kaki étaient aussi effilés que des lames de rasoir. Il portait un pull bleu marine à col en V sur une chemise blanche. La tenue parfaite du golfeur, songea Eve. Anders avait raté l'heure du tee.

— Vous êtes le lieutenant Dallas ?

— C'est exact, monsieur Luce. Que puis-je pour vous ?

— Vous pouvez me dire en quel honneur vous êtes en train de ternir la réputation d'un homme honnête ? Pourquoi répandez-vous tous ces mensonges odieux et salaces au sujet de Thomas ? Il est mort, nom de nom ! Il ne peut pas se défendre !

— Monsieur Luce, je puis vous assurer que je n'ai encore fait aucun commentaire – officiel ou officieux – aux journalistes à propos de cette enquête. Je n'ai pas non plus autorisé quiconque à en parler à ma place.

— Alors pourquoi est-ce à la une de tous les journaux ?

Eve se cala dans son fauteuil.

— Je ne suis pas responsable de ce que les médias déterrent et passent à l'antenne. Ça m'exaspère, ça me révolte, mais je n'y suis pour rien. Vous êtes en état de choc, aussi je ne vous tiendrai pas rigueur de débarquer ainsi dans mon bureau. Mais puisque vous êtes là, asseyez-vous. J'ai des questions à vous poser.

— Je vous suggère d'aller vous faire…

— Attention !

Le ton était ferme. Luce retint son souffle, plissa les yeux.

— Quoi ? Vous allez m'enfermer ?

Eve fit nonchalamment pivoter son siège de droite à gauche.

— Je préfère le terme « garder à vue ». Si vous refusez de coopérer dans le cadre d'une enquête pour homicide, le département de police de New York peut vous mettre en garde à vue. C'est avec plaisir que nous vous installerons dans une cellule en attendant l'arrivée de votre avocat. Sinon, vous pouvez prendre place en face de moi et vous calmer. Je pense qu'Anders et vous étiez plus que de simples associés. Si vous n'étiez que cela, vous seriez bouleversé, triste, surpris par cette mort brutale. Étonné, choqué, fasciné, furieux contre les médias. Mais votre rage et votre chagrin sous-entendent une relation plus profonde.

Il se détourna et alla se planter devant la fenêtre. Eve ne dit rien.

— Je ne peux pas me calmer. Comment voulez-vous que je me calme? Thomas… nous sommes amis depuis bientôt cinquante ans. C'est le parrain de mon fils. J'étais son témoin quand il a épousé Ava. Je l'aimais comme un frère.

— Je suis désolé, monsieur Luce. Je vous présente toutes mes condoléances.

Il lui jeta un coup d'œil par-dessus son épaule.

— Combien de fois avez-vous dit cela à des inconnus?

— Trop souvent. Beaucoup trop souvent. Je n'en suis pas moins sincère.

Il se retourna, pressa les doigts sur ses yeux.

— Nous devions jouer au golf ce matin. Le neuf trous couvert, au club de Thomas. Il n'est jamais en retard, mais je ne me suis pas inquiété tout de suite. La circulation est abominable. J'ai croisé une connaissance et nous avons discuté jusqu'à ce que le caddy nous interrompe pour me demander si je voulais annuler ou repousser la partie.

— Avez-vous cherché à joindre Anders?

— Sur son mobile. Je suis tombé sur la messagerie. J'ai essayé de le contacter chez lui.

Cette fois, il s'assit, les épaules voûtées.

— Greta, la gouvernante, m'a annoncé qu'il y avait eu un accident. Que Thomas était…

— Quand l'avez-vous vu pour la dernière fois ?

— Il y a trois semaines. Ava et lui ont effectué un bref séjour à Londres. Thomas et moi avions une réunion, puis nous sommes allés tous ensemble au théâtre. Nous avons joué au golf – il adore le golf – pendant que ces dames faisaient du shopping. À moins qu'elles ne soient allées chez le coiffeur. Je ne sais plus.

— Quand êtes-vous arrivé à New York ?

— Hier. Vers 14 heures. Notre fils Harry, le filleul de Thomas, est employé dans notre filiale new-yorkaise. Nous avons dîné avec lui et sa famille. Ils viennent de restaurer leur maison et voulaient nous la montrer. C'est superbe. Notre belle-fille...

Il s'interrompit brusquement.

— Je ne sais pas pourquoi je vous raconte tout ça.

— Quand avez-vous parlé à M. Anders pour la dernière fois ?

— Durant le vol. Pour confirmer notre rendez-vous de golf. J'ai conclu par : « Prépare-toi, Thomas, je vais te saigner. »

Son visage s'empourpra, ses yeux s'emplirent de larmes. Sa respiration se fit bruyante tandis qu'il tentait de se ressaisir.

— Pourquoi toutes ces horreurs à son sujet ? N'est-ce pas suffisamment pénible comme ça qu'il soit parti pour toujours ? Un homme si bon.

— Mon boulot, c'est de découvrir pourquoi. Qui pouvait lui vouloir du mal ?

— Je n'en ai aucune idée. Il était dur en affaires, mais jamais déloyal. Il surveillait ses concurrents, bien sûr. Il avait l'esprit de compétition. Mais il respectait les règles. C'était important pour lui.

— Et dans sa vie privée ?

De nouveau, Luce rougit, mais cette fois, de colère.

— Je ne vous permets pas d'insinuer...

— Je n'insinue rien. De toute évidence, vous êtes au courant des circonstances dans lesquelles il est mort. Si vous savez qui a accès à sa demeure, à sa chambre, j'ai besoin de noms.

Il se pencha en avant, l'air féroce.

— Thomas n'aurait jamais trompé Ava. Ni personne.

— Beaucoup de gens ont des relations extraconjugales. Et la plupart d'entre eux ne considèrent pas cela comme une tromperie.

Elle haussa les épaules.

— Une aventure sans lendemain, ça ne fait de mal à personne.

Il crispa les mâchoires.

— Peut-être est-ce votre philosophie. Ce n'était pas celle de Thomas.

— Alors qui a voulu me faire croire le contraire ?

— Je l'ignore ! Si quelqu'un lui en voulait à ce point, si quelqu'un l'avait menacé, il ne s'en est jamais ouvert à moi.

— L'aurait-il fait ?

— Je l'espère.

— À votre connaissance, a-t-il renvoyé quelqu'un ? Éconduit quelqu'un ?

— Refusé les avances d'une femme, vous voulez dire ?

Il eut un petit rire.

— J'ai du mal à l'imaginer, avoua-t-il. Certes il était en forme, il avait un certain charme, il était riche. Remarquez, peut-être ne m'en a-t-il jamais parlé pour ne pas embarrasser la personne en question, et parce qu'il craignait que je le taquine. Car je l'aurais asticoté. Sans merci. Pour ce qui est d'un éventuel licenciement, c'est aux directeurs des différents services de s'en charger. Je n'ai pas entendu parler de renvois dernièrement. Ben serait mieux à même de vous renseigner.

— Pouvez-vous me dire qui va bénéficier de sa disparition sur le plan financier ?

— Absolument. Parce qu'il ne s'agit pas d'argent. Ce qu'on lui a fait... Ava et Ben recevront les parts de Thomas dans Anders Worldwide. Ben aura la majorité, comme ce fut le cas pour Thomas après la mort de son propre père. Ava aura la maison de New York, la propriété des Hamptons, le pied-à-terre à Paris et tout ce qu'ils contiennent. Ben aura le yacht, sa collection de clubs de golf – hormis une série ancienne que Thomas me lègue spécifiquement. Il aura aussi la villa sur la côte de la Caroline du Sud et la maison de ville à Londres. Tous deux se partageront à parts égales son portefeuille une fois les autres legs exécutés.

— Vous connaissez tous les détails.

— En effet. J'ai signé la paperasserie en qualité de témoin et il a insisté pour que je lise le testament d'abord. On ne signe rien tant qu'on n'a pas tout lu – c'était Thomas tout craché. Lieutenant, j'ai rendu visite à Ava et à Ben cet après-midi et je... Croyez-moi, ils sont anéantis. Ils aimaient Thomas. Thomas était aimé.

4

Par acquit de conscience, Eve décida de faire un saut au domicile d'Anders avant de rentrer chez elle. Comme l'avait signalé Luce, la circulation était abominable, mais cela ne la dérangeait pas. Les arrêts, les redémarrages, les embouteillages lui laissaient du temps pour réfléchir. Les hurlements des avertisseurs, les gestes obscènes, les visages hagards de ses compagnons d'infortune lui rappelaient pourquoi elle aimait tant New York, même sous les griffes acérées d'une fin d'hiver interminable.

Emmaillotés comme des explorateurs du pôle Nord, les opérateurs de glissa-gril s'affairaient derrière leurs grils fumants d'où s'échappaient des effluves de châtaignes, de hot dogs au soja et de graisse.

Les panneaux publicitaires animés vantaient les mérites des escapades sous les tropiques, dans de véritables paradis où des mannequins en bikini s'ébattaient dans les vagues et des familles modèles bâtissaient des châteaux de sable.

Vous le méritez! Tel était le cri de guerre des publicistes.

De l'avis d'Eve, trop souvent, les gens n'obtenaient jamais ce qu'ils méritaient.

Thomas Anders, par exemple. Désormais, c'était à elle de rattraper le coup. De lui rendre justice. Peut-être était-il le parangon de vertu décrit par son ami et sa famille. Peut-être était-il le dépravé sexuel mis en scène par sa mort. Sans doute avait-il oscillé entre les deux. Quel que fût l'échelon atteint au cours de sa vie, on lui devait justice.

Elle chercha un espace pour se garer et continua à pied. Le vent était mordant et elle se demanda comment Peabody pouvait être aussi excitée à l'idée de se pomponner et de ressortir par un froid pareil. Une fois à la maison, se promit Eve, personne ne réussirait à l'arracher à son cocon douillet.

Elle inspecta le système de sécurité extérieur. Écran numérique, serrure électronique, reconnaissance vocale, balayage des caméras sur tout le périmètre. Les éléments standard d'un dispositif de qualité. Et un code modifié tous les dix jours. Aucune trace de sabotage.

Ce fut Greta qui lui ouvrit.

— Il est plus de 13 heures, s'étonna Eve.

Greta hésita à peine.

— C'est vrai. En général, je prends mon après-midi. M. Forrest m'a demandé de rester aujourd'hui. Mme Anders a besoin de moi.

— Je suppose qu'elle est là.

— En effet. Elle est avec M. Forrest dans le petit salon. Si vous voulez bien patienter ici, lieutenant, ajouta-t-elle pour laisser Eve entrer, je vais les prévenir.

— Parfait. Greta, qui d'autre est venu aujourd'hui ?

— Beaucoup de policiers.

— Mais encore ?

— M. et Mme Edmond Luce, Mmes Plowder et Bride-West, qui se trouvaient avec Mme Anders à Sainte-Lucie. Naturellement, elles ont interrompu leur voyage pour se précipiter auprès d'elle. Les appels de condoléances affluent mais M. Ben – M. Forrest et moi-même les filtrons. Plusieurs journalistes ont tenté leur chance. Nous les avons tous refoulés.

— Excellente initiative. Continuez ainsi.

Greta s'éloigna et disparut sous une arche. Restée seule, Eve jeta un coup d'œil vers l'escalier. La suite des maîtres et une partie de l'étage devaient être scellées. Seul un flic muni d'un passe-partout pourrait y pénétrer tant qu'elle n'aurait pas donné son feu vert. Elle se demanda pourquoi la veuve n'avait pas choisi de s'installer chez des amis, voire dans une chambre d'hôtel anonyme en attendant.

Ben la rejoignit. Il paraissait accablé de chagrin.

— Lieutenant. Est-ce vraiment nécessaire ? Ava est… elle vit des moments très durs.

— Je comprends. Malheureusement, nous allons continuer à aller et venir. Vous devriez peut-être convaincre Mme Anders de s'inviter chez des amis.

— J'y travaille. Je crains qu'elle n'ait la sensation de l'abandonner, d'une certaine façon, si elle s'en va. Brigit, une amie, a proposé de l'accueillir. J'ai presque réussi à la convaincre d'accepter. Le… on nous a appelés de la morgue. On nous a dit qu'on ne pouvait pas encore nous le rendre.

— Il faut un certain temps.

— Nous pourrions y aller. Si Ava s'en sent la force, il me semble que le plus tôt serait le mieux.

— Vous avez probablement raison.

— Je pourrais l'emmener. Elle a besoin de… nous avons tous deux besoin de…

Les mots moururent sur ses lèvres et il secoua la tête.

— Savez-vous… pouvez-vous me dire si vous…

— Nous n'en sommes qu'au tout début de notre enquête, monsieur Forrest. Nous suivons activement toutes les pistes possibles.

— Ça date de quelques heures, mais j'ai l'impression que ça fait des jours.

Il se frotta les yeux.

— Je me suis renseigné sur vous. Votre nom m'était familier mais, ce matin, j'étais en état de choc. Vous êtes le flic de Connors.

— Je dirais plutôt le flic du département de police de New York.

— Je ne voulais pas vous offen…

— Ce n'est pas grave.

— Ce que je veux dire, c'est qu'il paraît que vous êtes la meilleure. C'est vous qui avez résolu l'affaire Icove, vous qui avez arrêté ce maniaque qui enlevait et assassinait toutes ces femmes. Je sais que vous découvrirez l'assassin d'oncle Thomas… Vous n'abandonnerez pas.

— Je n'abandonne jamais.

Ava surgit derrière Ben.

— Vous ne pouvez pas nous laisser tranquilles quelques heures ?

— Ava.

Ben se rua vers elle et elle s'effondra dans ses bras.

— La police fait son métier.

— Ils ont transformé sa mort en une mascarade.

— Non, murmura Ben en la serrant contre lui et en lui caressant le dos. Chut…

— Emmène-moi chez Brigit, Ben. Je ne supporte plus d'être ici. C'est insoutenable.

— Très bien.

Il jeta un coup d'œil à Eve, qui pointa le doigt sur elle-même puis sur l'escalier. Acquiesçant d'un signe de tête, il entraîna Ava avec lui.

Bien qu'elle eût préféré être seule dans la maison, Eve retourna jusqu'à la porte d'entrée. Elle imagina les lieux plongés dans les ténèbres, les lueurs bleutées des éclairages de sécurité. Un meurtrier efficace se serait préparé d'avance. Mains, cheveux, chaussures enduits de Seal-It. Une protection sous les semelles pour être sûr de ne laisser aucune empreinte.

Il avait dû monter directement, décida-t-elle en gravissant les marches. Elle nota qu'aucune d'entre elles ne grinçait. La construction était solide. Elle se dirigea aussitôt vers la suite des maîtres. La porte était sûrement fermée, comme maintenant. Mais pas scellée. Elle se servit de son passe-partout pour accéder à l'intérieur.

Tout était silencieux. Les stores étaient baissés, les rideaux tirés. Thomas aimait dormir dans l'obscurité totale.

Même une personne connaissant les lieux par cœur ne pouvait savoir comment la victime était positionnée dans le lit. L'assassin avait dû prévoir une lampe laser. Un faisceau minuscule pour éclairer son chemin.

Ne voulant pas être dérangée, Eve s'enferma à clé.

— Allumer lumières! commanda-t-elle.

Elle sortit une mini-torche électrique de sa poche.

— Éteindre lumières!

Elle s'approcha du lit.

D'abord, la seringue. Histoire de le neutraliser. Anders avait-il bougé? Senti la piqûre? Compter jusqu'à dix – ce n'est pas long. Compter jusqu'à dix lentement, régulièrement.

«À quoi pensez-vous? se demanda-t-elle. Éprouvez-vous de l'excitation? De la peur. Pas de la rage, non. Il est déjà loin, vous y avez veillé. Ce n'est donc pas de la rage.»

Le moment était venu de rallumer. Plus rien n'obligeait Eve à travailler dans le noir.

— Lumières! ordonna-t-elle. Feu de cheminée!

«Aviez-vous apporté les rubans de velours ou bien Anders les cachait-il quelque part?

«C'est vous qui les avez apportés. Vous ne pouviez prendre le moindre risque. Vous deviez avoir tous les outils à portée de main.

«Était-il déjà nu ou est-ce vous qui l'avez déshabillé? Le cas échéant, où avez-vous mis son pyjama? L'avez-vous conservé en guise de trophée?

«Les poignets d'abord. Avez-vous senti son souffle sur votre peau pendant que vous les lui attachiez? Ils étaient lourds. Un poids mort. Anders ne pouvait déjà plus se défendre, mais il vous restait à peaufiner la mise en scène. Les poignets d'abord.

« Puis les chevilles.

« Disposer les sex toys sur la table de chevet.

« Ensuite, la deuxième dose. Vous vouliez qu'il bande. Vous avez glissé les anneaux sur son pénis. Quelle sensation cela vous a-t-il procurée ? Du plaisir ? Du dégoût ? Ni l'un ni l'autre ? Et après cela ? »

Eve posa le genou sur le lit. Elle se déplaça jusqu'à l'endroit où Anders avait dû se trouver, imagina le meurtrier en train de nouer le dernier lien autour du cou de sa victime.

Elle descendit, lissa la couette. « Vous avez examiné votre œuvre, supposa-t-elle, vérifié divers facteurs. Comment respire-t-il ? Son organisme réagit-il déjà en envoyant des signaux à son cerveau ?

« Vous avez rangé votre lampe-torche, vos seringues, et vous êtes parti. En laissant la porte ouverte. »

Contrairement à l'assassin, Eve la ferma à clé lorsqu'elle eut terminé et la scella. En regagnant le rez-de-chaussée, son esprit accompagnant les pas du tueur, elle aperçut Greta, assise droite comme un « I » sur un siège du vestibule.

— M. Forrest m'a priée de rester là au cas où vous auriez besoin de quelque chose. Il a emmené Mme Anders chez Mme Plowder.

— J'ai tout ce qu'il me faut, je vous remercie. Vous devriez rentrer chez vous.

— Oui. Je devrais rentrer chez moi.

Elle enfila le pardessus qu'elle tenait drapé sur son bras.

— Greta, que portait M. Anders pour dormir ?

— Pardon ?

— J'ai vu des pyjamas dans son tiroir. C'est bien vous qui vous occupez du linge, n'est-ce pas ?

— Je… oui, bien sûr. M. Anders portait des pyjamas tout ce qu'il y a de plus classique. Il en changeait tous les jours. Il les voulait repassés. Sans amidon.

— Combien de paires en possédait-il ?

— La dernière fois que j'ai compté, c'est-à-dire lundi dernier, M. Anders en possédait dix. Tout coton.

— Dix. M. Anders prenait-il des somnifères ?

— Pas que je sache. Je suis désolée. J'en ai acheté de temps en temps puisque c'est moi qui suis chargée des courses. Je ne saurais vous dire s'ils étaient destinés à M. ou à Mme Anders, ni s'ils en avalaient quotidiennement.

— Bien. Merci de votre aide.

Greta enfonça un bonnet gris sur son crâne.

— C'est mon travail.

Une fois Greta disparue, Eve demeura immobile, se laissant imprégner par la sensation de vide, de silence. Pivotant sur elle-même, elle traversa le vestibule et s'engagea dans le couloir de gauche. Plus on était riche, plus on avait besoin de pièces pour y ranger tout ce qu'on s'achetait.

Plus on avait d'argent, de pièces et de biens, plus on se protégeait contre les éventuels cambrioleurs.

La régie de sécurité jouxtait la cuisine. Encore une porte codée. Eve sortit son passe-partout, l'ouvrit. Elle examina la série d'écrans de surveillance interne et celle de la propriété. Tous étaient en fonction. Elle pianota sur le clavier le code que lui avait fourni la DDE. Le disque de surveillance externe s'éjecta.

Elle le remit dans sa fente, consulta brièvement le fichier vide.

« Il a tout pris avec lui, pensa-t-elle. Par précaution. Il est ressorti, il a verrouillé derrière lui. Pourquoi ? Par discipline ? »

Elle retourna dans l'entrée, jeta un dernier regard autour d'elle avant de sortir. Elle scella la porte derrière elle, et consulta sa montre. En tenant compte de sa conversation de trois minutes avec Greta, entre son arrivée et son départ, la reconstitution avait duré à peine quarante minutes. Il suffisait d'en ajouter cinq pour laisser le temps au meurtrier de déshabiller sa victime.

Un délai insuffisant pour explorer la maison en quête de la régie de sécurité ou de la chambre.

L'assassin connaissait les lieux comme sa poche. Il savait où était le maître, où étaient les disques de surveillance.

Curieux, songea-t-elle en regagnant sa voiture. Il avait pris la peine de refermer la porte de la régie, mais laissé celle de la chambre ouverte. Éteint les lumières, mais laissé le feu dans la cheminée.

Une fois dans son véhicule, elle poussa le chauffage au maximum, puis sortit son carnet de notes.

Eve franchit l'imposant portail et remonta l'allée qui serpentait à travers le parc. Question nombre de pièces, songea-t-elle, personne n'arrivait à la cheville de Connors. La demeure était un véritable palais régnant sur le ciel et la ville. Quelques années auparavant, elle aurait éclaté de rire si on lui avait dit qu'elle habiterait un jour un endroit aussi spectaculaire et non moins confortable.

C'était pourtant le cas. Se garer devant cette merveille d'architecture, laisser son véhicule de fonction devant le perron au grand dam de Summerset, le majordome de Connors, la réjouissait jour après jour.

Bravant l'air glacial, elle se précipita à l'intérieur.

Il était là, bien sûr. À rôder. Le squelette ambulant en costume sombre qui gérait la maisonnée et agaçait Eve comme un caillou dans sa chaussure.

— Lieutenant, fit-il d'un ton qui la hérissa comme un ongle griffant un tableau noir. Vous êtes en retard, comme d'habitude.

— Et vous, vous êtes aussi laid que d'habitude. Mais j'ai appris l'indulgence.

Comme elle se débarrassait de son manteau, Galahad le chat vint se frotter contre le mollet de Summerset avant de s'approcher d'elle. Elle abandonna son vêtement sur la rampe, se pencha pour gratifier le félin d'une caresse entre les oreilles, puis grimpa à l'étage, ce dernier sur ses talons.

Dans la chambre, Connors était en pantalon, un pull à la main.

— Quel timing! s'exclama-t-il. Ce n'est peut-être pas la peine que je mette ça, ajouta-t-il en agitant ledit pull.

Plissant les yeux, elle pointa l'index sur lui.

— Depuis quand es-tu rentré?

— Une dizaine de minutes, je pense.

— Tu vois! *Moi*, on m'accuse d'être en retard alors que tu ne m'as précédée que d'une dizaine de minutes!

— Qui te dit que je n'ai pas reçu ma part de reproches?

— Je le sais.

— Tu as raison. Cela dit, j'avais prévenu.

Elle renifla.

— Lèche-bottes!

Il sourit.

— Viens ici et répète-moi ça.

— Je n'ai pas le temps de te sauter dessus. J'ai des notes à trier.

Elle ôta son holster, le posa sur le dossier d'un fauteuil.

— Les médias ont flairé le scandale. J'ai quelques trous à boucher.

— J'ai fait une déclaration.

— Quoi? Une déclaration? Pourquoi? Pourquoi ne m'as-tu pas consultée avant de...

— Je connaissais Anders, et le siège de sa société se trouve dans mon immeuble. Je sais comment m'y prendre, Eve. J'avais déjà une certaine expérience en ce domaine avant de te connaître.

— D'accord, d'accord, marmonna-t-elle en se frottant le front entre les sourcils. C'est juste que... cette affaire pue.

— Pue quoi?

— L'excès. Il faut que je réfléchisse, enchaîna-t-elle.

— Tu peux réfléchir avec moi. Tu me sauteras dessus plus tard. En attendant, on pourrait manger un morceau dans ton bureau.

— Ton oreille m'est précieuse.

Elle l'observa tandis qu'il enfilait son pull. Dommage, songea-t-elle.

— Tu crois qu'on devrait s'offrir des soirées en amoureux ?

Il la dévisagea avec un mélange d'amusement, de charme et de stupéfaction. Elle se demanda comment il s'y prenait pour exprimer autant de sentiments en même temps.

— Tu veux dire que je t'emmène dîner ou danser, par exemple, puis que je te dépose chez toi après un long baiser plein d'espoir ?

— Non, protesta-t-elle en fronçant les sourcils. De toute façon, nous n'avons jamais fait ça.

— Je savais bien que j'avais sauté une étape !

Il s'approcha, lui caressa la joue.

— Veux-tu que je t'invite à une soirée en amoureux, mon Eve chérie ?

— Je m'interrogeais, c'est tout. C'est à cause de Peabody. Elle voulait absolument partir une heure plus tôt pour pouvoir se pomponner parce que McNab et elle ont décidé de s'offrir des Soirées Spéciales, histoire d'entretenir l'étincelle.

— C'est mignon. Tu t'interroges sur notre relation ?

Il lui prit la main, la porta à ses lèvres.

Eve ne comprendrait jamais comment un geste aussi délibérément romantique pouvait la toucher à ce point.

— Je me demandais simplement si c'était quelque chose qu'on était censés faire après plusieurs années de mariage. Surtout quand on travaille souvent le soir.

— Nous aimons tous deux travailler, non ?

— Si.

Elle se rapprocha, lui empoigna les cheveux et réclama sa bouche en un baiser fougueux. Après quoi, elle recula d'un pas.

— La flamme n'est pas éteinte, décréta-t-elle. Du reste, j'ai toujours eu horreur des rendez-vous galants.

Partager une tourte maison au poulet arrosée d'un bon vin lui semblait le comble de la perfection. Summerset l'exaspérait, mais il cuisinait à merveille.

Tout au long du repas, Eve avait exposé à Connors les faits et ses impressions concernant son enquête.

— D'un côté, on a un type marié depuis seize ans qui aurait trompé sa femme, assouvi ses fantasmes ; le jeu aurait mal tourné et sa partenaire aurait détalé comme un lapin. Mais c'est absurde.

— Parce qu'il était drogué.

— Oui, mais il n'y a pas que cela. Si l'on accepte la thèse de l'accident, la partenaire aurait au moins tenté de le ranimer. Ou du moins, détaché le ruban autour de son cou. Et il y a le pyjama.

— Le pyjama ?

— Greta – qui m'apparaît aussi redoutablement efficace que le nazi au rez-de-chaussée – affirme que la victime dormait en pyjama et en possédait dix. J'en ai compté neuf. Où est le dixième ? Je ne peux que supposer que l'assassin l'a emportée, soit en guise de trophée, soit pour s'en débarrasser. Supposons qu'Anders ait attendu de la visite. Il pouvait : a) recevoir en pyjama ; b) recevoir habillé et laisser ledit pyjama dans le tiroir avec les neuf autres. S'il était en pyjama et si c'était un accident, pourquoi l'emporter en partant ? Ça ne colle pas.

— Le meurtrier craignait peut-être d'y avoir laissé des traces d'ADN.

— Les experts n'ont rien trouvé dans la pièce. Non, ça ne va pas. Le tueur s'était forcément protégé. Dans la chambre, on n'a relevé que les empreintes d'Anders, de sa femme et de la gouvernante. Les quelques cheveux sur le lit étaient les siens.

— Oublions tout cela un instant et envisageons une autre hypothèse – complètement loufoque vu ce que je sais d'Anders. Certaines personnes trouvent excitant d'être prises de force alors qu'elles sont inconscientes. La soumission ultime.

— Il y a toutes sortes de malades, convint Eve. Mais même si c'était le cas d'Anders, il faudrait être fou pour se plier à ce genre d'exercice sans avoir une totale confiance en son partenaire. Et un partenaire en qui il aurait eu toute confiance l'aurait-il abandonné alors qu'il suffoquait ? Il était encore vivant quand on a rebranché la sécurité. D'un autre côté...

Elle marqua une pause le temps de se resservir une part de tourte.

— L'autre explication, c'est le meurtre prémédité. Quelqu'un qui était dans la maison ou pouvait y accéder facilement. L'assassin savait où Anders dormait, où était située la régie, comment débloquer les dispositifs de sécurité. J'ai minuté le tout : il n'avait pas le temps de traîner. C'est un acte commis de sang-froid, vindicatif, cruel. Le meurtrier ne s'est pas contenté de le tuer, il voulait le salir dans la mort. Mais il manque quelque chose. Où est le tremplin ? Pour agir ainsi il faut être en colère ou rempli de haine. Comment une personne capable de contenir ces sentiments peut-elle négliger certains détails ? La dose de barbituriques, par exemple. C'est incompréhensible. Il voulait l'humilier, mais il n'avait rien à lui dire. Un sédatif léger aurait suffi pour le neutraliser. L'assassin ne voulait pas qu'il sache le pourquoi de son acte ? Ou qu'il *sache*, tout simplement ?

« C'est là qu'intervient un troisième élément. La mise en scène. Le tueur se fichait de savoir ce qui se passerait après le tomber du rideau. Pourquoi prendre autant de peine quand on sait d'avance qu'on ne pourra pas saluer les spectateurs fascinés ? Qu'y a-t-il à gagner ? Quel est l'objectif ?

— Il est mort. Peu importe le décorum, la mission est accomplie.

— Oui.

Eve opina, agita sa fourchette.

— Et qu'est-ce que j'ai ? Un neveu dévoué, une épouse amoureuse, des amis fidèles, une gouvernante efficace. Quelqu'un cache quelque chose. Ce quelqu'un savait qu'Anders serait seul dans la maison cette nuit-là. Il devait en avoir la certitude. Donc… je creuse la question financière… Anders avait-il payé les services d'une prostituée, était-il abonné à *Sadomaso* ? La femme, le neveu ont-ils des soucis d'argent ? Le jeu, la drogue, les paris sportifs… Ben s'est peut-être fourré dans de sales draps.

— Ce n'est pas Ben.

— Je ne le pense pas. Mais cela ne signifie pas qu'il n'y ait pas un lien avec lui.

Les yeux rivés sur Connors, elle vida son verre de vin.

— Tu veux te joindre à nous, expert consultant civil, et farfouiller dans quelques comptes bancaires ?

— Je ne vis que pour cela.

— Occupe-toi de la femme. Je me charge de Ben. En ce qui concerne Anders, on se partagera les tâches.

— J'adore les corvées. J'en ai une pour toi. Débarrasse la table. Je vais chercher le café.

Difficile de refuser, d'autant que c'était lui qui avait eu l'idée de la tourte au poulet. Elle rangea les assiettes dans la petite machine de la kitchenette attenante à son bureau. Lorsqu'elle se retourna, elle le surprit en train de l'observer.

— Quoi ?

— La scène est touchante, non ? Toi à la vaisselle, moi au café. Nous deux dans la cuisine après le repas.

Eve contempla Galahad qui reniflait son bol dans l'espoir d'une part supplémentaire.

— Nous trois, rectifia Eve.

— Ah, oui. Notre petite famille.

En deux pas, Connors fut près d'elle, lui caressa les cheveux.

— Un agréable moment de répit entre une journée harassante et le puzzle de la soirée. J'adore.

Le cœur d'Eve fondit littéralement.

— Je me demande toujours pourquoi tu t'en contentes.

Il l'embrassa tendrement.

— Je ne devrais pas.

Le chat vint se frotter contre eux, puis entreprit de faire sa toilette. Connors secoua la tête en riant.

— Ainsi se conclut notre moment de répit. Ton café, lieutenant, fit-il en lui tendant sa tasse.

Elle alla s'installer devant son poste de travail tandis que Connors passait dans son bureau. Elle ne cessait de s'émerveiller. L'amour de Connors était un miracle. Il l'aimait à cause de ou malgré tout. Qu'ils se soient trouvés était aussi un miracle. Il avait raison, bien sûr. Il y avait là largement de quoi se contenter.

Elle se lança dans une recherche sur les finances d'Anders.

Les riches avaient la fâcheuse manie de caser leur fric dans une multitude de poches. Actions, bons du trésor, trusts, taxes différées, espèces, placements. À long terme, à court terme. Sous-ensembles, filiales, divisions.

Pourtant, même les riches payaient leurs factures et s'achetaient du papier-toilette.

Eve fouilla, en quête d'un élément liant sa victime à une maîtresse ou à des compagnes licenciées tout en lançant une recherche parallèle sur les médicaments destinés à améliorer les performances sexuelles.

— Eve.

— Quoi ?

Elle détourna les yeux de son écran mural.

— Je viens à peine de commencer. Ne me dis pas que tu as déjà un résultat ! Ce n'est pas juste !

— Si et je ne crois pas que ça va te plaire.

— Quoi ?

— C'est dans les dossiers financiers d'Ava. Des paiements bimensuels depuis dix-huit mois.

— En échange de quoi ? Adressés à qui ?

— Charles Monroe.

— Charles.

Eve se passa une main dans les cheveux.

— Merde !

C'était le problème quand on se faisait des amis. Ça vous retombait toujours dessus.

— C'est *elle* qui fréquentait un compagnon licencié ?

— Je ne pense pas qu'ils jouaient au bridge.

— Et, comme par hasard, il faut que ce soit Charles.

Elle fronça les sourcils, rumina quelques instants.

— Pourquoi une femme qui prétend aimer son mari éprouve-t-elle le besoin de s'envoyer en l'air avec un professionnel de la prostitution tous les quinze jours ?

— Tu sais bien qu'il peut y avoir toutes sortes de raisons.

— Peut-être, peut-être, mais ce qui m'intéresse, ce sont les siennes.

Elle se leva. Elle allait devoir quitter son cocon douillet, finalement.

— Je vais l'interroger de ce pas.

— Maintenant ? Eve, il est 22 heures passé !

— Les compagnons licenciés ont des horaires flexibles.

— Il est probablement dehors avec une cliente.

— Ou chez lui.

— Tu devrais le contacter d'abord...

— Je veux le prendre de court.

— Je t'y conduis.

5

— Et s'il est chez lui, non pas avec une cliente, mais avec Louise ? suggéra Connors tandis qu'ils s'engouffraient dans l'ascenseur de l'élégant hall d'entrée de l'immeuble de Charles.

Eve haussa les épaules.

— Elle est parfaitement au courant de ses activités professionnelles.

Si elle comprenait qu'une femme aussi intelligente et dévouée que le Dr Dimatto soit amoureuse de Charles – et réciproquement –, elle avait du mal à concevoir que Louise accepte si aisément son métier.

— C'est curieux que ça ne la dérange pas. C'est vrai, en plus, elle ne fait pas semblant. Elle a une relation sérieuse avec un type qui gagne sa vie en couchant avec d'autres femmes, et ça ne la gêne pas.

— J'ai bien épousé un flic, riposta Connors avec un sourire. Chacun son seuil de tolérance. Quand ils se sont rencontrés, Charles était compagnon licencié, de même qu'elle était médecin, et un médecin qui travaille souvent dans les quartiers les plus dangereux de la ville.

Eve lui rendit son sourire.

— Donc, si j'avais été une prostituée quand tu m'as connue, ça ne t'aurait posé aucun problème que je couche avec d'autres hommes. Pour le boulot.

— Aucun, dans la mesure où je t'aurais botté les fesses et où je les aurais tous éliminés. Mais c'est mon seuil de tolérance.

Rassurée, elle pointa l'index sur son torse.

— Là, ça me convient.

— C'est la raison pour laquelle nous sommes faits l'un pour l'autre, mon Eve chérie... Si Louise est là, ajouta-t-il comme les portes de la cabine s'ouvraient, veux-tu que je l'emmène faire un tour ?

— On verra.

— Et s'il est avec une cliente – je crois savoir qu'il ne prend que des femmes –, c'est avec plaisir que je l'occuperai ailleurs pendant que tu travailles.

— Bien sûr, pas de problème ! À condition de ne pas oublier nos seuils de tolérance respectifs, notre entente merveilleuse, et le fait que je n'hésiterai pas à t'arracher les yeux.

Il glissa le bras autour de sa taille et la serra contre lui.

— Entre nous, c'est le grand amour, pas vrai ?

— Avec un « A » majuscule.

Elle appuya sur la sonnette de l'appartement de Charles. Moins d'une minute plus tard, le voyant de sécurité clignota. Elle fixa l'objectif de la caméra. La lumière passa au vert et la porte s'ouvrit.

— Quelle agréable surprise ! Connors. Lieutenant.

Il s'effaça pour les laisser entrer. Charles Monroe était aussi beau qu'un acteur de cinéma. En tenue décontractée, il les accueillit dans son décor aux couleurs fortes dont les murs ornés d'œuvres contemporaines et les fauteuils confortables reflétaient un mélange de sophistication et de convivialité. Une mélodie jazzy flottait dans l'air.

— Que puis-je vous offrir ? Un verre de vin ? Un café irlandais ?

Tout en parlant, il balaya la pièce du regard comme s'il voulait s'assurer que tout était en ordre.

— Il fait un froid de canard, dehors.

— Nous ne prendrons rien, merci, Charles. Vous êtes seul ?

— Oui. Louise est en maraude ce soir. Ces températures glaciales sont une catastrophe pour les gens de la rue.

— Pas de cliente ?

Une lueur vacilla dans ses yeux, mais son sourire demeura détendu.

— En fait, elle a annulé son rendez-vous. Je suis donc d'autant plus heureux de vous voir. Asseyez-vous.

— Il s'agit d'une affaire de police, Charles.

— Je m'en doutais.

— Au sujet de votre cliente Ava Anders.

— Elle va bien ? demanda-t-il d'un ton à la fois inquiet et alarmé. Elle n'est pas…

— Non, mais son mari, si. Tous les médias en parlent depuis ce matin. Vous n'êtes pas au courant ?

— Non, murmura-t-il, paupières closes. Non. J'ai été très occupé, et j'étais… tracassé. Je n'ai pas allumé mon écran de la journée. Thomas Anders est mort ? Assassiné, je suppose, puisque vous êtes là. Vous n'imaginez tout de même pas qu'Ava ait pu le tuer.

— Revenons en arrière. Ava Anders est une de vos clientes.

— C'est elle qui vous l'a dit ?

— Nous l'avons découvert en examinant ses comptes.

— Oui, c'est une cliente.

— Quels services lui fournissiez-vous ?

— Dallas, vous savez pertinemment que je ne peux pas répondre à ce genre de question. C'est confidentiel. Je ne suis pas autorisé à en discuter sans son consentement. Asseyez-vous, voulez-vous ? répéta-t-il d'un ton las. Je vais me chercher à boire. Vous êtes sûrs que vous ne voulez rien ?

— Non, merci, Charles, fit Connors en poussant Eve vers un siège.

— Comment a-t-il été tué? demanda Charles en se dirigeant vers le bar.

— Il était dans son lit. A priori, cela ressemble à une partie de sexe sadomaso qui aurait mal tourné. Asphyxie érotique.

— Mon Dieu!

Charles laissa tomber un glaçon dans un verre, le recouvrit de whisky.

— Ava...

— Était absente, acheva Eve.

Elle lui laissa le temps de boire une gorgée d'alcool avant de poursuivre :

— Vous ne semblez surpris ni par la manière dont il a succombé ni par le fait que sa femme n'était pas là. Parce que ce n'était pas son truc, ou parce qu'elle y est tellement habile qu'elle ne peut pas être à l'origine d'un tel accident?

— C'est elle que vous devez interroger. Vous me mettez dans une position fort délicate, Dallas.

— Comment est-elle devenue une cliente?

— Je lui ai été recommandé. Et, non, ajouta-t-il en revenant avec sa boisson et en s'installant dans un fauteuil, je ne vous révélerai pas par qui. Pas sans accord préalable. Ma réputation et mon intégrité en dépendent.

Eve réfléchit.

— Vous êtes un expert en matière de relations.

Il eut un petit rire, secoua la tête. Eve leva les mains, paumes en l'air.

— Quoi? C'est la base de votre commerce, non? Un jour, vous m'avez dit que le client ne payait pas uniquement pour le sexe, mais pour une relation.

— C'est la vérité.

Ses traits se tendirent.

— Charles, intervint Connors, je sais que ce ne sont pas mes affaires, mais est-ce que tout va bien entre Louise et vous?

Charles le dévisagea.

— Oui. Merci. Tout va bien entre Louise et moi.

— Ce point étant éclairci, reprit Eve, optons pour une autre approche. En théorie, pourquoi une femme mariée depuis de longues années et ostensiblement heureuse de l'être se tourne-t-elle vers un compagnon licencié ? De façon régulière.

— En théorie, marmonna Charles en opinant. Ladite femme peut avoir des besoins, désirs ou fantasmes qu'elle ne peut assouvir au sein de son couple.

— Pourquoi ?

Cette fois, il exhala bruyamment.

— Peut-être n'ose-t-elle pas exiger certaines choses de son conjoint ; peut-être celui-ci refuse-t-il de se plier à ses requêtes. Peut-être le fait de satisfaire ses appétits en toute sécurité avec un professionnel permet-il de garantir le bonheur du couple ? Le mariage, si heureux soit-il, n'assure pas systématiquement la satisfaction émotionnelle ou sexuelle des deux partenaires.

— Alors quoi ? Ils restent ensemble pour bavarder le soir au dîner ?

— En général, c'est beaucoup plus complexe que cela. Le sexe, surtout un certain type de sexe, ne représente qu'une partie d'une relation. Je ne peux pas vous donner de détails, Dallas. Pas sans l'assentiment d'Ava. Si elle vous l'accorde, c'est avec plaisir que je vous répondrai.

— Entendu. Ne la contactez pas, Charles. Si elle essaie de vous joindre, je vous serais reconnaissante de l'éviter jusqu'à ce que je l'aie vue.

— D'accord.

Eve se leva.

— Je vous tiendrai au courant. Transmettez mes amitiés à Louise.

— Je n'y manquerai pas.

Il se leva à son tour et embrassa Eve sur la joue.

— Je ne comprends pas. Je ne comprends pas, rumina Eve, sourcils froncés, tandis que Connors les ramenait à la maison. Je sais qu'il a raison, je sais que c'est vrai, mais je ne *comprends* pas.

— Tu ne comprends pas quoi, précisément ?

— Comment on peut avoir une relation extra-conjugale et que tout le monde s'en réjouisse ? À quoi bon se marier, alors ?

— Pour l'argent, pour ne pas être seul, par habitude, pour la sécurité, pour le statut social.

— N'importe quoi !

— Tu devrais vraiment apprendre à te faire des opinions plus catégoriques.

— Et le fait qu'elle ne puisse assouvir tous ses fantasmes au sein de son couple ? Bon, d'accord, j'entends ça sans arrêt, surtout après qu'il l'a tuée ou vice versa, mais ce sont des salades. Si on n'est pas sur la même longueur d'onde sur ce plan-là, il ne fallait pas se mettre ensemble.

— Parfois l'un des partenaires change de fréquence.

— Soit. Supposons que j'aie envie de changer de fréquence. Je décide que je veux que tu suces ton pouce et que tu m'appelles maman pendant que je te donne la fessée.

Elle observa son profil.

— Comment réagirais-tu ?

— Je te proposerais sans doute un compromis raisonnable. Par exemple, je préférerais sucer ton sein. Quant aux fessées, ce serait chacun son tour.

Elle enfonça un doigt dans son épaule.

— Tu vois ! Ça marche pour moi.

— J'espère que non, mais c'est à voir.

— Non, s'esclaffa-t-elle. Ce que je veux dire, c'est que tu ne m'enverrais pas balader s'il me venait une idée saugrenue.

— Souviens-t'en la prochaine fois que j'exigerai de te ligoter avec tes sous-vêtements et d'enduire ton corps nu de confiture de framboises.

— Parce qu'il y a eu une première fois ?

— Possible.

Décidément, cet homme la surprendrait toujours.

— Revenons à nos moutons. Je ne vois pas comment un mariage peut tenir quand l'un ou les deux partenaires entretiennent une relation intime ailleurs.

Connors franchit le portail.

— Imagine par exemple que tu sois mariée avec un type, que tout est pour le mieux dans le meilleur des mondes et que, d'un seul coup, il se révèle gay comme un panier de Pâques. Tu as un problème. Peut-être que tu t'accroches pour les raisons que tu m'as citées tout à l'heure : l'argent, l'habitude, bref... Peut-être que tu t'adresses à un pro pour te défouler. Mais est-ce là un mariage ou un arrangement ?

— Y a-t-il de l'amour ? Tu as une vision trop étroite du sujet, Eve.

— Le mariage, c'est une promesse. C'est un des arguments que tu m'as présentés pour me convaincre d'accepter. Si tu enfreins une partie de la promesse, le reste va se fissurer.

— Même quand les deux parties sont d'accord ?

— Je ne sais pas.

Elle descendit de la voiture.

— Mais je suis curieuse de connaître l'avis d'Ava Anders.

Une fois à l'intérieur, ils montèrent ensemble.

— Selon moi, dit Connors, si elle avait voulu dissimuler ses activités extraconjugales, elle aurait payé Charles en espèces. En parlant de Charles, je l'ai trouvé distrait, pas toi ? Même avant qu'il n'ait appris la raison de notre visite.

— Oui. Il a eu beau nous assurer que tout allait bien, je me demande si c'est le cas.

— Ce serait dommage. Louise et lui sont si bien assortis.

Comme elle se dirigeait vers son bureau, il lui attrapa la main et l'entraîna dans la direction opposée.

— Quoi ? J'ai du boulot.

— Nous avons tout le temps du boulot. Il est près de minuit et tu as eu une rude journée.

— Je veux juste…

— Moi aussi. Je me demande si je ne vais pas commander un pot de confiture de framboises.

— Très drôle. Très, très drôle. Accorde-moi une petite heure pour…

— J'ai d'autres projets, coupa-t-il en la poussant dans la chambre. Je te propose un compromis…

— Et si je ne suis pas d'humeur ?

— Dans ce cas…

Il déboucla le holster qu'elle avait remis avant de sortir, défit le premier bouton de son chemisier.

— … tu risques de t'ennuyer. Feu de cheminée ! commanda-t-il. Extinction des lumières !

Il continua de la pousser jusqu'à la plate-forme sur laquelle trônait un lit gigantesque, et la débarrassa du holster et du chemisier sans la quitter des yeux.

— Monte. Encore.

D'une légère poussée, il la renversa sur le matelas.

— Je pense que je vais demeurer étendue là et attendre que ça se passe.

— Parfait.

Il lui souleva la jambe, lui ôta sa bottine.

— Ne te vexe pas si je m'assoupis.

— Bien sûr que non !

Il jeta de côté la deuxième bottine. Lorsqu'il entreprit de lui dégrafer son pantalon, elle eut un frémissement. Il esquissa un sourire.

Eve feignit un bâillement, plaqua la main sur sa bouche.

— Désolée.

Il haussa un sourcil. Aucune autre femme au monde n'était capable de l'amuser, de le provoquer, de l'exciter comme Eve. Il enleva son pull, le laissa tomber par terre, puis s'assit sur le lit pour se déchausser. À ses côtés, elle émit plusieurs grognements exagérés jusqu'à ce qu'il lui pince la hanche.

— Oups, pardon ! Je ronflais ?

Il se leva, acheva de se déshabiller.

— Rendors-toi, murmura-t-il en s'allongeant près d'elle. Ce ne sera pas long.

Elle se mit à rire, réprima un cri quand il lui mordilla le sein à travers son soutien-gorge.

— D'accord.

Elle s'éclaircit la gorge.

— Je dois pouvoir t'accorder quelques minutes.

— Je t'en suis infiniment reconnaissant.

Du bout de l'index, il traça un chemin le long de sa cuisse, jusqu'à son slip. Il l'entendit reprendre son souffle. Un spasme la secoua, un gémissement lui échappa lorsque son doigt se glissa sous l'élastique. Le cœur battant, elle s'abandonna à ses baisers. Soudain, il roula sur le côté.

— Ça devrait suffire.

Tout le corps d'Eve était en émoi. Elle se redressa, se mit à califourchon sur lui. Il était au comble de l'excitation.

— Très drôle. Très, très drôle, répéta-t-elle.

D'un geste vif, elle se débarrassa de son soutien-gorge.

— À toi de jouer, camarade.

— Si tu insistes…

Il lui caressa les seins. Posant les mains de part et d'autre de sa tête, elle se pencha sur lui et se régala de sa bouche. Jamais elle ne se lasserait de leurs étreintes, de la magie de leurs baisers.

Le souffle court, la peau brûlante, elle se redressa brusquement et bascula sur le dos.

— *Ça* devrait suffire.

Ils demeurèrent un moment sans bouger, puis se tournèrent l'un vers l'autre, se sourirent. Et s'enlacèrent avec fougue.

Elle rit, gémit, roucoula, gloussa. Avides l'un de l'autre, ils batifolèrent à la lueur des étoiles scintillant à travers la coupole en verre.

Il la poussa jusqu'au paroxysme du plaisir, guettant son cri de bonheur. Eve était son paradis, son nirvana, le bonheur après lequel il avait couru toute sa vie.

À la lueur du feu de cheminée, ses yeux d'ambre paraissaient presque dorés. Elle verrouilla son regard au sien, lui sourit. Et lorsqu'ils jouirent ensemble, Connors eut l'impression de s'envoler.

— Cette fois, ça devrait vraiment suffire, chuchota-t-elle.

Le lendemain matin, elle engloutit une tasse de café avant de s'atteler à la plus pénible des tâches : s'habiller. Connors, déjà prêt comme à son habitude, parcourait des rapports financiers dans le coin salon.

— Il fait moins froid aujourd'hui, au cas où ça t'intéresserait.

Elle lui répondit depuis les entrailles de son armoire.

— C'est-à-dire ?

Elle enfila un chemisier en coton blanc.

— Je vais travailler ici ce matin. Demander à Peabody de me rejoindre. Ce sera plus facile ensuite de nous rendre là où séjourne Ava. Tu connais une certaine Brigit Plowder ?

— Une mondaine, mariée à Peter Plowder – architecte. Sa famille construit des ponts et des tunnels. Elle est très respectée dans les milieux caritatifs. C'est elle qui accueille la veuve ?

— Oui.

Eve émergea de son dressing, s'assit pour enfiler ses boots, puis plissa les yeux en voyant son mari la détailler.

— Quoi ? C'est une veste ! Je me fiche de savoir si elle va ou non avec mon pantalon.

— C'est dommage, car l'ensemble est très seyant. J'étais en train de m'émerveiller devant ton allure à la fois professionnelle et stylée. Un accident, sans doute, mais tout de même.

— Mon allure à la fois professionnelle et stylée.

Elle renifla, se pencha pour lui voler une tranche de melon.

— Il est temps que je me mette au boulot.

— Mange.

— Je commanderai une viennoiserie tout à l'heure. Il faut absolument que je me plonge dans ces relevés financiers, quelqu'un ayant interféré dans une enquête policière hier soir.

— Tu devrais me faire arrêter.

— Cela va sans dire.

Elle l'embrassa.

— À plus! Ah! J'allais oublier. Peabody sera dans l'émission de Nadine ce soir.

— Pas possible! Elle doit être… terrifiée.

— Ouais! Ça lui passera.

Une fois dans son bureau, Eve s'installa devant son ordinateur et se mit au travail. Elle pensa à commander sa viennoiserie, oublia. Quand elle entendit le claquement des bottes de Peabody, elle se frotta les yeux.

— Prenez le relais.

Peabody s'immobilisa, battit des paupières.

— Pardon?

— Examinez ces fichus comptes. Dans un quart d'heure, nous irons interroger Ava.

— Entendu.

Peabody drapa une housse sur le dossier d'un fauteuil.

— Qu'est-ce que c'est que ça?

— Une tenue. Pour ce soir. Au cas où je tacherais celle que je porte déjà. Ou si la styliste décide que ça ne convient pas. McNab a approuvé, mais ce n'est pas forcément une référence.

Peabody enleva différentes couches de vêtements, révélant un tailleur rubis à petits boutons argent.

— Qu'en pensez-vous? Ça va?

— Pourquoi est-ce que vous me posez la question ?

— Je ne sais pas.

Les nerfs en pelote, Peabody se passa la main dans les cheveux.

— J'aurais dû aller chez le coiffeur. Mais ils peuvent arranger ça, n'est-ce pas ? Nadine a engagé Trina, alors je…

Les mots moururent sur les lèvres de Peabody, qui fit la moue.

— Vous êtes drôlement élégante aujourd'hui.

Eve secoua la tête. Un pantalon gris, un chemisier blanc et une veste bleu marine pour cacher son arme. Qu'est-ce qu'ils avaient, tous, à la féliciter ?

— Si nous en avons terminé avec la revue de mode, vous pourriez peut-être consacrer quelques minutes à ces fichiers.

— Pas de problème. Et les boucles d'oreilles ? Qu'est-ce que vous en dites ?

Eve leur jeta un coup d'œil mais ne pipa mot.

— J'ai compris, marmonna Peabody en se précipitant vers le bureau.

— Les recherches standard n'ont rien donné, expliqua Eve. Une dernière tentative, et si ça ne marche pas, je confierai cette mission à Connors. Hier soir, il a eu une touche au bout de dix minutes à peine.

— Il est très doué.

— Il est tombé sur Charles.

Peabody redressa vivement la tête.

— Notre Charles ?

— Pour ainsi dire. Ava est une de ses clientes régulières à raison de deux séances par mois depuis un an et demi.

— Merde ! On va devoir l'interroger.

— Nous sommes allés chez lui hier soir. Comme on pouvait s'y attendre, il n'a pas voulu donner de détails. Il exige le consentement d'Ava. Mais il m'a dit qu'il lui avait été recommandé par quelqu'un.

86

— Elle fricotait avec un pro. Ce pourrait être un mobile.

— Possible. Le hic, c'est qu'elle ne s'en cachait pas plus que ça. Tous ses paiements sont débités de son compte personnel.

Peabody réfléchit en tripotant l'un de ses pendants d'oreilles.

— Elle ne prend pas de précautions. Le mari découvre le pot aux roses, ils se disputent. Il brandit la menace d'un divorce. Elle l'élimine.

— Elle était à l'étranger.

— Certes. Un meurtre commandité ?

— Trop élaboré. À moins qu'elle n'ait engagé quelqu'un qui accepte de se soumettre aux exigences spécifiques de ses clients. Après tout, quand il s'agit de gagner du fric... Jusqu'ici, l'examen de ses relevés bancaires n'a rien donné. Pas de retraits suspects, pas de virements louches.

Eve se mit à aller et venir.

— C'est une belle femme. Elle a la classe, le pouvoir. Elle serait capable de convaincre un amant suffisamment idiot de se salir les mains à sa place.

— Mais si elle avait un amant, pourquoi payer Charles cinq cents dollars la partie de jambes en l'air, deux fois par mois ? observa Peabody.

— Exactement. Donc...

Eve pivota brusquement vers Peabody.

— Comment connaissez-vous les tarifs de Charles ?

— Euh...

Peabody tritura ses cheveux, puis les boutons de sa veste.

— Par simple... curiosité, je me suis renseignée à l'époque où nous nous voyions de temps en temps.

— Hmm. Voyez ce que vous pourrez trouver.

Eve s'éloigna et sortit son communicateur de poche pour prendre rendez-vous avec Mira et réquisitionner une salle d'interrogatoire.

— Mesdames !

Connors surgit sur le seuil de la pièce.

— Peabody, vous êtes ravissante !

— Vous trouvez ? gloussa-t-elle. Ce n'est pas trop clinquant ?

— Cette couleur vous sied à merveille.

— Doux Jésus ! souffla Eve, ce qui lui valut un regard de son mari.

— Un petit déjeuner ? proposa-t-il.

Eve fronça les sourcils, haussa les épaules. Connors la fixa sans ciller. Levant les yeux au ciel, elle gagna la kitchenette au pas de charge.

— Vous n'avez même pas besoin de vous parler, soupira Peabody. Vous vous devinez.

— C'est pratique, parfois. Comment s'est passée votre Soirée Spéciale ?

— Géniale. Vraiment !

— Tu as fini de distraire ma partenaire ? gronda Eve depuis la cuisine.

— Les relevés bancaires, articula Peabody en silence.

— Ah, oui !

D'une démarche nonchalante, Connors passa devant l'écran mural auquel il jeta un bref regard, gratifia Peabody d'un clin d'œil qui fit s'emballer son pouls, puis alla rejoindre sa femme. Elle mangeait un beignet sans enthousiasme excessif.

— Mon petit déjeuner, grommela-t-elle.

— Je vois. Si je me chargeais de vérifier les comptes ? Cela me prendra nettement moins de temps qu'à toi ou à Peabody, et vous pourriez en profiter pour aller battre le rappel des suspects.

Elle mâcha, avala.

— À condition de respecter les règles. Piratage interdit.

— Tu sous-estimes les talents d'un honnête homme.

— Je sais à qui je parle, rétorqua-t-elle en souriant. Ça me rendrait service si tu pouvais t'y consacrer entre deux négociations interplanétaires.

— Je me débrouillerai. Va vite protéger et servir tes compatriotes, conclut-il avant de l'embrasser.

— Peabody ! lança-t-elle en sortant de la cuisine. Avec moi !

— Je n'ai pas encore...

— Le civil s'en occupe. Allons cuisiner la veuve éplorée.

— J'avoue que ça m'amuse beaucoup plus.

Peabody se leva d'un bond, s'empara de sa housse. Eve étant déjà loin, elle se tourna vers Connors.

— Que pensez-vous de mes boucles d'oreilles ?

Il s'approcha pour les examiner.

— Charmantes.

— Mais pas trop...

— Pas trop clinquantes. Vous serez formidable.

— Merci.

Elle récupéra son manteau, son écharpe, son bonnet.

— Je...

— Peabody ! Bougez-vous les fesses !

— Faut que j'y aille ! lança Peabody en détalant.

Une tasse de café à la main, Connors s'installa au bureau d'Eve. Il avait vingt minutes devant lui.

— Voyons un peu tout ça...

6

L'appartement des Plowder était situé dans un superbe immeuble ancien soigneusement restauré de l'Upper East Side. Façade discrète en brique rose, portique, larges portes en verre permettant aux passants d'apercevoir le vestibule en marbre poli. Un huissier en livrée bleu et argent surveillait l'entrée au cas où lesdits passants s'attarderaient un peu trop.

Eve le vit observer son véhicule de fonction d'un œil méfiant quand elle se gara devant le tapis déroulé sur le trottoir. Elle s'en fichait complètement. Elle ne se contentait pas de croissants au petit déjeuner : elle croquait volontiers les gardiens.

Il s'approcha comme elle sortait, secoua la tête.

— La flotte de la police ne s'améliore pas, constata-t-il. À quelle brigade appartenez-vous ?

— Vous êtes flic ?

— Je l'étais. J'ai rendu mon insigne après trente ans de services. Mon beau-frère est le gérant de cet ensemble, ajouta-t-il. J'ai essayé le golf, la pêche, j'ai rendu ma femme à moitié folle.

Il eut un sourire.

— C'est plus agréable et mieux payé qu'un job dans une agence de sécurité… Dallas. Lieutenant Eve.

— En effet.

— J'aurais dû vous reconnaître tout de suite. Je me rouille, on dirait. Je n'ai pas entendu dire qu'il y avait eu un meurtre dans la maison.

— Pas encore.

Ils échangèrent un sourire complice.

— Vos locataires, les Plowder, hébergent une personne que je souhaite interroger. Ava Anders.

— Ah, oui. Son mari est mort hier. Je ne savais pas qu'elle était là. Elle a dû arriver après mon service. Le défunt et elle passaient de temps en temps. Elle plus que lui, mais il était plus sympathique.

— Mme Anders s'est-elle montrée désagréable ?

— Non. Mais c'est une de ces femmes qui ne remarquent pas qui lui tient la porte parce qu'elle s'attend que quelqu'un s'en charge. Un peu snob. Lui s'arrêtait pour échanger quelques mots, me demander si j'avais vu le match... quel qu'il soit. C'est triste. Il faut que je prévienne là-haut, sans quoi ça pourrait me coûter ma place.

— Pas de problème. Vous apparteniez à quelle brigade ? s'enquit Eve tandis qu'ils se dirigeaient vers l'entrée de l'immeuble.

— Un-deux-huit. Les Affaires Classées.

— C'est dur. Les enquêtes non résolues, ça vous hante.

— C'est vrai.

Il enleva son gant pour lui serrer la main.

— Frank O'Malley, ex-inspecteur.

— Enchantée.

— Peabody, inspecteur Delia, se présenta Peabody à son tour. J'ai connu un uniforme de cette brigade du temps où j'étais en patrouille. Hannison ?

— Oui, Hannison ! Un bon gars.

Dans le hall subtilement parfumé, Frank se tourna vers un écran.

— Domicile Plowder, ordonna-t-il.

Au bout de quelques secondes, l'image d'une femme aux cheveux châtains très courts apparut.

— Bonjour, Agnès !

— Frank.

— J'ai le lieutenant Dallas et l'inspecteur Peabody en face de moi. Pour Mme Anders.

— Un instant, Frank.

— C'est Agnès Morelli, l'assistante personnelle de Mme Plowder. Une fille bien.

— Et les Plowder?

— Rien à redire. Aimables. Ils demandent des nouvelles de la famille. Pas avares en pourboires.

Agnès réapparut.

— Vous pouvez les envoyer, Frank. L'entrée du bas.

— Entendu. Merci, Agnès. Premier ascenseur. Trente-neuvième étage, aile est. Sacré bel espace. Trois étages, vue sur la rivière.

— Merci de votre aide, inspecteur.

Dans l'ascenseur, les parois en cuivre martelé étaient équipées de banquettes. La durée du trajet ne dépassant pas les trente secondes, Eve se demanda quelle pouvait être leur utilité.

Les portes s'ouvrirent directement sur une vaste pièce aux couleurs pâles et un mur de baies vitrées dominant un panorama spectaculaire. Agnès les accueillit en tailleur noir, une rose rouge accrochée au revers de sa veste.

— Bonjour. Je suis Agnès, l'assistante personnelle de Mme Plowder. Si vous voulez bien me montrer vos insignes. Nous faisons confiance à Frank, bien sûr, mais...

— Pas de souci, l'interrompit Eve en sortant son insigne.

Peabody l'imita.

— Merci. Entrez, je vous en prie, et prenez un siège. Mme Anders descend tout de suite. Puis-je vous offrir quelque chose à boire? Un café?

Eve aurait volontiers refusé, mais elle se dit que ce serait peut-être un moyen de créer une atmosphère plus propice aux confidences féminines.

— Un café, ce sera parfait. Serré pour moi, normal pour ma partenaire.

— Mettez-vous à l'aise. J'en ai pour une minute.

Dès qu'elle eut disparu, Peabody arrondit les yeux.

— Waouh ! Sacré meublé ! La terrasse à elle seule fait le double de mon appartement.

— Je parie qu'il fait nettement plus chaud chez vous que sur la terrasse.

— Mouais, concéda Peabody.

Cependant, incapable de résister à la tentation, elle alla se planter devant les baies vitrées.

— C'est le genre d'endroit qui vous donne envie de vous lancer en parapente. Je ne suis pas douée. Ce doit être à cause de mon centre de gravité, autrement dit, mon cul.

— C'est le genre d'endroit où les oiseaux viennent régulièrement s'exploser la cervelle contre les vitres.

— Quelle image !

Peabody recula prudemment de quelques pas.

— La vue est impressionnante. Vous ne venez pas l'admirer ?

— Je vois très bien d'ici, riposta Eve.

Du reste, ce qui l'intéressait, c'était ce qui se passait à l'intérieur, pas à l'extérieur.

Un moment plus tard, Ava fit son entrée. Elle était vêtue de noir : chemisier à col montant, pantalon cigarette et talons hauts. Ses cheveux, attachés en un chignon sévère au bas de la nuque, dégageaient son visage aux traits tirés. À ses côtés, Brigit Plowder, qui la soutenait, exhalait l'audace et le défi. Elle ne mesurait pas plus d'un mètre soixante ; son pull aubergine et son pantalon gris moulaient sa silhouette menue. Ses cheveux, un casque d'une pure blancheur, mettaient en valeur le vert émeraude de ses yeux surmontés de sourcils noirs. Elle devait être charmante quand elle souriait mais, pour l'heure, ses lèvres étaient pincées en une expression de désapprobation frisant la colère.

— Je n'irai pas par quatre chemins ! attaqua-t-elle d'une voix tonitruante. Ceci est absolument scandaleux.

— Je suis d'accord. Le meurtre est toujours scandaleux.

Une lueur s'alluma brièvement dans ses prunelles.

— Je comprends que vous ayez une mission à accomplir, lieutenant, et si j'en crois ce que j'ai entendu dire à votre sujet et à celui de celle-ci, ajouta-t-elle avec un geste en direction de Peabody, vous faites de l'excellent travail. C'est admirable. Toutefois, vos façons d'agir démontrent un sérieux manque de sensibilité et de compassion.

— Tout va bien, Brigit, murmura Ava.

— Non, ça ne va pas ! Vous ne pouvez donc pas nous laisser tranquilles quelques jours ?

— Ce serait accorder autant de jours à l'assassin de Thomas Anders, répliqua Eve. Je regrette de vous ennuyer, madame Anders. J'ai une enquête à mener.

— Je ne vois pas pourquoi…

— Écoutez, madame Plowder, je suis flic à la Criminelle et n'importe lequel de mes collègues vous dira que le temps est notre pire ennemi. Plus on attend, plus les pistes refroidissent. Et plus le tueur risque de nous échapper. Quand c'est le cas, ça m'énerve. Si vous voulez vous en prendre à quelqu'un, prenez-vous-en au meurtrier. À présent, plus vous vous plaindrez, plus nous nous incrusterons.

Brigit leva le menton, puis inclina la tête.

— Vous avez raison. Ça ne me plaît pas, mais vous avez raison. Viens, Ava. Asseyons-nous. Je vous présente mes excuses, lieutenant, inspecteur, ajouta-t-elle en entraînant son amie vers un canapé bleu foncé croulant sous les coussins. Il est rare que je me montre aussi impolie avec mes hôtes, même ceux que je n'ai pas invités. Je ne suis pas moi-même aujourd'hui. Je vous en prie, prenez un siège.

Eve et Peabody prirent place dans d'énormes fauteuils. Eve sortit son magnétophone comme Agnès reparaissait, poussant devant elle une table roulante.

— Je vous ai préparé une camomille, Ava.

— Merci, Agnès.

Ava prit sa tasse, la contempla.

— Je ferai en sorte qu'elle la boive cette fois-ci, promit Brigit.

Eve accepta le café que lui tendait l'assistante.

— Merci. Puisque vous êtes là, madame Plowder, pouvez-vous me dire quand vous et Mme Anders avez planifié votre voyage ?

— Notre voyage ? Ah, oui ! Mon Dieu, j'ai l'impression que ça fait des siècles ! Nous partons chaque année. Ava, Sasha – Sasha Bride-West – et moi-même. Une semaine sous les tropiques afin de reprendre des forces après l'hiver.

— Quand avez-vous décidé de la date de votre escapade ? De la destination ?

— Euh… il y a environ trois mois. N'est-ce pas ? ajouta-t-elle en se tournant vers Agnès.

— Presque quatre, précisa celle-ci. Je me suis occupée des réservations en novembre, juste avant les fêtes de Thanksgiving.

— Agnès sait tout et se rappelle tout, assura Brigit.

Eve constata qu'elle ne s'était pas trompée : elle était charmante quand elle souriait.

— Nous avons passé une si belle journée, lundi, murmura Ava d'une voix émue. Petit déjeuner sur la terrasse. Nous avons bu des Mimosas – un cocktail composé de champagne, de Grand Marnier et de jus d'orange. Nous étions un peu pompettes. Au petit déjeuner, tu t'en souviens, Brigit ?

— Oui, ma chérie.

— On a ri comme des idiotes. Tout était tellement drôle. Et plus tard, quand j'ai appelé Thomas, j'ai coupé court à notre conversation. Nous devions nous faire masser sur la terrasse, là où nous avions bu nos Mimosas. Alors j'ai été brève : « Je te rappellerai plus tard, Thomas. Je veux mon massage. » C'est la dernière chose que je lui ai dite.

— Ma chérie, murmura Brigit en lui caressant la joue. Arrête.

— Je ne sais pas ce qu'il en est des pistes ; je sais simplement que Thomas est mort. Je l'ai vu de mes propres yeux quand Ben m'a emmenée à la morgue. Je l'ai vu mort.

Peabody se pencha en avant.

— Madame Anders... c'est une épreuve épouvantable que vous traversez. Nous sommes là pour vous aider. Vous avez perdu votre mari. Vous ne voulez pas savoir pourquoi ? Vous ne voulez pas savoir qui l'a assassiné ?

— Je n'en sais rien.

Ses yeux bleus humides de larmes, elle fixa Peabody.

— Je le devrais, je sais. Mais ça ne changera rien au fait qu'il est parti pour toujours.

— Je suis certaine qu'il voudrait que vous sachiez. Vous le connaissiez mieux que quiconque. Vous étiez son épouse. Certains détails peuvent vous paraître sans intérêt, mais se révéler importants pour nous. C'est la raison de notre visite.

Eve prit le relais.

— Votre mari remplissait-il lui-même son agenda ?

— Son agenda ? Oui.

— Et le système dans la chambre, le programme de réveil... Il s'en occupait personnellement ?

Ava se redressa.

— Oui. Il adorait ça, qu'on lui annonce son premier rendez-vous de la matinée, qu'on lui rappelle ce qu'il avait commandé pour son petit déjeuner.

— En général, vous vous leviez ensemble ?

— Sauf s'il devait partir très tôt, auquel cas je mettais des boules Quies. Et c'est Greta qui venait me réveiller.

— Vous prenez des somnifères ?

— Parfois.

Elle agita la main.

— De temps en temps.

— Et lui ?

— De temps en temps. Comme tout le monde, non ?

— Il avait des habitudes très spécifiques. La porte de la chambre toujours fermée, les caméras internes de sécurité débranchées la nuit, celle de la chambre étant braquée uniquement sur le coin salon.

— Oui. C'était un homme réservé.

— Même dans les hôtels ! renchérit Brigit. Nous avons souvent voyagé ensemble. Thomas donnait toujours un pourboire à la femme de chambre pour qu'elle veille à ce que la porte reste fermée.

— Votre domicile est équipé d'un dispositif de sécurité haut de gamme, observa Eve.

— Il le faisait contrôler tous les trimestres. Et dès qu'une nouveauté apparaissait, il se ruait dessus. Ce n'était pas uniquement pour nous protéger. Thomas avait un faible pour les... joujoux, si vous voyez ce que je veux dire.

— En effet.

— Il avait une passion pour tout ce qui sonne, tout ce qui siffle. Il aimait jouer.

Justement, songea Eve.

— Madame Plowder, ma partenaire et moi aimerions poursuivre cet entretien seules avec Mme Anders.

— Oh ! Brigit ne peut pas rester ? fit Ava en cherchant la main de son amie. Sa présence me réconforte.

— J'ai des questions délicates à vous poser. Si vous souhaitez en discuter ensuite avec Mme Plowder, libre à vous. Si vous voulez bien nous excuser, madame Plowder, mademoiselle Morelli.

Brigit tapota affectueusement le bras d'Ava.

— Nous ne sommes pas loin.

Dès que les deux femmes furent sorties, Ava posa sa tasse et croisa les mains sur ses genoux.

— Vous voulez me parler de la mise en scène. Brigit est au courant. Tout le monde l'est.

— Votre mari avait-il des relations extraconjugales ?

— Non.

— Savait-il que vous vous offriez deux fois par mois les services d'un compagnon licencié depuis dix-huit mois ?

Ava s'empourpra. Ses lèvres se mirent à trembler ; sa main aussi lorsqu'elle reprit sa tasse.

— Oui, répondit-elle. Oui. Mon Dieu ! Vous imaginez ce que l'on dira de lui, de nous, si tout cela se sait ?

— Dans votre précédente déclaration, vous avez prétendu que vous formiez un couple solide et heureux.

— C'est la vérité.

Paupières closes, Ava poussa un soupir. Quand elle rouvrit les yeux, son regard était dur, irrité.

— Vous êtes contente de vous, n'est-ce pas ? Vous êtes assise là, à me juger selon vos critères moraux.

— Je ne vous juge pas. Je vous interroge.

— Bien sûr que vous me jugez, ainsi que Thomas. Et les autres nous jugeront aussi. Même Brigit, si elle savait. C'est la personne la plus généreuse que je connaisse, une amie loyale, mais elle ne comprendrait pas.

— Aidez-moi à comprendre.

— Thomas et moi nous aimions. Nous étions dévoués l'un à l'autre. Il disait qu'il me faisait rire et que je le faisais réfléchir. Notre ménage était stable, épanouissant pour tous deux. Il y a deux ans, peut-être un peu plus, il a commencé à vouloir tenter de nouvelles expériences au lit.

Elle but une longue gorgée de tisane.

— Nous n'étions pas des enfants. Mon mari voulait davantage de… diversité. Je me suis efforcée de le satisfaire. Mais j'étais mal à l'aise avec certaine de ses… Pour résumer, je n'étais pas capable de lui offrir ce qu'il voulait, et ce que je souhaitais ne le satisfaisait pas. Notre relation en pâtissait. Nous le sentions l'un comme l'autre. Pourquoi laisser cela détruire tout le reste ? Nous avons donc décidé de faire table rase, si je puis dire. Le sexe comptait moins que nous, que ce que nous représentions l'un pour l'autre. Il suffisait d'assouvir nos besoins respectifs ailleurs. En toute discrétion. Nous nous sommes mis d'accord pour nous adresser exclusivement à des professionnels et ne jamais les recevoir chez nous.

— Avez-vous tous deux respecté les termes de cet accord ?

Ava détourna la tête.

— Moi, oui. Ces derniers mois, j'ai eu l'impression que... que Thomas ramenait des femmes à la maison pendant que j'étais absente. J'ai découvert de la lingerie dans mon tiroir... les sous-vêtements d'une autre que Greta avait dû laver et ranger en pensant que c'était à moi. Il manquait du parfum dans un de mes flacons. Des petites choses.

— Vous en avez discuté avec lui ?

— Non. J'étais blessée, je l'avoue. Blessée et déçue. Fâchée, aussi. Je me suis dit que j'allais profiter de mes vacances avec mes amies pour réfléchir à la façon dont j'allais régler ce problème. Il a laissé quelqu'un entrer chez nous, et maintenant, il est mort. Je lui en veux tellement de m'avoir abandonnée de cette manière.

— Connaissez-vous les noms ou les agences de professionnelles auxquelles il s'adressait ?

— Non. Nous avions convenu de ne pas aborder ce sujet. C'était en dehors de nous. Ce n'était pas nous.

— Mais vous avez payé Charles Monroe sur votre compte personnel. Votre mari pouvait y accéder.

Elle eut un petit rire.

— Thomas n'a jamais mis le nez dans mes comptes.

— Et vous ? Dans les siens ?

De nouveau, elle rougit.

— Je l'ai fait, oui. Quand je l'ai soupçonné de contourner les règles. Je n'ai rien trouvé.

— Comment avez-vous sélectionné Charles Monroe ?

— C'est mon amie Sasha qui me l'a recommandé. Elle est au courant. Contrairement à Brigit, elle a l'esprit très ouvert. Elle est même parfois un peu fofolle. Elle m'a vanté ses mérites : charmant, habile, très discret. La première fois, j'étais une boule de nerfs. Il a su me mettre à l'aise tout de suite.

— C'est le seul compagnon licencié auquel vous ayez fait appel ?

— Oui. Je l'apprécie, j'ai confiance en lui. J'en suis venue à considérer nos rendez-vous comme une sorte de thérapie.

— Consentez-vous à ce que M. Monroe nous parle de votre relation ?

Ava cacha son visage entre ses mains.

— Mon Dieu ! Je suppose qu'il est trop tard pour que je me drape dans mon orgueil. J'y consens, oui. En échange, je vous demande de me promettre de ne pas communiquer ces informations aux médias.

— Vous avez ma parole.

— Je vais devoir l'annoncer à Brigit. Je vais la décevoir.

— Mme Plowder me semble une amie solide, la rassura Peabody.

Ava ébaucha un sourire.

— Vous avez raison. Suis-je en faute ? Suis-je responsable de ce drame abominable ? Si je m'étais pliée aux requêtes de mon mari, il serait toujours vivant, n'est-ce pas ? Cette question me taraude.

— Le responsable, c'est le meurtrier, madame Anders, fit Eve en se levant. Merci de votre coopération.

De retour dans l'ascenseur, Peabody secoua la tête.

— C'est dur pour elle : la culpabilité en plus du chagrin. Elle ne peut pas s'empêcher de se demander si tout ça est arrivé à cause de ses blocages sexuels ou si c'est son mari qui a poussé le bouchon un peu trop loin. Dans la mesure où c'est lui qui est mort, elle va probablement opter pour la première hypothèse.

— Mmm… se contenta de murmurer Eve.

Lorsqu'elles furent dans le hall, elle sortit une carte de visite de sa poche et la tendit à Frank.

— Merci encore, inspecteur. Si quelque chose vous frappe, n'hésitez pas à me contacter.

— Entendu. Bonne chance, lieutenant. Inspecteur.

— On va en avoir besoin, marmonna Eve en se dirigeant vers la voiture.

Elle s'installa côté conducteur.

— On dirait que la victime a pris un virage à cent quatre-vingts degrés après, combien, seize ans de mariage ?

— Cela arrive, non ? Les divorces sont légion, les adultères aussi. Ce n'est pas pour rien que les compagnes et compagnons licenciés ont autant de travail.

— Certes, convint Eve en pianotant sur le volant. Pour la plupart, le mariage est un mauvais pari.

— Paroles de l'épouse du Prince Charmant.

— Vous venez de dire que le Prince Charmant pourrait retourner sa veste et décider de tenter des parties fines à trois ou…

— Moi ! Moi ! s'écria Peabody en levant le doigt. Choisissez-moi !

— C'est ça, je meurs d'impatience de vous avoir entre mes draps, Peabody. Ça me tient éveillée la nuit. Ce qui me tracasse, c'est qu'on puisse être heureux pendant seize ans, et puis, un beau jour, votre bonhomme rentre à la maison et déclare : « Regarde, ma chérie, j'ai acheté ce bâillon et cette sonde anale. Si on les essayait ? »

— De quoi vous mettre en état de choc. Mais je parie que c'était plus subtil que ça. Il fait quelques appels du pied, teste les eaux. Elle n'est pas réceptive, et tout part de là. Il est en bonne santé, pas vilain. Il est à la tête d'une entreprise florissante, il est riche, il a une femme adorable qui l'aime. Une grande maison, des amis, un neveu qui joue à la fois les rôles de fils spirituel et d'héritier. Puis, comme beaucoup d'autres, c'est la crise de la soixantaine.

Il se dit qu'il a tout ce dont il pourrait rêver, mais qu'il lui manque un petit quelque chose. Il n'est plus tout jeune, il a un peu moins d'énergie, donc il compense. Plutôt que de s'offrir un bolide clinquant, il opte pour les divertissements au lit. Mais sa femme s'insurge.

— Elle l'autorise à faire joujou à sa guise, mais l'avertit qu'elle ira chercher son plaisir ailleurs, enchaîna Eve. Un point partout.

— Il y a des gens qui croient en l'amour libre. Chacun couche avec qui il veut. Mais si je raisonne selon votre point de vue – qui est aussi le mien –, ça n'a pas marché. La porte est là, connard. Il a dépassé les bornes. Il n'a pas su respecter leurs vœux de mariage. Il n'a pas non plus su tenir sa parole concernant ce nouveau pacte.

— C'est le pivot de cette affaire, acquiesça Eve. Joignez Charles. Dites-lui que nous avons le consentement de sa cliente et que nous arrivons.

Ce fut Louise qui leur ouvrit. Eve eut un instant d'hésitation. Ses cheveux blonds étaient en désordre, ses yeux gris, gonflés de sommeil. Elle portait un pantalon d'intérieur blanc comme neige et un T-shirt à manches longues.

— Entrez. Charles est en train de préparer le petit déjeuner. J'ai fait la grasse matinée… la nuit a été longue.

— C'était comment ? s'enquit Eve.

— Froid. Asseyez-vous. Je vais tâcher de vous trouver du café.

— Ne vous embêtez pas. Nous venons d'en prendre un.

— Et alors ! Charles m'a parlé du meurtre Anders.

— Oui.

— Il paraît que l'épouse d'Anders est une de ses clientes.

— En effet.

102

— Du coup, bien entendu, ni vous ni Charles ne pouvez en discuter avec moi.

Louise haussa les sourcils.

— Je propose de m'éclipser, conclut-elle.

— Nous pouvons aller ailleurs.

— Non, non. Je vais en profiter pour déjeuner au lit. Un luxe !

Elle disparut du côté de la cuisine. Eve et Peabody échangèrent un regard inquiet.

— Aïe !

— Quelque chose ne tourne pas rond entre eux, murmura Eve. Je l'ai senti hier soir.

Louise reparut avec un plateau en argent.

— Mes amitiés à Connors et à McNab ! lança-t-elle avant de s'enfermer dans la chambre.

Charles émergea de la cuisine, l'air aussi épuisé et tendu que sa maîtresse.

— Dallas. Peabody. Vous avez eu l'accord de Mme Anders.

— Je l'ai enregistré, précisa Eve en sortant son magnétophone.

— Très bien, fit-il en désignant des sièges avant de s'asseoir. Que voulez-vous savoir ?

— Comment Ava Anders vous a-t-elle contacté ?

— Par communicateur. J'ai une ligne professionnelle.

— Comment l'avez-vous trouvée ?

— Nerveuse, mais s'efforçant de le dissimuler. De même lors de notre premier rendez-vous.

— Où celui-ci a-t-il eu lieu ?

— J'ai vérifié hier, après votre départ. C'était à l'hôtel Blackmore. Un lieu très animé, ce à quoi elle tenait. Elle a loué la chambre et m'en a communiqué le numéro. Ainsi je pouvais monter directement et personne ne nous verrait ensemble.

— Une question un peu bizarre : que voulait-elle ?

— Au départ, parler. Elle avait commandé un bon déjeuner et une bouteille de vin, que nous avons dégustés dans le salon de la suite. Si je me souviens bien, nous avons discuté littérature, théâtre, art. Pour certaines, ce premier interlude avec un professionnel est une sorte de premier rendez-vous galant destiné à faire connaissance.

Il jeta un coup d'œil vers la chambre où Louise s'était enfermée.

— Au fil du temps, j'ai compris que son mari n'avait qu'une passion : le sport.

— Elle l'évoquait souvent ?

— Assez peu, en fait. Ça… gâche l'atmosphère. Parfois, alors que nous buvions un café, elle m'annonçait qu'ils partaient en voyage ou qu'ils organisaient une soirée.

— Quels étaient ses sentiments envers lui, Charles ?

— Quand elle parlait de lui, c'était toujours d'un ton chaleureux ou détendu, comme on le fait de quelqu'un qui fait partie intégrante de votre vie. Je me rappelle qu'un jour, elle avait fait des courses juste avant notre rendez-vous. Elle m'a montré la chemise qu'elle venait de lui acheter. Elle se réjouissait d'avance de la voir sur lui.

— Sur le plan sexuel, que cherchait-elle ?

— Elle aime qu'on s'occupe d'elle. Elle exige qu'on éteigne les lumières – elle supporte à la rigueur quelques bougies. Mais quand nous nous retrouvions dans la journée – ce qui était presque toujours le cas –, elle tenait à ce que les rideaux soient fermés.

— Vous la qualifieriez d'inhibée ?

— Traditionnelle. Très. Un peu égocentrique, aussi. Je vous le répète, elle voulait que je la dorlote. Elle voulait être caressée plus qu'elle ne voulait caresser. Les dernières fois, j'ai remarqué un changement dans son comportement. Elle était distraite, agitée. Elle m'a demandé s'il m'arrivait de me rendre chez mes clientes – mes clientes mariées. Si je connaissais des collègues qui le faisaient, s'ils avaient l'habitude de se faire rémunérer en espèces. Et si, à partir d'un nom et d'une adresse, je pourrais retrouver la personne engagée.

— Que lui avez-vous répondu ?

— Que j'acceptais les rendez-vous au domicile de mes clientes mariées à condition que les deux conjoints soient d'accord, mais que ce n'était pas forcément le cas de mes collègues. Que les paiements en espèces sont toujours un plus. Et qu'il me serait difficile, à partir d'un simple nom et d'une adresse, d'identifier le ou la collègue retenu(e). Vu le nombre d'agences et d'indépendants, la tâche serait compliquée.

— A-t-elle tenté de vous joindre depuis le décès de son mari ?

— Non.

— Quand est prévu votre prochain rendez-vous ?

— Mercredi en huit. Elle a annulé le précédent, car elle s'apprêtait à partir en voyage. Nous devons nous retrouver au Blackmore à 14 heures.

— Bien. Si elle ne se désiste pas d'ici là, j'aimerais que vous le mainteniez.

Il poussa un soupir qui arracha un froncement de sourcils à Eve.

— D'accord, dit-il.

— Ça vous pose un problème ?

— Non, non. Aucun. Je suis désolé mais, pourrions-nous reprendre cette conversation un peu plus tard ? J'ai un rendez-vous dans peu de temps.

— Entendu.

— Charles, fit Peabody en se levant, quelque chose ne va pas ?

— Non, rien. Je suis préoccupé, c'est tout. Nous devrions dîner ensemble un de ces soirs. Tous les six.

— Volontiers ! Si vous éprouvez le besoin de parler, vous savez que vous pouvez m'appeler n'importe quand.

Il eut un sourire qui, cette fois, atteignit ses yeux, lui saisit le menton et déposa un baiser sur ses lèvres.

— Je sais. Dites à McNab qu'il a beaucoup de chance.

Une fois dehors, Peabody se mit à arpenter le trottoir devant l'immeuble.

— Qu'est-ce qui le préoccupe à ce point ? On dirait qu'il a une boule dans le ventre.

— Je l'ignore, mais je suis d'accord avec cette description.

— Ça ne peut pas être cette affaire, Dallas. Il ne s'agit pas d'Anders. Si Charles savait quelque chose…

— Non, ce n'est pas cette affaire, confirma Eve. J'ai senti la même chose hier soir, avant de lui annoncer la nouvelle.

— Il est peut-être malade ? Je sais que les compagnons licenciés sont très surveillés, surtout les stars comme Charles, mais…

— Peabody, nous n'y pouvons rien. Et s'il était malade, Louise serait au courant.

— Vous avez raison. Vous avez raison. C'est juste que… je l'aime, vous comprenez ? Pas d'amour, comme McNab, mais…

— J'ai compris. Moi aussi, j'ai un faible pour lui. Malheureusement, les amis ne vous confient pas forcément tous leurs soucis, et nous ne pouvons pas toujours les résoudre. C'est douloureux de savoir qu'ils en ont, mais que…

Eve s'interrompit, le regard soudain lointain.

— Quoi ?

— Je pensais au mot «amis». Nous avons juste le temps de passer voir la dernière des buveuses de Mimosas avant mon rendez-vous avec Mira. Voyons ce que Sasha a à nous dire.

Sasha Bride-West n'avait pas tellement envie de parler. Elle était trop occupée à grogner entre deux séries d'abdos sous la direction d'un véritable gorille qu'elle présenta comme étant Sven, son coach personnel.

— Ava et Thomas étaient dans une mauvaise passe. Connaissez-vous un couple à qui ça n'arrive pas ? Sven, tu me tues !

— Dix de plus, ma guerrière, si tu veux des tablettes de chocolat.

— Je pourrais me les acheter ! rétorqua-t-elle.

Mais elle serra les dents et reprit :

— J'ai été mariée trois fois. Ça n'avait rien d'un parcours de santé. Le contraire d'Ava. Mais le jour où elle m'a demandé de lui recommander un pro de l'amour et de garder ça pour moi, je lui ai donné un nom – un type génial au lit et de très agréable compagnie. Et j'ai gardé ça pour moi.

Elle s'écroula, haletante.

— De l'eau, Sven, je t'en supplie !

Il lui offrit d'abord une serviette pour s'éponger le visage.

— Vous lui en avez demandé des nouvelles ?

Sasha avala une longue lampée d'eau.

— Bien sûr ! Elle n'a rien voulu me dire. Et je peux vous assurer que je l'ai cuisinée.

Sven lui prit la bouteille presque vide des mains.

— On passe à la cardio.

— J'ai horreur de ça. Si on passait directement au massage ?

— Sasha ! gronda-t-il d'un ton menaçant.

— D'accord, d'accord, espèce de sadique sexy.

Elle se leva pour rejoindre le tapis roulant.

— Programme-moi une balade à Paris, Sven. Tant qu'à souffrir, autant que ce soit à Paris… Je comptais lui rendre visite cet après-midi, enchaîna Sasha tandis qu'une image de l'Arc de Triomphe apparaissait sur l'écran. Mais Brigit maîtrise la situation et elle est plus habile à ce genre d'exercice que moi. Quand Ava se sentira prête, quand elle aura envie d'une escapade, ou de s'enivrer, je serai là.

— Dans quel état d'esprit était-elle au cours de votre dernier voyage ?

— Elle m'a paru en forme. Un peu tendue au départ, mais ça s'est vite arrangé. Écoutez, j'ai du mal à vous parler tout en courant sur ce fichu machin. Avez-vous bientôt fini ?

— Oui, c'est fini. Nous vous laissons.

Comme Eve se détournait, elle entendit Sasha pousser un juron.

— Sven, espèce de salaud! Ça ne grimpe pas, normalement, sur ces foutus Champs-Élysées!

7

Les entretiens de la matinée avaient donné à Eve matière à ruminer. Si elle en avait eu le temps, c'était exactement ce qu'elle aurait fait, les pieds sur son bureau et le regard sur son tableau de meurtre. Mais les séances avec Mira étaient une mine d'or dont elle ne pouvait se passer.

Ayant chargé Peabody de rédiger déclarations et rapports, Eve pénétra dans la salle d'attente de Mira.

— Le Dr Mira est un peu en retard aujourd'hui, lui annonça son assistante.

— À savoir ?

— Quelques minutes seulement, la rassura la jeune femme avec un sourire. Vous avez vous-même une minute de retard, ce ne devrait pas être long.

— Parfait.

Eve se détourna, grimaça, articula en silence : *Vous avez vous-même une minute de retard.* Puis elle sortit son communicateur pour contacter sa plus vieille amie, Mavis Freestone. À peine quelques secondes plus tard, le visage jovial de Mavis encadré par une explosion de cheveux lavande apparut à l'écran.

— Dallas ! Devine où nous allons, Bellissima et moi ?

— En enfer ?

— Chez le pédiatre. Mais oui, mais oui ! roucoula Mavis, surexcitée. Nous sommes propres comme des sous neufs et nous allons chez le pédiatre afin qu'il examine nos petites fesses potelées, nos adorables oreilles et notre petit ventre. N'est-ce pas, Bellamia ? Dis bonjour à tante Dallas, mon chouchou d'amour. Dis bonjour.

L'image de Mavis céda la place à celle d'un bébé aux joues rebondies et aux yeux vifs. Elle avait des rubans rayés dans ses cheveux bouclés, un filet de bave qui dégoulinait sur le menton et un grand sourire édenté.

— Dis bonjour à Belle de mon Cœur, tatie Dallas.

— Salut, Belle ! Ça baigne ? Mavis…

— Fais au revoir avec ta mimine, ma louloute. Au revoir, tante Dallas ! Envoie-lui un bisou-bisou…

— Mavis !

— Quoi ?

— Mavis, je te dis ça pour ton bien. Il faut que tu te ressaisisses. On dirait une débile !

— Je *sais*, souffla-t-elle en levant les yeux au ciel. Je m'entends, mais je suis incapable de me retenir. C'est comme une drogue. Je suis complètement accro… Attends une seconde.

Elle posa son appareil et Eve aperçut les couleurs arc-en-ciel de la nursery. Elle entendit Mavis roucouler au loin et en déduisit qu'elle était en train de poser la petite quelque part.

— Me voilà ! lança Mavis. Elle est tellement jolie ! Et si tu savais comme elle est sage ! Pas plus tard que ce matin…

— Mavis.

— Désolée. Je me concentre.

Elle souffla, soulevant sa frange mauve.

— Je fonce au studio tout à l'heure. Je travaille sur un nouveau disque. Ça ne me fera pas de mal de me retrouver avec des adultes, des artistes un peu allumés.

— Des artistes un peu allumés. C'est exactement ce qu'il te faut. J'ai une question.

— Je t'écoute.

— Si Leonardo et toi aviez des problèmes au lit...

— Coupe-toi la langue en trois et avale le tout !

— Laisse-moi finir. Si c'était le cas et que la situation dérapait. Si ça devenait grave. M'en parlerais-tu ?

— Affirmatif.

Une lueur d'inquiétude vacilla dans les prunelles de Mavis.

— Ne me dis pas que Connors et toi...

— Non. Deuxième partie de ma question. Si tu te mettais à fréquenter un compagnon licencié...

— Un super mec ? Je peux en avoir deux, avec des grosses queues ?

— Le top du top. Si tu faisais ça, tu me le dirais.

— Dallas, si je demandais les services d'un pro, tu ne pourrais plus me fermer le clapet. À ton grand désespoir, parce que tu n'aurais aucune envie de savoir comment ils auraient léché le chocolat fondu sur...

— Aucune envie, non.

— Mais vu que mon ours favori me propose déjà toutes sortes de gâteries et qu'il a une énorme...

— Parfait. Merci, coupa Eve en entendant la porte de Mira s'ouvrir. À plus, Mavis ! Tiens, Charles ! Le monde est petit.

Elle eut l'impression de lui avoir jeté une brique en pleine figure. Son expression vira de la stupéfaction à l'incrédulité, puis à la confusion.

— D'aucuns prétendent que New York est une petite ville, répondit-il. Je comprends pourquoi à présent. J'étais simplement venu... Bref.

— Eve.

Le visage éclairé d'un chaleureux sourire, Mira apparut au côté de Charles.

— Désolée de vous avoir fait attendre. Entrez. Charles, c'est toujours un plaisir.

— Merci. Je... je vous laisse travailler.

Eve le regarda s'éloigner à grandes foulées, et pénétra dans le bureau.

— Que se passe-t-il ? s'enquit-elle.

— Asseyez-vous. Nous allons boire un thé.

Eve fronça les sourcils pendant que Mira se glissait avec sa grâce et son efficacité coutumières entre les deux fauteuils pour atteindre l'autochef. Ses cheveux couleur sable, impeccablement lissés, mettaient en valeur le bleu de ses yeux. Son tailleur, d'un beau rouille profond, révélait ses jambes magnifiques.

— Vu votre tenue irréprochable, j'en déduis qu'il n'était pas là pour vous sauter, lâcha Eve.

Mira disposa deux tasses en porcelaine sur la table basse et s'esclaffa.

— C'eût été intéressant, non ? Du coup, je ne nierai ni ne confirmerai.

Elle prit place, croisa les chevilles, et dévisagea Eve.

— Vous êtes agacée parce que deux de vos amis entretiennent une relation privée dont ils n'ont pas éprouvé le besoin de vous parler.

— Je ne suis pas agacée.

« Un peu fâchée, peut-être », s'avoua-t-elle.

— La veuve de la victime est une cliente de Charles, et j'ai interrogé ce dernier à ce sujet ce matin, alors…

— Je peux vous assurer que ce dont Charles et moi avons discuté ne concerne en rien votre enquête. À présent, à propos de celle-ci…

— Il a des ennuis ?

Le regard de Mira se radoucit.

— Non, il est préoccupé.

— Il ne cesse de le répéter, grommela Eve. Les gens se noient dans le boulot.

— Je suis d'accord avec vous.

— Je pourrais découvrir ce qui le tracasse. C'est mon boulot.

— Mais vous ne le ferez pas.

— Si ces gens ne se dressaient en travers de mon chemin, je n'aurais pas à me soucier d'eux.

Mira but une gorgée de thé en dissimulant un sourire, mais ses yeux pétillaient.

— Vous êtes plus entourée qu'autrefois. Et plus heureuse.

Eve haussa les épaules. Après tout, Charles était un grand garçon.

— Vous avez lu le dossier ? s'enquit-elle.

— Oui. Selon moi, Anders connaissait son assassin. À en juger par la méthode employée et la mise en scène, c'est une affaire personnelle, voire intime. Sexuelle aussi, bien sûr, mais sexe ne rime pas nécessairement avec intimité. D'ailleurs, rien n'a permis d'affirmer qu'il avait eu une relation physique avec l'assassin ni avec quiconque la nuit de son décès.

— Non. Il arborait encore une belle érection. Pas la moindre goutte de fluide sur les draps ni sur le corps. Pas un cheveu autre qu'appartenant à la victime, pas une particule de peau.

— Cependant, tout a été prévu pour que l'on soit convaincu du contraire. C'est un élément important. Il a fallu du temps pour planifier, préparer. C'est un acte commis de sang-froid. Sans passion, sans pulsion. L'aspect théâtral n'empêche pas un sens de l'ordre. Mon petit doigt me dit que c'est l'œuvre d'une femme. C'est peut-être un commentaire sexiste, mais je n'ai pas l'impression qu'il s'agisse d'un crime sexuel.

— Si c'était un homme, il aurait positionné le corps différemment. Question de logistique.

Mira opina.

— C'est probable.

— Et si c'était un homme – et un crime sexuel –, on aurait senti davantage de colère. Si Anders était gay, c'était profondément enfoui. Et je dois ajouter que dans les entretiens que j'ai eus avec son épouse au sujet de leur relation, elle évoque toujours des femmes.

— Une meurtrière, donc, capable de résister à ses impulsions, du moins le temps d'échafauder un plan et de le mettre à exécution. Une femme qui a un penchant pour tout ce qui est élaboré, symbolique. Qui avait ou croyait avoir une relation intime avec la victime, qui a certainement fait l'amour avec elle. Quelqu'un pour qui le sexe est à la fois source de pouvoir, d'excitation et d'humiliation.

— Comme certaines compagnes licenciées, spécula Eve, qui se prennent au jeu, puis craquent complètement.

— C'est la raison pour laquelle on les passe au crible avant de leur accorder leur licence, et qu'on les soumet à des contrôles réguliers ensuite.

— Vous pensez que ce pourrait être une pro ?

— C'est plus qu'envisageable. Les professionnels se doivent de dominer leurs propres besoins pour se plier aux exigences de leur client. La nature et la durée de la relation reposent entièrement entre les mains du consommateur.

— C'est pour ça qu'on les paie, commenta Eve.

— Oui, et ceux qui réussissent le mieux sont ceux qui prennent suffisamment de recul. Ils apprécient leur travail ou le considèrent comme un service public. Ici, Anders était nu et attaché. Il était le suppliant, le soumis... C'est évidemment un crime sexuel, mais il n'est pas motivé par la rage ou la vengeance. L'appareil génital n'est pas mutilé, bien au contraire, il est mis en valeur.

— C'est l'expression qui convient.

Mira ébaucha un sourire.

— D'après vos notes, Anders insistait pour que la porte de sa chambre reste fermée, il dormait dans le noir absolu. C'était un homme discret, réservé. En braquant les projecteurs sur la partie la plus intime de son corps, l'assassin le rabaisse. L'humilie jusque dans la mort. Et cependant...

— Elle – puisqu'il nous semble que c'est une femme – a commencé par lui injecter une quantité massive de sédatifs. Elle ne voulait pas qu'il ressente de la peur ou de la douleur. Elle ne voulait pas qu'il souffre... Ça ne colle pas.

— Il y a là une contradiction, je vous l'accorde. Peut-être était-ce un accident, peut-être a-t-elle mal calculé la dose. Et avant que vous ne me posiez la question, je vous réponds : non, je doute qu'elle ait mal calculé la dose. Ce serait une erreur trop grossière après une telle préparation.

Eve réfléchit quelques instants, s'empara de sa tasse et en but une gorgée avant de se rappeler que ce n'était pas du café.

— Ah !

Elle reposa sa tasse.

— Je vois bien la veuve dans le rôle.

Intriguée, Mira inclina la tête de côté.

— Je croyais qu'il avait été confirmé qu'elle n'était pas à New York au moment du meurtre.

— Elle ne l'était pas.

— Vous la soupçonnez d'avoir engagé quelqu'un ?

— Rien ne le prouve. Rien. En outre, ça me ramène à la question : pourquoi les tranquillisants ? Un tueur à gages se fiche pas mal de savoir si sa cible souffre ou pas. Je vais demander à Connors de vérifier ses relevés bancaires, de voir si elle n'a pas de comptes cachés.

— Qu'est-ce qui vous incite à soupçonner l'épouse ?

— Elle est intelligente. Prévoyante. Elle a réponse à tout. Ses arguments, ses réactions, son attitude, tout était parfait. Irréprochable. Ce qui, peut-être, m'oriente dans sa direction, c'est que j'ai beaucoup de mal à comprendre cet *arrangement* qu'elle prétend avoir conclu avec son mari.

Eve se leva pour arpenter la pièce tout en expliquant ledit arrangement à Mira.

— Vous ne la croyez pas, conclut la profileuse. Vous ne croyez pas qu'un couple marié pourrait en venir à un accord de ce genre, ou le voudrait.

— Objectivement, je sais que des gens le pourraient et le feraient parce que, objectivement, je sais que certaines personnes sont complètement fêlées. Mais je ne suis pas convaincue, je... c'est un peu comme une mélodie dans laquelle une fausse note se répéterait encore et encore. Ça me perturbe. Est-ce parce que je déteste cette putain de chanson ? Ou parce qu'elle est idiote ?

— L'objectivité est la clé du succès dans votre métier. L'instinct aussi. Si la note vous paraît fausse, à vous de décider laquelle vous choisiriez à sa place.

— Hum… Qu'en pensez-vous ?

— Je n'ai pas entendu la version originale, ce qui peut faire une différence. Mais je puis vous assurer que les partenaires d'un couple marié en arrivent souvent à des arrangements qui paraissent bizarres, voire nuisibles, vus de l'extérieur.

— Oui, ça aussi, j'y reviens sans arrêt. Le monde est fou.

Eve sauta sur un tapis roulant pour regagner la Criminelle. Il était temps de ressasser, songea-t-elle. D'examiner de nouveau les faits et les indices, de gamberger sur les personnages, de spéculer. En chemin, elle décida de faire un crochet par la DDE. Un tête-à-tête avec le capitaine, son mentor et ancien partenaire, lui permettrait peut-être d'avancer. Elle dépassa deux flics adossés contre la rampe qui discutaient basket-ball, contourna une femme à l'air furieux, les bras croisés et les yeux lançant des éclairs avant de foncer dans un amas de corps.

L'air empestait l'eau de Cologne bon marché, le faux café et les viennoiseries. Elle se fraya un chemin dans la foule. L'ambiance changeait à mesure qu'elle se rapprochait de la DDE. Collègues de plus en plus jeunes, tenues à la mode, piercings. Odeurs de bonbons et de boissons pétillantes. Tout le monde était accroché à son communicateur. Le niveau sonore atteignit son comble lorsqu'elle pénétra dans la salle commune.

Elle n'avait jamais vu un inspecteur de la DDE rester immobile plus de cinq minutes. Ils sautillaient, dansaient, trépignaient, gambadaient. Travailler dans ce chaos la rendrait complètement hystérique. Mais Feeney y était heureux. Il était assez âgé pour avoir enfanté la plupart de ses hommes, et ses notions de stylisme se limitaient à choisir des chaussettes assorties, mais la fébrilité et l'activité incessante de la DDE lui allaient comme ses costumes fripés.

À merveille.

Elle bifurqua vers son bureau, dont la porte était ouverte. Une explosion l'arrêta une seconde. Elle poursuivit d'un pas plus prudent. Feeney était dans son fauteuil. Ses cheveux roux généreusement parsemés de mèches grises étaient aussi hirsutes que les poils d'un chat qui s'est pris un coup de jus. Son visage affaissé était pâle et moite, son nez écarlate.

L'explosion se répéta sous la forme de trois éternuements successifs suivis d'un sifflement rauque et d'un juron.

— Tu es dans un sale état !

Il leva des yeux gonflés vers elle.

— J'ai un putain de rhume.

— J'ai entendu, oui. Tu ferais peut-être mieux d'aller te coucher.

— Si je me couche, ma femme va me harceler. J'aurais dû mettre mon écharpe. Et pourquoi est-ce que je refuse de porter la jolie paire d'oreillettes en fourrure qu'elle m'a offerte pour Noël ? Elle va me gaver de médicaments.

Il toussa, éternua, jura. Eve recula.

— Pour couronner le tout, depuis qu'elle suit des cours sur les médecines alternatives, elle s'est mis dans la tête que les lavements étaient la panacée. Tu crois que j'ai envie d'un lavement ?

— Certainement pas.

Il se moucha bruyamment.

— Tu veux un compte rendu sur les appareils électroniques de Sanders.

— Anders, rectifia-t-elle.

Elle voyait presque les microbes voleter et se reproduire autour de sa tête.

— Feeney, il faut que tu rentres chez toi.

— Je tiendrai le coup. J'ai des décongestionnants, des antitussifs. Ça ne sert à rien, mais je les ai. Si j'avais une tumeur au cerveau, on pourrait me soigner. Mais je n'ai qu'un pauvre rhume et personne ne peut rien pour moi.

— C'est navrant, mais...

— Entre. Je demande le dossier.

Elle l'observa attentivement. Il l'avait formée, conseillée, soutenue. Elle le considérait comme un père. Puis elle pensa à tous les germes qui se bousculaient dans cet espace minuscule.

— Euh... en fait, il faut que je retourne en bas. J'ai oublié un truc.

— J'en ai pour une minute.

— Feeney, je refuse d'entrer là-dedans. Pas avant d'avoir enfilé une combinaison de protection. Tu es malade comme un chien et contagieux. Rentre chez toi.

Il baissa la tête.

— Descends-moi, veux-tu, petite ? Je suis trop faible pour dégainer mon arme et m'en charger moi-même.

— Merde !

Elle jeta un coup d'œil derrière elle, constata que le box de McNab était vide. Elle n'en fut pas étonnée.

— Vous ! s'écria-t-elle en désignant du doigt la personne la plus proche. Votre capitaine a besoin qu'on le ramène chez lui. Immédiatement. Occupez-vous-en. Qui est le second ?

— Euh...

— Seigneur ! Occupez-vous du transport. Je veux un véhicule prêt à partir et un officier devant la porte de l'ascenseur du garage, niveau rez-de-chaussée, quand j'y arriverai. Sinon... qui êtes-vous ?

— Euh… inspecteur Letterman.

— Sinon, inspecteur Letterman, je remonte ici et je vous pèle comme une banane. Compris ?

— Oui, lieutenant.

— Au boulot !

Eve aspira plusieurs bouffées d'air comme si elle s'apprêtait à plonger puis, retenant sa respiration, pénétra dans la zone rouge. Elle attrapa le manteau, le bonnet et l'écharpe de Feeney.

— Allez ! Mets-moi ça.

— Je veux mourir à mon bureau, gémit-il. Pas dans mon lit comme un vieillard.

— Arrête de geindre ! Tu ne vas pas mourir. Enfile ce pardessus. Et le bonnet. Qu'est-ce qui t'a pris de venir bosser ?

Il posa sur elle son regard vitreux.

— Tu as fini de te comporter comme une nana avec moi ?

Insultée, elle lui enfonça elle-même son bonnet jusqu'aux yeux.

— Attention, camarade. Si tu insistes, je t'assomme et je te fais porter par deux de tes gars.

— Je préfère ça.

Il s'agrippa à sa table.

— Tu sais quoi, Dallas ? Je crois que je suis vraiment malade.

— C'est la chose la plus intelligente que tu aies dite depuis mon arrivée. Allons-y.

Elle lui entoura la taille du bras et le guida hors de son bureau. Dans la salle commune, un regard noir suffit à interrompre les commentaires.

— Appelez la maintenance ! ordonna-t-elle. Qu'on désinfecte son bureau.

— Sanders, siffla Feeney.

— Anders, corrigea-t-elle en appelant l'ascenseur.

— La télécommande était conçue sur mesure.

— D'accord.

Les portes s'ouvrirent et les occupants aperçurent Feeney. Aussitôt, les protestations fusèrent.

— Poussez-vous ou descendez !

Les gens se bousculèrent, désertant le navire.

— Parking, niveau rez-de-chaussée, commanda-t-elle.

— Le système a été débranché et rebranché de la même manière. Les serrures n'ont pas été forcées. Il connaissait le code ou a su le cloner. Mais je n'ai pas trouvé trace de clonage.

— D'accord.

Ce fichu ascenseur était d'une lenteur insupportable !

— Rien ne m'a semblé louche en ce qui concerne les communicateurs de la maison. La liste est dans le rapport.

— Bien.

— Le communicateur de poche, ceux du bureau... RAS.

— J'ai compris, Feeney.

— Les ordinateurs sont clean aussi.

Il s'affaissa contre elle comme un ivrogne.

— Il en avait des milliers, alors ça risque d'être un peu long.

— Tu as pu analyser ceux de sa femme ?

— La femme de qui ?

— Laisse tomber.

Quand les portes s'ouvrirent, un uniforme s'avança. Letterman vivrait, décida-t-elle.

— Capitaine Feeney ?

— Le voici. Où est la voiture ?

Il désigna un véhicule officiel.

— Laissez-moi vous donner un coup de main. Le pauvre est dans un état pitoyable.

— Quel est le centre médical le plus proche ? demanda Eve tandis qu'ils installaient Feeney sur la banquette arrière.

— Il y a une clinique au carrefour de Broadway et de la Dix-huitième Avenue.

— Emmenez-le là-bas.

— Dallas, protesta Feeney.

120

— Ne le quittez pas d'une semelle, ajouta-t-elle. Je préviens sa femme. Quand elle arrivera, si elle vous demande de rester, vous resterez.

— Entendu, lieutenant.

— Votre nom ?

— Klink.

— Prenez soin de lui, agent Klink.

Elle claqua la portière et s'écarta. Tout en suivant la voiture des yeux, elle se demanda si elle avait le temps de s'offrir une séance de désintoxication.

Elle se contenta de se laver les mains comme si elle s'apprêtait à effectuer une intervention chirurgicale. Et contacta la femme de Feeney tout en regagnant sa propre division avec l'intention de traquer McNab. Elle imaginait d'avance le bazar à la DDE en l'absence du capitaine.

Sur le seuil de la salle, elle le repéra. Il avait le dos tourné, mais cette silhouette maigrichonne et cette longue queue-de-cheval blonde sur une chemise ressemblant au fond d'un kaléidoscope ne pouvaient appartenir qu'à McNab. Et qui d'autre, du reste, s'asseyait sur le bureau de sa partenaire ?

— McNab, dégagez de là et suivez-moi !

Elle ne prit pas la peine de vérifier s'il lui obéissait. Elle n'en doutait pas un seul instant. Elle savait aussi qu'il gratifierait Peabody d'une pichenette ou d'une chatouille juste avant. Il y avait des choses qu'elle préférait ne pas voir.

Il débuola alors qu'elle venait de se servir un café.

— Hé, Dallas, j'étais juste descendu...

— Qui est l'officier juste en dessous de Feeney ?

— Euh... ce doit être... oui, c'est probablement l'inspecteur Reedway. Pourquoi ?

— Je viens d'expédier Feeney au centre médical. Il...

Le regard vert de McNab se voila d'inquiétude.

— Mince ! Il est si mal en point que ça ? Il n'était pas en grande forme ce matin.

— Prévenez l'inspecteur Reedway que le capitaine est en congé maladie. S'il a besoin d'informations ou d'assistance, qu'il s'adresse à moi.

— Elle. C'est l'inspecteur Mélodie Reedway.

— Un flic qui se prénomme Mélodie. Bizarre. Si elle n'y voit pas d'inconvénients, je souhaiterais que vous preniez les rênes sur la partie électronique du dossier Anders. Vous m'exaspérez mais au moins je sais ce que je peux attendre de vous.

Il lui sourit.

— Je travaillais dessus. J'étais là pour faire un point avec vous.

— Feeney m'a résumé l'essentiel dans l'ascenseur. Où en êtes-vous avec les appareils de l'épouse ?

— Nous nous sommes concentrés en priorité sur ceux de la victime. Ce type avait un faible pour les modèles dernier cri. Je peux m'occuper de ceux de sa veuve si vous voulez. Vous cherchez quelque chose en particulier ?

— Oui. Une conversation avec l'assassin, par exemple. Vous connaissez les détails de l'affaire, vous êtes inspecteur de police. Si vous tombez sur un élément intéressant, vous le saurez. Filez, McNab.

— D'accord. Écoutez, je peux prévenir Mme Feeney.

— C'est déjà fait. Mais contactez l'officier Klink. Il est avec Feeney.

— Entendu. Dites, c'est génial que Peabody passe dans l'émission de Nadine ce soir ! Elle panique. J'étais passé pour lui remonter le moral.

— Tant que ce n'est que ça. Du balai, à présent ! Et ne la touchez pas en passant.

Elle ferma la porte derrière lui. Après avoir rempli sa tasse, elle s'assit, posa les pieds sur son bureau et fixa son tableau de meurtre.

Anders, Thomas A. Soixante et un ans, riche, respecté. Marié, pas d'enfants. Un neveu qui devrait être l'un de ses principaux héritiers et son successeur. Passionné de sport et de joujoux électroniques.

Goûts sexuels spéciaux – d'après sa femme. Ami loyal. Employeur exigeant, mais juste. Rendez-vous de golf, de tennis, abonnements annuels dans tous les stades.

Se détournant du tableau, elle appela le fichier sur son ordinateur et le parcourut à la recherche des photos de la scène du crime qu'elle n'avait pas imprimées. Puis elle étudia son propre rapport concernant l'espace dressing de la victime.

Des costumes. Une douzaine environ. Deux smokings. Chemises habillées, cravates. Voilà pour le mur du fond. De part et d'autre s'alignaient tenues décontractées et sport. Pantalons de golf, pantalons kaki, chemisettes, shorts, survêtements, sweat-shirts. Et dans les tiroirs, qu'avait-elle découvert en ouvrant les tiroirs ?

Des chaussettes en soie, se rappela-t-elle. Des pulls en cachemire, en mérinos, en alpaga. Quantité de T-shirts – à manches courtes et à manches longues. La plupart d'entre eux arboraient un logo, le nom d'une équipe. Sa propre marque. Des dizaines de paires de chaussettes de sport. Des caleçons et des maillots de corps blancs. Des pyjamas faits sur mesure.

Intéressant.

Elle rajouta quelques notes à son fichier. Peabody frappa brièvement et passa la tête dans l'entrebâillement.

— Dallas, Ben Forrest est ici. Il souhaite vous voir.

Eve pensa au tableau de meurtre, faillit demander à Peabody de le faire patienter, puis se ravisa.

— Envoyez-le-moi.

Elle sauvegarda son dossier. Quand on frappa de nouveau, elle répondit d'un ton distrait.

— Entrez !

— Lieutenant, je vous remercie de…

Elle observa son visage. Le vit arrondir les yeux, horrifié.

— Ô mon Dieu !

— Je suis désolée, monsieur Forrest.

Elle se leva et se plaça entre lui et le tableau où étaient affichées les photos de son oncle.

— Je n'ai pas réfléchi. Sortons d'ici.

— Je… je sais ce que vous m'avez dit, et ce que racontent les médias. Comment il est mort. Mais…

Eve décrocha son manteau et le drapa sur le tableau.

— Asseyez-vous.

Elle alla lui chercher une bouteille d'eau.

— Qui a pu lui infliger cela ? L'humilier ainsi ? Ça ne suffisait donc pas de le tuer ? explosa Ben en frappant la bouteille contre la paume de sa main.

— Qui, en effet ?

Il posa sur Eve un regard empreint de fureur.

— Je n'en sais rien. Je vous le jure, je n'en sais rien. Si je le savais, si j'avais ne serait-ce qu'une idée, je vous le dirais. Je l'aimais, lieutenant Dallas.

— Je vous crois. Vous avez eu l'occasion de voyager avec lui. Pour les affaires ou le plaisir. Parties de golf, événements sportifs.

— Oui. En moyenne une fois par mois.

— Regardez-moi, Ben. Je vous crois quand vous affirmez que vous l'aimiez. Si vous voulez l'aider, il faut tout me dire. Réfléchissez bien avant de me répondre. Quand vous partiez ensemble, lui arrivait-il de rechercher la compagnie de femmes – professionnelles ou autres ?

— Non. Attendez.

Il leva la main, ferma les yeux, inspira à plusieurs reprises.

— Nous partagions presque toujours une suite à deux chambres. Je ne peux pas vous jurer qu'il était toujours seul dans la sienne ou qu'il n'allait pas draguer le soir quand j'étais couché. En revanche, je peux vous assurer que je n'ai jamais rien vu ou entendu qui aurait pu me le laisser supposer. Il n'avait de cesse de m'encourager à me marier, à me stabiliser. Lieutenant, mon oncle était bien dans sa vie. Si vous cherchez à creuser la fange que quelqu'un a répandue sur lui, vous ne trouverez jamais le coupable. Parce que c'est un fichu mensonge.

— D'accord, Ben. Donc, vous voyagiez souvent ensemble, juste lui et vous. Alliez-vous parfois dans les boîtes de strip-tease ?

— Non. Ce n'était pas du tout le style d'oncle Thomas. Il aurait été gêné de se retrouver avec moi dans des endroits pareils. Nous assistions à des matchs, nous buvions un verre dans des bars sportifs.

— Parfait.

Il dévissa le bouchon de sa bouteille, but une gorgée.

— On a contacté Ava pour lui dire qu'on pouvait le récupérer, reprit il. Je suis en train d'organiser les obsèques. Je voulais savoir si vous aviez du nouveau.

— Je peux juste vous dire que cette affaire est ma priorité. Quand la cérémonie aura-t-elle lieu ?

— Demain.

Il but de nouveau.

— Nous n'avons pas voulu attendre. Brigit nous donne un coup de main. Il aurait voulu quelque chose de sobre. Il aimait la simplicité.

— Qui a décoré la maison ?

Ben eut un petit rire surpris.

— Ava. J'en conviens, ça n'a rien de simple. Mais ça plaisait à oncle Thomas. Il parlait du Palais d'Ava.

— Le style n'a rien à voir avec celui de son bureau.

— En effet. Il disait que son bureau, c'était son univers de mecs.

— Il prenait des somnifères ?

— Je… je ne le crois pas. Enfin, peut-être une fois de temps en temps. Je ne me souviens pas de l'avoir entendu en parler, mais je ne pense pas qu'on ait abordé le sujet. Je sais qu'il tenait à ce que la porte de sa chambre soit fermée et les rideaux tirés. Il prétendait ne bien dormir que dans l'obscurité totale.

— Bien.

— Eh bien, merci.

Il se leva, laissa errer son regard jusqu'au tableau recouvert par le manteau d'Eve.

— Je suis content d'avoir vu ça. Pas les images, non. Jamais. Mais je suis content que vous les ayez sous les yeux en permanence. Cela me réconforte de savoir que vous êtes sincère quand vous dites qu'il est votre priorité.

Restée seule, Eve s'approcha du tableau. Elle ôta son manteau, le jeta sur le fauteuil des visiteurs. Et fixa Ava Anders droit dans les yeux.

— Menteuse ! dit-elle à voix haute. Vous êtes une menteuse et je vais le prouver.

8

Eve vérifia elle-même la transmission, puis recommença. Indiscutablement, Greta Horowitz avait contacté Ava Anders, un appel enregistré depuis la maison de New York à la chambre réservée sous le nom d'Ava à Sainte-Lucie. L'échange avait duré trois minutes, entre 6 h 14 et 6 h 17.

Paupières closes, Eve réécouta la copie que lui avait communiquée la DDE. Ava avait bloqué la vidéo, mais Eve en faisait autant lorsqu'elle recevait un coup de fil dans son lit. Dommage. C'eût été intéressant de voir son visage, d'étudier son langage du corps. Mais la voix traduisait ses sentiments à la perfection : agacement, impatience, stupéfaction, chagrin. Avec une justesse de ton irréprochable.

Pourtant...

— Ordinateur, envoyer ce fichier ainsi que l'entretien enregistré avec Ava Anders au laboratoire. Adresser le tout au chef Berenski. Mémo à joindre : demande analyse de l'empreinte vocale et contrôles. Urgentissime. Vérifier que les voix enregistrées appartiennent au même individu et qu'aucun des échantillons n'a été préenregistré ou transféré d'un lieu éloigné. Dallas, lieutenant Eve.

Elle ajouta le nom et le numéro du dossier.

C'était peut-être ça, la clé du mystère, songea-t-elle. Un tour de passe-passe un peu complexe, mais pas impossible à réaliser. Une voix imitée, une transmission réexpédiée. Elle demanderait à la DDE d'envisager cette hypothèse. Mais si ça ne donnait rien...

Elle lança une recherche sur les moyens de transport privés. Combien de temps fallait-il pour effectuer la liaison New York/Sainte-Lucie ? Les résultats se révélèrent décevants.

Ava n'aurait jamais pu quitter la scène du crime et regagner sa chambre d'hôtel dans le délai imparti, même en utilisant une navette privée. Son alibi tenait.

Eve repassa en revue la chronologie des événements, y chercha une faille. Son communicateur bipa, un message lui ordonna de se présenter au rapport chez son commandant.

Pour gagner du temps, elle s'engouffra dans un ascenseur où se serraient flics, avocats et un petit chien à longues oreilles.

— Témoin oculaire, lui précisa l'agent qui le tenait en laisse.

— Vraiment ?

— Ou plutôt, témoin olfactif. Son propriétaire s'est fait attaquer pendant qu'il le promenait. Il prétend qu'Abe, ici présent, peut identifier l'agresseur grâce à son sens de l'odorat. On a trois possibilités, alors, pourquoi pas ? ajouta-t-il en haussant les épaules.

— Bonne chance !

Pendant le reste du trajet, Eve s'efforça de comprendre comment ils espéraient convaincre le juge d'accuser un suspect sur la seule foi d'un museau.

— Entrez, lieutenant, lui dit l'assistante. Ils vous attendent.

Le commandant Whitney était assis dans son fauteuil, tournant le dos à la vue sur la ville qu'il protégeait et servait depuis tant d'années. Son visage à la peau sombre était marqué, mais Eve trouvait que cela lui allait bien.

Il portait ses cheveux très courts. Sa femme aurait sans doute préféré qu'il les teigne, mais il laissait le sel saupoudrer le poivre. Il avait une large carrure, et une poigne de fer.

— Commandant…

Elle se tut en apercevant l'homme assis en face de lui.

— Chef Tibble.

— Lieutenant, fit Whitney en l'invitant d'un geste à s'asseoir.

Elle s'exécuta bien qu'elle eût préféré rester debout.

— Lieutenant, intervint Tibble. J'ai demandé au commandant de m'accorder quelques minutes avec vous ici. C'est à propos de l'enquête Anders.

— Oui, monsieur.

Mince et élancé, il avait un faible pour les costumes bien taillés et le scotch. Comme Whitney, il avait gravi les échelons, et s'il consacrait désormais l'essentiel de son temps à la politique, il n'en avait pas moins gardé une âme de flic.

— Mes raisons sont d'ordre personnel.

— Vous connaissiez M. Anders ?

— Non. Cependant ma femme est une amie de sa veuve.

Merde ! pensa Eve.

— Elles appartiennent aux comités de soutien de plusieurs organisations caritatives. Quand mon épouse a joint Mme Anders pour lui présenter ses condoléances, Mme Anders a manifesté son inquiétude concernant l'attitude des médias. Elle craint qu'ils ne ternissent non seulement la réputation de son défunt mari et ses affaires, mais aussi tous les programmes charitables associés à Anders World-wide. Je viens donc vous prier de veiller à étouffer dans l'œuf toute velléité de scandale.

— Sauf votre respect, chef Tibble, comment proposez-vous que je m'y prenne ? Ce n'est pas un Code Bleu. Si nous lui collons cette étiquette à ce stade, si nous instituons un black-out vis-à-vis des journalistes, cela ne servira qu'à nourrir le monstre.

— Je suis d'accord. Je ne sais pas où vous en êtes au juste, mais peut-être pourriez-vous leur donner un autre os à ronger ?

— Je suis convaincue que la scène du crime a été maquillée. Mais si je jette cet os à la presse, je mets l'enquête en péril et j'alerte le suspect quant à mes pistes.

— Vous avez un suspect ?

— En effet. La veuve.

Tibble poussa un soupir, renversa la tête et contempla le plafond.

— Mince ! Comment... Excusez-moi, Jack, c'est votre domaine.

— Lieutenant, expliquez-moi comment une femme qui se trouvait à des milliers de kilomètres d'ici au moment du meurtre peut figurer en tête de votre liste de suspects ?

— Rien ne prouve qu'elle était bel et bien à Sainte-Lucie, commandant. La vidéo de l'appel effectué par la gouvernante était bloquée. Je l'ai envoyée au labo, ainsi qu'un échantillon de la voix de Mme Anders enregistré lors de notre entretien ce matin. J'attends les résultats d'une analyse vocale. Quand bien même son alibi serait confirmé, elle est impliquée dans cette histoire. Elle ment, commandant. Elle ment, répéta Eve en se tournant vers le chef de la police. Elle a dit à votre femme qu'elle craignait les conséquences que pourraient entraîner des révélations des médias. Mais elle est la seule à alléguer que son mari avait des relations extraconjugales et s'adonnait à des jeux sadomasochistes.

— On peut concevoir que l'épouse soit au courant de choses que les autres ignoraient.

— Exact, et elle comptait là-dessus. Elle se trompe, commandant. Je n'ai rien de solide encore, mais je sais qu'elle se trompe. La mise en scène est trop... alambiquée, déclara-t-elle, à court d'inspiration. L'assassin connaissait la maison, le système de sécurité, les habitudes d'Andrews. Il a commis quelques erreurs, mais dans l'ensemble, tout avait été parfaitement planifié. La personne qui a fait ça cherchait à l'humilier, à le jeter en pâture aux requins de la presse. Mme Anders est une experte en relations publiques. De même, elle sait pertinemment qu'à condition de savoir s'y prendre, elle sortira de cette affaire nimbée de gloire. Qui aura droit aux marques de sympathie, de compassion ? Elle sera la victime qui conserve la tête haute et va de l'avant.

— En d'autres termes, vous pensez qu'elle était en quête de publicité ? s'enquit Whitney.

— Non, commandant. Toutefois, c'est un bénéfice secondaire dont elle a conscience et qu'elle trouvera le moyen d'exploiter. Ce n'était pas un inconnu, commandant. Ce n'était pas un professionnel. Il ne s'agit pas d'un accident. Ce qui me laisse avec Ava Anders.

— Dans ce cas prouvez-le.

— C'est mon intention. J'ai embauché Connors comme expert consultant chargé d'analyser tous les relevés bancaires et de rechercher d'éventuels comptes dissimulés.

— S'il en existe, il les découvrira.

— Oui, commandant. Je compte approfondir mes recherches sur Mme Anders et interroger son premier mari ainsi que d'autres amis et associés.

Eve se leva.

— En ce qui concerne les médias, chef Tibble, l'inspecteur Peabody est invitée à l'émission *Maintenant !* de ce soir. Je ne peux m'exprimer à la place de Nadine Furst, mais je sais qu'elle connaissait et appréciait la victime. Elle respectait M. Anders.

— Pourquoi Peabody et pas vous ? s'étonna Whitney.

— Parce qu'elle a besoin d'être poussée dans la piscine, commandant. Nadine l'aime beaucoup. Elle va sûrement la cuisiner, mais elle ne va pas la dévorer toute crue. Et, selon moi, l'inspecteur Peabody est tout à fait capable de se débrouiller.

— Si elle rate sa prestation, lieutenant, déclara Tibble avec un sourire, vous aurez affaire à ma femme.

— C'est noté. D'ailleurs, si vous n'y voyez pas d'inconvénient, j'aimerais avoir une conversation avec elle.

— Je vous en prie. Mais je vous préviens, en ce moment, elle se montre très protectrice envers Mme Anders.

En regagnant la Criminelle, Eve réfléchit à la manière dont elle allait s'y prendre avec l'épouse du chef de la police. La diplomatie était de rigueur – un talent qu'elle maîtrisait assez mal. Elle se surveillerait. Le deuxième obstacle consistait à interroger une femme de flic, et pas n'importe lequel, sans qu'elle devine qu'on soupçonnait son amie…

— Madame ! Hé ! Madame !

Il lui fallut une minute pour remettre la voix et le personnage qui allait avec. Teint chocolat, yeux verts, cheveux frisés. Le garçon traînait la même valise défoncée – énorme – qu'au mois de décembre lorsqu'il tentait de vendre les fausses écharpes en cachemire qu'elle contenait près du corps d'un suicidé sur Broadway.

— Je te l'ai déjà dit, je ne suis pas une madame.

— Vous êtes flic. Je vous ai retrouvée et je vous ai attendue ici, et tous ces autres flics me gonflent parce que je suis pas à l'école et blablabla.

— Pourquoi n'es-tu pas à l'école et blablabla ?

— Parce que j'ai à faire.

Il pointa le doigt sur elle.

— Avec vous.

— Je ne vais rien t'acheter.

— J'ai un tuyau.

— Ah oui ? Moi aussi, j'en ai un : il ne faut pas avoir les yeux plus gros que le ventre.

— Pourquoi pas ? On peut toujours recracher ce qu'on a mangé en trop.

Pas idiot, songea Eve.

— D'accord. C'est quoi, ton tuyau?

— Je vais vous le dire, mais j'ai très soif.

Il la gratifia du même sourire édenté que la fois précédente.

— J'ai l'air d'un distributeur, fiston?

— Non, vous avez l'air du meilleur flic de New York. À ce qu'on dit.

— Mouais.

Après tout, elle pouvait bien lui accorder une minute et un tube de Pepsi.

— Donne-moi ton tuyau. S'il me plaît, je t'offre à boire.

— Je connais un endroit où y se passe des trucs louches – des activités *et* des individus. Je vous emmène.

— Trouve-moi plutôt un quartier dans cette ville où il n'y a *pas* d'activités et d'individus louches.

Il secoua la tête d'un air dégoûté.

— Vous êtes flic, oui ou non?

— Nous avons déjà réglé cette question. Et j'ai du boulot.

— Même type, même lieu, mêmes horaires. Tous les jours depuis cinq semaines. Je l'ai vu. Peut-être qu'il m'a vu aussi, mais il s'en fiche parce que je suis qu'un gosse.

— Et que fait ce même type au même endroit aux mêmes horaires tous les jours depuis cinq semaines qui le rende louche?

— Il entre avec un gros sac, très lourd. Quelques minutes plus tard, *yo!* le voilà qui ressort avec un autre sac… tout léger.

— Où se trouve ce repaire d'iniquité?

Il fronça les sourcils comme un grand-père.

— C'est pas un repaire. C'est un magasin. Je vous emmène. C'est un bon tuyau. Je mérite un fizzy à l'orange.

— Tu mérites que je te botte les fesses.

Cependant, elle sortit une poignée de crédits, les lui tendit et lui indiqua le distributeur. Pendant qu'il se servait, elle réfléchit. Le môme était vif et disait probablement la vérité. Ce qui signifiait que la boutique était une façade derrière laquelle les voleurs à la tire se débarrassaient des sacs et autres portefeuilles qu'ils avaient réussi à dérober aux passants.

— Faut qu'on y aille si on veut les attraper.

— Donne-moi l'adresse, je vais y envoyer des collègues.

— Ah, non ! Faut que je vous montre. C'est le marché.

— Quel marché ? Je n'ai pas passé de marché avec toi. Je n'ai pas le temps de parcourir les rues à traquer un voyou qui...

— Vous devez pas être un si grand flic que ça, alors, l'interrompit-il, le regard glacial.

— Quel emmerdeur, grommela-t-elle.

Elle consulta sa montre, calcula. Le lieu en question était sans doute situé du côté de Times Square, où elle avait eu le malheur de rencontrer ce gosse la toute première fois. Pourquoi ne pas y faire un saut en rentrant chez elle ? Elle travaillerait sans doute mieux là-bas qu'ici où l'on venait la déranger toutes les cinq minutes.

— Attends-moi, ordonna-t-elle. Si tu n'es pas là quand je reviens, je te pourchasse comme un chien et je te fourre dans ta valise. Compris ?

— Je vais vous montrer ?

— Tu vas me montrer. Ne bouge pas.

Elle fonça dans la salle commune.

— Peabody, j'ai une course à faire, semi-personnelle. Ensuite, je rentre travailler chez moi.

— Mais... mais... je pars pour le studio dans... d'une minute à l'autre !

— Parfait. Copiez toutes les nouvelles données et transférez-les-moi à la maison.

— Mais...

Peabody courut après Eve.

— Vous ne m'accompagnez pas ?

— Ressaisissez-vous, Peabody.

Eve s'empara d'une pile de disques, les jeta dans son sac.

— Ce n'est pas la première fois que vous passez à l'antenne.

— Mais là, c'est *différent*. Dallas, vous devez venir avec moi ! Je ne peux pas y aller toute seule, je…

— Doux Jésus, que vous m'énervez ! Allez-y avec McNab. Dites à son inspecteur que je lui ai donné le feu vert.

Eve enfila son manteau.

— Et ne vous plantez pas !

Elle tourna les talons.

— Dallas.

— Quoi ?

Elle s'immobilisa devant Baxter, toutes dents dehors, se ravisa.

— Pardon. Du nouveau ?

— Non. Avez-vous…

— Non, je n'ai pas eu le temps de parcourir le dossier. Dès que possible, Baxter.

Elle sentait les prémices d'une migraine provoquée par l'exaspération.

— On y va, fiston, fit-elle en rejoignant le gamin. Si tu me mènes en bateau, tu le regretteras.

Dans le parking, le gosse secoua tristement la tête devant son véhicule. Il y monta, cala sa valise sur ses genoux, examina longuement le tableau de bord, puis posa son regard vert sur elle.

— Cette caisse est pourrie.

— Tu as mieux à me proposer ?

— Non, mais je m'y connais. Comment ça se fait que la meilleure flic de New York a une caisse pourrie ?

— C'est une question que je me pose quotidiennement. Tu as un nom ?

— Et vous ?

Elle eut la vague impression qu'elle l'amusait.

— Lieutenant Dallas.

— Lieutenant, c'est bizarre, non ?

— C'est mon grade.

— J'ai pas de grade, j'ai pas de caisse.

— Ton nom, fiston, ou l'aventure s'arrête ici.

— Tiko.

— Très bien, Tiko. Où allons-nous ?

Il afficha une expression énigmatique.

— On pourrait peut-être faire un tour du côté de Times Square.

Elle émergea du parking.

— Que caches-tu dans ta valise aujourd'hui ?

— Des écharpes en cachemire et les bonnets qui vont avec. Comment ça se fait que vous portez pas de bonnet ? La chaleur s'échappe de votre tête sans bonnet.

— Et toi ? Pourquoi tu n'en portes pas ?

— Vendu, avoua-t-il avec un sourire. Je suis un bouffon de la vente.

— En tant que bouffon de la vente, Tiko, qu'est-ce qui t'a incité à venir jusqu'au Central ?

— J'aime pas quand y se passe des trucs louches sur mon terrain. Faut que je gagne ma vie. Quand y a quelqu'un qui leur vole leur fric, les gens en ont plus pour m'acheter des écharpes et des bonnets, et bientôt, ça va être la saison des écharpes et des bonnets en *soie* !

D'une logique à toute épreuve, songea Eve.

— Pourquoi ne pas avoir averti un uniforme du secteur ?

— Pourquoi faire ça quand j'ai une ligne directe avec la meilleure ?

Décidément, il avait réponse à tout.

— Tu as un logement, Tiko ?

— Ouais, vous inquiétez pas pour moi. Vous devriez prendre la Quarante-quatrième et garer la caisse. N'importe qui qui s'y connaît un peu saura que c'est une bagnole de flic.

Une fois de plus, il avait mis dans le mille. Elle bifurqua, réussit à trouver une place entre la Septième et la Huitième Avenue.

— Vous avez votre arme et tout le bataclan ? demanda-t-il, tandis qu'ils poursuivaient leur chemin à pied.

— J'ai mon arme et tout le bataclan. C'est à l'est ou à l'ouest de Broadway ?

— À l'est. Mon terrain est du côté ouest, de la Quarante-deuxième à la Quarante-septième. Mais je circule surtout autour de la Quarante-quatrième. La boutique est sur Broadway, entre la Quarante-troisième et la Quarante-quatrième. Il va pas tarder.

— Voici comment nous allons procéder. Tu vas me précéder et installer ton petit commerce comme à ton habitude. Je m'approcherai, je jetterai un coup d'œil sur ta marchandise. Si tu vois ce type, tu me l'indiques – sans le montrer du doigt. Compris ? Ensuite, j'aviserai.

Une lueur d'excitation dansa dans les prunelles du gamin.

— Allez ! Ouste !

Il s'éloigna d'un pas rapide sur ses petites jambes trapues contre lesquelles sa valise rebondissait. Eve sortit son communicateur et demanda deux uniformes. Lorsqu'elle atteignit le carrefour de Broadway, Tiko avait déployé sa valise convertible, maintenant posée sur un trépied. Elle ne fut pas étonnée de constater qu'il était déjà entouré de clients potentiels.

Ici, c'était la fête perpétuelle, avec néons clignotants et panneaux publicitaires animés. Des hordes d'adolescents encombraient les trottoirs. Les opérateurs des glissa-grils à tous les coins de rue s'affairaient à distribuer hot dogs au soja, bretzels, kebabs, frites et boissons fraîches.

Les touristes s'émerveillaient devant les couleurs, les dirigeables publicitaires, les galeries de jeux vidéo et les sex shops.

Elle arriva devant la table de Tiko. Il remua les sourcils.

— Cent pour cent cachemire ! J'ai des écharpes et des bonnets. L'ensemble est en promo spéciale.

— Combien ?

Il sourit.

— Cent dollars les deux. Normalement, c'est cent vingt-cinq. On vous en demandera cinq fois plus dans une boutique. Regardez-moi celle-là, à rayures... il arrive, enchaîna Tiko en un chuchotement dramatique comme si sa voix risquait de porter dans ce brouhaha continuel. Le cabas rouge. Vous le voyez...

— Ne me le montre pas.

Eve tourna nonchalamment la tête. Elle repéra le cabas rouge et le grand type dégingandé en parka grise et bonnet blanc.

— Faut que vous l'attrapiez. Cent dollars l'ensemble ! Aujourd'hui seulement. Allez le chercher.

Où diable étaient ces uniformes ?

— J'attends du renfort.

— Vous êtes flic.

— Je vais prendre ceci ! annonça une femme en sortant son portefeuille.

Tiko s'empara d'un sachet en plastique transparent.

— Il va rentrer !

— J'appartiens à la Criminelle. Il y a un cadavre à l'intérieur ?

— Comment je pourrais le savoir ?

Il parvint à emballer sa marchandise, prendre l'argent, rendre la monnaie et fusiller Eve du regard dans la foulée.

— Merde. Tu restes ici. Tu ne *bouges* pas.

Afin de ne pas attirer l'attention sur elle, elle attendit le feu vert au passage piétons, puis piqua un sprint, ignorant les invectives des gens qu'elle bousculait au passage. Elle était à moins de trois mètres de sa cible quand l'homme pénétra dans un magasin de souvenirs proposant une multitude de gadgets inutiles.

Elle ouvrit la porte. La boutique était petite, étroite. Un homme et une femme derrière le comptoir. L'homme au cabas rouge se dirigeait vers le fond.

Où étaient ces putains d'uniformes ?

138

— Je peux vous aider ? s'enquit la femme sans grand enthousiasme.

— Oui, j'ai vu quelque chose qui me plaisait.

Eve fonça vers l'individu, lui tapa sur l'épaule. Elle se plaça de manière à le coincer contre le comptoir, puis brandit son insigne.

— Vous êtes en état d'arrestation.

La vendeuse poussa un hurlement comme si on venait de lui fendre le crâne à la hache. Distraite pendant une fraction de seconde, Eve ne vit pas le coude remonter brutalement vers sa pommette. Mille et une étoiles scintillèrent.

— Nom de nom !

Eve le gratifia d'un coup de genou dans les parties et le poussa dans les piles de T-shirts. La joue brûlante, son arme à la main, elle pivota.

— Vous ! aboya-t-elle à l'intention de la femme, qui se ruait vers la sortie. Un pas de plus et je vous neutralise. Par terre ! J'ai dit par terre, à plat ventre, les mains derrière la tête. Vous ! enchaîna-t-elle en s'adressant au vendeur, qui avait levé les mains. Parfait. Restez comme vous êtes. Quant à vous... Qu'est-ce qui vous a pris de faire ça ? Vous êtes dans le pétrin, maintenant.

— Je voulais juste m'acheter un T-shirt.

— Ah, oui ? Vous aviez l'intention de le payer avec ça ?

Du bout du pied, elle indiqua les portefeuilles et les sacs à main débordant du cabas.

Deux agents se précipitèrent à l'intérieur.

— Désolée, les gars ! J'ai interrompu votre pause-café ? Faites un tour dans l'arrière-boutique. Je soupçonne des activités illicites dans cet établissement.

Elle frôla sa pommette du bout des doigts.

— Bordel ! Embarquez-moi ces minables. Vol, trafic d'objets volés...

— Lieutenant ! Il y a au moins deux cents sacs et portefeuilles à l'arrière. Et des duplicateurs de cartes de crédit et d'identité.

— Ah oui ?

Eve adressa un sourire triomphant au vendeur.

— Fraude, falsification de papiers. Une manne !

Une vingtaine de minutes plus tard, quand Eve traversa la rue dans l'autre sens, Tiko l'attendait sagement.

— Je leur ai dit, aux flics, quand je les ai vus arriver. Je leur ai dit où vous étiez.

— Tu as bien fait.

— Vous avez un coquard à la joue. Vous vous êtes battue avec le suspect ?

— Je lui ai botté les fesses. Range-moi tout ça, Tiko. La journée est finie.

— Je peux continuer encore une heure, histoire de rattraper le temps perdu à descendre au Central.

— Pas aujourd'hui.

— Vous allez les emmener en prison ?

— Les uniformes s'en chargent. Où habites-tu, Tiko ?

Il plissa les yeux.

— Vous croyez que j'ai pas de logement ?

— Si tu en as un, dis-moi où il se trouve, que je t'y emmène.

— C'est tout près. Un appartement au premier étage, au-dessus du traiteur grec. Je vous ai dit que c'était mon territoire.

— En effet. Remballe-moi tout ça. On y va.

Il n'était pas content, mais il s'exécuta.

— Je perds cinq dollars facile, à m'arrêter si tôt.

— Je t'ai offert un fizzy.

Il lui coula un regard noir. Elle sortit une poignée de crédits, en compta cinquante.

— C'est dix pour cent des cinq dollars que tu prétends avoir perdus. Je pense que ça devrait couvrir ton transport jusqu'au Central.

— Super.

Les pièces disparurent dans l'un de ses innombrables poches.

— Vous avez dû neutraliser quelqu'un ?

— Non. Mais une femme a crié comme une fillette et essayé de s'enfuir. Je l'ai menacée de lui tirer dessus.

— Vous l'auriez fait ?

— Absolument. Non seulement ils ont volé beaucoup d'argent, mais en plus ils fabriquaient de fausses cartes de crédit et d'identité.

Il secoua la tête d'un air dégoûté.

— Des paresseux.

Elle le dévisagea, intriguée.

— Pardon ?

— C'est des paresseux. N'importe qui peut voler. Mais pour *gagner* du fric, il faut faire marcher sa cervelle, se dépenser. C'est là, ajouta-t-il en poussant une porte.

Dans le hall, de la taille d'un placard, il y avait un ascenseur sur lequel le panneau HORS SERVICE devait dater d'au moins dix ans. Eve grimpa l'escalier derrière le gamin. Une odeur d'oignons et d'ail imprégnait l'air. Ce n'était pas forcément désagréable. Les murs étaient décrépits, l'escalier raide et maculé de taches.

Elle imagina Tiko l'empruntant jour après jour avec sa valise. Pas de doute : il se dépensait.

Au premier étage, il extirpa un trousseau de clés de son pantalon, déverrouilla trois serrures.

— Vous pouvez entrer si vous voulez faire la connaissance de ma grand-mère.

Des effluves de sauce tomate maison chatouillèrent les narines d'Eve lorsqu'ils entrèrent.

— C'est toi, mon garçon ?

— Oui, grand-mère. J'ai quelqu'un avec moi.

— Qui ça ?

La femme qui surgit sur le seuil de la cuisine, une cuiller en bois à la main. Ses cheveux blancs encadraient son visage ridé, mais ses yeux étaient aussi verts et vifs que ceux de son petit-fils. Elle paraissait très menue dans son pull et son pantalon trop larges.

La peur se lut dans son regard dès qu'elle vit Eve.

— Ne vous inquiétez pas, fit celle-ci.

— C'est ma grand-mère. Grand-mère, c'est le lieutenant Dallas. La meilleure… elle est de la police.

— C'est un bon garçon.

Elle tendit la main. Tiko se précipita à ses côtés et elle le serra contre elle.

— Il n'a rien à se reprocher.

— On les a eus, Grand-mère, on les a eus!

— Qui ça? Qu'est-ce que tu racontes?

— Tu te rappelles, je t'avais parlé de ce type louche? Tu as dit que c'était sûrement un voleur. Tu avais raison. Je suis allé au Central et je l'ai dit à Dallas et je l'ai emmenée là-bas et elle a arrêté toute la bande. C'est pas bien, ça?

— Tiko a aidé la police de New York à arrêter des malfaiteurs, confirma Eve.

— Ô Seigneur!

— Madame…

— Excusez-moi. Je suis tellement bouleversée… Je suis Abigail Johnson.

— Madame Johnson, votre petit-fils est un sacré bonhomme. Il a rendu un énorme service à ses concitoyens.

Eve sortit une carte de visite de sa poche ainsi qu'un stylo.

— Voici mes coordonnées. Il y a une récompense.

— Une récompense? s'exclama Tiko.

— Une bonne action se suffit à elle-même, observa Abigail.

— C'est vrai, madame. Cependant, le département de police de New York souhaite encourager le bon comportement des citoyens. Si vous voulez bien contacter la personne dont j'ai noté le nom au dos, fit-elle en lui tendant sa carte, elle s'occupera de tout. Tiko, ajouta-t-elle en lui serrant la main, beau boulot!

— À plus ! Désolé pour le coquard.

— Ce n'est pas le premier et ce ne sera sûrement pas le dernier.

— Tiko, va vite te laver les mains pour le dîner. Dis au revoir au lieutenant Dallas.

— À un de ces quatre ! Si vous revenez sur mon terrain, je vous ferai un bon prix.

Comme il disparaissait, Abigail poussa un profond soupir.

— Je lui fais la classe deux heures tous les soirs, sept jours sur sept. Nous allons à la messe tous les dimanches. Je m'efforce de lui procurer des vêtements et une nourriture convenables. Je…

— Vous n'avez aucun souci à vous faire, madame Johnson. Dans le cas contraire, n'hésitez pas à me joindre.

Eve redescendit l'escalier au petit trot et émergea dans le froid. Une bonne action se suffisait peut-être à elle-même, songea-t-elle en plaquant la main sur sa joue enflée, mais elle saurait quoi faire d'une poche de glace.

9

Eve pénétra dans la maison, prête pour sa confrontation quotidienne avec Summerset, qui aurait sans doute un commentaire acerbe à formuler à propos de son coquard.

Il n'était pas là.

Elle se figea au milieu du vestibule désert, s'attendant presque à le voir se matérialiser dans un nuage de fumée. Perplexe, elle passa la tête dans le salon. Fleurs fraîches, feu de cheminée... mais pas la moindre trace du Squelette Ambulant. Un vague sentiment d'inquiétude l'envahit. Et s'il avait attrapé le même virus que Feeney ? Pas question pour elle de jouer les infirmières !

Tout de même, s'il gisait quelque part, inconscient et fiévreux, dans une mare de sueur... Connors n'aurait plus qu'à rentrer *illico* pour s'occuper de lui.

Elle se tourna vers l'ordinateur interne pour lancer une recherche, et sursauta comme un lapin quand la voix désincarnée de Summerset emplit la pièce.

— Comme je suppose que vous vous intéressez à votre partenaire, je vous rappelle que l'inspecteur Peabody passe à l'antenne dans quatre minutes.

— Merde ! souffla Eve en grimaçant. Je sais quelle heure il est !

Du moins le savait-elle maintenant. Agacée, elle se dirigea vers l'escalier. La voix la poursuivit.

— Vous trouverez des poches de glace en haut du congélateur, dans la cuisine de votre bureau.

Elle se voûta – elle avait perçu une note de satisfaction dans son ton – et poursuivit son chemin. Dans son bureau, elle déposa ses affaires sur la table et commanda l'affichage de la chaîne 75 sur son écran mural. Parce qu'elle avait très mal, elle sortit et activa la fichue poche de glace. La pressant contre son visage, elle alluma son ordinateur. Autant en finir au plus vite avec la prochaine corvée, la rédaction de son rapport sur l'incident de Times Square.

À peine avait-elle commencé que la musique du générique de *Maintenant !* explosa. Elle écouta l'introduction de Nadine d'une oreille distraite, puis jeta un coup d'œil sur l'écran. Impeccable, avec ses cheveux blonds aux reflets subtils, ses bijoux discrets, ses jambes galbées superbement mises en valeur par son tailleur couleur cuivre, la journaliste au regard de chat semblait la regarder au fond des yeux.

Elle présenta son invitée du jour, Peabody, inspecteur entièrement dévoué à sa cause, cita quelques-unes des affaires les plus célèbres auxquelles elle avait participé. Quand la caméra se fixa sur son équipière, Eve fit la moue.

Trina avait réussi à se maîtriser côté coiffure et maquillage. Peabody paraissait jeune, mais pas innocente. Un bon point. Le tailleur à la coupe un tantinet militaire était probablement un plus. Et il fallait la connaître pour déceler la terreur dans ses yeux.

— Ne vous plantez pas, marmonna-t-elle.

Nadine la guida, lui posant quelques questions simples, et Peabody commença à se détendre. Pas trop ! pensa Eve. Nadine n'était pas une amie devant l'objectif. Personne ne l'était.

— Merde ! Voilà que c'est *moi* qui ai le trac !

Du coup, Eve se leva pour arpenter la pièce.

Pas mal, pas mal. Peabody se débrouillait plutôt bien, même. «Nous poursuivons toutes les pistes et blablabla. Nous ne sommes pas en mesure à ce stade de révéler certains détails et blablabla.» Elle confirma qu'il n'y avait aucune trace d'effraction, et, mieux, s'arrangea pour laisser entendre que, d'après les premières analyses, le système de sécurité aurait été touché.

Concernant la nature sexuelle du crime, les deux femmes traitèrent du sujet en tournant autour du pot. La mission de Nadine était de soutirer des précisions, celle de Peabody d'éviter de les lui donner. Eve éprouva un pincement de fierté. Elles étaient aussi habiles l'une que l'autre.

Le message était clair : Thomas A. Anders était avant tout une victime.

C'était bientôt fini ! réalisa Eve. Dieu merci.

— Inspecteur, enchaîna Nadine, Thomas Anders était un homme fortuné qui jouissait d'une excellente réputation dans les cercles mondains et professionnels. Son renom doit ajouter une certaine pression sur votre enquête. En quoi cela influence-t-il votre travail ?

— Je… je dirais que le meurtre remet tout le monde sur un pied d'égalité. Quand un individu prend la vie d'un autre, il n'y a plus de classe sociale. La richesse, le milieu, les affaires, tous ces éléments peuvent être à l'origine du mobile, mais ils ne changent rien aux faits ni à la manière dont nous enquêtons. Nous gérons le dossier Thomas Anders comme celui de Jean Dupont.

— Il n'en reste pas moins que, vu l'éminence du personnage, on peut s'attendre qu'une certaine pression soit exercée en haut lieu.

— En fait, ce sont les médias qui insistent sur cet aspect des choses. Pas mes supérieurs. Mon éducation ne m'a pas appris à juger de la valeur d'une personne en fonction de ce qu'elle possède. J'ai une formation de policier, je suis inspecteur, et notre mission, c'est de défendre les morts – peu importe qui ils étaient de leur vivant.

Eve opina, fourra les mains dans ses poches tandis que Nadine lançait la séquence suivante.

— C'est bon, Peabody. Vous vivrez.

Éteignant l'écran, elle retourna à son bureau et se remit au travail.

Elle était là. S'arrêtant sur le seuil de la pièce, Connors en profita pour l'observer en douce. Elle avait un tel sens du devoir, une telle volonté de l'accomplir. Cela l'avait séduit dès le premier instant, quand il l'avait aperçue de l'autre côté d'une marée humaine lors d'un enterrement. Il adorait la façon dont son regard ambre semblait se vider, se faire indéchiffrable. Des yeux de flic. Les yeux de *son* flic.

Elle avait ôté sa veste et l'avait jetée sur un siège, mais elle portait toujours son holster. Ce qui signifiait qu'elle était montée directement. Armée et dangereuse, songea-t-il. Excitante. Quant à son infatigable dévouement envers les défunts – la vérité, la justice –, il ne cessait de l'étonner, de le fasciner.

Il constata qu'elle avait installé son tableau de meurtre. Celui-ci était déjà rempli de photos macabres, de rapports, de notes, de noms. En prime, au cours de la journée, elle avait récolté un œil au beurre noir.

Connors s'était résigné depuis longtemps à retrouver l'amour de sa vie en piteux état. Mais vu qu'elle ne semblait ni épuisée ni malade, un coquard lui apparut somme toute assez banal.

Il perçut l'instant exact où elle sentit sa présence. Elle détourna les yeux de son écran et son regard se réchauffa immédiatement.

Cela seul valait la peine qu'il rentre à la maison.

— Lieutenant.

Il la rejoignit, lui souleva le menton pour examiner son ecchymose.

— Alors, qui as-tu énervé aujourd'hui ?

— La question, c'est plutôt qui m'a énervée. Et je peux te garantir qu'il souffre plus que moi.

— Naturellement. Qui est-ce ?

— Un minable nommé Clipper. Je l'ai pris en flag.

— Ah, fit Connors avant d'incliner la tête. Pourquoi ?

— C'est un gosse, Tiko, qui m'a entraînée dans cette histoire.

— Intéressant. Tu veux me la raconter en buvant un verre de vin ?

— Peut-être.

— Avant cela, dis-moi si tu as réussi à voir la prestation de Peabody ?

— Oui. Et toi ?

Il s'éloigna pour aller chercher une bouteille.

— Je n'aurais raté ça pour rien au monde. J'ai trouvé qu'elle s'en était sortie brillamment.

— Elle ne s'est pas plantée.

Il rit, déboucha la bouteille.

— Quel compliment, lieutenant ! C'est toi qui l'as formée. Sa dernière phrase. C'est toi qui lui «as appris à défendre les morts, peu importe qui ils étaient de leur vivant».

— Je lui ai appris à mener une enquête. Elle était déjà flic.

— Comme tu l'étais quand Feeney t'a formée.

Il revint vers elle, lui tendit son verre, et se percha au bord de son bureau.

— C'est une sorte d'héritage, n'est-ce pas ? À présent, raconte-moi ta mésaventure.

Il écouta son récit, tour à tour amusé et captivé.

— Quel âge a-t-il, ce Tiko ?

— Je ne sais pas. Sept ans, peut-être huit. Il est petit.

— Et terriblement persuasif, si j'ai bien compris.

— C'est un battant. De toute façon, ça ne m'obligeait pas à faire un grand détour.

Elle haussa les épaules.

— Et on ne peut qu'admirer sa logique. Ces minables volent des clients potentiels, c'est mauvais pour ses affaires. Je suis flic.

— La meilleure.

— J'y compte bien ! Du coup, en tant que telle, je suis censée résoudre le problème.

— Ce que tu as fait, murmura-t-il en lui caressant la joue. Avec le minimum de dégâts, je suppose.

— Ce type avait des bras très maigres mais d'une longueur incroyable. Je me doutais que le gosse avait un logement – il est trop propre, trop bien habillé pour dormir dans la rue. Je me suis dit qu'il avait peut-être un accord avec son fournisseur. Je ne pouvais pas me tromper davantage. Il habite un petit appartement tout près de Times Square et il a une grand-mère qui lui prépare son dîner. En fait, c'est son arrière-grand-mère, ajouta-t-elle. Je me suis renseignée en chemin.

— Bien entendu.

— Casier vierge pour les deux. On ne peut pas en dire autant de la mère de Tiko. Possession de drogue, racolage sans licence, vol à l'étalage, puis cambriolage et enfin, escroquerie. Les deux dernières fois, ça s'est passé en Floride. L'aïeule est la tutrice de l'enfant depuis qu'il a un an.

— Et le père ?

— Inconnu. Elle craignait que j'avertisse les services de protection de l'enfance. Qu'on lui retire le petit.

— Un autre flic aurait peut-être pris cette initiative.

— Ç'aurait été une erreur. Ce môme a un toit, des vêtements chauds, il mange à sa faim et quelqu'un l'aime. C'est…

— Plus que ce que nous avons eu, compléta Connors à sa place.

— Oui. J'y ai réfléchi. Cet enfant n'a peur de rien, comme moi à son âge. Il n'a aucune méchanceté en lui non plus. Il s'en sortira parce qu'il a quelqu'un qui tient à lui.

— À en juger par ce que tu m'as raconté, il est du genre à saisir toutes ses chances.

— Je le crois. Du coup, j'ai repensé à Anders. Lui non plus n'avait pas peur, et j'ai l'impression qu'il était plutôt gentil. Mais il est mort. Parce que quelqu'un tenait suffisamment à lui pour l'éliminer.

— Tenait suffisamment à lui. Le choix de mots est intéressant.

Elle pivota vers son tableau de meurtre, fixa la photo d'Ava Anders.

— Je crois que ça colle. Écoute, le labo n'a pas pu m'envoyer une analyse de l'empreinte vocale. J'en ai quelques échantillons ici. Ça ne devrait pas te prendre trop de temps.

— Sans doute pas, convint-il en savourant une gorgée de vin. Je m'en occuperais volontiers si tu me prépares mon dîner.

La requête semblait raisonnable. Elle opterait pour un de ses plats préférés – spaghettis bolognaise – puisqu'il n'avait pas précisé ce dont il avait envie. Elle poursuivit sa recherche sur Ava Anders d'abord, laissa un nouveau message sur la boîte vocale de Dirk Bronson – le premier mari. Puis elle s'aventura jusqu'à la cuisine pour programmer le repas.

Elle avait à peine posé les assiettes sur son bureau que Connors revint. Elle se demanda pourquoi elle s'embêtait à harceler le labo.

— Bonne nouvelle, ça n'a pas été long. Mauvaise nouvelle, du moins de ton point de vue, les voix correspondent.

— Merde. La communication a-t-elle pu être transmise à distance ?

— Je n'en ai pas l'impression. Je l'ai soumise à plusieurs filtres. En tant qu'expert consultant, civil, je suis obligé de te confirmer qu'Ava Anders a bien reçu cet appel dans la chambre louée à son nom à Sainte-Lucie.

— Elle n'a pas pu faire l'aller-retour dans le cadre horaire.

— En effet.

— Et si le cadre horaire était erroné ? Anders était encore vivant – inconscient, agonisant, mais vivant quand le système de sécurité a été remis en marche et les portes verrouillées. Et si je m'étais trompée dans mes calculs ? Imaginons qu'elle ait tout réactivé à distance... Elle avait peut-être le temps de regagner Sainte-Lucie ? C'est très juste, mais...

— N'oublie pas le trajet entre la scène du crime et l'aéroport, puis celui entre la piste d'atterrissage et l'hôtel. Tu extrapoles, Eve.

— C'est vrai, grommela-t-elle.

Agacée, elle se servit une louchée de pâtes.

— Je sais qu'elle est impliquée. Son mari avait une passion pour l'électronique. Avait-il imaginé un dispositif fonctionnant sur télécommande ?

— Ce n'est pas impossible. Qu'en pensent les gars de la DDE ?

— Ils n'ont pas suffisamment creusé la question. Et Feeney est malade comme un chien. J'ai dû pratiquement le porter jusqu'à une voiture, l'expédier au centre médical et avertir sa femme.

— Que de bonnes actions en une seule journée !

— Va te faire voir.

Connors ne prit pas la peine de dissimuler son sourire.

— Je peux jeter un coup d'œil sur le système, proposa-t-il. Côté relevés financiers, pour l'instant, je n'ai rien trouvé d'anormal. Ni retraits, ni virements, ni comptes cachés.

Du travail propre, songea Eve.

— Si elle a engagé quelqu'un pour agir à sa place, elle a pu utiliser autre chose que de l'argent. Sexe, promotion, chantage. Amitié. Ne dit-on pas que le meilleur des amis est celui qui vous aide à escamoter le cadavre ? Elle en a deux auxquelles elle semble beaucoup tenir.

— Qu'est-ce que tu lui reproches, Eve ?

— Des trucs, marmonna-t-elle. Ses vêtements.

— Tu n'apprécies pas son sens du style ?

— Tu sais bien que je n'y connais rien. Toi, en revanche… Bref. Imagine que tu es dans les bras de Morphée et que tu reçois un coup de fil t'apprenant que je suis morte. Qu'est-ce que tu fais ?

Ravalant sa terreur à cette pensée, il répondit :

— Avant ou après m'être effondré de chagrin ?

— Avant, pendant, après. Est-ce que tu fouilles dans ton armoire pour y sélectionner une tenue entièrement coordonnée, chaussures comprises ? Est-ce que tu te coiffes ?

— Vu mes capacités, j'y parviendrais en un tourne-main.

— Continue et je renverse la sauce tomate sur ton beau pantalon.

— Tu sais, tout le monde ne réagit pas de la même manière en apprenant une mauvaise nouvelle.

— L'hôtel a demandé une voiture six minutes après sa conversation avec Greta. Pourtant, cinquante minutes se sont écoulées entre cet instant et son départ de l'établissement. Elle avait commandé du café, un jus de fruits, des framboises fraîches et un croissant à son autochef – j'ai vérifié – *avant* de demander la voiture.

— Quel sang-froid !

— Mouais. Ce n'est pas une preuve, mais tout de même. Un avocat rétorquera que ce n'est rien. Qu'elle était en état de choc. Tu parles ! Elle avait mis du parfum, des boucles d'oreilles et un bracelet assorti à sa montre. Elle a attendu plusieurs heures avant de prévenir Forrest. Ce sont de petites choses. Je pense qu'elle a tout planifié en détail, couvert toutes les traces, mais elle ne peut pas masquer l'égocentrisme, la vanité que je décèle dans ses yeux chaque fois que je la regarde.

— Elle n'avait pas prévu ton intervention.

— J'assisterai aux obsèques demain. Je vais l'interroger de nouveau ainsi que ses amies et Forrest, dénicher son ex-mari. Je m'entretiendrai aussi avec la gouvernante et Charles, puis je reviendrai à la charge. Je vais la pousser dans ses retranchements. Tant pis si c'est une amie de l'épouse du chef Tibble.

Connors enroula nonchalamment ses spaghettis autour de sa fourchette.

— Elle connaît l'épouse de Tibble. C'est délicat.

— Oui, admit Eve. Je ne serais pas étonnée qu'elle ait recherché son amitié en vue de réaliser son projet.

— C'est envisageable. Comment s'y est-elle prise pour la rencontrer ?

Par le biais d'œuvres caritatives, naturellement. Il va falloir vérifier les comptes de toutes ces organisations. Supposons qu'elle ait détourné des fonds et que la victime s'en soit rendu compte. Elle s'en sort mieux veuve que divorcée, surtout si elle a volé de l'argent destiné aux enfants défavorisés.

— Ben serait au courant s'il y avait eu des manipulations de fonds. Cela dit, il est possible que les livres aient été trafiqués de façon à ce qu'il ne s'en aperçoive pas. Mais avec la mort de son oncle, il détient la majorité des parts et se retrouve président du conseil d'administration. Je suppose qu'il a ordonné un audit interne afin de s'assurer que tout est en ordre, à tous les niveaux.

— D'après moi, elle le tient sous sa coupe. Elle salit la victime avec sa mise en scène de manière à brouiller les pistes. Si elle détournait des fonds, peut-être avait-elle conçu un moyen de faire passer son mari pour le coupable.

— Je peux me renseigner.

Elle ricana.

— Que de bonnes actions en une seule journée !

— Très drôle. Que dirais-tu d'aller faire un tour après le dîner ? Sur la scène du crime ?

Elle le dévisagea.

— C'est ce que j'aime chez toi. Presque tout.

— Bien! attaqua Eve tandis qu'ils franchissaient le seuil de la chambre d'Anders. La victime gît ici, morte. Son dispositif de réveil se déclenche. Bonjour, monsieur Anders. L'ordinateur lui annonce l'heure, met en route le feu dans la cheminée, la cafetière, la douche, lui rappelle ce qu'il a commandé pour son petit déjeuner et son premier rendez-vous de la journée.

— Pourquoi avoir une femme?

Eve darda sur Connors un regard noir.

— Ça fiche la chair de poule. Comment se fait-il qu'on n'ait pas le même, camarade?

— Nous l'avons, mais je ne m'en sers pas. Ça me fiche la chair de poule. D'autant que j'ai rarement besoin d'un réveil, et pourquoi commanderais-je mon petit déjeuner la veille ou le démarrage de la douche avant d'être prêt à la prendre?

— Tu as des habitudes, mais tu n'es pas maniaque. Il l'était. Ça s'est retourné contre lui. Il était prévisible. On savait qu'il serait dans son lit à 3 heures du matin, qu'il aurait programmé son système de réveil, mis son beau pyjama. Porte fermée, rideaux tirés. Bonne nuit, les petits. Il avait dû s'endormir face à la porte. À en juger par la marque de la seringue, il était sur le côté, face à la porte. Je parie que c'était toujours le cas. Elle le savait forcément. Une case de plus à cocher.

Eve secoua la tête.

— Va jeter un coup d'œil sur le système de surveillance pendant que je refais un tour.

Elle inspecta la suite, cette fois en s'intéressant plus particulièrement aux affaires d'Ava. Ses vêtements, ses chaussures, sa lingerie. Des tenues de marque, à la mode mais plutôt sages. La garde-robe typique d'une femme de son milieu. Rien de clinquant, que de la qualité.

Eve poursuivit son exploration, s'attardant sur le décor. Rien de tape-à-l'œil, mais un goût certain pour les fioritures. Le Palais d'Ava. Son reflet ?

Crèmes, lotions, potions rajeunissantes, antirides se serreraient derrière les portes miroirs de la salle de bains. Sels et huiles remplissaient de grands bocaux transparents.

Elle aime se pomponner, s'immerger dans la baignoire à remous – dans un endroit séparé de celui de son mari.

Ceci est à moi. Cela à toi.

Pourtant, ils partageaient le même lit. Cela dit, vu la taille du lit, ils auraient aussi bien pu dormir dans deux pays différents. Eve revint sur ses pas.

— Cette chambre est la sienne, déclara-t-elle à voix haute. Il s'y trouvait par hasard. Elle tolérait sa présence et ses rituels matinaux, mais c'était son domaine à elle. Elle l'*autorisait* à y venir tant qu'il pouvait lui être utile.

Elle sortit, remit les scellés et partit à la recherche de Connors.

Il était assis devant la console de la régie de sécurité. En plus de l'équipement ultrasophistiqué dont celle-ci était équipée, il se servait d'un de ses propres appareils.

— C'est un dispositif d'excellente qualité. L'un des miens, de surcroît, ajouta-t-il en jetant un coup d'œil à Eve par-dessus son épaule. Il a été monté sur mesure pour ce site et comprend toutes les options disponibles. Je ne dis pas qu'il est absolument impossible de le saboter ou de le faire fonctionner à distance, mais si le client l'a souhaité, on l'aura avisé que cela risquait de compromettre le système. S'il a insisté, on lui aura installé un procédé spécifique. Il existe donc une trace papier. Je vérifierai, mais je serais très étonné qu'il ait autorisé ce genre de chose.

— Et sur place ?

— Tous les systèmes de sécurité peuvent être violés. Je parle d'expérience. Dans ma jeunesse.

155

— Tu exerçais encore tes talents il y a quelques années, camarade.

— Uniquement dans un but de… divertissement. Mais revenons à nos moutons. Les alarmes et les caméras ont été débranchées sur place. Mais le code a été remis avant le redémarrage de la surveillance. Une opération rapide, exécutée par quelqu'un qui disposait soit d'un excellent clone soit du code. Il suffisait de se placer hors du champ des caméras, de les couper, puis de tapoter sur le clavier. Un jeu d'enfant si on a le bon matériel.

— Ce qui n'était pas le cas d'Ava Anders. Je suis déçue, avoua Eve. Il ne me reste plus qu'à découvrir qui s'est sali les mains à sa place. Allons-nous-en. J'aimerais faire un petit arrêt sur le chemin du retour.

Ils trouvèrent Sasha Bride-West de justesse. Elle leur ouvrit elle-même, enveloppée d'un somptueux manteau de fourrure blanc. Cette visite impromptue ne sembla pas la perturber le moins du monde. Elle plongea son regard dans celui de Connors et ronronna :

— Bonsoir.

— Désolée de vous déranger, dit Eve. Vous pouvez m'accorder une minute ?

— Bien sûr, murmura-t-elle avant de gratifier Connors d'un sourire lascif. Et vous, combien voulez-vous de minutes ?

— Il est avec moi. Sasha Bride-West. Connors.

— Oui, je sais.

Elle lui offrit sa main dans l'espoir qu'il la frôle d'un baiser.

— Nous nous sommes rencontrés une fois, brièvement. Je suis affligée que vous ne vous en souveniez pas.

— Maintenant, si.

Elle eut un petit rire, s'effaça.

— Entrez. Je m'apprêtais à rejoindre des amis. Je suis toujours en retard.

— Mme Anders ? s'enquit Eve.

— Dans cette tenue ? s'exclama Sasha en jetant son manteau sur un fauteuil du salon.

Une robe fourreau rouge moulait son corps mince et élancé. Sven faisait du beau boulot.

— Certainement pas. Ava s'est isolée jusqu'aux obsèques, demain. J'ai d'autres amis, figurez-vous.

— Pour l'heure, tenons-nous-en à Ava.

— Très bien.

Juchée sur des talons aiguilles argent, elle alla prendre place dans un fauteuil après les avoir invités d'un geste à s'asseoir.

— Que voulez-vous savoir au sujet d'Ava ?

— J'ai des questions de routine pour mon rapport.

— Vous débarquez souvent ainsi chez les gens sans prévenir – en compagnie d'un homme aussi séduisant – pour des questions de routine ?

— Nous étions de sortie, répondit Connors d'un ton neutre en prenant un siège près de Sasha.

— Le matin du meurtre de M. Anders, à quelle heure Mme Anders vous a-t-elle réveillée pour vous annoncer la nouvelle ? attaqua Eve.

— Elle ne m'a pas réveillée.

— Elle ne vous a pas réveillée alors qu'elle venait d'apprendre que son mari était mort ?

— Pour être franche, je ne pense pas qu'elle y ait cru. Elle a laissé un message. C'est Brigit qui m'a secouée aux alentours de 8 h 30. En tout cas, avant 9 heures. Elle était dans un état ! J'étais irritée, car mon rendez-vous avec l'esthéticienne n'était pas prévu avant 11 heures. Puis elle m'a dit qu'Ava était partie, que Thomas avait eu un accident. Je...

Elle exhala bruyamment.

— J'ai lâché une remarque sans réfléchir, que je regrette terriblement. Quelque chose du genre : « Pour l'amour du ciel, s'il n'a pas claqué sur le sixième green, laisse-moi dormir ! » C'est alors que

Brigit m'a fait écouter le message. Un cauchemar. On entendait la panique et les larmes dans la voix d'Ava.

— Que disait-elle ?

— Je m'en souviens précisément : « Greta a appelé. Il est arrivé quelque chose à Thomas. Quelque chose d'atroce. Je dois rentrer. »

— Qu'avez-vous fait ?

— Nous l'avons contactée immédiatement sur son communicateur de poche. Elle était bouleversée. Greta lui avait dit que Thomas était mort. Dans son lit. Mais elle était sûre que c'était une erreur. Qu'il était simplement malade. C'est pourquoi elle devait se dépêcher de le rejoindre. Elle a promis de nous tenir au courant dès son arrivée.

— Très bien, merci, conclut Eve.

Sasha se leva, les raccompagna dans le vestibule.

— Quel dommage qu'elle ne vous ait pas réveillées, Mme Plowder et vous. Elle n'aurait pas eu à faire ce pénible voyage seule.

— Brigit était furieuse, comme on peut l'être quand on est rongé par l'inquiétude. Je lui ai répété je ne sais combien de fois qu'Ava avait paniqué. Qu'elle n'avait qu'une idée en tête : rentrer chez elle. Ce fut une matinée éprouvante, lieutenant. Quand Ava nous a confirmé que Thomas était bel et bien mort, nous avions déjà bouclé nos valises. Nous nous doutions qu'elle ne reviendrait pas.

Une fois dehors, Eve mumura :

— Elle est paniquée. Elle n'a qu'une idée en tête : rentrer chez elle. Mais elle prend le temps de laisser un message. Elle évite de réveiller ses amies qui dorment dans les chambres voisines. Elle se commande un petit déjeuner et met un bracelet assorti à sa montre.

— Elle ne voulait pas de ses amies, enchaîna Connors en ouvrant la portière côté passager. Elle ne voulait pas avoir à faire semblant pendant tout le trajet.

— En effet. Elle voulait du temps pour elle, pour se féliciter de son ingéniosité... Je vais l'épingler, Connors. On verra si elle est si futée que ça.

10

Le lendemain matin, sous les jets brûlants de la douche, Eve réfléchit aux diverses possibilités qui s'offraient à elle. Elle pouvait soit convoquer Ava au Central et tenter de lui arracher des aveux – dans ses rêves ! –, soit la déstabiliser en lui faisant comprendre qu'elle était sous surveillance.

Ava s'empresserait d'engager un avocat, de pleurer dans le giron des journalistes, voire dans celui de l'épouse de Tibble. Ce qui lui aliénerait d'autres sources d'informations éventuelles comme Forrest, Plowder et Bride-West.

Lui arracher des aveux serait satisfaisant, mais sans doute peu efficace à ce stade.

Elle pouvait continuer de fouiner, chercher, éplucher jusqu'à ce qu'elle ait rassemblé suffisamment d'incohérences pour étayer son argumentation.

Elle passa dans la cabine de séchage. Cette femme était douée. Elle avait couvert ses arrières. Où était le maillon faible ? Où était la personne dont les mains avaient noué les fils ? Celle qui s'était introduite dans cette chambre et avait accompli la mission commanditée par Ava ?

Un amant ? Peu probable. Entre un mari et deux rendez-vous par mois avec un compagnon licencié elle avait largement de quoi s'occuper. Avait-elle pu entretenir une liaison, jongler avec autant de balles sans que quiconque s'en aperçoive ? Vu sa capacité d'organisation, pourquoi pas ? Mais Eve n'y croyait guère.

Une amie ? Plowder ou Bride-West, voire les deux, avaient-elles conspiré pour tuer Thomas Anders ? Qu'aurait pu leur offrir Ava en échange de ce service ? Eve continua de ruminer tout en enfilant un peignoir et en gagnant la chambre pour s'habiller.

Connors buvait tranquillement son café en caressant le chat. Pendant qu'elle était sous la douche, il avait abandonné les informations financières au profit du journal matinal.

— Ils viennent de diffuser un bref entretien avec Ben à propos des obsèques. À vrai dire, il s'agissait davantage d'une déclaration, car il a refusé de répondre à toute question concernant les circonstances de la mort de son oncle et l'avancée de l'enquête. Il paraissait anéanti.

Eve opta pour une tenue noire : pour se simplifier la vie et parce que cela lui permettrait de se fondre dans la foule à l'enterrement.

— J'ai une question à te poser. Oublie un instant que tu apprécies ce type. Crois-tu qu'il ait eu une liaison avec Ava ?

Connors baissa le son et se tourna vers elle.

— Je l'imagine mal trahir son oncle de cette manière. Quand bien même son amour pour Thomas Anders serait une mascarade, Ava n'est pas du tout son genre.

— Pourquoi ?

— Il a une préférence pour les jeunes femmes athlétiques, ambitieuses sur le plan professionnel et qui se contentent d'une bonne bière.

Connors marqua une pause tandis qu'elle fixait son holster.

— Heureusement que je t'ai trouvée avant lui.

— Eh bien, je sais où aller quand j'en aurai fini avec toi. Autre hypothèse. Trois amies s'en vont à Sainte-Lucie. Elles partent ensemble chaque année, donc personne ne se pose la moindre question. Mais cette fois-ci, leur projet ne consiste pas uniquement à enchaîner les massages et les cocktails.

Elle enfila sa veste et se dirigea vers son bureau sans même jeter un coup d'œil dans la glace.

— L'une d'entre elles revient clandestinement à New York, tue Thomas selon les instructions d'Ava pendant que celle-ci reste sous les tropiques. Ava est dans sa chambre quand Greta l'appelle, elle ne se presse pas pour rentrer afin de laisser à sa complice le temps de revenir. Elle prend une navette. Les deux autres patientent quelques heures avant de la contacter pour cimenter l'histoire.

— Tu veux dire que toutes trois seraient impliquées ? C'est risqué.

— Peut-être que Bride-West dormait comme elle l'a affirmé dans sa déposition. Les autres ont dissous une drogue dans son Martini ou je ne… Non, c'est tiré par les cheveux. Qu'est-ce qui me prend d'essayer de te vendre un postulat pareil ?

Connors se leva, la rejoignit, l'embrassa sur le front. Puis, sachant qu'elle n'y penserait pas elle-même, il alla lui commander son petit déjeuner.

— C'était forcément quelqu'un en qui elle avait confiance. Quelqu'un qui n'hésiterait pas à tuer pour elle. Ses parents sont divorcés. L'un habite à Portland, l'autre à Chicago. Tous deux sont remariés. Je n'ai rien remarqué de particulier dans leurs fichiers, et ni l'un ni l'autre ne semblent s'être déplacés – encore moins à New York – la nuit du crime. Elle n'avait ni frères ni sœurs. Apparemment, elle n'a pas revu son ex-mari depuis vingt ans. Qui connaît-elle ? À qui a-t-elle pu confier une tâche de cette nature ?

Connors revint avec deux assiettes d'œufs au bacon. Galahad feignit de ne pas s'y intéresser.

— Je te propose d'aller chercher le café. Si je quitte ces assiettes des yeux plus de deux secondes, c'est le chat qui va se régaler.

Eve fronça les sourcils.

— J'allais…

— Non. Va chercher le café.

Elle aurait pu protester. Elle était de mauvaise humeur et éprouvait le besoin de se défouler. Mais son organisme réclamait à cor et à cri sa dose de caféine. Elle s'exécuta donc.

— Je n'ai rien, fit-elle en revenant avec deux tasses. Rien sur elle. Aucun lien qui tienne. Je tourne en rond.

— Peut-être tes idées s'éclairciront-elles quand tu l'auras vue à la cérémonie ?

Les œufs étaient devant elle. Autant les manger. Elle piqua sa fourchette dedans.

— Tu as l'intention d'y assister ? s'enquit-elle.

Ben et moi nous connaissons. Le siège d'Anders Worldwide est dans mon immeuble. Je vais présenter mes condoléances, c'est la moindre des politesses. Avec un peu de chance, je remarquerai un détail qui t'a échappé. J'ai plus de recul que toi.

— Mouais.

Elle s'empara d'une tranche de bacon, poussa un juron.

— Merde ! J'avais complètement oublié ! J'ai promis à Baxter de jeter un coup d'œil sur un de ses dossiers. Il est au point mort, lui aussi. Il faut absolument que je m'en occupe ce matin.

— C'est peut-être aussi bien. Ça te permettra de te reposer l'esprit.

Galahad s'approcha prudemment, les yeux rivés sur l'assiette de Connors. Comme ce dernier le regardait sans ciller, il se roula paresseusement sur le dos.

— Personne ne croit à ton innocence, le prévint Connors.

— Tout le monde est convaincu de celle d'Ava, murmura Eve. Hmm. Et si quelqu'un en doutait ?

Tout en ruminant cette question, elle s'empressa de terminer son petit déjeuner avant que Galahad ne lui saute dessus.

Eve s'installa dans son bureau du Central avec le dossier de Baxter. Elle examina les photos de la scène du crime comme si elle les voyait pour la première fois, ignorant les commentaires du légiste, des techniciens, les notes de l'enquêteur, les interrogatoires.

Quelqu'un avait joué un sale tour à Ned Custer. La pièce était une piaule sordide d'hôtel de passe. Lit de pacotille, matelas défoncé souillé de fluides corporels. Commode en aggloméré, miroir moucheté, sol jauni, rideaux hideux encadrant une fenêtre minuscule. Une pauvre baignoire tachée de rouille, un lavabo et des W-C ignobles.

Quelle sorte d'homme était Ned Custer pour éprouver le besoin de s'envoyer en l'air dans ce taudis alors que sa femme et ses enfants l'attendaient à la maison ?

L'entaille dans sa gorge était longue et profonde. Une lame aiguisée, manipulée par un bras musclé. La victime mesurait un mètre soixante-dix-huit. L'assassin… Eve ferma les yeux, s'imagina dans la chambre, se plaça derrière Custer. Elle devait être au moins aussi grande que lui, sinon un peu plus.

Une taille exceptionnelle pour une femme, mais la plupart des prostituées portaient des chaussures à semelles compensées ou des talons.

Une meurtrière dotée d'un estomac solide. Couper les couilles d'un homme exigeait un sang-froid certain.

Les éclaboussures et les mares de sang étaient explicites. La tueuse avait surgi de la salle de bains et attaqué sa cible par-derrière. D'un coup net. Précis. Sans hésiter. On n'avait relevé aucune trace de sang dans les tuyauteries.

Ce ne pouvait pas être une pute ramassée dans la rue. Même imbibée de produits illicites. L'acte était trop méticuleux, trop cruel.

Custer était mort avant d'avoir mis le pied dans cette pièce, mais il ne le savait pas. Était-ce tombé sur lui par hasard ? Était-il une cible spécifique ?

Eve continua de creuser le sujet, envoya un message à Baxter et à Trueheart afin qu'ils la rejoignent dès leur arrivée, puis prit quelques notes.

En entendant frapper au chambranle, elle grogna. Trueheart se tenait sur le seuil, sanglé dans son uniforme.

— Vous souhaitiez me voir, lieutenant.

— Oui. Où est Baxter ?

— Il n'est pas encore là. Je... euh... quand je peux, je prends mon service un peu plus tôt pour jeter un coup d'œil sur ce qu'on a fait la veille.

L'agent zélé, songea-t-elle. Jeune, mais solide, et doué d'un bon œil. En progression constante.

— J'étais en train de lire le dossier Custer. Baxter et vous avez effectué un travail minutieux. Combien d'affaires avez-vous récupérées depuis ?

— Neuf. Deux non encore clôturées. Plus Custer, ce qui fait trois.

— Quel est votre avis sur celle-ci ?

— Custer vivait dangereusement, lieutenant. Il fréquentait les bars et les bordels, ramassait des prostituées de bas étage. Nous en avons interrogé beaucoup, deux d'entre elles se souvenaient de lui. Elles ont dit qu'il aimait... euh... que ce soit vite fait, bien fait. Et pas cher.

— Je vois. Vous avez passé le quartier de la scène du crime au peigne fin, frappé à toutes les portes.

— Personne ne se rappelle avec qui il est parti ce soir-là, hormis une ou deux qui croyaient l'avoir vu en compagnie d'une rousse. Cheveux courts, raides ou bouclés, selon le témoin. Vous savez ce que c'est.

— Oui.

— Ce n'est pas le genre d'endroit où les gens font attention. Le réceptionniste de l'hôtel a dit qu'elle était peut-être déjà venue, peut-être pas, mais pour la couleur des cheveux, il est catégorique : roux, courts, plutôt raides.

Elle avait lu tout cela, mais elle laissa Trueheart poursuivre :

— Il jure qu'elle n'est pas redescendue. S'il n'a pas noté leur départ, comment a-t-il pu relouer la chambre ? Pourtant, il affirme qu'elle n'est pas repassée devant lui. Or c'est le seul moyen pour atteindre la sortie. L'issue de secours était bloquée. Elle a dû s'enfuir par la fenêtre et descendre par l'escalier de secours. Sur la scène, on a relevé une multitude d'empreintes, d'ADN, de fibres, de cheveux. Le ménage n'est pas une priorité dans ce genre d'établissement. Tout a été analysé. Nous avons interrogé plusieurs individus dont l'identité correspondait aux échantillons prélevés. Rien.

Elle s'apprêtait à prendre la parole quand Baxter apparut.

— C'est à propos de Custer ?

— J'ai lu le dossier. Vous avez été très minutieux jusqu'ici.

— Mais nous n'avons pas un seul suspect.

— Vous ne vous êtes pas intéressés à sa femme.

— Elle a un alibi en béton, Dallas. Elle était chez elle et cherchait à joindre son mari au moment précis où on le découpait. Trueheart et moi l'avons prévenue. Sa réaction était sincère.

— Aucun crime similaire avant ni après. Ça sent la cible spécifique.

— En effet.

— Question : à qui ce crime bénéficie-t-il ?

Baxter se gratta le crâne.

— D'accord, l'épouse se débarrasse d'un conjoint qui la trompe, qui ramène peut-être ses putes à la maison, qui la bat quand il est énervé. Elle touche une pension et son assurance-vie. Pas une fortune, mais une rente régulière. Seulement voilà : ce n'était pas elle. D'ailleurs, il l'aurait reconnue. Elle mesure un mètre soixante-trois. Elle n'est ni assez grande ni assez forte pour l'avoir égorgé.

— Elle connaissait peut-être quelqu'un qui pouvait intervenir à sa place. Une parente, une amie, quelqu'un qui était persuadé qu'elle serait mieux sans lui. Ce qui est le cas.

— Elle a une sœur dans l'Arkansas, un père qui marine là-bas en taule pour tentative d'agression – il maltraitait son épouse. La mère est dans le New Jersey mais, croyez-moi, elle n'aurait jamais pu faire ça. Quant à ses amies, elle n'en a pas. Du moins, aucune qui soit suffisamment proche pour accepter d'éliminer ce salaud.

— Un petit copain?

— Un travail d'équipe, murmura Baxter, une lueur dansant dans les prunelles. Le gars est déjà caché dans la salle de bains, elle monte avec la cible… Mais pourquoi ne ressort-elle pas par là où elle est entrée? Pourquoi…

— Trop de «pourquoi», interrompit Eve. Qui dit qu'il est monté là-haut avec une femme?

Trueheart s'éclaircit la voix.

— Euh… tout le monde, lieutenant.

— Est-ce que tout le monde a vu la plomberie de l'assassin? Vous avez vu assez de travelos, Baxter, pour savoir à quel point elles sont jolies quand elles racolent dans la rue. Un manque d'attention, quelques verres de trop, et le client peut avoir de drôles de surprises une fois dans la chambre. Tout le monde a vu une femme, donc vous avez cherché une femme.

— Quel imbécile je suis, marmonna Baxter. Je n'ai pas imaginé ce scénario une seule seconde.

— Imaginons que l'épouse ait un admirateur secret, qu'il ait eu l'audace de se déguiser en femme.

— Lieutenant?

Trueheart faillit lever le doigt.

— Je ne vois pas comment Mme Custer aurait pu avoir une liaison. Elle a des enfants, et, d'après les voisins, elle ne recevait pratiquement jamais de visites. Nous avons envisagé cette possibilité par acquit de conscience, mais nous n'avons rien trouvé indiquant qu'elle ait un petit ami.

— Une femme dont le mari s'exprime avec ses poings apprend la prudence.

Eve jeta un coup d'œil sur son propre tableau de meurtre.

— Et peut-être que je me laisse influencer par ma propre enquête.

Elle se tourna vers eux.

— Je vous conseille d'examiner l'angle de l'amant qui aurait voulu lui rendre service.

— Merci de votre aide, fit Baxter. Viens, mon fidèle assistant, ajouta-t-il en posant la main sur l'épaule de Trueheart. Allons nous pencher sur la question des hommes qui se baladent en robe.

Revenant à sa propre affaire, Eve vérifia ses messages. Les résultats du labo confirmaient ce qu'avait découvert Connors. Les empreintes vocales concordaient. Eve se leva pour ajouter ce rapport au reste.

— Bonjour !

Radieuse, Peabody entra en brandissant un carton de pâtisseries.

— J'ai apporté des beignets.

— Et vous avez réussi à traverser la salle commune en un seul morceau ?

— J'en ai acheté deux boîtes et j'en ai jeté une à la horde en passant.

— Pas bête.

— Je vous aurais rejointe plus tôt, mais Baxter et Trueheart étaient là et j'étais occupée à savourer ma gloire.

— Je croyais que c'étaient des beignets.

Avec un petit rire, Peabody posa la boîte sur le bureau d'Eve.

— Ces gourmandises, c'est pour fêter ma prestation d'hier soir. Je me suis trouvée très belle. La caméra est censée vous donner des kilos en plus, mais je n'avais pas l'air d'un tonneau. D'après moi, c'est la veste. Elle m'amincit, et tous ces boutons distraient le regard. En prime, j'étais assise, donc, pas de problème côté fesses. Vous n'imaginez pas à quel point j'étais nerveuse! Complètement paniquée.

Elle ouvrit le carton, s'empara d'un beignet et mordit dedans.

— Trina a été merveilleuse, elle m'a calmée. À propos, elle dit qu'il est temps que vous alliez la voir.

— Pas question!

— Quant à McNab, il a été génial. Franchement génial.

Peabody lécha le sucre sur son pouce.

— Mais il y a tous ces gens et ces caméras, et si on pense en plus aux millions d'inconnus qui vous regardent de chez eux, ça vous tourne le cœur. En tout cas, chapeau bas à Nadine. Elle a su me mettre à l'aise sans me couver, sans me faire passer pour une gourde. De retour à la maison, McNab et moi avons visionné la séquence douze fois avant de faire l'amour pour célébrer l'événement. Je pète le feu! Et vous? Qu'est-ce que vous en avez pensé?

— Je n'ai rien vu. J'étais occupée.

Peabody se figea, en état de choc.

— Vous n'avez pas… mais je pensais que…

Eve la laissa mariner cinq secondes.

— Bon sang, Peabody, je vous fais marcher et vous courez! Bien sûr que je vous ai vue. Comment aurais-je su si je devais ou non vous remonter les bretelles? Vous avez été irréprochable.

Peabody retrouva toute sa bonne humeur.

— McNab m'a trouvée très professionnelle. Et sexy. Et vous?

— J'ai rêvé de vous toute la nuit. On peut passer à la suite maintenant?

— Une dernière chose. Merci de m'avoir forcée à y aller. La prochaine fois, je serai plus détendue. Ah! Juste un truc. Mavis et Leonardo nous ont appelés dans la voiture sur le chemin du retour, et Mavis a dit que Belle avait gazouillé et souri en me voyant à l'écran. Voilà, c'est tout.

Elle mordit de nouveau dans son beignet.

— Si vous êtes prête, nous allons sur le terrain, annonça Eve. Première étape, Anders Worldwide.

— Les obsèques ont lieu cet après-midi. Je ne pense pas que Forrest soit là. Voulez-vous que je me renseigne ?

— Non, il ne sera sans doute pas là, mais son assistant le sera. J'aime les visites imprévues. Allons-y.

Eve décrocha son manteau, contempla le carton de pâtisseries. Si elle le laissait là, il ne resterait plus rien à son retour. Elle aurait beau le cacher, les vautours le flaireraient, ce qui risquait de les mener aux sucreries dissimulées dans un endroit inconnu – pour l'heure – du Voleur de Friandises.

Par prudence, elle décida de l'emporter.

Eve avait vu en Leopold Walsh un homme qui veillait sur son prince quelles que soient les circonstances. Elle avait raison. Il les accueillit dans son bureau, le regard grave, en costume sombre et brassard noir.

— M. Forrest ne viendra sans doute pas aujourd'hui, commença-t-il. Les obsèques de M. Anders ont lieu à 14 heures.

— Nous sommes au courant.

Eve nota qu'il ne leur proposait rien à boire, ne les invitait pas à s'asseoir. De toute évidence, il n'appréciait guère leur présence en ces murs.

— M. Forrest et son oncle étaient très proches sur les plans personnel et professionnel. Est-ce votre avis ?

— Oui.

— Dans la mesure où vous travaillez avec M. Forrest, je suppose que vous étiez informé de leurs tractations.

— Bien entendu.

Eve ébaucha un sourire. Il était expert en l'art de répondre sans rien dire. Admirable !

— J'imagine que vous aviez une opinion au sujet de Thomas Anders – sur les plans personnel et professionnel.

— Je ne vois pas en quoi cela peut vous intéresser.

— Faites-moi plaisir.

— Je considérais M. Thomas Anders comme un homme juste et honnête en affaires comme dans la vie. Il s'attendait – à raison – que son neveu se conduise de même.

— Les circonstances du décès de M. Anders ont dû susciter spéculations et ragots au sein du groupe.

Leopold serra les mâchoires.

— Les gens parlent, lieutenant. C'est humain.

« Pas vous, songea-t-elle. Vous êtes au-dessus de ça. Mais vous entendez et vous enregistrez. »

— Que raconte-t-on sur Mme Anders ?

— Je ne comprends pas ce que vous voulez dire.

Il était de plus en plus tendu.

— Bien sûr que si.

— Mme Anders consacrait – consacre – une grande partie de sa considérable énergie aux œuvres caritatives et humanitaires financées par Anders Worldwide. Elle est très respectée.

— Elle vient ici de temps en temps ?

— Bien sûr, mais le plus souvent elle travaille chez elle. L'une de ses principales fonctions est de recevoir ou d'assister à différents événements dans le but de rassembler des fonds.

— Vous savez donc quelles relations elle entretenait avec son mari et le neveu de ce dernier.

— Forcément, oui, puisque Ben – M. Forrest – reprenait graduellement les activités de son oncle, y compris humanitaires. Je regrette, lieutenant, mais j'ai une journée très chargée. Si c'est tout ce…

— Ce n'est pas tout. Comment décririez-vous… Oh, et puis, allons droit au but. Ben et Ava s'entendent-ils bien ?

— Ils ont des rapports cordiaux. Ben admire le talent et le dynamisme d'Ava. Il a été très impressionné par nombre de ses initiatives.

— Cordiaux. Pas affectueux.

— Mme Anders est l'épouse de son oncle, répliqua Leopold d'un ton froid.

— Mais Ben ne l'apprécie guère, n'est-ce pas ? Pas plus que vous.

— Je n'ai jamais rien sous-entendu de la sorte. Je ne…

— Du calme. Moi non plus, je ne l'aime pas. Vous avez le choix. Soit vous restez là avec votre parapluie dans le gosier, soit…

Elle se laissa tomber sur un siège.

— … vous me dites pourquoi. Ceci restera entre nous, ajouta-t-elle à l'intention de Peabody avant d'éteindre son magnétophone. Leopold, qu'est-ce qui vous gêne chez Ava ?

Eve le regarda tergiverser. Pour finir, il décida de profiter de l'occasion pour dire ce qu'il avait sur le cœur.

— Elle n'entreprend rien au hasard. Elle calcule tout. Et elle est froide. Ce ne sont pas des crimes, mais des traits de caractère. Et… elle a un côté mesquin. Elle a souvent manipulé Ben en prenant des décisions sans le consulter ou lui demander son avis. Ses projets sont toujours parfaitement réfléchis et préparés. Elle avait… elle *a* d'excellentes idées. Mais elle a l'habitude de passer par-dessus Ben. Délibérément, selon moi.

— Comment Ben s'en accommode-t-il ?

— Ça le contrarie parfois. Mais j'avoue que ça me contrarie encore plus que lui.

— S'en est-il jamais plaint à son oncle ?

— Pas que je sache – et je l'aurais su, je pense. Il râlait auprès de moi, mais finissait systématiquement par conclure : « C'est le résultat qui compte. » Or Mme Anders obtenait des résultats remarquables.

— Je veux bien le croire.

— Je pense…

— Nous sommes entre nous, Leopold. Que pensez-vous ?

— Je pense qu'elle agissait souvent de la même façon avec M. Anders. À savoir, qu'elle avait une fâcheuse tendance à le mettre devant le fait accompli. J'ai entendu des rumeurs dans les bureaux, et j'ai horreur de ça.

— Moi, j'adore ! Pas vous, Peabody ?

— Ça vous éclaire la journée ! Qu'est-ce qu'on lui reprochait ?

— On a prétendu qu'elle dépensait l'argent destiné au programme à des fins personnelles. Achats pour la maison, vêtements, séances chez l'esthéticienne, ce genre de choses. Rien de grave. J'ai entendu M. Anders – M. Reginald Anders – la réprimander à ce sujet.

— Son beau-père ? Quand ?

— Je ne saurais le dire précisément. Il est mort depuis bientôt deux ans. Je me rappelle cette conversation parce qu'ils s'entendaient si bien que cette réprimande, si c'en était une, m'a surpris.

Leopold changea de position.

— Je ne comprends pas en quoi cela peut vous intéresser.

— Tout m'intéresse, assura Eve. Comment se sont-ils comportés après cet incident ?

— Statu quo. Il me semble bien qu'elle a envoyé à M. Reginald une boîte de ses chocolats préférés pour se faire pardonner.

— Hmm. La mort de son mari va entraîner des conséquences bénéfiques pour elle. Le défunt M. Anders détenait cinquante-cinq pour cent des parts de la société, Ben quinze et Ava, deux seulement. Est-ce exact ?

— Absolument.

— À sa disparition, ces cinquante-cinq pour cent de parts sont divisés entre Ben et Ava. Quarante pour Ben, ce qui lui vaut la majorité de contrôle.

Quinze pour Ava, ce qui lui en fait dix-sept en tout. Il en reste vingt-huit dans la nature. Une femme intelligente et pleine de ressources devrait pouvoir mettre la main sur quelques-unes d'entre elles, surtout quand ses deux meilleures amies en possèdent un petit pourcentage. Sans se donner trop de peine, elle peut ainsi arriver à trente, trente-cinq pour cent. Dans un groupe comme celui-ci, c'est considérable. Ce qui m'étonne le plus, Leopold, c'est que vous ne semblez ni choqué ni surpris par ce que je suis en train d'insinuer.

— Si vous me demandez si je soupçonne Mme Anders d'avoir tué son mari, la réponse est non. Elle était à l'étranger, et la nature... les circonstances de son décès sont pour elle une humiliation. Ava Anders n'aime pas être humiliée. Si vous me demandez si je suis surpris que vous la croyiez capable de commettre un meurtre, la réponse est encore non.

— Je suis flic. Personne n'est surpris que je soupçonne les gens d'être capables de commettre un meurtre. Mais vous ? Pourquoi l'en croyez-vous capable ?

Leopold se décida enfin à s'asseoir.

— Je ne l'apprécie pas. Je la trouve impitoyable et hypocrite. Elle apparaît comme une femme sophistiquée, dévouée à ses œuvres, mais d'après moi, ce qui l'intéresse surtout, c'est d'attirer l'attention des médias. Elle en veut à Ben parce que son oncle l'adorait mais aussi, je pense, parce que les gens l'aiment et l'admirent. Elle n'aimait pas son mari.

— Enfin ! s'exclama Eve en abattant la main sur sa cuisse. Enfin quelqu'un le dit ! Pourquoi ?

Leopold écarquilla les yeux, stupéfait par sa réaction.

— Je... honnêtement, je n'en sais rien. Elle s'est toujours montrée affectueuse et attentionnée envers lui. Patiente. Mais de temps en temps, elle adoptait un certain ton, lui lançait un certain regard. Je ne crois pas qu'elle l'aimait. En revanche, elle adorait jouer le rôle d'Ava Anders. Tout ce que je vous ai révélé ici reste entre nous.

— Ne vous inquiétez pas. Peabody, vous avez quelque chose à ajouter ?

— Vous avez à peu près tout couvert. Je me disais juste que l'une des méthodes les plus sûres et les plus efficaces pour attirer la sympathie, c'est d'être avili par les actions d'un autre. Un moment d'embarras, n'est-ce pas un prix raisonnable à payer en échange de nombreuses épaules sur lesquelles pleurer, de nombreux « Comme elle est courageuse ! » ?

Leopold la dévisagea.

— Elle était à Sainte-Lucie.

— En effet, acquiesça Eve en se levant. Mais c'est une théorie intéressante. Vous pourrez signaler à Ben que nous sommes passées vous poser toutes sortes de questions au sujet d'Ava. En attendant, j'aimerais avoir une copie de tous les projets sur lesquels elle a travaillé. Avec ou sans Ben.

— Tous ? Depuis seize ans ?

— Non, depuis qu'elle est entrée dans l'entreprise, rétorqua Eve en souriant devant son air atterré. Autant aller au fond des choses.

— Il y en a des centaines.

— Alors vous avez intérêt à vous y mettre tout de suite.

— Cela risque de prendre un certain temps. Voulez-vous vous installer dans la salle d'attente ?

— Nous reviendrons. Une heure, ça vous suffira ?

— Je suppose que oui.

Dans l'ascenseur, Peabody se tourna vers Eve.

— Comment avez-vous deviné qu'il nous parlerait ?

— Il est amoureux de Ben. Il sait que c'est sans espoir, mais c'est plus fort que lui. Primo, son radar émotionnel capte tout ce qui concerne Ben. Deuxio, un être qui réprime ainsi ses sentiments sait sûrement reconnaître quelqu'un qui fait semblant d'aimer. Tertio, on a eu de la chance, on a enfoncé le bon bouton au bon moment. Contactez Edmond Luce. Je parie que son épouse et lui sont toujours à New York. Je veux le revoir.

11

Luce et son épouse étaient encore à New York. Ils avaient loué une suite luxueuse dans le Palace Hotel de Connors. Linny Luce – Eve se demanda comment elle parvenait à assumer un nom pareil – leur ouvrit et se présenta.

C'était une belle plante, bien proportionnée et solide, comme une voiture conçue pour un usage prolongé et à bas coût. Ses épais cheveux châtains striés de mèches blanches encadraient son visage. Elle portait un tailleur noir, des bottines à petits talons et un magnifique rang de perles. Sa poignée de main était ferme.

— Edmond est en communication avec Londres. Il n'en a pas pour longtemps. Asseyez-vous, je vous en prie. J'ai commandé du thé. Il est assez bon, ici. Mais j'imagine que vous le savez puisque cet établissement appartient à votre mari.

Elle s'installa dans un canapé blanc aux coussins moelleux et commença à remplir les tasses.

— Citron ? Lait ?

Ni l'un ni l'autre n'en améliorerait le goût, songea Eve.

— Rien, merci.

— Inspecteur ?

— Un nuage de lait et un sucre, s'il vous plaît.

— C'est une journée pénible pour nous. J'espère que vous ne le prendrez pas mal si je vous dis que votre visite est un soulagement. Edmond et moi… nous ne savons pas quoi faire de nous-mêmes. Après la cérémonie… Peut-être qu'après les obsèques, une fois rentrés chez nous, ce sera plus facile.

Elle poussa un profond soupir et tourna la tête vers les fenêtres donnant sur les gratte-ciel.

— La vie continue, n'est-ce pas ? Nous n'avons pas le choix.

— Vous connaissiez M. Anders de longue date.

— Oui. Edmond et Thomas étaient amis depuis encore plus longtemps, bien sûr. Mais j'ai rencontré Thomas il y a plus de quarante ans. Nous ne savons pas quoi faire de nous-mêmes. Pardonnez-moi, je radote.

— Madame Luce, dans la mesure où vous l'avez connu bien avant son mariage, puis-je vous demander s'il avait eu des relations sérieuses auparavant ?

— Je ne saurais le dire. Il a toujours apprécié la compagnie des femmes, mais c'était un homme sociable. Nous le taquinions souvent au sujet de son statut de célibataire endurci. J'avoue avoir tenté de jouer les marieuses à plusieurs reprises.

— Pourriez-vous me donner les noms et les coordonnées des femmes que M. Anders aurait… fréquentées.

— Oui, bien sûr.

Elle regarda Eve droit dans les yeux.

— Vous me posez cette question à cause des circonstances dans lesquelles il est mort. Ce n'était pas Thomas. Vous ne me convaincrez jamais du contraire.

— Quand avez-vous rencontré Ava Anders pour la première fois ?

— Oh, elle travaillait encore pour Anders World-wide – dans le département relations publiques. Je ne me rappelle pas son titre exact. C'était au cours d'un bal de charité ici même, à New York. Ava était chargée de l'organisation. Il s'agissait de réunir des fonds pour financer l'un des camps sportifs de

Thomas. Smoking, dîner dansant, vente aux enchères, orchestre. Elle était brillante, charmante. Je me souviens de les avoir regardés danser et d'avoir chuchoté à Edmond que Thomas ferait bien d'être sur ses gardes.

— Sur ses gardes ?

— Elle ne le quittait pas des yeux. Elle me semblait du genre à obtenir ce qu'elle voulait. Je ne me trompais pas. Peu après, ils ont commencé à se voir. Nous avons eu l'occasion de dîner tous les quatre. De toute évidence, il était très entiché, et elle… sous le charme.

— Vous l'aimiez bien ?

Linny arrondit les yeux.

— Oui, bien sûr. Je l'aime toujours. Nous avons passé tous les quatre d'excellents moments ensemble.

— Diriez-vous qu'ils étaient restés, lui entiché, et elle sous le charme ?

— C'est difficile de juger. Un mariage évolue, on s'adapte. En tout cas, ils demeuraient très dévoués l'un envers l'autre.

— On se confie souvent entre amies, intervint Peabody. On envoie une petite pique par-ci, on exprime ses frustrations par-là, on se moque des manies de son conjoint.

— C'est vrai, convint Linny avec un sourire. Ava et moi ne sommes pas intimes à ce point. Nous nous entendons bien, mais nous ne sommes pas proches comme Thomas et moi l'étions, par exemple. Pour être franche, c'est Thomas qui cimentait cette amitié. Rien ne m'amuse plus que de passer mon après-midi à un entraînement de base-ball. Ava préfère les magasins et les galeries d'art. J'ai des petits-enfants, pas elle. Et j'ai quinze ans de plus qu'elle. Ah, voilà Edmond ! ajouta-t-elle comme son mari entrait dans la pièce.

— Désolé, fit-il. Lieutenant, inspecteur.

Il s'assit, visiblement en proie à une grande lassitude.

— Des cérémonies doivent se dérouler simultanément à Londres et dans toutes les villes où siège Anders Worldwide. J'avais quelques détails à régler au plus vite.

Linny lui tapota le genou d'un geste tendre.

— Je te sers ton thé.

— Monsieur Luce, avec le décès de M. Anders, quelle sera l'influence de Mme Anders au sein de la société ? s'enquit Eve.

— Considérable si elle le souhaite. Mais Ava ne s'est jamais vraiment intéressée à l'entreprise en tant que telle. C'est Ben qui prendra les rênes.

Il se tassa sur lui-même, exhala bruyamment.

— Il a appelé pendant que j'étais en liaison avec Londres. Il a l'intention d'organiser une réunion du conseil d'administration en début de semaine prochaine. Il m'a proposé de devenir son second.

— Oh, Edmond !

— Je sais.

À son tour, il tapota le genou de sa femme.

— J'avais prévu de prendre un peu de recul. Plus qu'un peu, avoua-t-il. Et de partir à la retraite d'ici deux ans. Je n'en avais pas encore parlé à Thomas. J'avais l'intention d'aborder le sujet pendant notre partie de golf le jour… le jour de sa mort. Il aurait voulu que j'aide Ben à assurer la transition, Linny. Ça ne m'empêchera pas forcément de m'arrêter dans deux ans.

— Monsieur Luce, Ben vous a-t-il dit en avoir discuté avec Mme Anders ?

— Non, pourquoi l'aurait-il fait ?

— Elle possède désormais dix-sept pour cent de parts.

— Oui, oui, bien sûr. Excusez-moi. Je ne suis pas dans mon assiette aujourd'hui. Cependant, je vous le répète, Ava n'a jamais manifesté d'intérêt pour l'entreprise.

— Mais en tant que deuxième majoritaire et veuve du président, elle est en droit d'attendre un poste élevé, un siège au conseil d'administration par exemple.

— D'un point de vue technique, je suppose que oui. Mais j'ai du mal à l'imaginer.

— Connaissiez-vous Reginald Anders ?

— Oh, oui ! répondit Edmond, un sourire éclairant son visage. C'est même lui qui m'a engagé il y a plus d'un demi-siècle.

— À sa mort, Thomas Anders a hérité de la majorité des parts, c'est bien cela ?

— Oui. Et maintenant, c'est au tour de Ben. Thomas le considérait comme son fils.

— Ava Anders possède un petit pourcentage – désormais augmenté, je vous l'accorde. Mais les parts initiales, c'est bien à la mort de son beau-père qu'elle les a obtenues ?

— Je crois, oui. Reginald aimait beaucoup Ava.

— Bien. Merci de nous avoir reçues.

Son communicateur bipa. Elle jeta un coup d'œil sur l'écran d'affichage et fit basculer l'appel en attente.

— Je suis désolée, il faut que je prenne cette communication. Puis-je m'isoler dans une autre pièce ?

— Naturellement !

Linny se leva précipitamment.

— Venez par ici dans le bureau. Voulez-vous emporter votre thé ?

— Non, merci.

Elle suivit son hôtesse dans une pièce tout en bois et cuir.

— Je vais en profiter pour établir la liste que vous m'avez demandée, fit Linny avant de sortir en refermant la porte derrière elle.

— Lieutenant Dallas. Merci d'avoir patienté, monsieur Bronson.

— Ma foi, si j'avais su que vous étiez aussi jolie, je vous aurais rappelée plus tôt. Que puis-je pour vous, lieutenant aux yeux d'ambre ?

— Pour commencer, épargnez-moi vos salades.

— Mmm ! Impertinente, en plus. J'adore !

Il la gratifia du même sourire à mille watts que celui de sa photo d'identité. Eve se dit qu'il avait dû s'exercer des heures durant devant la glace.

— Dites-moi donc en quoi Dirk peut vous rendre service.

Dirk, songea-t-elle, était un crétin aux joues lisses et bronzées grâce aux mains magiques d'un chirurgien. Une paire de sourcils dorés surmontait ses yeux bleus comme la Méditerranée qu'elle apercevait derrière lui. Ses cheveux blonds ondulaient dans la brise.

— Vous avez été marié avec Ava Montgomery.

— Hé oui ! Un épisode bref et néanmoins mémorable de mon passé. Ne me dites pas qu'elle a des ennuis.

Il rit comme si cette idée le réjouissait.

— Qu'est-ce qu'elle a fait ? Engagé le mauvais traiteur ?

— Son mari actuel a été assassiné il y a quelques jours.

— Vraiment ? fit-il en se rembrunissant. C'est… fâcheux. Il vend des accessoires de sport, n'est-ce pas ? J'ai dû acheter une de ses raquettes de tennis.

De nouveau, il rit.

— Vous me soupçonnez de l'avoir tué ? Après toutes ces années, pour récupérer la belle Ava ? Comme c'est excitant.

— Si vous me disiez ce que vous faisiez le 18 mars ?

— J'étais en croisière sur la mer Égée, comme maintenant, entouré d'une armée de créatures de rêve, de plusieurs amis et d'un équipage complet. Souhaitez-vous venir m'interroger à bord ?

— Je garde ça en réserve. Quand avez-vous vu votre ex-épouse pour la dernière fois ?

— Laquelle ?

— Ne me faites pas perdre mon temps.

— Que vous êtes sérieuse ! Voyons, quand Dirk a-t-il posé les yeux sur la belle Ava ? Il y a dix ans ? Non, plus que ça. Comme le temps passe ! Une quinzaine d'années, il me semble. Si ma mémoire est bonne, je l'ai croisée à New York lors d'une soirée mondaine ou d'une première. Peu importe. Je crois qu'elle venait de se marier avec le roi du sport.

— Pourquoi avez-vous divorcé ?

— Je ne sais plus trop. J'ai sûrement connu des moments d'égarement, car j'aime la diversité. Dirk est un vaurien et a une collection d'ex-épouses et de maîtresses qui vous le confirmeront.

— Elle ne vous satisfaisait pas sur le plan sexuel ?

Les yeux de Dirk pétillèrent.

— Vous êtes bien curieuse.

Elle le vit changer de position, perçut le tintement de glaçons dans un verre, le regarda siroter une boisson rose.

— Elle était – et là-dessus, mes souvenirs sont précis – délicieuse au lit, et ailleurs. Sans quoi, nous ne serions jamais allés jusqu'au mariage. Mais je suis un être faible et je lorgne les filles. Je n'étais pas assez ambitieux pour elle. Elle voulait quelqu'un qui lui apporte tout : l'argent, la célébrité, le respect. Comme le défunt roi du sport, je suppose. Nous n'étions pas faits l'un pour l'autre.

— C'est donc elle qui vous a quitté.

— Avec une coquette somme et sans un regard en arrière. Son cœur de marbre et sa détermination m'avaient séduit au départ. C'est elle qui m'a présenté à la femme avec laquelle je l'ai trompée. Elle m'a fourni une multitude d'occasions de profiter de la situation. Pourtant, quand je me suis enfin décidé, elle n'a jamais voulu admettre que c'était sa faute. Incroyable !

— Incroyable. Merci de m'avoir accordé ces quelques minutes.

— Ce fut fort divertissant. Si vous avez envie de partir en croisière, vous savez où me joindre.

— C'est noté.

Elle raccrocha, réfléchit quelques instants. Puis elle retourna dans le salon.

— À vous entendre, c'est un charmeur ambulant, commenta Peabody quand Eve lui eut raconté sa conversation.

— Oui. Tout le contraire d'Anders.

— L'avocat du diable. Après une expérience avec un type pareil, normal qu'une femme cherche un tout autre genre.

— Absolument logique. Absolument raisonnable. Un plan soigneusement étudié.

— Vous croyez que c'était planifié ? Exit le mari paresseux et dragueur, il ne me reste plus qu'à en dénicher un aux poches pleines ?

— Elle a présenté à son ex la femme avec qui il l'a trompée. Lisez entre les lignes, Peabody. Si vous savez qu'un gosse est accro à la crème glacée, vous le laissez seul avec un café liégeois, vous ? Vous voulez vous extirper d'un mariage avec un petit pactole et la compassion de tous, quoi de mieux que de tendre un piège à un mari volage ? C'est tout à fait dans le style d'Ava... Il faut que j'aille discuter avec Greta. De votre côté, allez récupérer les fichiers que Leopold a dû nous sortir. Si vous avez besoin d'aide pour le transport, demandez du renfort. Dès votre arrivée au Central, vous lancerez une analyse des bases de données en quête de noms qui se répètent... Prenez la voiture. Je vais héler un taxi, et ensuite, Connors m'emmènera aux obsèques.

Après avoir consulté son répertoire, elle décida de marcher un peu afin de s'éclaircir les idées. Elle sortit son communicateur afin de prendre des nouvelles de Feeney.

Il lui répondit en cacardant comme une oie à l'agonie.

— Mon pauvre, tu es dans un sale état !

— Je suis malade, nom de nom. Tu crois que je suis dans ce lit à boire une tisane infâme pour ma santé ?

Elle marqua une pause.

— Euh… oui.

— Je suis en feu. J'ai des échardes de verre dans la gorge et la tête comme une citrouille. Et qu'est-ce qu'ils font ? Qu'est-ce qu'ils font ? répéta-t-il, les yeux révulsés. Ils m'obligent à ingurgiter une putain de décoction aux écorces de bois. Et si ma femme persiste à me gaver de bouillon de volaille, d'ici peu, je vais me mettre à caqueter. Je ne veux pas mourir ici. Si c'est la fin, je veux crever à mon bureau, comme un homme. Il faut que tu viennes à mon secours, Eve. Attends, je te passe Sheila.

Il était écarlate, une réaction provoquée autant par la panique que par la grippe. Mais Eve ne se sentait pas le courage d'affronter sa femme.

— Hein ? Pardon ? Je ne t'entends plus. La transmission est mauvaise.

— Tu te fiches de moi.

— D'accord, d'accord. Voici ce que je te propose. Peabody doit récupérer des fichiers – des centaines de fichiers chez Anders Worldwide. C'est l'épouse, Feeney, j'en ai la conviction intime. Mais je n'ai aucun élément pour étayer mon hypothèse. L'étude de ces fichiers va prendre des heures, voire des jours. Peabody pourrait te mettre au parfum et t'en confier une partie. Tu pourrais travailler de chez toi.

— Tu me donnes un os à ronger, toussa-t-il. J'accepte.

— C'est un gros os, Feeney. Et je compte sur toi pour y trouver de la viande.

— Entendu. Je te passe Sheila.

— Quoi ? Une seconde !

— À toi de la persuader que je suis indispensable. Dis-lui que c'est une question de vie ou de mort.

— Non, Feeney. Ne…

— Sheila !

Malgré la fraîcheur, Eve sentit ses mains devenir moites.

Que ne ferait-on pour ses amis ? songea Eve en payant le chauffeur de taxi. Désormais, d'après la femme de Feeney, s'il mettait plus de temps à guérir ce serait *sa* faute. Elle aurait dû le laisser cracher ses poumons au bureau, se dit-elle en sonnant à la porte de l'immeuble de Greta Horowitz.

— Lieutenant Dallas ?

— Oui. Je peux monter ?

— Je vous ouvre.

Le vestibule était petit, mais étincelant. Eve n'en fut pas étonnée. L'ascenseur la hissa jusqu'au quatrième étage où Greta l'attendait sur le seuil de son appartement.

— Il s'est passé quelque chose ?

— J'ai quelques questions supplémentaires.

— Ah. J'espérais que vous aviez découvert qui avait assassiné M. Anders. Entrez, je vous en prie.

Le décor ressemblait à la locataire : meubles solides, absence de fioritures, une odeur de... propre, décida Eve.

— Je peux vous offrir une boisson chaude ?

— Non merci. Si on s'asseyait ?

— Bien sûr.

Greta s'installa, les genoux serrés, et lissa la jupe de son tailleur noir.

— Vous allez aux obsèques, commença Eve.

— Oui. C'est une triste journée. Ensuite, je me rendrai chez Mme Plowder donner un coup de main pour le repas. Demain...

Elle poussa un soupir.

— Demain, je reprends le travail. Je vais préparer la maison afin que Mme Anders puisse rentrer.

— La préparer ?

186

— Aérer toutes les pièces, acheter des provisions, changer les draps, surveiller l'emballage des vêtements de M. Anders.

Décidément, Ava ne perdait pas une minute !

— Pardon ?

— Mme Anders craint de ne pas supporter de les voir à son retour. Elle souhaite que tout soit donné à une œuvre de charité.

— Naturellement. Madame Horowitz, combien de temps avez-vous mis avant de vous débarrasser des affaires de votre mari ?

— J'ai encore son uniforme de cérémonie.

Elle posa les yeux sur la photo encadrée du soldat qu'elle avait tant aimé.

— Chacun fait son deuil à sa façon.

— Madame Horowitz, vous êtes de ces femmes qui connaissent leur métier et l'exercent à la perfection. Qui ne se contentent pas de réagir aux besoins de ses employeurs, mais sait les anticiper. Cela implique de bien les connaître.

— Je suis fière de mon travail. Je serai heureuse de m'y remettre. Je déteste être oisive.

— Aviez-vous anticipé la requête de Mme Anders concernant les vêtements de son époux ?

— Non. Non, répéta-t-elle plus doucement. Mais cela ne m'a pas étonnée. Mme Anders n'est pas une sentimentale.

— Je ne pense pas que vous ou moi le soyons davantage. Cependant, si je perdais mon mari, j'aurais envie de me blottir dans son univers. De toucher ses affaires, de les sentir. Cela me serait indispensable pour surmonter la douleur, le choc, la peine. Vous comprenez ce que je veux dire ?

Greta la dévisagea et opina.

— Oui.

— Auriez-vous été surprise si, dans la situation inverse, M. Anders vous avait priée de vous débarrasser de la garde-robe de son épouse ?

— Oui. Terriblement.

— Madame Horowitz, je n'ai pas branché mon magnétophone. Je vous demande juste votre opinion. Elle peut m'être d'une grande utilité. L'aimait-elle ?

— Je m'occupais de la maison, lieutenant, pas de leur couple.

— Greta…

La gouvernante soupira de nouveau.

— C'est délicat. D'un côté, je trouve essentiel d'être honnête et de coopérer avec la police. De l'autre, je me dois d'être loyale et discrète envers ma patronne. Le devoir, c'est une notion qui vous est chère, lieutenant.

— M. Anders était aussi votre employeur. La notion de devoir m'est chère, en effet. Et nous en avons toutes deux un envers Thomas Anders.

— C'est vrai, murmura Greta en contemplant une fois de plus le portrait de feu son mari. Vous m'avez déjà interrogée sur leur relation et je vous ai dit la vérité. Mais je ne vous en ai peut-être pas décrit toutes les nuances, ni mes propres impressions.

— Voulez-vous m'en parler maintenant ?

— Pouvez-vous me dire d'abord si vous soupçonnez Mme Anders d'être impliquée dans le meurtre de M. Anders ?

— Je le crois.

Greta ferma les yeux.

— Cette idée abominable m'a traversé l'esprit, voyez-vous. Pas en le découvrant ce matin-là. Ni même dans la soirée ou le lendemain. Mais… à force de tourner en rond, de manquer d'occupations, je me suis mise à réfléchir. À m'interroger.

— Pourquoi ?

— Tous deux se montraient affectueux l'un envers l'autre. Indulgents aussi. À première vue, ils donnaient l'illusion d'un couple heureux. Confortable, si vous voyez ce que je veux dire.

— Parfaitement.

— Qu'elle l'encourage à sortir, à aller jouer au golf ou à assister à des matches, comment lui en vouloir ?

Qu'elle le pousse à voyager et même à prolonger ses séjours au loin, cela semble assez naturel Après de longues années de mariage, une femme apprécie un minimum de solitude. Un peu de temps sans son mari dans les pattes.

— La femme raisonnable, aimante, indulgente.

— Oui. Oui, en apparence. Mais le fait est qu'elle était plus heureuse lorsqu'il s'absentait, et que plus il tardait à rentrer, mieux elle se portait. C'est en tout cas mon opinion.

— C'est exactement ce qui m'intéresse.

— Le jour où il devait rentrer, un rien l'agaçait. Elle tergiversait à propos de ce qu'elle allait lui servir pour le dîner. Quand il n'était pas là, elle organisait cocktails et repas avec ses amis. Ses amis à elle, pas à lui. Et elle n'invitait jamais M. Ben.

Greta marqua une pause, pressa les doigts sur ses lèvres quelques instants, puis croisa les mains sur ses genoux.

— Je ne vous raconterais sans doute pas tout ça si elle ne m'avait pas demandé de débarrasser son dressing comme s'il s'agissait de cirer le parquet. Une tâche parmi d'autres. Je ne vous raconterais non plus pas tout ça si je ne savais pas qu'elle avait remarqué mon indignation. Quand elle s'en est rendu compte, lieutenant, son attitude a brusquement changé. Sa voix est devenue rauque, ses yeux humides de larmes. Mais il était trop tard. J'avais entendu l'autre voix, déchiffré l'autre regard. C'est alors qu'elle m'a proposé de venir aider à servir le repas de funérailles chez Mme Plowder, en me précisant combien elle me paierait – une somme plus élevée que nécessaire. Puis elle m'a annoncé qu'elle allait m'augmenter dès demain et qu'elle comptait sur moi pour la soutenir en cette période douloureuse.

Greta fixa ses mains croisées.

— C'est là, lieutenant, que j'ai décidé de chercher une place ailleurs. J'ai contacté une agence pas plus tard que ce matin.

— Elle vous a mal jugée, Greta. Mais allez-vous réussir à tenir le temps qu'il faudra sans trahir ce que vous ressentez ?

Greta esquissa un sourire.

— Je suis une domestique, lieutenant. Je suis très habile à garder mes pensées et mes sentiments pour moi.

— Je vous remercie de les avoir partagées avec moi.

Eve se leva, lui tendit la main. Greta la lui serra et la regarda droit dans les yeux.

— Peut-être sommes-nous injustes envers Mme Anders. Si ce n'est pas le cas, lieutenant, je vous fais confiance.

— Moi aussi, je fais bien mon métier.

— Je le crois volontiers.

Plutôt que de prendre un taxi jusqu'au bureau de Connors, Eve sortit son communicateur dès qu'elle fut dans la rue. Ce fut l'assistante de son mari qui lui répondit.

— Caro, pourriez-vous…

— Bonjour, lieutenant.

— Oui, euh… désolée de vous déranger. Pourriez-vous prévenir Connors que je le retrouve aux obsèques.

— Si vous voulez bien patienter quelques secondes, je vous le passe.

— Mais…

Trop tard, constata-t-elle en levant les yeux au ciel. Presque aussitôt, le visage de Connors apparut.

— Une petite envie de bavarder ?

— Mais oui, tu sais bien que je ne fais que ça à longueur de journée. Je voulais simplement te laisser un message. On se rejoint à l'enterrement. Il est trop tôt, je vais m'installer dans un cybercafé travailler un peu, puis je prendrai un taxi.

— Où es-tu ?

— Sur la Troisième Avenue, je descends vers la…

— Attends-moi là.

— Écoute…

Trop tard, pensa-t-elle une fois de plus.

— L'attendre là, marmonna-t-elle en fourrant l'appareil dans sa poche.

Elle pouvait difficilement tenter de joindre en pleine rue les femmes figurant sur la liste de Linny Luce. Désœuvrée, elle s'avança jusqu'au carrefour et s'adossa contre le mur d'un immeuble. Les trams aériens filaient au-dessus de sa tête, les voitures encombraient la rue, le métro rugissait sous ses pieds. Les gens allaient et venaient telles des fourmis affolées.

Deux jeunes femmes croulant sous les paquets s'immobilisèrent devant la vitrine près de laquelle Eve se tenait.

— Ces *escarpins* ! Ma chère, ils sont… divins !

— Et ce sac ? Tu as *vu* ce *sac*, Nellie ? Quelle merveille !

Eve leur glissa un regard de biais. Deux femmes en apparence parfaitement normales, saines de corps et d'esprit. Qui bavaient sur une paire de chaussures et une musette. Sans cesser de s'extasier, elles poussèrent la porte.

Elle tourna la tête à temps pour apercevoir un homme en veste de camouflage bondir sur la chaussée, se faufiler entre les voitures, le visage fendu d'un large sourire. Heureux, supposa-t-elle, d'avoir semé les flics qui tiraient la langue à cinquante mètres derrière lui.

Comme souvent dans ce genre de situation, les gens s'écartèrent sur son passage. Eve resta près du mur, se balança d'avant en arrière, jaugea… Quand il atteignit le trottoir, le fuyard jeta un coup d'œil derrière lui, leva le majeur, et fonça en direction de la 54e Rue.

Eve tendit la jambe.

L'homme vola dans les airs et atterrit en dérapage non contrôlé. Elle attendit qu'il bascule sur le dos en grognant pour poser la botte sur son sternum.

191

— Beau décollage, atterrissage raté.

Elle sortit son insigne, autant pour les badauds que pour le délinquant.

— Merde ! Merde ! C'était du tout cuit !

— Ah, oui ? Eh bien maintenant, c'est brûlé, et toi aussi.

— Qu'est-ce que vous fichiez à ce coin de rue ?

— J'attendais mon chauffeur.

Justement, la limousine approchait. Quand Connors abaissa la vitre arrière, inclina la tête et lui sourit, elle lui répondit d'un froncement de sourcils.

Les flics arrivèrent enfin, haletants.

— Merci de votre aide, madame. Si vous… Lieutenant ! Lieutenant… Nous étions à la poursuite de cet individu et…

— Vous aviez plutôt l'air de deux vieilles dames claudiquant jusqu'à leur rocking-chair.

— Ouais ! approuva l'individu.

— La ferme ! Vous êtes à bout de souffle et en nage, reprit Eve. Et ce type était frais comme une rose jusqu'à ce que son nez rencontre le trottoir. C'est très gênant pour moi. À présent, si vous avez repris votre respiration, embarquez-le.

— Oui, lieutenant. Pour le rapport, lieutenant, l'individu…

— Je m'en fiche ! Il est à vous.

Sur ce, elle se dirigea vers la limousine.

— Mangez moins de beignets ! lança-t-elle avant de grimper dedans.

12

— Je me demande comment la ville de New York et sa population s'en sortent quand tu n'es pas là à patrouiller dans les rues.

Elle aurait riposté, mais il détourna son attention en lui servant un café. Les vitres étaient teintées, se rappela-t-elle. Personne ne pouvait la voir vautrée dans une limousine en train de savourer un café dans une tasse en porcelaine.

Autant en profiter.

— Pourquoi ? Pourquoi es-tu venu me chercher à bord de ce yacht sur roues ostentatoire ?

— Primo, je ne le trouve pas ostentatoire, mais pratique. Et très confortable. Deuxio, j'avais du travail à finir, il me fallait donc un chauffeur. Tertio, tu as dit que tu avais du boulot toi aussi et j'ai pensé que tu serais mieux ici que dans un cybercafé.

— Le raisonnement se tient.

Elle ferma brièvement les yeux. Connors lui caressa la joue. Puis il lui prit la main et la porta à ses lèvres.

Elle lui coula un regard de biais.

— Quatro, tu avais peut-être l'intention de me faire des avances ?

— Ma chérie, c'est ce qui motive toutes mes décisions.

Elle saisit les revers de sa veste, le tira vers elle et l'embrassa avec fougue. Puis elle le repoussa.

— C'est tout ce que tu auras.

— Dommage.

Elle se redressa.

— Tu n'aurais pas des beignets en stock, par hasard ?

— Tu as envie d'un beignet ?

— Non. Au diable, Peabody. Je...

Connors appuya sur un bouton.

— Russ, arrêtez-vous devant une pâtisserie, voulez-vous, et achetez-nous une demi-douzaine de beignets.

— Bien, monsieur.

— Tu disais ?

Elle croisa les chevilles.

— J'ai passé la matinée à interroger des témoins.

Elle lui résuma ses entretiens, ce qui lui permit de faire le tri dans ses pensées, s'interrompit lorsque le chauffeur apporta un carton blanc, et conclut son exposé en se gavant de sucre et de graisse.

— Quand les gens grattent un peu le vernis, comme tu les encourages à le faire, Ava Anders apparaît moins lisse et moins brillante, observa Connors.

— Ils ne l'aiment pas. Ce qu'ils apprécient, à l'exception de Leopold qui la déteste carrément, c'est ce qui filtrait au travers de Thomas. Maintenant qu'il n'est plus là pour filtrer, les taches commencent à remonter. Elle se moque qu'on l'aime. Ce qu'elle veut, c'est qu'on l'admire. Et être influente.

— Et elle s'est servie de Thomas pour cela.

— Oui. C'est un procédé vieux comme le monde. Pour réussir, il faut coucher ou se marier. Ava repère Thomas. Il est riche, respecté, sympathique et décontracté. Je suis sûre qu'elle s'est renseignée avant de jeter son dévolu sur lui. Elle s'arrange pour être mutée à New York, puis pour le croiser le plus souvent possible. Elle le pousse dans ses retranchements. Subtilement. Trop agressive, elle pourrait l'effrayer ; trop discrète, il pourrait ne pas comprendre. Elle enfile son costume, le costume, « ce que Thomas aime et comment » ; elle l'appâte, elle le cueille, elle garde le costume. Elle doit s'adapter ici ou là, mais elle tient bon. Il lui offre une belle maison et un statut social. Et à la moindre occasion, elle l'expédie au loin pour pouvoir enlever ce fichu costume et *respirer*.

— Pendant seize ans ?

— Elle aurait pu tenir deux fois plus longtemps. Mais tu sais ce qui est arrivé ? Le père de Thomas est mort. Je vais devoir creuser de ce côté-là. Il faut aussi que je vérifie auprès de Charles, mais je mettrais ma main à couper qu'elle a pris son premier rendez-vous avec lui quelques semaines seulement après le décès d'Anders père. Thomas venait d'hériter. Les enchères sont montées d'un seul coup. « Tout ça, ça pourrait m'appartenir. Comment puis-je m'en emparer et me débarrasser de ce putain de costume ? » Elle en a par-dessus la tête, et il n'a que dix ans de plus qu'elle. Il pourrait vivre encore cinquante, soixante ans. C'est beaucoup trop. D'ailleurs, elle le mérite. Dieu sait qu'elle a œuvré pour cela. Divorcer ? Sûrement pas. Certes, elle pourrait se débrouiller et l'attaquer pour faute. Comme avec son premier mari.

— Mais elle ne veut pas se répéter.

— Exactement ! s'exclama Eve. Et la compensation serait insuffisante après toutes ces années de sacrifices. S'il claquait, en revanche, elle pourrait endosser le rôle de la veuve éplorée, la veuve qui affronte courageusement son destin. Pourquoi ne meurt-il pas ? Il suffirait d'un accident, de… Et si ?

— Elle ne serait pas la première à s'accrocher à un homme riche et à se lasser du prix à payer, fit remarquer Connors. Ni la première à tuer pour échapper à une situation qui ne lui convient plus. Mais la méthode choisie me semble particulièrement vindicative.

— Forcément. C'est une tragédie, mais le pire c'est qu'il l'a provoquée lui-même. Plus il est sali, plus elle passe pour une sainte. À mon avis, une fois qu'elle a imaginé l'issue, elle s'est sentie de plus en plus étriquée dans son costume. À qui la faute ?

— À lui, bien sûr.

— Oh, oui ! répliqua Eve, qui pouvait presque palper la rage d'Ava. À la fin, elle le haïssait. Peu importe ce qu'elle a éprouvé à son égard au début ou au milieu ; à la fin, elle le haïssait.

— Ce qui explique l'horreur de la mise en scène.

— Dans le mille.

— Toutefois, il lui reste un obstacle à surmonter. Ben.

— Je suis certaine qu'elle a des projets pour lui. Mais elle a le temps de se retourner. À moins qu'il ne tombe amoureux et envisage de se marier. Là, il faudrait qu'elle accélère le mouvement. Une overdose, ce serait pas mal. Des cachets. Il ne s'est pas remis de son chagrin, il n'a pas supporté la pression de ses nouvelles fonctions à la tête de l'entreprise. Il a décidé d'en finir. Il y a un risque, mais si je clôture l'affaire sans l'inquiéter, comme elle s'y attend, elle pourrait le prendre.

— Tu as l'intention de le mettre en garde ?

— Pour l'heure, il n'a rien à craindre. L'enquête est en cours, rien ne presse.

Elle pianota sur sa cuisse.

— Elle va s'appuyer sur lui, solliciter son aide et son soutien. Il est tout ce qu'il lui reste maintenant que Thomas est parti. Elle va s'arranger pour qu'on les voie en public, accablés de chagrin mais côte à côte.

— Je ne connaissais pas bien Thomas Anders, mais il me semblait du genre rationnel.

— L'amour vous aveugle.

— C'est vrai.

Elle se tourna vers lui.

— Tu ne t'es jamais demandé, ne serait-ce qu'une fois, si je m'étais intéressée à toi à cause de ton argent ?

196

— Ce n'est pas toi qui t'es intéressée à moi, mais le contraire.

— Justement… et si c'était un subterfuge? riposta-t-elle avec un sourire espiègle. Tu es tombé tête la première dans mon piège.

— Où j'ai confortablement atterri. Les seuls costumes que tu portes, ma chère Eve, sont ceux de ton armoire. Et encore, tu les enfiles à contrecœur.

Il tendit la main, sortit de son chemisier la chaîne à laquelle étaient accrochés un diamant et la médaille d'un saint.

— Tu te rappelles quand je t'ai offert ceci? s'enquit-il en effleurant la pierre étincelante.

— Bien sûr.

— Tu n'étais pas seulement horrifiée et perturbée. Tu étais terrorisée. Le lieutenant Eve Dallas paniquée par un bout de carbone compressé et ce qu'il symbolisait.

— Je n'avais pas prévu de tomber amoureuse. Pas à ce moment-là.

— Cependant, quand tu es enfin venue me trouver, tu le portais.

Le diamant scintilla entre eux.

— Et tu le portes toujours. Caché la plupart du temps, histoire de préserver tes drôles de préjugés de flic, mais sur toi, contre ton cœur. C'est toi, lieutenant, qui es tombée dans mon piège après que je t'y ai poussée.

Elle jeta un coup d'œil par la vitre tandis que la limousine se garait derrière une succession de berlines noires.

— Anders a eu moins de chance que nous, murmura-t-elle.

Des photos d'Anders étaient disposées un peu partout dans l'élégant salon mortuaire. Anders jouant au golf, au tennis, au base-ball, au basket… La plupart des bouquets étaient composés de tournesols.

— Ses préférées, leur expliqua Ben. Oncle Thomas disait toujours que si jamais il prenait sa retraite il s'achèterait une petite ferme quelque part et cultiverait des tournesols.

— Il envisageait d'arrêter de travailler ? demanda Eve.

— Pas vraiment. Mais il avait envie d'une propriété à la campagne, de s'octroyer des week-ends prolongés. Il jouait avec l'idée de se faire construire une maison dans le nord de l'État près d'un de ses camps sportifs. Un endroit où Ava et lui pourraient se réfugier en toute tranquillité. Pour plaisanter, il disait que s'il voulait convaincre Ava de l'accompagner, il serait obligé de lui construire un spa.

Ben eut un sourire triste.

— Oui, il adorait les tournesols. Il était très aimé, aussi. Plusieurs cérémonies vont se dérouler simultanément à travers le monde. En ce moment même, partout dans… Excusez-moi une seconde.

Il pivota vers la porte. Eve se demanda s'il l'atteindrait avant de s'effondrer. Elle vit Leopold se précipiter vers lui, poser une main réconfortante sur son épaule et l'escorter à l'extérieur.

L'amour, songea Eve, dans le chagrin et la générosité.

Puis elle se tourna pour examiner la veuve, les joues pâles, les yeux humides, assise dans un fauteuil en velours bleu entouré de fleurs et de personnes impatientes de lui présenter leurs condoléances. Comme toujours, ses cheveux étaient rassemblés en un chignon impeccable sur la nuque, une coiffure qui mettait en valeur la finesse de ses traits. Elle était en noir, bien sûr. Elle portait des boucles d'oreilles et un bracelet en diamant.

— Allons la saluer, suggéra Eve.

Ils se frayèrent un chemin dans la foule. La veuve devait être enchantée de voir autant de monde. Comme ils se rapprochaient, elle leva la tête, le regard brillant de larmes. S'agrippant à l'accoudoir, elle se leva péniblement.

— Lieutenant. Comme c'est gentil d'être venu. Et Connors. Thomas aurait été si heureux de savoir que vous avez pris sur votre temps.

— C'était un homme remarquable, dit Connors en acceptant la main que lui tendait Ava. Il nous manquera.

— Oui. Avez-vous… avez-vous rencontré mon amie, ma chère amie Brigit Plowder ?

— Il me semble que oui. Enchanté de vous revoir, madame Plowder, malgré les circonstances.

— Sasha sera anéantie d'apprendre que vous vous êtes souvenu de moi et pas d'elle, murmura Brigit avec un sourire chaleureux. Voulez-vous signer le registre ? C'est une coutume démodée, mais nous avons pensé que Thomas aurait apprécié.

D'un geste, elle indiqua la table sur laquelle était posé un livre blanc aux tranches dorées.

— Bien sûr.

Connors s'empara du stylo en or.

— Vous devriez prendre un verre de vin.

Comme si elle avait un vertige, Ava effleura sa tempe du bout du doigt.

— Nous avons prévu du vin. Thomas aimait tant faire la fête. Il serait contrarié de nous voir tous pleurer. Prenez un verre de vin.

— Je suis en service.

L'espace d'une seconde, Eve fixa Ava droit dans les yeux, lui transmettant un message silencieux : « Je sais. Je sais ce que vous êtes. »

Derrière le voile de larmes, une lueur d'étonnement vacilla dans les prunelles d'Ava. Puis elle chancela.

— Je suis désolée. Vraiment désolée. Je ne me sens pas…

— Assieds-toi, lui murmura Brigit en lui caressant la joue. Tu en endures tellement.

— Comment puis-je faire autrement ? Comment veux-tu que je… Où est Ben ? Je veux Ben.

— Je vais le chercher, proposa Connors.

Il jeta un coup d'œil à Eve et disparut.

— Il ne va pas tarder, promit Brigit. Ben va arriver. Nous allons monter, ma chérie. Tu as besoin de calme. On étouffe ici, il y a trop de monde.

Eve se rapprocha d'un pas.

— Voulez-vous que je vous accompagne, madame Anders ?

— Je veux Ben.

Ava pressa le visage contre l'épaule de Brigit.

— Je serai plus forte si Ben est à mes côtés. Il est tout ce qui me reste de Thomas.

— Le voilà, Ava. Le voilà.

Ben se rua dans la pièce, l'air aussi ravagé qu'inquiet. Il se pencha sur Ava.

— Je suis là. Je suis simplement sorti respirer un peu. Je suis là.

— Reste près de moi, Ben. Je t'en supplie.

— Je propose que nous l'emmenions là-haut.

— Non, Brigit. Il faut que je tienne. J'ai besoin de…

— Quelques minutes seulement. Jusqu'à ce que tu te sentes mieux.

— Oui, tu as raison. Quelques minutes. Ben.

— Appuie-toi sur mon bras, fit ce dernier. Veuillez nous excuser, lieutenant.

— Naturellement.

Ainsi la veuve accablée fut-elle entraînée à l'écart. Elle jouait son rôle à la perfection. Eve songea qu'elle prendrait bien un petit bol d'air, elle aussi. C'est alors qu'elle aperçut Nadine à l'autre extrémité de la salle, en compagnie de Connors.

— Vous êtes ici à titre personnel ou professionnel ? demanda-t-elle en les rejoignant.

— Comme les flics, c'est toujours un peu des deux. Mais dans le cas présent, je suis surtout venue par amitié pour Tom. Je l'appréciais beaucoup. De même que Ben. J'étais dehors avec lui. Nous échangions quelques mots quand Connors l'a appelé. Pauvre Ava, elle semble tellement perdue !

— Oh, elle sait où elle va !

Nadine étrécit les yeux.

— Qu'entends-je ? Vous ne pensez pas sérieusement que…

Elle se tut, but une gorgée de vin, et reprit :

— Les murs ont des oreilles. Si nous sortions ?

— Je ne suis pas prête à vous accorder un face-à-face.

— Peabody a été meilleure que je ne m'y attendais, fit remarquer Nadine après quelques secondes. Si j'ai bien compris ce qui est en train de se passer. Elle n'en a pas laissé échapper une miette. Vous formez une équipe de choc.

— Soyez gentille. Retrouvez-moi ces anciennes interviews que vous avez évoquées et envoyez-les-moi.

— Et qu'obtiendrai-je en échange ?

— Ça va dépendre.

— Écoutez, Dallas…

— Vous ai-je félicitée pour la façon dont vous avez conduit l'entretien avec Peabody hier soir ? coupa Connors. Vous l'avez mise en valeur sans en avoir l'air.

— Le boulot en équipe, marmonna Nadine. J'ai horreur de ça.

— Récupérez-moi ces entretiens, Nadine, et je vous dirai tout ce que je peux quand je le pourrai. Pour l'heure, j'en ai assez de traîner ici. Alors… merde ! La femme de Tibble.

Grande, élancée, aussi mince qu'une liane, Mme Tibble fonçait droit sur elle. Ses cheveux courts châtain doré encadraient son visage au teint mat. D'après les sources d'Eve, Karla Blaze Tibble avait gagné sa vie comme mannequin.

— Lieutenant, la salua-t-elle d'une voix rauque, musicale.

— Madame.

— Mademoiselle Furst, Connors, voulez-vous nous excuser un instant ? J'aimerais discuter avec le lieutenant en tête à tête.

La requête était formulée comme une question, mais toute son attitude exhalait l'autorité. Karla pivota sur ses talons et les personnes présentes s'écartèrent telle la mer Rouge devant Moïse.

— Courage, chuchota Connors, visiblement amusé.

— Pourquoi ont-ils des épouses ? Pourquoi les flics se marient-ils ? Je reviens tout de suite.

À contrecœur, Eve suivit Karla jusqu'à une petite terrasse située au premier étage.

— En tant que responsable d'une enquête pour homicide, trouvez-vous convenable de discuter avec une journaliste aux obsèques d'une victime ? attaqua Karla bille en tête.

— Pardonnez-moi, madame, mais Nadine Furst est aussi une amie.

— L'amitié n'a pas sa place ici. Vous avez une position à maintenir.

De quel droit se permettait-elle de lui faire la morale ?

— En effet. Comme vous, du reste. En tant qu'épouse du chef de la police, trouvez-vous convenable d'assister aux obsèques de la victime d'un meurtre dont l'enquête est en cours et de converser avec des individus qui pourraient figurer sur la liste des suspects ?

Un éclair de fureur anima le regard doré de Karla. Elle se ressaisit aussitôt.

— Vous avez raison. Et ça m'agace.

— Je peux vous assurer que je n'ai rien dévoilé à Nadine, pas plus qu'à ses collègues.

— Pas encore.

— Nadine est une source fiable. À ma discrétion, en tant que chargée d'enquête, je pourrais choisir de m'adresser à elle. Comme elle ne se laisse pas avoir facilement, je pourrais décider d'échanger une information contre une autre.

— Du linge sale contre du linge sale.

— Si ça peut m'être utile, oui, madame.

— Cessez de m'appeler madame comme si j'étais votre institutrice.

Elle se retourna et s'appuya à la rambarde pour contempler la rue à ses pieds.

— Je suis bouleversée et ça m'a énervée de vous voir en grande discussion avec Nadine Furst.

— Je n'hésiterais pas à aborder Jack l'Éventreur si cela pouvait m'aider. J'ai une mission à accomplir. Je comprends que vous soyez bouleversée. Le mari de votre amie vient d'être assassiné. Mais vous devriez comprendre que ma priorité, c'est de démasquer son meurtrier.

— Et c'est la deuxième fois que je me mêle de ce qui ne me regarde pas, admit Karla. Ce n'est pas dans mes habitudes.

— C'est vrai.

— Ava et moi avons travaillé ensemble sur plusieurs projets. J'admire son énergie, sa créativité. J'appréciais beaucoup Thomas Anders. C'était un homme généreux, simple. J'ai du mal à accepter sa disparition, les circonstances de celle-ci et la manière dont les médias couvrent le sujet. En tant qu'épouse d'un homme connu, je conçois parfaitement le désarroi d'Ava.

Karla se retourna vers Eve.

— En tant qu'épouse d'un homme connu, vous devriez le concevoir aussi.

— En tant que chargée d'enquête, c'est la victime qui suscite ma compassion.

— Vous êtes têtue, lieutenant, observa Karla.

Elle secoua la tête, mais sa colère s'était estompée.

— Votre commandant vous considère comme l'un de ses meilleurs éléments. Mon mari vous trouve brillante. Si j'évite d'empiéter sur le terrain de celui-ci, je n'en suis pas moins attentive. Je sais donc que vous avez la réputation d'aller jusqu'au bout des choses. Cela demande de l'obstination, j'imagine. Il paraît que vous souhaitiez me parler à propos d'Ava et de Thomas.

— Je voulais surtout en savoir davantage sur les projets que vous avez menés ensemble.

— Vous pensez que quelque chose dans ceux-ci a pu précipiter le meurtre de Thomas.

— Je suis méticuleuse. Je n'omets aucun aspect.

— Traduction en langage de flic : mêlez-vous de ce qui vous regarde.

Karla agita la main.

— Je ne suis pas vexée. Ava et moi avons eu de nombreuses occasions d'œuvrer ensemble ces deux dernières années. À l'origine, elle m'avait contactée pour coprésider l'organisation d'un défilé de mode. Logique, vu mon parcours.

— Un défilé de mode sport ?

— Non. Nous visions les mères des enfants sélectionnés pour les camps sportifs et les programmes associés. Tenues de jour à prix abordable, tenues de travail, tenues décontractées, présentées par des mamans. Les entreprises participant à l'opération nous accordaient des ristournes importantes et Anders offrait à chacune de ces femmes un bon de mille dollars pour renouveler leur garde-robe. Quelques mois plus tard, nous avons recommencé avec un défilé pour enfants. Les deux manifestations ont rencontré un immense succès. Ava est infatigable.

— Il paraît, oui.

— Nous avons lancé d'autres activités. Nous – Ava, quelques membres du personnel et des bénévoles – emmenons parfois les mères dans un spa pendant que leurs enfants sont dans un camp sportif. Une sorte de retraite de cinq jours au cours de laquelle elles peuvent se détendre, se faire dorloter, assister à des conférences, des ateliers, des groupes de discussions. Ce sont des moments fort agréables.

— Vous y êtes allée.

— Une ou deux fois, oui. En qualité de cheftaine, si l'on peut dire. C'était gratifiant de voir ces femmes qui n'ont jamais une minute à elles s'intéresser enfin à leur corps, et à leur esprit.

— Elles devaient vous être très reconnaissantes ainsi qu'à Ava de leur fournir un échantillon d'un style de vie à l'opposé du leur.

— C'est vrai. Elles sont ravies de pouvoir oublier momentanément leur travail, leur progéniture, leurs responsabilités. L'idée consiste tout à la fois à les distraire, les éduquer, les aider à former de nouveaux réseaux. Nombre d'entre elles sont des mères célibataires.

La voix de Karla était empreinte d'enthousiasme. Elle soulignait ses paroles de grands gestes des mains.

— Un parent qui se noie dans les obligations quotidiennes et les soucis finit par en souffrir, par être moins attentif à ses enfants qu'il ne voudrait l'être. C'est pour cela qu'Ava a inventé le programme « Les mamans aussi ».

— À force de vous retrouver dans diverses activités, je suppose qu'Ava et vous avez noué des amitiés avec certaines des participantes ?

— Oui, et cela aussi était gratifiant. Thomas ne se contentait pas d'offrir du matériel de sport aux enfants, mais s'efforçait de les rassembler et de développer leur esprit d'équipe. Ava essaie de faire la même chose avec les mamans. En s'impliquant personnellement.

— La conception et la mise en place de ces projets exigent un grand sens de l'ordre, du détail, une capacité à déléguer.

— Absolument. Et Ava maîtrise cela à merveille.

J'en suis convaincue, sourit Eve. Merci de m'avoir accordé un peu de temps.

— Je vous souhaite bonne chance pour cette enquête. Oh ! ajouta Karla en lui tendant la main, une touche de fond de teint masquerait l'hématome sous votre œil.

— Pourquoi le masquer ?

— Comme vous n'étiez en sang ni l'une ni l'autre quand vous êtes revenues, observa Connors quand ils furent de nouveau dans la limousine, j'en ai déduit que tu es restée en bons termes avec la femme du chef Tibble.

— Si on veut. C'est curieux la manière dont les gens s'expriment. Elle a travaillé sur plusieurs projets avec Ava. Elle aimait énormément Thomas. Elle admire l'énergie et la créativité d'Ava. Thomas était un homme généreux et simple. Mme Tibble est une femme intelligente, mais elle n'a pas conscience de ce qu'elle m'a révélé.

Elle se tourna vers Connors.

— L'autre jour, tu as donné de l'argent à une clocharde.

Il haussa les sourcils.

— C'est possible.

— Je t'ai vu. Devant la morgue.

— Oui. Et alors ?

— D'autres personnes ont dû lui tendre une pièce ce jour-là de même que la veille ou le lendemain. Elles ne se souviennent pas d'elle et inversement. Mais toi, tu t'es accroupi et tu lui as parlé les yeux dans les yeux. Tu as établi un lien. Elle se souviendra de toi.

— Du billet de vingt dollars, surtout.

— Épargne-moi ton cynisme. À l'époque où tu traînais dans les rues de Dublin, où ton père te battait presque à mort. Summerset t'a recueilli, remis sur pied. Il t'a offert quelque chose – une chance, un sanctuaire, une occasion. Qu'aurais-tu fait pour le remercier ? Oublie les années écoulées depuis et la relation que vous avez développée. Sur le moment, qu'aurais-tu fait pour le remercier ?

— Tout ce qu'il m'aurait demandé.

— Exactement. Parce que c'était lui qui avait le pouvoir, le contrôle… l'argent. Tu avais beau être un voyou, tu étais vulnérable. Plus petit, plus faible. Or il t'avait offert quelque chose que tu n'avais jamais eu.

— Il ne m'a jamais rien demandé.

— Parce que, en dépit de ses airs coincés, il n'est pas du genre à exploiter les êtres fragiles. Ava, en revanche…

— Où veux-tu en venir ?

— Au boulot. Il faut que je sache où en est Pea-body et que j'essaie d'obtenir un rendez-vous rapide avec Mira. Que je fasse le tri dans ma tête, que je prenne des notes. Je te mettrai au courant à la maison, puis je profiterai de ton amour immodéré pour moi et de ton intérêt pour cette enquête en te confiant une nouvelle tâche.

— J'accepte volontiers. D'autant que j'espère que tu m'exploiteras autrement par la suite.

— Je m'efforcerai de trouver un moment. Je veux... Hé ! Attends !

Elle appuya sur le bouton de l'interphone.

— Garez-vous ici !

— Pourquoi ? s'étonna Connors tandis que la limousine ralentissait. Nous sommes à deux blocs du Central.

— Précisément. Tu crois que je vais descendre d'un engin pareil devant les collègues ? Tu rêves ! Je continue à pied.

— Tu veux emporter les beignets ?

— Garde-les.

D'une main, elle saisit la poignée de la portière, de l'autre, les cheveux de Connors. Un baiser fougueux et elle était dehors.

— À plus tard !

Il la regarda s'éloigner à grands pas, son manteau volant autour de ses jambes, et la suivit des yeux jusqu'à ce que la foule l'engloutisse.

13

L'esprit en ébullition, Eve gagna les bureaux de la Criminelle au pas de charge. Elle n'avait pas la solution. Pas encore. Mais elle avait trouvé la faille. Et elle allait l'élargir au maximum.

Une petite voix lui chuchota qu'elle était en manque de caféine aussi s'arrêta-t-elle devant le distributeur. Elle le fixa d'un œil méfiant.

— Tu as intérêt à marcher, grommela-t-elle en glissant des pièces dans la fente. Un tube de Pepsi, commanda-t-elle.

L'appareil sembla cogiter, spéculer... À l'instant précis où Eve reculait pour la gratifier d'un coup de pied magistral, la machine cracha la marchandise ainsi que la liste fastidieuse de ses ingrédients. Eve s'empara de sa boisson et se retourna pour découvrir Abigail Johnson, la grand-mère de Tiko.

Eve s'approcha prudemment.

— Madame Johnson.

— Ah ! Lieutenant Dallas. J'étais dans la lune, je ne vous avais pas vue.

Soulevant la boîte qu'elle avait sur les genoux, Abigail se leva.

— Il y a un problème ?

— Non, pas du tout. Mais Tiko m'a harcelée à propos de cette fameuse récompense. J'étais réticente, car je trouve important qu'il comprenne que faire le

208

bien suffit en soi. Puis, finalement, je me suis dit que c'était une bonne chose pour un enfant d'être récompensé de ses efforts. Après tout, je le punis quand il fait une bêtise.

— Je suis d'accord.

— J'ai donc appelé le numéro que vous m'aviez donné. Tout était déjà réglé, ils m'ont dit que vous y aviez veillé.

Les yeux verts fixèrent Eve.

— Mais c'est un montant de *mille* dollars, lieutenant !

— Nous estimons que cette bande ramassait environ dix mille dollars par jour. C'est grâce à Tiko que nous avons pu mettre fin à ce trafic.

— Je n'en reviens pas, je vous assure ! J'ai été obligée de m'asseoir et de m'éventer pendant une bonne dizaine de minutes après que l'officier Whittle m'a annoncé la nouvelle.

Abigail renversa la tête en arrière et éclata de rire.

— Alors voilà… je vous ai apporté une tarte maison.

Elle tendit la boîte à Eve.

— Une tarte maison ?

— Une tarte au citron meringué. J'espère que vous aimez.

— J'adore ! Merci.

— Quand ils m'ont dit que vous n'étiez pas là, j'ai failli la laisser. Mais j'ai eu la nette impression qu'il n'en resterait plus une miette à votre retour.

— Et vous aviez raison.

— Ils m'ont expliqué que vous n'alliez pas tarder, alors j'ai décidé de patienter. Ils ont passé le carton au scanner, en bas, au cas où. Remarquez, mes pâtisseries sont un danger… pour les hanches. Mais vous n'avez pas à vous soucier de ça.

Eve se sentit obligée de soulever le couvercle. La meringue paraissait légère et mousseuse ; elle était parsemée de minuscules morceaux de citron.

— On dirait une œuvre d'art comestible.

— J'espère que vous la trouverez bonne.

— Je vais peut-être devoir assommer quelques-uns de mes hommes sur le chemin de mon bureau mais, croyez-moi, j'ai l'intention de me régaler.

Son carton entre les mains, Eve afficha un air mauvais et franchit le seuil de la salle commune. Aussitôt, dix nez au moins se mirent à humer l'air.

— Pas question ! aboya-t-elle. Peabody, avec moi !

Gratifiant ses collègues d'un sourire machiavélique, Peabody se rua sur les talons d'Eve.

— C'est une tarte à quoi ?

— Ma préférée.

— Vous ne pouvez pas la manger toute seule ! Vous allez vous rendre malade !

— Nous verrons bien.

— Mais… je vous ai apporté des beignets.

— Où sont-ils ?

Peabody ouvrit la bouche, la referma, fit mine d'admirer le plafond.

— Euh…

— Exactement.

Eve posa la boîte sur l'autochef.

— Qu'avez-vous pour moi hormis une haleine qui empeste les beignets ?

— Ce n'est pas comme si j'avais tout avalé moi-même, et c'est vous qui les avez laissés dans la voit… D'accord.

Sous le regard perçant de Dallas, elle enchaîna :

— J'ai des noms qui se répètent et j'ai lancé des recherches dessus. Pour votre information, Mme Tibble en fait partie. Elle a participé à de multiples projets initiés par Ava Anders.

— Je pense que nous pouvons l'éliminer de la liste.

— Oui. Il y a aussi la femme du maire et plusieurs autres épouses d'éminents personnages.

— Nous ne les ignorerons pas. Les employés et les bénévoles font partie du lot, mais nous allons nous concentrer sur les participantes. Les femmes avec lesquelles Ava jouait à Madame la Bienfaitrice.

— J'en ai qui ont un casier judiciaire, j'en ai qui ont été ou sont encore compagnes licenciées.

— Commencez par celles-là. J'essaie de la cerner. Aura-t-elle choisi quelqu'un d'expérience ou une débutante qu'aucun radar ne pourrait détecter ?

Elle alla se planter devant la fenêtre.

— Elle ne s'attend pas qu'on fouille de ce côté-là. Mais, méticuleuse comme elle est, elle a probablement envisagé toutes les possibilités.

— J'ai une autre question : comment peut-on convaincre quelqu'un de tuer à votre place ?

— Il existe bien des personnes qui confectionnent des tartes maison. Copiez tous les fichiers et expédiez-les-moi ici ainsi qu'à la maison. Continuez à travailler là-dessus, Peabody. Si l'une de ces femmes a fait le sale boulot, je parie qu'Ava a des projets pour elle.

Eve y réfléchit de son côté, rédigeant ses notes à partir des diverses conversations de la journée, examinant la liste que Peabody lui avait dressée. Il faudrait des heures pour interroger les centaines de suspects potentiels.

Autant chercher une aiguille dans une meule de foin. Mais tôt ou tard…

Elle repoussa son fauteuil, délia ses épaules endolories. Son ordinateur bipa et elle constata avec plaisir qu'il s'agissait du dossier réclamé à Nadine.

— Transférer copie chez moi, ordonna-t-elle.

Elle se frotta les yeux. Il était temps de rentrer. S'accorder une petite pause, exposer ses théories à Connors.

Elle éteignit ses appareils, remplit son sac, enfila son manteau. Elle ramassait sa tarte quand Mira apparut sur le seuil.

— Vous partiez ?

— Oui, mais j'ai le temps. On m'a dit que vous crouliez sous les rendez-vous aujourd'hui.

— C'est vrai. Je rentre chez moi. Si nous faisions un bout de chemin ensemble ? Vous pourrez me dire ce qui vous tracasse.

— Excellente idée.

Elle expliqua son hypothèse à Mira tandis qu'elles gagnaient le parking.

— La personnalité dominante, la bienfaitrice ou l'employeur persuade, fait pression ou cajole sa subordonnée afin que celle-ci exécute sa volonté.

— *Cajoler* étant une méthode passive pour inciter quelqu'un à commettre un meurtre, commenta Eve.

— Utilisée à bon escient, la passivité peut être une arme. C'est un moyen auquel on a souvent recours pour obtenir quelque chose. Mentir, couvrir les erreurs de son supérieur, offrir des faveurs sexuelles… commettre un meurtre. Afin de s'assurer la coopération de l'autre *ensuite*, le dominant devra entretenir la relation, récompenser ou menacer.

Eve descendit à l'étage où Mira avait garé son véhicule.

— Nous nous penchons d'abord sur celles qui ont un casier et les compagnes licenciées – à la retraite ou en exercice.

— Logique.

— Mais j'en reviens à la nature du crime. Il faut avoir ça en soi, ou être totalement sous la coupe d'Ava.

— Ou ensorcelée, ajouta Mira. L'amour peut prendre toutes sortes de formes.

— La reconnaissance aussi. Et la peur. Il faut que je mette le doigt sur celui des boutons qu'elle a enfoncés. Tout à l'heure, je lui ai fait comprendre que je savais. Ce n'était peut-être pas une bonne idée, mais j'avais envie de la faire transpirer un peu.

— C'est une bonne stratégie. Elle va s'inquiéter, et les gens inquiets commettent des erreurs.

— Si j'avais de quoi la convoquer au Central, je suis certaine que je parviendrais à la piéger. Mais il faut que je la pousse hors de son terrain, que je l'isole de…

Eve se rendit compte qu'elles étaient devant la voiture de Mira et qu'elle avait haussé le ton.

— Bref, conclut-elle.

— Si et quand vous l'interrogerez, j'aimerais assister à l'entretien en tant qu'observatrice. Ce devrait être fascinant.

— Je vous tiendrai au courant. Euh… mes amitiés à M. Mira.

— Je n'y manquerai pas. Eve, ne vous remettez pas immédiatement au travail en arrivant chez vous. Reposez-vous une heure. Rechargez vos batteries.

Mira se pencha pour l'embrasser sur la joue, ce qui la mettait toujours mal à l'aise.

— Bonsoir, murmura-t-elle.

Mira avait deviné juste. Non seulement elle avait eu l'intention de se remettre immédiatement au travail, mais elle comptait entraîner Connors dans son sillage. Comment allait-elle élargir la faille si elle restait une heure à se tourner les pouces ? Elle pénétra dans le vestibule en se disant qu'elle rechargerait ses batteries plus tard.

Summerset apparut. Le chat s'assit, le regard fixe.

— Je n'ai pas de temps à vous accorder.

— Ni à moi ni au reste puisque vous êtes en retard. Une fois de plus. Et que votre visage a servi de punching-ball. Une fois de plus.

— C'était hier. J'ai proposé le vôtre, mais ils l'ont jugé trop moche.

— Connors est à la piscine, si cela vous intéresse.

— Ça m'intéresse.

Elle jeta son manteau sur la rambarde, déposa son sac au bas des marches, tendit le carton à Summerset.

— J'ai apporté le dessert.

Na ! songea-t-elle en se dirigeant vers l'ascenseur, ravie de lui avoir cloué le bec. Elle se massa la nuque. Quelques longueurs de bassin l'aideraient peut-être à se décontracter.

Un quart d'heure, décida-t-elle. Ensuite, elle s'offrirait un énorme hamburger tout en sondant Connors. Question domination, il en connaissait un rayon.

Elle pénétra dans la moiteur parfumée et la végétation luxuriante des jardins tropicaux entourant la piscine.

Qu'il était beau, son dieu irlandais au corps musclé! Elle sourit. Après tout, elle pouvait peut-être s'accorder plus de quinze minutes?

Elle se déshabilla là où elle était, s'approcha du bord et plongea. Quand elle refit surface, Connors s'était arrêté pour l'observer.

— Tiens! Il semble que j'aie attrapé une sirène.

— Tu n'as rien attrapé du tout, camarade. Combien de longueurs as-tu effectuées?

— Vingt-deux. Je comptais en faire trente.

— Ça me va.

Elle prit son élan. Il l'accompagna un moment, ce qui l'incita à accélérer l'allure. Ils atteignirent le mur ensemble, repartirent dans l'autre sens. Elle finit par le perdre de vue au bout de huit allers-retours, mais quelques instants plus tard, elle perçut une sorte de ronflement : il s'était réfugié dans le bain à remous.

Eve continua de nager. Elle acheva sa trentième longueur. Enfin, les membres parfaitement déliés, le souffle court, l'esprit clair, elle glissa sous l'eau, tel un dauphin, pour refaire surface aux côtés de Connors dans le Jacuzzi.

— Ça, c'était une bonne idée! s'exclama-t-elle.

— J'en ai un tas d'autres.

Calant la tête contre le rebord, elle ferma les yeux. Leurs mains se cherchèrent.

— Moi aussi. Tiens, justement, il m'en vient une!

Elle aspira une bouffée d'air, plongea puis remonta le long de ses cuisses pour le prendre dans sa bouche. Pétrie par les tourbillons, elle se cramponna à ses hanches qui frémirent. Elle refit surface lentement, ses lèvres effleurant son corps, du ventre jusqu'à la bouche.

— Ton idée est meilleure que la mienne.

— J'en étais sûre! Mira m'a conseillé de recharger mes batteries.

Elle le dévisagea, une lueur de défi dans les yeux.

— Chiche!

Il l'entraîna sous l'eau. Il s'était cru préparé. Détendu, il avait éprouvé une délicieuse sensation d'excitation à voir sa femme se défouler après une rude journée. Il avait imaginé lui faire l'amour ensuite, tranquillement. Au lieu de quoi, son désir pour elle avait littéralement explosé, le laissant tel un animal affamé et conquérant.

La fièvre dans le sang, il lui dévora la bouche tandis que ses mains exploraient, s'accaparaient. Le gémissement de plaisir d'Eve lorsqu'ils jaillirent hors de l'eau ne fit qu'attiser le brasier.

Quand il lui prit un sein, elle enfonça les ongles dans ses épaules.

— Oui, murmura-t-elle. Oui, répéta-t-elle, tandis qu'ils s'immergeaient de nouveau, frémissants et avides.

Les oreilles d'Eve bourdonnaient. Comment survivre à un tel désir? Comment s'en passer? Connors avait le don de mettre en branle un tourbillon de sentiments, des sensations si violentes qu'elles en devenaient presque douloureuses. Un tourbillon qui balayait tout sur son passage, ne laissant rien d'autre que son amour pour lui.

Connors la plaqua contre la paroi à laquelle elle tenta de se raccrocher. Il passa sous elle et promena doucement la langue autour de son intimité, puis il la déplaça afin que les jets d'eau la flagellent pendant que sa bouche l'emmenait vers l'extase.

L'orgasme fut brutal et féroce. Il le sentit exploser en elle, sentit la force et l'émerveillement de sa jouissance. Il tenta de capter son regard, décela dans ses prunelles un abandon total. À lui.

— Prends-moi.

Il la pénétra, la soulevant pour s'enfoncer encore plus profondément. Dans le maelström qui suivit, il perçut sa propre voix grave, haletante, murmurant requêtes et supplications dans un irlandais qu'elle ne pouvait comprendre.

— Oui ! chuchota-t-elle encore.

Il capitula.

Vautrée dans le bain bouillonnant, les membres aussi mous que de la cire fondue, Eve n'aurait su dire qui soutenait qui. Elle songea vaguement qu'ils risquaient de se noyer tous les deux, mais elle s'en fichait complètement.

— Et s'il y avait une sorte de drogue du sexe dans cette eau ? hasarda-t-elle. Tu pourrais la mettre en flacon et la vendre. Et amasser une petite fortune.

— Pas question. On garde tout pour nous. Je ne t'ai pas fait mal ?

— Je suis solide, camarade, assura-t-elle en posant la tête sur l'épaule de Connors. Du reste, c'était mon idée.

— Une sacrément bonne idée !

— Je comptais me remettre directement au travail, mais quand la gargouille m'a annoncé que tu étais ici, j'ai décidé de m'accorder un quart d'heure de répit, histoire de me détendre. Puis je t'ai vu dans le bassin. Mouillé, lustré, musclé et... tu... Et voilà. Parfois, j'ai du mal à respirer tellement je t'aime.

— Eve, murmura-t-il d'une voix rauque d'émotion, avant de réclamer ses lèvres avec une infinie tendresse.

— Je me dis sans cesse que ça va finir par se tasser. Mais non. Même quand tout est... quand on vit, tout simplement, il suffit que je te regarde pour en avoir le souffle coupé.

— Avec toi, Eve, je suis vivant. J'ai l'impression d'être né le jour où je t'ai rencontrée.

Elle poussa un soupir, lui caressa la joue.

— On ferait mieux de sortir de là. On commence à virer mièvre.

Tout en revêtant un vieux sweat-shirt et un jean usé, Eve rapporta à Connors sa conversation avec Mira.

— Tu crains maintenant qu'elle ne trouve le moyen d'éliminer celui ou celle qui lui a servi d'exécutant.

— Elle a forcément prévu quelque chose. Selon moi, elle pense que cet individu n'osera pas la trahir, mais elle préfère prévoir. Elle mène Brigit Plowder – qui ne m'a pourtant pas l'air d'une imbécile – par le bout du nez. Idem pour la femme de Tibble. Mais Plowder...

— Tu la soupçonnes ? Brigit Plowder ?

— À ce stade, je soupçonne tout le monde. Toutefois, Brigit Plowder ne me semble pas assez maniable. Ava aime les... comment dire ? Les *suppliantes*. Elle s'en est acheté plein avec l'argent d'Anders.

Eve aperçut Connors sans la glace, nota qu'il avait sélectionné la même tenue qu'elle. Pourtant...

— Comment se fait-il que tu paraisses toujours plus élégant que moi ?

Il sourit, s'approcha d'elle et l'enlaça par-derrière.

— Je ne suis pas d'accord avec toi.

Elle s'examina, secoua la tête.

— Peu importe, bas les pattes, champion, on a du boulot et... Merde, j'avais oublié ! Il faut que je contacte Charles. J'ai des questions à lui poser.

Pour s'amuser – et agacer Eve –, Connors resserra son étreinte.

— Hé !

— Hé toi-même. Je sens que nous sommes repartis pour un dîner studieux. Et que tu rêves d'un... hamburger.

Elle étrécit les yeux.

— Tu es devenu médium tout à coup ?

— Non. Je connais ma femme comme ma poche, voilà tout. Tu n'as pas déjeuné, tu n'as rien avalé de la journée hormis un beignet dans la limousine, tu viens de dépenser une énergie considérable dans la piscine et dans le bain bouillonnant. Tu as faim, tu as donc envie de viande rouge. Mais tu ne veux pas d'un steak parce que ça t'obligerait à te servir d'une fourchette et d'un couteau. Donc, tu opteras pour un hamburger. C.Q.F.D.

— Et pour le dessert ?

Il haussa un sourcil.

— Là, tu me poses une colle.

Elle pivota face à lui, lui mordilla la lèvre.

— J'ai apporté une tarte maison.

— Vraiment ? Une tarte à quoi ?

En guise de réponse, elle lui sourit, et alla chercher son communicateur pour appeler Charles.

Nerveux, l'esprit ailleurs, Charles s'immobilisa devant la maison dans le West Village et vérifia l'écran d'affichage de son communicateur.

— C'est Dallas, dit-il à Louise.

Inquiète, mal à l'aise, celle-ci le vit froncer les sourcils.

— Tu ne lui réponds pas ?

— Euh… non. Je la rappellerai plus tard.

— C'est sûrement au sujet de l'affaire Anders. Charles, si tu ne lui as pas tout dit, si tu te tais par loyauté ou par discrétion…

— Pas du tout, coupa-t-il en fourrant l'appareil dans sa poche. Entrons.

— À vrai dire, je ne suis pas d'humeur à faire des mondanités, surtout avec des gens que je ne connais pas… Je crois vraiment que nous devons parler, toi et moi.

L'estomac de Charles se noua.

— Nous le ferons.

— Les choses n'ont pas été…

218

— Non, marmonna-t-il en lui prenant les mains. Je t'en prie, arrête. Entrons d'abord.

— Bien, souffla-t-elle, le cœur serré. D'accord.

Ils franchirent le portail en fer forgé, longèrent une allée qui serpentait à travers un ravissant jardin, puis gravirent une courte volée de marches pour atteindre le niveau principal de la bâtisse. Mais lorsqu'il sortit un trousseau de clés, elle arrondit les yeux.

— Qu'est-ce que…

— Une minute. Une toute petite minute.

Il tapa un code, déverrouilla la porte.

Médusée, elle le précéda à l'intérieur.

Un vestibule au parquet ciré, un escalier magnifique avec une rampe en acajou, une vaste pièce où un feu dansait dans la cheminée.

— C'est vide !

— Pour le moment.

Ses pas résonnèrent sur le sol tandis qu'elle s'aventurait dans le séjour. Elle se tourna pour admirer les trois hautes fenêtres aux cadres sculptés.

— C'est un espace superbe.

— Ce n'est pas tout. Viens, je vais te faire visiter.

— Pourquoi ?

Elle pivota vers lui.

— Qu'est-ce qu'on fabrique dans cette maison ?

— Je l'ai achetée.

Ce n'était pas ainsi qu'il avait envisagé de lui annoncer la nouvelle, mais elle était là, devant lui, le regard si sérieux.

— Tu… tu l'as acheté ?

— Oui. Il y a quinze jours.

— Quinze… Je vois.

Elle sourit.

— Félicitations. J'ignorais que tu avais l'intention de déménager, encore moins d'acquérir un bien immobilier. Je comprends pourquoi tu paraissais si préoccupé. Eh bien ! Montre-moi le reste. Ces parquets sont somptueux, Charles ! Et ces volumes, quelle merveille !

Comme elle s'éloignait, il la saisit par le bras.

— Tu es fâchée.

— Pas du tout. Je suis surprise. C'est un tel pas.

— Ce n'est pas le seul. Je ne t'en ai pas parlé.

— En effet, tu ne m'en as pas parlé, répondit-elle en s'écartant légèrement. Tu ne m'as pratiquement pas adressé la parole depuis des semaines. Aussi permets-moi de me comporter en adulte civilisée. Ou du moins de m'y efforcer. Il y a une salle à manger ? Je parie que oui, idéale pour recevoir à dîner.

— J'ai pris ma retraite.

Elle se figea.

— Pardon ?

— J'ai rendu ma licence à la fin de la semaine dernière.

— Je n'y comprends rien. Qu'est-ce que tu racontes ? Tu as rendu ta licence, acheté une maison. Qu'est-ce qui te prend, Charles ?

— Je voulais... j'avais besoin que tout soit en place avant de te le dire. J'ai demandé et obtenu une licence de psychologue spécialisé en thérapie sexuelle. Le Dr Mira m'y a aidé. Elle pense que c'est une bonne reconversion.

Louise le dévisagea d'un air peiné.

— Tu en as discuté avec Mira, mais pas avec moi. Tu as sollicité ses conseils, mais pas les miens.

— Je voulais être sûr de parvenir à mes fins, Louise. Elle a accepté de me soutenir dans mes démarches. J'ai passé toutes sortes de tests. Lui parler m'a permis d'être sûr que c'était bien là ce que je souhaitais faire.

— Et moi, je n'aurais pas pu jouer ce rôle ?

— Non. Si. Elle est neutre, objective. Et pendant ce temps, je négociais cette villa. Le rez-de-chaussée est parfait pour un bureau, des salles de thérapie. Et il y a... Je m'y prends mal.

Il se tut, fourragea dans ses cheveux. Il tremblait comme un écolier.

— Je ne sais pas par où commencer. Chaque fois que j'y réfléchis, je me heurte à un mur. Louise...

— Je vais te faciliter la tâche. Tu as voulu changer de vie. Un nouveau domicile, une nouvelle profession. Un nouveau départ.

Les larmes lui brûlaient les yeux, mais pour rien au monde elle ne pleurerait devant lui.

— De nouvelles relations. Sans moi. Parfait, montre-lui ta belle demeure, espèce de salaud !

— À qui ? Mais non !

Il se précipita pour l'agripper par le bras avant qu'elle atteigne la porte.

— Pour l'amour du ciel, Louise, tu es au centre de toutes ces initiatives. Tu en es la raison !

— Comment ? Comment est-ce possible alors que tu as tout fait sans m'en parler ?

— Qu'est-ce que tu m'aurais répondu si je t'avais annoncé que j'allais prendre ma retraite à cause de toi ?

— C'est ridicule. Ton métier ne m'a jamais posé le moindre problème ; c'est ton *boulot*. Ça l'était quand je t'ai rencontré, quand je suis tombée amoureuse de toi. Merde, Charles !

— Exactement. Ça ne t'a jamais dérangée. Ça n'a jamais interféré avec tes sentiments à mon égard. Mais moi, ça commençait à me gêner sérieusement. Au point que j'en devenais négligeant vis-à-vis de mes clientes. Louise, je ne veux que toi. Je ne veux toucher personne d'autre que toi. J'avais... Il fallait que je pose les premières pierres... Et que je t'offre ceci.

— M'offrir... *Ceci* ? Cette maison ?

— C'est plus près de ta clinique que nos appartements respectifs. Le quartier est agréable. Et c'est... un chez-nous, Louise. Un endroit où vivre ensemble, où construire quelque chose.

— Une seconde, souffla-t-elle en le repoussant légèrement. Tu as fait tout ça pour moi ?

— Pour nous. J'espère. Si cette maison ne te plaît pas, nous en chercherons une autre. Mira m'avait mis en garde, elle pensait que j'avais intérêt à te consulter d'abord. Mais... je ne l'ai pas fait.

Il poussa un profond soupir.

— C'était sans doute une erreur. Mais je tenais à te donner du concret. Un cadeau à la fois symbolique et spectaculaire.

— Je croyais que tu t'étais lassé de moi, que tu ne m'aimais plus, mais que tu ne savais pas comment me l'avouer.

Elle ébaucha un sourire tremblant.

— Tu me brises le cœur depuis des semaines, Charles !

— Louise...

Il la prit dans ses bras, l'embrassa sur les joues, les lèvres.

— Je t'aime tant. J'étais terrifié à l'idée que tu puisses m'envoyer promener.

— J'avais tout planifié, souffla-t-elle. Je comptais t'écouter stoïquement, puis rassembler toutes tes affaires qui se trouvent chez moi et y mettre le feu.

— J'étais prêt à te supplier à genoux.

Renversant la tête, elle le gratifia d'un sourire radieux.

— Je t'aime, Charles. Tu n'étais pas obligé de te donner toute cette peine pour moi, pour nous, mais je suis heureuse que tu l'aies fait. Allez ! Montre-moi le reste !

Elle se dégagea, tournoya sur elle-même.

— Montre-moi chaque centimètre carré de cette maison afin que je puisse te rendre fou avec mes projets de décoration. Je serai impitoyable en ce qui concerne la couleur des murs. Tu vas regretter de m'avoir proposé une cohabitation.

— Une cohabitation ? répéta-t-il. Décidément, pour deux personnes intelligentes qui s'aiment à la folie, nous avons du mal à nous comprendre.

Il sortit un écrin en velours de sa poche et l'ouvrit. Le diamant brillait de tous ses feux.

— Épouse-moi.

— Oh... Ô mon Dieu !

14

Son hamburger avalé, Eve allait et venait devant ses écrans muraux.

— Il faut tout diviser en catégories : personnel, bénévoles, bénéficiaires, et croiser les informations. D'abord, les gens avec qui elle a eu de multiples contacts. Plus il y a de contacts, plus il est facile d'établir une relation.

— Elle a pu rencontrer nombre de ces personnes en douce, fit remarquer Connors. Des rendez-vous privés, d'où un rapport plus personnel, plus intime.

— Tu as raison. On fractionne ceux-là aussi. Peabody a déjà bien déblayé le terrain en repérant les individus avec un casier. N'oublions pas non plus les compagnes licenciées.

Elle se tourna vers lui.

— Si tu envisageais de faire tuer quelqu'un...

— Un homme digne de ce nom préfère s'en charger lui-même.

Elle exhala bruyamment et se gratta la nuque tandis qu'il l'observait avec un sourire serein.

— J'ai dit « si ». Et si tu hésitais à salir tes belles mains manucurées, choisirais-tu d'exploiter quelqu'un ayant déjà commis des crimes, ce qui te donnerait aussi un moyen de pression, le cas échéant, ou pencherais-tu plutôt pour l'ardoise vierge ?

— Question intéressante. Les deux présentent des avantages et des inconvénients. Par ailleurs, tout dépendrait de la nature des crimes commis. Quelqu'un qui a déjà tué – ou fait preuve de violence – mettrait cette expérience ou cette tendance en avant.

Il continuait de savourer le cabernet qu'il avait sélectionné pour accompagner leur repas.

— On peut supposer que cette personne serait plus sensible aux pots-de-vin, aux pressions ou aux récompenses, mais aussi plus susceptible de trahir, et moins discrète qu'une novice. Laquelle novice pourrait, en revanche, renâcler à l'idée de tuer ou carrément bâcler le travail.

— C'est peut-être le cas.

— La dose massive de sédatifs, murmura Connors en opinant. Cela peut indiquer une certaine délicatesse de sentiment, en effet.

— C'est ça. Il faut de la délicatesse pour enrouler un cordon autour d'un type inconscient jusqu'à ce qu'il suffoque. Tu penches pour la débutante.

— Si je voulais me débarrasser de quelqu'un – sans engager un professionnel –, j'explorerais cette voie. Je chercherais son point faible. Ce que je peux lui offrir en échange. Après tout, le chantage est une forme de business, non ?

— D'accord. D'accord. On va s'attaquer au premier lot. Tu prends les ardoises vierges, moi les casiers. On se partagera les compagnes licenciées.

— Qu'est-ce qu'on s'amuse !

— On fera la fête plus tard. Guette tout changement significatif en matière de revenus et tout ce qui ressemble à une addiction : le jeu, la drogue, le sexe, l'alcool. Les dettes subitement épurées, les gros achats. Quand il y a des enfants, jette un coup d'œil sur les écoles, les dépenses de santé. Pour soigner son gosse malade, un parent peut aller très loin. Relève la *moindre* modification dans leurs habitudes au cours des six derniers mois. En ce qui concerne les membres du personnel…

— Je sais ce que j'ai à faire, Eve. Ce n'est pas ma première balade en charrette à foin.

— Je te préviens : la balade s'annonce longue et la charrette immense. L'aiguille, elle, est minuscule.

— J'y vais de ce pas, déclara-t-il en se dirigeant vers son bureau.

Eve prit place devant son poste de travail avec un café et ses fichiers. Elle pianota sur la table plusieurs minutes en examinant son tableau de meurtre. Puis elle s'attela à la tâche. Au bout d'une heure, tous ses muscles étaient endoloris.

— C'est incroyable le nombre de mômes qui ont besoin d'un équipement de hockey, observa-t-elle à voix haute. Tiens, tiens… Afficher les données sur l'écran mural.

Elle se leva et lut le fichier en s'étirant.

Bebe Petrelli, née le 12 avril 2019. Domiciliée au 435 107ᵉ Rue dans le Bronx. Parents Lisbeth Carmine, Anthony DeSalvo (décédé). Deux frères : Francis et Vincente. Mariée avec Luca Petrelli (décédé) le 10 juin 2047. Deux enfants, Dominick Anthony, né le 18 janvier 2048 et Paul Luca, né le 1ᵉʳ juillet 2051.

— Assez ! C'est le casier que je veux, bon sang !

En cours…

Inculpée en 2042 pour possession de substances illégales. Peine avec sursis et mise à l'épreuve. Inculpée en 2043 pour possession de substances illégales avec intention de les revendre. Première peine annulée. Trois ans de prison avec sursis. Licence révoquée. Travaux d'intérêt général avec obligation de suivre une thérapie. Inculpée en 2045 pour racolage sans licence, agression et résistance aux forces de l'ordre. Plaintes pour agression et résistance abandonnées. Un an à la prison de Rikers et programme de gestion de la colère.

— Je me demande si ça a marché. Ordinateur, le père du sujet, Anthony DeSalvo appartenait-il au prétendu clan du même nom ?

DeSalvo, Anthony, père du sujet, présumé parrain du clan mafieux DeSalvo : trafic de drogue, trafic d'armes et protection. DeSalvo, Anthony, assassiné en 2044, clan rival Santini soupçonné d'avoir ordonné l'exécution. Une brève guerre des gangs a suivi, plusieurs décès et/ou disparitions de membres présumés. Pas d'arrestations. Voulez-vous les dossiers complets ?

— Pas tout de suite.

Eve alla se planter sur le seuil du bureau de Connors.

— J'ai une touche.

Il la suivit dans son propre bureau et, les pouces crochetés dans ses poches avant, lut les fichiers à l'écran.

— Ah, oui, les fameux clans DeSalvo et Santini.

— Tu en connais certains ?

— J'ai eu l'occasion d'en rencontrer quelques-uns au fil des ans. Ils ont compris qu'ils avaient intérêt à m'éviter.

Son ton désinvolte, méprisant, rappela une fois de plus à Eve à quel point il pouvait être dangereux. Oui, pensa-t-elle, ils avaient tout intérêt à l'éviter.

— Quoi qu'il en soit, enchaîna-t-il, ce sont des escrocs de petite envergure. Des brutes, poseurs et avides. Ce qui explique leur petitesse. Cet arbre généalogique et ses fichues racines pourraient bien avoir suscité l'intérêt d'Ava Anders pour le sujet. Bebe Petrelli est issue d'une famille où le meurtre se pratique couramment. De son côté, elle a eu des ennuis avec les autorités et a purgé une peine de prison. Comment son mari est-il mort ?

— Bonne question. Ordinateur, détailler les circonstances du décès de Petrelli, Luca.

En cours...

Petrelli, Luca, cause du décès : fracture du crâne. Blessures annexes : fractures de la mâchoire, du nez, des doigts, des deux mains, d'une jambe, d'un bras, d'une épaule. Graves lésions faciales, dommages internes. Corps retrouvé dans l'East River près de Hunts Point le 12 juin 2047.

— Ils l'ont massacré, commenta Eve. Ordinateur, Petrelli était-il connu pour ou soupçonné d'avoir des liens avec le crime organisé ?

Connexion soupçonnée à cause de sa relation avec Petrelli, Bebe, mais non confirmée malgré mise en place d'une surveillance. Petrelli, Luca, possédait et tenait avec son épouse, Bebe, un restaurant à Hunts Point dans le Bronx. Casier Petrelli, Luca, vierge.

— Elle s'est donc mariée pour repartir de zéro, spécula Connors. Ils font deux enfants, ils ouvrent un restaurant. Pas dans le Queens, chasse gardée du clan DeSalvo, mais dans le Bronx. Loin de tout ça. Loin de la famille. Et voilà que quelqu'un frappe son mari à mort.

— Elle a deux gosses à élever, des revenus insuffisants, un casier, une généalogie douteuse.

Eve se percha sur le coin de son bureau en caressant distraitement le chat.

— C'est dur de tenir le coup. Comment repousser quelqu'un qui lui tend la main, qui ne lui reproche pas son passé ? Je sens que Peabody et moi allons faire un tour dans le Bronx demain matin. Ordinateur, inscrire Bebe Petrelli en tant que suspecte potentielle, transférer toutes les données dans le fichier. Envoyer une copie à Peabody, inspecteur Delia, à son domicile.

— Tu ne vas pas t'arrêter là.

— Non, mais ça m'a remonté le moral. Il est temps de s'accorder une pause pour manger une part de tarte.

— Avec plaisir.

Il jeta un coup d'œil vers l'interphone qui venait de biper.

— Oui, Summerset ?

— Le Dr Dimatto et M. Monroe sont au portail.

— Faites-les entrer. Nous allons déguster la tarte que nous a apportée le lieutenant et boire le café avec nos invités dans le salon.

— Je m'en occupe.

— Pourquoi offre-t-on une tarte maison à des gens qui débarquent à l'improviste ?

— Parce que nous sommes des hôtes chaleureux et accueillants.

— Parle pour toi. D'ailleurs, c'est ma tarte. D'un point de vue technique.

Elle contempla Galahad, étalé de tout son long sur les papiers encombrant sa table.

— Au fond, ça tombe bien, je voulais justement parler à Charles. Ordinateur, envoyer convocation à l'inspecteur Peabody. Rendez-vous chez moi à 8... non, 7 h 30 précises. Dallas, lieutenant Eve.

En cours...

— Lancer la recherche sur le sujet suivant, sauve-garder les données.

Eve haussa les épaules.

— Autant faire avancer les choses pendant que nous accueillons chaleureusement nos invités. Petrelli a participé au défilé de mode qu'Ava a orga-nisé, à plusieurs week-ends « Spécial mamans », à l'une des retraites de cinq jours pas plus tard que l'été dernier. Ses deux enfants sont inscrits dans des camps sportifs depuis trois ans.

— Le lien est solide, concéda Connors tandis qu'ils sortaient du bureau.

228

— L'année dernière, tous les deux ont reçu des bourses Anders. Ils poursuivent leurs études dans des écoles privées. Anders paie tout à condition qu'ils aient de bonnes notes et un comportement irréprochable. Ce sont là de bonnes raisons pour que Petrelli se plie aux exigences d'Ava. Elle lui est forcément très reconnaissante.

— Elle se sert des gosses, marmonna-t-il, furieux. Voici ce que j'offrirai à vos fils, voici ce dont ils pourront bénéficier si vous me rendez un petit service.

— Ça colle pas mal.

— Oui. Naturellement, elle ne voit pas comment ni pourquoi on pourrait la relier au meurtre d'Anders. Comment on pourrait l'impliquer là-dedans ?

Connors posa la main au creux des reins d'Eve tandis qu'ils descendaient l'escalier.

— Parce qu'elle ne t'avait pas prévue dans le tableau. Pas plus qu'Ava.

Eve s'immobilisa à l'entrée du salon et grimaça. Tendrement enlacés devant la cheminée, Charles et Louise s'embrassaient avec ardeur.

Elle fourra les mains dans ses poches.

— Vous voulez une chambre ?

— En voilà un accueil, murmura Connors comme les amoureux s'écartaient vivement.

Il haussa les sourcils en les voyant se sourire, puis se tourner vers eux, l'air ravi.

— Désolés de vous déranger si tard, commença Charles. J'ai eu votre message, Eve, et comme nous étions de sortie…

— Pas du tout ! l'interrompit Louise, les joues écarlates, le regard brillant. Nous avions une grande nouvelle à partager avec vous. Le message d'Eve était un prétexte idéal.

— Félicitations ! s'exclama Connors en allant serrer la main de Charles et embrasser Louise.

— Nous n'avons encore rien dit ! protesta cette dernière.

— C'est inutile, vu ce caillou qui nous aveugle on a compris, intervint Eve. Quand est-ce arrivé?

— Tout à l'heure. Regardez! ajouta Louise en montrant son diamant.

Cette femme était médecin. C'était une femme volontaire, courageuse, qui avait la tête sur les épaules. Et voilà qu'elle rebondissait comme un ressort à cause d'un vulgaire morceau de roche. Cependant, Eve s'approcha d'elle.

— Étincelant, commenta-t-elle en se penchant sur ledit morceau de roche.

— Superbe! renchérit Connors en la gratifiant d'un coup de coude dans les côtes. Ah! Summerset! fit-il comme le majordome surgissait en poussant devant lui une table roulante. Laissez-nous la tarte mais à la place du café nous prendrons du champagne. Nous fêtons les fiançailles de Charles et de Louise.

— Meilleurs vœux. Je reviens tout de suite.

— J'ai l'impression d'en avoir déjà bu deux bouteilles. J'ai la tête qui tourne! s'exclama Louise avant de prendre Eve dans ses bras et de la serrer avec force. Nous pensons nous marier fin mai, début juin. Une cérémonie intime, simple. Mais je m'égare. Dis-leur le reste, Charles.

— Nous avons acheté une maison dans le West Village.

— Elle est *fabuleuse*! C'est une de ces anciennes bâtisses en brique magnifiquement rénovées. Il y a même un jardin à l'arrière. Des cheminées, trois étages. J'ai déjà choisi la pièce qui me servira de bureau, au premier. Et Charles pourra recevoir ses clients au rez-de-chaussée.

Eve ouvrit la bouche, la referma. Mais apparemment, un petit cri lui avait échappé sans qu'elle s'en rende compte.

Charles se tourna vers elle.

— Troisième nouvelle, j'ai pris ma retraite pour entreprendre une nouvelle carrière de psychologue spécialisé en thérapie sexuelle.

— C'est pour *ça* que vous étiez chez Mira.

Eve lui flanqua un coup de poing dans l'épaule.

— Aïe ! Oui. Elle m'a beaucoup aidé à effectuer cette transition. Nombre de compagnons licenciés sont mariés ou se marient, et s'en sortent parfaitement. Je ne voulais pas être l'un d'entre eux.

— Tant mieux parce que je trouvais ça bizarre, avoua Eve.

— Vous arrivez à point ! lança Connors en hâte quand Summerset reparut avec le champagne.

Il déboucha lui-même la bouteille et entreprit de remplir les coupes.

— Cette tarte a l'air drôlement appétissante ! lança Louise. C'est joli, ces dés d'écorce de citron sur la meringue.

Elle examina Eve de haut en bas.

— Le jaune citron vous irait bien.

— Je préfère le manger.

— Je pensais au mariage… pour votre robe. Charles et moi tenons absolument à ce que vous soyez nos témoins. C'est grâce à vous que nous nous sommes connus.

— Nous sommes très honorés, assura Connors en adressant un bref regard d'avertissement à Eve.

Il distribua les coupes, leva la sienne.

— À votre bonheur.

— Merci, fit Charles qui posa la main sur son bras, puis se pencha pour déposer un baiser léger sur les lèvres d'Eve. Merci.

Louise cligna des yeux, ravalant ses larmes.

— Je suis si… c'est tellement… Tout est… Je suis si heureuse !

— Évitez de pleurer sur ma tarte, prévint Eve.

— Quelle chance, ce message que vous avez laissé à Charles ! Nous étions enchantés d'avoir un prétexte pour passer. Je n'imagine pas de meilleur moyen de clôturer le plus beau jour de ma vie.

— À ce propos, commença Eve. Euh… ça peut attendre, se ravisa-t-elle comme Connors la fusillait du regard.

— Non, non, répondit Charles. Vous avez des questions à me poser au sujet d'Ava.

Décidément, la procédure venait toujours empiéter sur l'amitié.

— Demain.

— Non, insista Louise. Si Charles peut vous aider… Je vous assure, ajouta-t-elle à l'adresse de Connors. Nous sommes aussi venus pour cela.

— J'ai réfléchi, reprit Charles. Ce n'était pas facile, car j'avais d'autres préoccupations, mais j'ai réfléchi.

— Nous pourrions peut-être monter un instant dans mon bureau ?

— Eve, intervint Louise, je sais que vous avez du mal à comprendre comment j'arrive à demeurer aussi détachée par rapport au métier de Charles – enfin, son ancien métier –, mais c'est le cas. Ce n'est pas un problème pour moi. Si vous devez l'interroger à propos d'une relation compagnon licencié/cliente, allez-y.

— D'accord, fit Eve. J'ai discuté avec son premier mari. Vous en a-t-elle parlé ?

Charles secoua la tête.

— Non. Je savais qu'elle avait été mariée autrefois. Je me renseigne toujours sur les clientes potentielles. Par sécurité, pour avoir une idée de qui elles sont. Cette union a été relativement brève, il me semble.

— Ce type est un manipulateur. C'est la sensation qu'il m'a donnée. Un séducteur possédant davantage d'argent que de sens moral, et terriblement imbu de lui-même. Pas du tout le type d'homme avec qui je l'aurais imaginée.

— Elle était jeune.

— Elle l'a quitté avec un joli pactole après l'avoir surpris avec une autre. Une femme qu'elle lui avait présentée. D'après lui, elle leur a même fourni de multiples occasions de s'envoyer en l'air. Il m'a précisé au passage qu'Ava était très enthousiaste au lit. J'aurais tendance à le croire, car il me paraît plutôt

232

du genre à affirmer le contraire. Vous m'avez laissé entendre qu'elle était plutôt timide, froide. Qu'elle préférait faire ça dans le noir.

— C'est exact. Les préférences sexuelles évoluent au fil du temps. On peut devenir inhibé pour toutes sortes de raisons.

— Et une femme peut feindre l'enthousiasme, ou l'absence d'enthousiasme, en l'occurrence. C'est plus difficile pour un homme dans la mesure où vous portez votre enthousiasme entre les cuisses.

— Eve peut être si poétique, parfois, observa Connors.

— Est-ce qu'elle feignait avec vous, Charles ? continua-t-elle sans relever. Vous vous en seriez aperçu. Vous êtes un professionnel.

— Non, elle ne feignait pas, et oui, vous avez raison, je m'en serais aperçu.

Il but une gorgée de champagne, fronça les sourcils.

— Maintenant que vous en parlez, je m'attendais à avoir des problèmes avec elle de ce côté-là, du moins les deux ou trois premières fois. La timidité, la nervosité. Mais ça n'a pas été le cas.

— Vous m'avez déclaré qu'un bon pourcentage de vos clientes vous était recommandé par le bouche-à-oreille. Vous a-t-elle envoyé quelqu'un ?

— Oui. Deux personnes. Je ne les ai vues qu'une fois chacune. Je ne me souviens pas de leurs noms, mais je pourrais les rechercher.

— S'il vous plaît.

Elle réfléchit quelques instants.

— Bon, conclut-elle. La tarte à présent !

Elle en engloutit un morceau généreux.

— C'est divin ! s'exclama Connors. D'où la sors-tu ?

— C'est la grand-mère du gosse qui l'a confectionnée. Tiko. Discutez entre vous, la tarte et moi sommes occupées.

Elle savoura sa pâtisserie jusqu'au moment où des bribes de conversation la déconcentrèrent.

— C'est une possibilité. Pensez-y.

— Un mariage ici ? Dans le parc ? Je ne sais pas quoi dire ! Charles ?

Ce dernier sourit.

— C'est la mariée qui choisit.

— Alors je sais ce que je vais répondre. Oui. C'est mon deuxième grand oui de la soirée ! Merci infiniment.

— C'est entendu, donc. Venez quand vous voulez visiter les lieux. Summerset vous accompagnera. C'est un endroit merveilleux pour un mariage… Et qui porte bonheur, je crois, acheva-t-il en contemplant Eve.

Quand les amoureux furent partis, Eve remonta avec Connors.

— Question : si le mariage a lieu ici, est-ce que cela signifie que je vais devoir participer ?

— Participer comment ?

— Me farcir les traiteurs, les fleuristes, les décorateurs.

— Je pense que Louise voudra s'en charger elle-même.

— Dieu soit loué !

— Naturellement, en tant que témoin, tu auras quelques devoirs.

— Des devoirs ? Lesquelles ? Il me suffira de me planter près des mariés avec un bouquet de fleurs à la main.

Il lui tapota l'épaule.

— Mais oui, c'est ça. Si ça peut te réconforter, Eve chérie.

Elle grogna.

— Ça va être comme pour le bébé de Mavis, pas vrai ? Je refuse d'y penser. Ça me fiche la migraine. Ordinateur, afficher derrière recherche.

Elle souffla, se laissa choir sur son siège.

Peu après 1 heure du matin, elle fut réveillée par Connors qui glissait le bras sous ses genoux.

— Merde. Je me suis assoupie. Juste une minute. Tu n'es pas obligé de…

Mais quand il la souleva, elle haussa une épaule.

— Après tout, pourquoi pas? J'ai deux autres suspects possibles. Moins convaincants que Petrelli, mais on ne sait jamais… Il va falloir que je les interroge, puis que j'effectue quelques calculs de probabilités. Il faut marteler pour élargir la faille.

— Absolument. J'irai t'acheter un beau marteau tout neuf aux aurores.

— J'en ai encore des centaines à vérifier. Plus j'y passe de temps, plus elle en gagne. Mais je vais la coincer. Je vais la coincer.

— Certainement.

Il la transporta jusqu'au lit, l'y déposa délicatement. Comme il commençait à déboutonner son jean, elle s'assit brusquement et repoussa ses mains.

— Je peux me débrouiller seule. Tu as une idée derrière la tête.

— Je sais y résister quand mon épouse est sur le point de sombrer dans le coma. Héroïque de ma part, non?

Elle eut un sourire las, ôta son pantalon.

— Tu as intérêt à t'en souvenir parce que je vais dormir toute nue.

Elle acheva de se déshabiller, se glissa sous la couette.

— Ça vient, je le sens. Je vais bientôt pouvoir enfoncer le clou.

— Encore cette histoire de marteau?

Il s'allongea près d'elle, enroula le bras autour de sa taille.

— Tu reprendras demain, lieutenant. Repose-toi maintenant.

— Je parie qu'elle dort comme un bébé. Je parie qu'elle… merde!

Elle se retourna si vivement que Connors sursauta.

— Attention à mes bijoux de famille!

— Il avait des traces de sédatifs vendus sans prescription dans son sang.

— Beaucoup de gens en prennent quotidiennement.

— Sur le moment, ça n'a pas fait tilt parce que le médicament correspondait à celui qu'on avait trouvé dans sa salle de bains. Un produit courant. Mais lorsque j'ai posé la question à Ben et à la gouvernante, ni l'un ni l'autre n'a pu me confirmer qu'il s'en servait régulièrement. Et si c'était elle qui les avait mis là ? Elle qui avait trouvé le moyen de lui faire gober quelques cachets ce soir-là ?

— Elle était à Sainte-Lucie.

— Il prenait des vitamines de toutes sortes. Il avait un… Zut ! j'ai la cervelle en compote.

— Tu devrais laisser tomber jusqu'à demain.

— Impossible. Il avait une de ces boîtes à pilules. On y met les doses de chaque jour. Ça évite les erreurs. Et si elle avait procédé à un échange ?

— Pour qu'il s'endorme à son bureau dans la matinée ou sur le troisième green.

— Il les prenait le soir.

Elle ébaucha un sourire.

— Il les prenait le soir, répéta-t-elle, parce qu'il pensait que cela permettait une meilleure absorption. J'ai noté ça quelque part.

— D'accord. Supposons qu'elle ait procédé à un échange. Comment vas-tu le prouver, et si tu y parviens, comment vas-tu t'en servir ?

— C'est un élément de plus à examiner. Je ne me rappelle pas avoir vu de somnifères dans la salle de bains d'Ava ni dans sa table de chevet. Mais elle m'a avoué qu'elle prenait un tranquillisant de temps en temps.

— Elle était en voyage. Elle les avait probablement emportés avec elle.

— Je vérifierai. Et si…

— Eve ?

— Oui ?

— Tu te rappelles le marteau que je t'ai promis pour demain matin ?

Elle fronça les sourcils dans le noir.

— Plus ou moins.

— Si tu continues, je vais l'acheter tout de suite et je t'assomme.

Il l'embrassa sur le bout du nez.

— Dodo !

Elle rumina encore quelques instants, mais ses paupières étaient lourdes. Connors l'attira contre lui, puis Galahad bondit sur le lit. Le temps qu'il s'installe confortablement, Eve dormait.

15

Dans son sommeil, elle installait ses personnages : Thomas Anders au milieu, les autres tout autour. Ava, Ben, Edmond et Linny Luce, Greta Horowitz, Leopold Walsh, Brigit Plowder, Sasha Bride-West.

Non. Elle se retourna. Non, ça n'allait pas. Il n'était pas au centre. Pas pour elle. Il n'était que le vecteur, le moyen.

Un homme à sacrifier, le moment venu. Thomas le constant, le fiable, le discret, le prévisible.

Avec une coquette somme et sans un regard en arrière. Dirk Bronson lézardait dans une chaise longue derrière Ava en sirotant un cocktail exotique.

Un capital de départ. Le coup d'envoi. Le premier batteur.

Elle devait modifier la disposition des pions.

Dans son rêve, le terrain de base-ball était vert émeraude et chocolat, les bases étincelantes comme des assiettes de marbre. Les uniformes des joueurs étaient noirs comme la mort. Brigit, accroupie, faisait office de receveur. Ava était le lanceur. Sasha se recoiffait au niveau de l'arrêt-court. Edmond protégeait la première base, Linny la deuxième, Ben la troisième, flanqué de Leopold et de Greta dans le champ extérieur.

Il manquait un homme. Au centre.

Je suis toujours au centre. Ava sourit, se mit en position pour effectuer son lancer. En face, Thomas s'échauffait.

Première balle.

La foule, tout en noir, applaudit poliment. Eve jeta un coup d'œil derrière elle, scruta le banc de touche. Une casquette perchée sur la tête, Mira buvait du thé dans une tasse en porcelaine. À ses côtés, en pyjama, Feeney éternuait allègrement. Il est sur la liste des malades, songea-t-elle, mais tous les autres sont là. Peabody, McNab, Whitney et même Tibble. Connors aussi, bien sûr.

Ava tourna brièvement la tête vers la troisième base, lança. Loupé.

Deuxième balle.

Ava se redressa, salua la foule, ses équipiers.

Je peux continuer ainsi pendant des années. Balle lente, balle courbe, balle glissante. Il ne la touchera pas tant que je ne l'aurai pas décidé.

Elle recommença, obligeant Thomas à reculer derrière la base.

Troisième balle.

Des murmures s'élevèrent du banc de touche, la foule se mit à huer.

« Nous jouons dans la mauvaise équipe, hurla Ben à l'adresse d'Eve. Vous ne pouvez pas arrêter la partie avant qu'il ne soit trop tard ?

— Pas sans davantage de preuves ! riposta Whitney. On n'a que des présomptions. Il faut respecter les règles. »

Connors secoua la tête : « Vous ne trouvez pas qu'il y en a un peu trop, des règles ? Après tout, le meurtre n'en respecte aucune. »

Brigit se dirigea en courant vers Thomas, le gratifia d'une pichenette·sur la joue, puis pivota vers Eve.

Je ne peux pas intervenir, pensa celle-ci.

Une ombre traversa le terrain, une forme floue glissant sur la pelouse. *Non, je ne peux rien faire,* se répéta Eve. *Il faut patienter.*

« Je suis désolée, dit-elle à Thomas. Je n'y peux rien.

— Tant pis, lui répondit-il avec un sourire. Ce n'est qu'un jeu, non ? »

Plus maintenant, constata Eve alors que l'ombre se fondait avec Ava.

Balle rapide, en plein dans la tête.

Thomas chuta, ses yeux grands ouverts fixant le ciel d'azur.

Un rêve bizarre, voire stupide, pourtant, il incita Eve à réorganiser son tableau de meurtre dès le lendemain matin.

Elle devait s'efforcer de considérer l'affaire sous un angle nouveau. De prendre du recul.

Connors entra, posa la main sur son épaule.

— Qu'est-ce que tu fais ?

— C'est ce fichu rêve.

Elle le lui avait raconté en s'habillant.

— Tu comprends, elle a son champ intérieur – les gens en qui elle a confiance parce qu'elle a veillé à ce qu'ils ne la trahissent pas. Elle a l'intention de l'abattre. Dès son premier lancer, mais personne n'a rien remarqué. Lui non plus, malgré sa relation intime avec le lanceur.

— Et elle ne frappe pas.

— Exactement. Enfin, pas dans la première manche, rectifia Eve. Le premier, c'était Bronson – il lui a permis de s'échauffer, de trouver son rythme. Il y en a peut-être eu d'autres avant Bronson, ou entre lui et Anders.

— Mais elle les a laissés gagner une base avant de les éliminer. Score nul, aucune statistique mémorable.

— Oui... Pour un Irlandais, tu t'y connais drôlement bien en base-ball !

— Mais tu m'as laissé sur le banc de touche. Et il n'y avait aucun batteur pour succéder à Thomas.

— Non. Elle a sonné la fin de la partie. Quand elle s'attaquera à Ben, ce qu'elle ne manquera pas de faire, ce sera dans un nouveau jeu, après une période de détente. Elle lance, elle coache, elle dirige. Et elle est au centre.

Eve posa le doigt sur la photo d'Ava.

— Elle est toujours au centre. Elle ne demande pas à être relevée. Elle appelle une ombre. Personne ne voit, personne ne sait. L'ombre obéit. Une balle, et il est hors-jeu.

— Et l'ombre se dissipe afin qu'elle puisse – une fois de plus – rester au centre.

— C'est futé, murmura-t-elle.

— Tu es plus futée qu'elle, la rassura Connors en lui caressant la tête. Elle va exploser de rage quand tu vas prendre la place du batteur et expédier la balle à l'autre bout du terrain.

— Pour l'instant, je me contenterai d'un sprint jusqu'à la première base. Avec Bebe Petrelli.

— Ava n'aurait jamais imaginé que tu décortique-rais à ce point la composition de son équipe.

Il l'embrassa.

— Bonne chance avec l'ex-princesse de la Mafia !

Bebe Petrelli habitait une maison étroite dans une rue tranquille et négligée au sud du Bronx. La peinture des pavillons s'écaillait. Même les arbres – ceux qui avaient survécu et dont les racines soulevaient les trottoirs – étaient tristes. Certaines fenêtres étaient recouvertes de contreplaqué, d'autres se dissimu-laient derrière des barreaux rouillés.

Eve n'eut aucun souci pour se garer. Il ne devait pas y avoir plus d'une demi-douzaine de voitures dans toute la rue. La plupart des habitants de ce sec-teur étaient trop pauvres pour s'offrir et entretenir un véhicule.

— La réhabilitation des quartiers n'a pas encore eu lieu ici, commenta Peabody.

Eve examina la maison de Petrelli. Elle semblait en meilleur état que les autres. Les vitres étaient intactes. Et propres, nota-t-elle. Des bacs à fleurs vides trônaient de part et d'autre de la porte.

— Vous savez que ses deux enfants suivent leurs études dans des établissements privés grâce à l'argent d'Anders ? reprit Peabody.

— Oui.

— Mais c'est ici qu'elle vit.

— C'est malin, répliqua Eve. Très malin. Quel meilleur moyen de garder quelqu'un sous sa coupe ? On leur donne un peu de ceci, on leur refuse un peu de cela. Allons voir ce que la fille d'Anthony DeSalvo a à nous dire au sujet d'Ava.

Comme elles s'approchaient de l'entrée, Eve devina des ombres aux fenêtres des maisons alentour. Les voisins étaient curieux. Parfait ! Les voisins curieux étaient souvent une mine.

Système de sécurité simplifié. Pas de caméras, pas de mouchards électroniques.

Elle frappa.

Bebe leur ouvrit elle-même sans détacher la chaîne de sûreté. À en juger par son regard, elle comprit tout de suite qu'elle avait affaire à des flics.

— Madame Petrelli, lieutenant Dallas et inspecteur Peabody, de la police de New York.

Eve montra son insigne.

— Nous souhaiterions vous parler.

— À propos de quoi ?

— Laissez-nous entrer et nous vous expliquerons. Vous pouvez refuser de nous recevoir, mais je reviendrai avec un mandat d'amener vous obligeant à vous rendre au Central.

— Je commence à travailler dans une heure.

— Dans ce cas, inutile de perdre du temps.

Bebe ferma la porte. Eve l'entendit décrocher la chaîne.

— Il va falloir faire vite, déclara-t-elle.

Elle portait un chemisier rouge, un pantalon noir et des mocassins confortables, et affichait une expression fatiguée et irritée.

Sans un mot de plus, elle tourna les talons et s'enfonça dans les profondeurs de la maison.

Eve jeta au passage un coup d'œil dans le séjour. Impeccable. Un décor sobre, sans chichis. Une odeur de café et de pain grillé lui parvint tandis qu'elles approchaient de la cuisine.

Un panier à linge était posé sur une petite table métallique. Bebe en sortit un chemisier et entreprit de la plier. Ses gestes étaient précis, rapides.

— Inutile de vous asseoir, aboya-t-elle. Dites ce que vous avez à dire.

— Ava Anders.

Elle eut une hésitation imperceptible avant de s'emparer d'un deuxième chemisier.

— Quoi, Ava Anders ?

— Vous vous connaissez.

— Mes fils participent à leurs programmes sportifs.

— Vous avez assisté à plusieurs des séminaires et retraites organisés par Mme Anders ?

— Oui.

— Et vos deux enfants sont bénéficiaires d'une bourse Anders.

— Oui... Ils l'ont bien mérité. Ils sont intelligents. Ce sont de bons garçons qui travaillent dur.

— Vous devez être très fière d'eux, madame Petrelli, intervint Peabody avec un léger sourire.

— Évidemment.

— Leur école est loin d'ici, fit remarquer Eve.

— Ils prennent le bus et empruntent une correspondance.

— Les journées sont longues pour eux. Et pour vous aussi, j'imagine.

— Ils reçoivent une bonne éducation. Ils réussiront.

— Vous avez eu des difficultés autrefois.

Bebe pinça les lèvres et se concentra sur son linge.

— Le passé, c'est le passé.

— Les DeSalvo ont encore de l'argent et de l'influence dans certains milieux.

Eve inspecta rapidement la petite cuisine.

— Vos frères pourraient vous aider.

Cette fois, Bebe montra les dents.

— Je ne laisserais pas mes frères approcher mes fils. Je n'ai pas adressé la parole à Frank et à Vinny depuis des années. Et réciproquement.

— Pourquoi ?

— C'est mon problème. Ce sont mes frères, non ? Ce n'est pas un crime de refuser de fréquenter ses frères.

— Comment expliquez-vous que la fille unique d'Anthony DeSalvo ait pratiqué le métier de prostituée ?

— Si vous voulez vraiment le savoir, c'était une façon de l'envoyer paître. Mais c'est moi qui ai décidé d'arrêter.

Une boucle de cheveux grisonnants lui balaya le front tandis qu'elle saisissait un T-shirt d'enfant.

— Il voulait que j'épouse l'homme qu'il avait choisi pour moi, que je vive la vie qu'il avait choisie pour moi. Comme ma mère, sans moufter. Elle a toujours fait semblant de ne rien voir. Alors j'ai réagi, et il m'a répudiée.

Elle haussa les épaules, trahissant sa souffrance.

— Puis ils l'ont tué. Et je n'ai plus eu de père.

— Vous avez purgé une peine de prison, perdu votre licence.

— Vous croyez que je cache du shit ici, avec mes gamins dans la maison ? Vous croyez que je me drogue ?

Bebe repoussa violemment le panier, écarta les bras.

— Allez-y, fouillez partout. Pas besoin d'un mandat. Retournez les tiroirs, videz les armoires.

Eve examina son visage empourpré, son regard amer.

— Vous savez quelle impression vous me donnez, Bebe ? Je vous sens aussi nerveuse que furieuse. Et je ne pense pas que ce soit dû à l'absorption de produits illicites.

244

— Vous autres flics, vous cherchez toujours à pincer quelqu'un. Sauf quand ça compte. Où étiez-vous quand ils ont tué mon Luca ?

— Pas dans le Bronx, rétorqua Eve posément. Qui l'a exécuté ?

— Ces putains de Santini. Qui d'autre ? Les DeSalvo les provoquent, ils se vengent. Peu importe que Luca et moi ayons pris nos distances.

Elle s'agrippa au panier.

— On menait une existence tranquille, sans histoire. C'était un homme bien. On avait nos garçons, une entreprise. Un restaurant familial, rien de clinquant, rien de sensationnel. Sauf pour nous. On travaillait comme des fous.

Bebe attrapa un caleçon, le rejeta sur la pile.

— Luca savait d'où je venais, ce que j'avais fait. Il s'en fichait. Le passé, c'est le passé. Il me répétait ça sans arrêt. Il faut profiter du présent et penser à l'avenir. C'est ce qu'on a fait. Puis ils l'ont tué. Sans raison. Ils l'ont tué et ils ont mis le feu à notre maison parce qu'il ne voulait pas leur payer une *protection*. Ils l'ont battu à mort.

Elle se tut, pressa les doigts sur ses yeux.

— Qu'est-ce que vous avez fait ? Rien. Avec vous, le passé n'est pas le passé. Luca est mort parce qu'il avait épousé une DeSalvo, point final.

Elle se remit à plier des vêtements mais ses mouvements étaient plus lents, moins méticuleux.

— Mes fils n'ont plus de père. Ils grandissent dans un taudis. Je me débrouille du mieux que je peux. Je ne suis plus propriétaire d'un restaurant, je suis cuisinière. Je loue une chambre et une salle de bains à l'étage pour payer mon putain de loyer et pour que quelqu'un puisse veiller sur mes gosses quand je bosse de nuit. Je veux autre chose pour mes petits.

— Ava Anders vous y a aidée.

— Ils ont mérité leurs bourses.

— La compétition était rude. De nombreux enfants la méritaient autant que les vôtres.

— N'allez pas dire qu'ils ne méritent pas ce qu'ils ont ou je vous jette dehors ! cracha Bebe.

— Elle s'est montrée très généreuse, insista Eve. Des petites vacances, des cocktails au bord de la piscine. Vous a-t-elle extirpée du lot, Bebe ?

— Je ne comprends rien à ce que vous racontez.

— Elle vous couvre de compliments sur la manière dont vous élevez vos fils, elle compatit à vos malheurs. Elle savait aussi d'où vous veniez, ce que vous aviez à vous reprocher. Un petit service, un tout petit service, et l'avenir de vos garçons était garanti.

— Elle ne m'a jamais rien demandé. Allez-vous-en !

— Où étiez-vous le 18 mars entre 1 heure et 5 heures du matin ?

— Quoi ? Quoi ? Je suis ici toutes les nuits ! Ici ! J'ai l'air d'une fêtarde ? J'ai l'air de passer mes soirées en ville ?

— Je ne parle que d'un soir, Bebe. Celui où Anders a été assassiné.

Elle pâlit, s'accrocha à la table.

— Vous êtes *cinglée* ? C'est une pute qui l'a tué ! Une…

Elle se laissa tomber sur une chaise.

— Mon Dieu ! Vous me soupçonnez ? À cause de ce que j'ai fait autrefois ? Parce que j'ai mariné en taule ? Parce que j'ai du sang DeSalvo ?

— Je pense que c'est la raison pour laquelle Ava s'est intéressée à vous, Bebe. À votre place, j'aurais profité de l'occasion. J'aurais exigé un logement plus agréable dans un quartier plus proche de l'école. Mais vous avez eu la présence d'esprit de modérer vos requêtes.

— Vous croyez que je… Comment je serais entrée chez eux ?

— Ava a pu vous y aider.

— Vous êtes là, dans ma cuisine, à me dire qu'Ava… Mme Anders m'a *embauchée* pour zigouiller son mari ? Que je suis une tueuse à gages ? Doux Jésus, je me démène pour nourrir et habiller mes enfants. Si je m'amusais à arrondir mes fins de mois de cette façon, croyez-vous que je serais là à plier du linge ?

— Rendre service à Ava vous permettait d'offrir une bonne éducation à vos fils, intervint Peabody. De leur donner une chance.

— *Ils l'ont mérité !* Savez-vous ce que j'ai dû subir pour qu'on les accepte dans ce programme ? Dom est passionné de base-ball, et tout ce que Dom veut, Paulie le veut aussi. Je ne pouvais pas leur payer l'inscription, l'équipement. J'ai ravalé mon orgueil et je les ai inscrits. Le reste, c'est eux qui l'ont gagné.

Elle se leva.

— Je n'ai plus rien à vous dire. Si vous voulez me convoquer au Central, revenez avec un mandat. Je demanderai une aide juridique. Sortez d'ici parce que je n'ai plus rien à vous dire.

— Vous l'avez drôlement ébranlée, constata Peabody quand elles furent de retour sur le trottoir.

— Oui. Elle s'est détendue un peu quand on a reparlé de sa famille. Elle était toujours aussi agressive, mais plus décontractée. C'est intéressant.

— Dès qu'elle nous a vues, elle a eu la trouille. Elle n'a peut-être pas la conscience tranquille.

— Possible. Les garçons sont un bon levier. Il est évident qu'elle ne reculerait devant rien pour eux.

— Il a fallu qu'elle aille jusque là-bas et qu'elle revienne, observa Peabody. Certes, Ava aurait pu lui donner un coup de main, mais je l'imagine mal louant une limousine à ces fins.

— Moi aussi. Elle a sans doute pris un bus ou le métro. Occupez-vous du voisin de gauche, je prends celui de droite. Voyons ce qu'ils auront à nous révéler au sujet des allées et venues. Ensuite, nous irons interroger son locataire.

— Je m'occupe de mes affaires, répliqua Cecil Blink à l'instant où Eve pénétra dans son vestibule surchauffé. Qu'est-ce qu'elle a fait ?

Une lueur d'avidité s'était allumée dans ses prunelles.

— Nous faisons juste une enquête de routine dans le quartier. Qu'est-ce qui vous fait croire que Mme Petrelli a fait quoi que ce soit ?

— Elle est très renfermée. C'est un trait commun aux tueurs en série, non ?

Il opina d'un air solennel et un nuage de pellicules saupoudra son peignoir rouge.

— Elle ne parle à personne. Moi, les femmes qui ne disent jamais rien, je m'en méfie. Elle avait un restaurant, avant qu'on batte son mari à mort et qu'on le jette dans la rivière. La Mafia. Elle fricote avec la Mafia.

— Pas possible ! s'exclama Eve en feignant le plus grand intérêt.

— Si, si, je le clame haut et fort. Je parie qu'ils se livraient à un trafic de drogue dans leur restaurant. Ils l'ont tué – des rivaux. C'est comme ça que ça se passe.

— Je me pencherai là-dessus. Entre-temps, avez-vous remarqué quelqu'un dans le quartier très tôt le matin du 18 mars ? C'est-à-dire mardi, aux alentours de 4 heures ?

— Je m'occupe de mes affaires.

Tu parles !

— Vous avez peut-être eu une insomnie, vous vous êtes peut-être levé pour boire un verre d'eau ? Avez-vous aperçu quelqu'un dans la rue ? Une personne à pied ? Ou qui descendait d'un taxi ou d'une voiture ?

— Pas que je sache, avoua-t-il, visiblement déçu. Elle rentre tard, vers minuit, trois soirs par semaine. Il paraît qu'elle est cuisinière au *Fortuna*. Moi, je ne vais jamais au restaurant. Ça coûte la peau des fesses.

— Ils n'ont jamais de visites ?

— Les garçons ont leurs copains. Ils doivent faire toutes sortes de bêtises. Sa locataire, Nina Cohen, reçoit le mercredi tous les quinze jours. Il paraît qu'elles jouent au bridge. Ses fils ne vont pas à l'école du quartier. Elle préfère les mettre dans le privé. Ils ont soi-disant des bourses d'études. Si vous voulez mon avis, c'est probablement de l'argent de la Mafia.

— Eh bien, merci de votre coopération.

— Je vais fermer à double tour. Une femme qui ne parle pas est une femme dangereuse.

— Les garçons se comportent bien, annonça Peabody. La maison est impeccable. La voisine et son mari dormaient profondément – leur chambre est à l'arrière – la nuit en question. Elle dit que Petrelli est une mère épatante.

Eve se contenta d'opiner, sans démarrer.

— Qu'est-ce qu'on fait maintenant ? reprit Peabody.

— On patiente. Bebe ne devrait pas tarder à sortir. Vous savez ce qui pourrait motiver encore plus une mère parfaite ? On brandit la carotte sous le nez des gosses, puis on menace de la leur retirer. À moins que...

— Ils vont dans un bel établissement, ils partent en camps sportifs, ils prennent goût à la belle vie. Ensuite c'est : « Si vous voulez garder tout ça, vous devez me rendre un petit service. Personne n'en saura jamais rien. »

— C'est une hypothèse. Mais il y a autre chose, marmonna Eve en pianotant sur le volant.

Elles n'eurent pas à attendre longtemps. Bebe sortit, vêtue d'un manteau marron. Pour passer inaperçue, songea Eve.

Elle jeta un coup d'œil à la voiture, à Eve. Se renfrogna. La voisine la considérait comme une mère modèle, mais Eve lui accorda des points supplémentaires au chapitre courage. Il en fallait pour envoyer promener deux flics qui vous soupçonnaient de meurtre.

Bebe s'éloigna au pas de charge. Eve la laissa prendre un peu d'avance, puis la suivit lentement. L'arrêt du bus était à cinq cents mètres. Ce devait être pénible en hiver.

Le bus arriva. Bebe y monta. Eve appuya sur l'accélérateur. À mesure qu'elles progressaient, les maisons devinrent plus coquettes, les trottoirs plus propres, les véhicules plus nombreux et plus récents.

— Ce doit être dur de se retrouver aux fourneaux quand on a été patronne, jour après jour, commenta Peabody.

— Une véritable gifle, jour après jour.

Bebe descendit du bus, leur lança un regard mauvais et se précipita vers un restaurant dont l'entrée était surmontée d'un auvent jaune vif.

— Peabody, je veux savoir quel commissariat couvre ce secteur. Tentez d'inciter deux de nos collègues du Bronx à s'offrir un déjeuner italien.

— Vous allez maintenir la pression.

— Oui. Elle est solide, mais elle finira par craquer.

— Vous croyez ? La venue de deux autres flics risque de l'agacer. Les avocats de l'aide juridique vont nous tomber dessus.

— Elle ne les a pas appelés. Elle va craquer, répéta Eve. Je vous parie vingt dollars qu'elle craque avant la fin de son service.

— Aujourd'hui ? ricana Peabody. Vingt dollars, ça m'arrangerait. Je marche.

16

Au Central, Eve récupéra la boîte à pilules d'Anders parmi les pièces à conviction. Elle la posa sur son bureau, l'examina. Une boîte en or massif. À sa connaissance, même Connors ne possédait rien de pareil. Cela dit, il n'était pas non plus du genre à gober une poignée de cachets tous les soirs.

Si un jour il s'y mettait, il le choisirait probablement en platine incrusté de diamants. Non. Trop précieux, trop féminin.

Ce qu'Anders n'était pas. À en juger par le contenu de son dressing, il préférait les tenues sport aux costumes élégants. Le décor de son bureau était sobre, viril.

— C'est vous qui lui avez offert ce petit cadeau, n'est-ce pas, Ava ? Vous semiez les graines. Il était obligé de s'en servir puisque c'était vous qui le lui aviez donné.

Un objet sophistiqué, nota-t-elle en le tournant en tous sens. Programmable. Extirper le tube habilement dissimulé, y verser les pilules qui vont se répartir dans les compartiments adéquats. Consulter l'écran pour vérifier le contenu de chacun d'entre eux. Dosages requis sur commande.

— Vous aimiez les gadgets, Thomas, et elle le savait.

Elle appela la DDE. À sa grande surprise, ce fut Feeney qui lui répondit.

— Tu es vivant !

— De nouveau en selle, répondit-il avec un grand sourire. En pleine forme. Les médocs ont massacré ce fichu virus. À moins que ce ne soit le bouillon de poule de ma femme.

— Ravie de l'apprendre. J'ai un drôle d'engin sous les yeux. Un distributeur de pilules électronique.

— Quelle idée !

— Il appartenait à Thomas Anders et je suis en train de me demander si son épouse n'y a pas glissé un ou deux somnifères. Je peux te l'apporter ?

— Bien sûr.

— Je suis là dans cinq minutes.

Elle coupa la transmission, remit le scellé sur la boîte et monta à la DDE.

Feeney avait repris des couleurs.

— J'ai du boulot par-dessus la tête, annonça-t-il. J'ai déjà dû botter quelques paires de fesses ce matin. Que c'est bon d'être de retour !

— Je viens de passer deux heures à intimider une veuve mère de deux enfants. J'adore ce boulot.

Il rit, puis haussa les sourcils en voyant le pilulier.

— Doux Jésus ! Un cracheur de cachets en or gravé à ses initiales ?

— Rien n'est trop beau pour l'homme qui a tout et dont on cherche à se débarrasser.

— Tu as parlé d'un ou deux somnifères. C'est un peu juste.

— Il y avait dans son organisme des traces d'un produit qu'on peut se procurer sans ordonnance, mais personne n'a pu confirmer qu'il en prenait régulièrement. Un seul cachet aurait suffi pour le neutraliser, le temps que quelqu'un pénètre dans la chambre et lui injecte un cocktail de barbituriques et un stimulant érectile. Ou le rendre suffisamment groggy pour qu'elle l'attache avant qu'il se rende compte de ce qui lui arrivait. Parce qu'à mon avis, les barbituriques ne figuraient pas dans le cahier des charges. Ce détail nous a fait tiquer dès le départ.

Notre Ava n'aurait jamais commis une erreur de cette sorte.

— Elle aurait voulu qu'il soit réveillé.

— Oui. La meurtrière avait pour mission de s'introduire dans la pièce, de le ligoter, de lui passer la corde autour du cou… Tu as la gorge qui se contracte, qu'est-ce que tu fais ?

— J'ouvre la bouche pour aspirer de l'air.

— À cet instant, elle lui inocule le stimulant érectile. L'asphyxie accélère le processus, elle n'a plus qu'à enfiler les anneaux sur son pénis. Le laisser se débattre comme un poisson hors de l'eau, le temps de peaufiner la mise en scène. Si tout se déroule comme prévu, on pensera que la victime a succombé à son penchant pour les jeux sadomaso. Que la séance a mal tourné. Je parie que la tueuse avait reçu l'ordre de desserrer le lasso une fois sa tâche accomplie afin de donner l'impression qu'elle avait tenté de ranimer la victime. Tout était prévu pour faire croire à l'hypothèse du mari volage et pervers mort d'un accident tragique mais somme toute assez banal, sa partenaire affolée s'étant enfuie.

— Simple comme bonjour !

— On pourrait tenter de la chercher, mais ça ne nous mènerait nulle part. Parce que Anders n'était ni un tricheur ni un vicieux. Quand bien même la scène du crime et les indices nous inciteraient à le croire.

Le fait qu'on ait sali la réputation d'Anders en lui ôtant la vie émouvait Eve.

— Seulement voilà, reprit-elle, la meurtrière lui a injecté le stimulant. Après les barbituriques, je parie.

— Tu veux que je vérifie si l'épouse a trafiqué la boîte ?

— Oui. Si tu parviens à l'ouvrir, essaie de savoir si on a enlevé ou rajouté des pilules avant son décès. Deux ou trois jours avant, sans doute. Ava Anders a quitté New York le 15 mars.

Feeney descella le sachet.

— Merde, c'est sacrément lourd ! Ça fonctionne en mode vocal ou manuel. Si elle a opté pour la deuxième solution, ça risque d'être plus difficile à repérer. Cela dit, ses avocats nous rétorqueront qu'elle était sa femme. Qu'elle est intervenue à la requête de son mari. Il n'est plus là pour la contre-dire.

— Une étape à la fois, rétorqua Eve. À plus tard !

Elle redescendit. Elle voulait savoir si Peabody avait réussi à joindre la locataire de Petrelli. Après quoi, elles allaient devoir s'attaquer à tous les noms qu'elle avait sortis des fichiers. Et lancer des calculs de probabilités.

Elle s'immobilisa en apercevant Ben Forrest à l'entrée de la salle commune. Il se leva d'un bond.

— Lieutenant Dallas, il faut que je vous parle.

— Allons dans mon bureau.

En chemin, elle accrocha le regard de Peabody. Devant son air réjoui, elle pointa le doigt vers sa porte.

— Allez-y, monsieur Forrest. Je vous rejoins dans une minute.

Elle se précipita vers le poste de travail de Peabody.

— Alors ?

— Charles et Louise vont se *marier* !

— Je sais. Avez-vous…

— Je sais que vous savez parce que Charles vient de me dire qu'ils vous l'ont dit, mais vous, vous ne m'avez rien dit !

— J'ai d'autres préoccupations.

— Mais c'est énorme ! s'exclama Peabody. C'est mégatop ! Et il a rendu sa licence pour entamer une carrière de psychothérapeute, et la cérémonie aura lieu chez vous dans deux mois, et…

— Pardonnez-moi, Peabody, mais j'ai un lien avec le meurtre qui m'attend. On pourra peut-être trouver une heure un peu plus tard pour discuter des projets de nos amis.

— Mais c'est tellement *mignon* ! Et si romantique !

Eve se pencha.

— Ressaisissez-vous, inspecteur. Je vous interdis de rêvasser ici. Nous avons une enquête à mener. Vous pourrez fantasmer autant que vous voudrez si vous parvenez à extorquer des aveux complets à Ava Anders. Quant aux termes « mignon » et « romantique », vous n'êtes autorisée à les prononcer dans mon service que dégoulinants de sarcasme.

— Rabat-joie.

— *Lieutenant* Rabat-joie, je vous prie. Nina Cohen ?

— Selon elle, Petrelli n'a pas quitté sa maison le soir du meurtre. Mais elle précise que Petrelli ne sort jamais après minuit ; elle fonde donc sa déclaration sur une supposition.

Peabody consulta sa montre.

— Vous allez bientôt me devoir vingt dollars.

— Ne vendez pas la peau de l'ours, jeta Eve avant de tourner les talons.

Ben arpentait le bureau. Elle entendit ses semelles claquer sur le sol usé. Aller, retour, aller, retour. Elle en faisait autant quand quelque chose la tracassait.

— Désolée, fit-elle en entrant. Asseyez-vous.

— Vous soupçonnez Ava, lâcha-t-il tout de go.

Eve ferma la porte derrière elle.

— Le soupçon est une manie, chez moi.

— Mais pendant que vous perdez votre temps à suspecter une personne qui n'a pas pu faire de mal à mon oncle, vous ne cherchez *pas* le coupable.

Il repoussa ses cheveux des deux mains.

— Leopold m'a dit que vous l'aviez interrogé au sujet d'Ava. Il aurait tendance à croire que vous avez raison et s'est senti obligé de me mettre en garde. Comme si elle risquait de m'étrangler avec ma propre ceinture ou un truc de ce genre. C'est grotesque.

— Votre oncle était un homme fortuné. Désormais, elle est beaucoup plus riche qu'elle ne l'était de son vivant.

— Moi aussi. Si vous tenez absolument à considérer l'aspect financier.

— L'argent est un mobile éprouvé.

— Elle était à l'étranger! Et maintenant, vous demandez à consulter les fichiers des membres du personnel, des bénévoles, des femmes qui ont inscrit leurs enfants dans nos programmes. Juste ciel!

Eve se percha sur le coin de sa table.

— Vous la défendez avec passion.

— Je suis tout ce qui lui reste comme famille.

Il se massa la nuque.

— Oncle Thomas aurait voulu que je prenne soin d'elle, que je la soutienne, que je la défende!

— J'ai eu la sensation que vous n'étiez pas très proches. Avant.

Sa voix et son regard devinrent glacials.

— Je vous le répète, je suis tout ce qui lui reste comme famille.

— À vous deux vous possédez tout sauf une poignée d'Anders Worldwide. Ce genre d'événement vous rapproche, j'imagine.

La froideur de Ben céda à la stupéfaction.

— C'est... ce que vous dites là est odieux.

— Vous êtes célibataire, en bonne santé. Ava Anders est une femme attirante.

— C'est l'*épouse* de mon oncle. Sa veuve. Mon Dieu! Êtes-vous obligée de raisonner ainsi? De rendre tout horrible et obscène?

— Je ne fais que mon métier, monsieur Forrest. Mme Anders et vous avez des alibis très solides. C'est intéressant.

— Intéressant? Qu'est-ce qui vous prend? Si vous voulez vous en prendre à moi, allez-y. Mais je ne tolérerai pas que vous la harceliez alors qu'elle subit une épreuve excessivement douloureuse.

— Elle sait que vous êtes ici?

— Non. Je ne tenais pas à la stresser davantage.

— Parfait. À présent, prenez un peu de recul et décrivez-moi votre relation avec Ava avant l'assassinat de votre oncle.

Elle leva la main avant qu'il lui réponde.

— N'essayez pas de me mener en bateau, Ben. Décoder un mensonge me fait perdre un temps précieux. Vous voulez que le meurtrier de votre oncle soit arrêté et condamné ?

— Évidemment. Je ne pense qu'à cela.

— Dites-moi comment vous vous entendiez avec Ava avant mardi matin.

— D'accord, d'accord.

Il pressa la main sur sa tempe et se laissa tomber sur le siège réservé aux visiteurs.

— Nous n'étions pas franchement proches. Nous n'étions pas non plus fâchés, pas exactement.

— Comment ça, pas exactement ?

— Nous… nous n'avions simplement rien en commun hormis oncle Thomas. Nous n'étions pas toujours d'accord sur la manière dont certains projets devaient être conduits. Mais…

— Brossez-moi le tableau.

Il exhala bruyamment.

— Peut-être étions-nous en compétition par rapport à lui, en quelque sorte. Ça paraît ridicule. On pourrait dire que plus leur couple durait, moins elle acceptait ma présence. Peut-être avais-je moins envie de la fréquenter aussi. Nous… Mais elle aimait oncle Thomas, c'est ce qui compte. Elle n'avait de cesse de lui offrir des petits cadeaux, de lui organiser un week-end de golf ou de ski.

— Mmm…

— Bon, c'est vrai, parfois ça m'agaçait un peu qu'elle ne me prévienne qu'au tout dernier moment puis qu'elle accuse Leopold. Elle prétendait avoir demandé à Leopold de m'en parler. Je n'y croyais pas une seconde. Leopold n'oublie jamais rien. Du coup, on se retrouvait, oncle Thomas et moi, au club, sur le terrain de golf ou au match. Je ne leur rendais pas souvent visite chez eux. De toute façon, mon oncle n'avait pas l'air de s'y plaire beaucoup ces deux dernières années.

— Pourquoi cela ?

— Vous avez vu le palais ! Tous ces travaux de décoration, mais pas un endroit où il pouvait poser les pieds et regarder un film. Il ne s'en plaignait pas, remarquez. Il disait que tant qu'elle accepterait ses caprices, il accepterait les siens.

Ben se tut, se renfrogna.

— Ça n'a plus d'importance. Tout est différent maintenant.

— En effet. Dites-moi : si votre oncle était mort de mort naturelle ou, par exemple, à la suite d'un accident de ski, éprouveriez-vous le même besoin de protéger Ava ?

— Comment voulez-vous que je le sache ?

— Vous évoquiez l'épreuve qu'elle subit actuellement. Vous ne faisiez pas uniquement allusion à la mort de Tom. Vous pensiez aussi aux circonstances. Au scandale, à l'humiliation. Réfléchissez-y deux minutes.

— Je ne vois pas en quoi cela...

— Faites un petit effort, coupa Eve.

— Eh bien... peut-être n'éprouverais-je pas le même besoin de la protéger. Ce que je veux dire, c'est qu'Ava est une femme très indépendante.

Son beau visage se contracta.

— Mais...

— Mais vous vous en voulez d'avoir exprimé quelques griefs à son sujet.

Connors l'avait qualifié de gentil garçon. Certaines personnes s'obstinaient à le rester en dépit des coups répétés.

— Comment s'entendait-elle avec son beau-père ?

— Euh... très bien. Merveilleusement, en fait. Mon oncle disait en plaisantant qu'il se félicitait de l'avoir croisée le premier, sans quoi c'est grand-père qu'elle aurait choisi. Je ne vois pas en quoi...

— Je m'interroge, c'est tout. Il me semble avoir entendu dire qu'ils s'étaient querellés peu avant son décès.

— Je ne m'en souviens pas. Ah, ça! C'est vrai, ils se sont disputés, et probablement par ma faute. Comme je vous l'ai expliqué, je n'apprécie pas toujours la manière dont elle gère nos programmes. J'avais confié à grand-père qu'Ava se servait dans la caisse de la fondation pour couvrir des dépenses que je considérais comme personnelles. Il s'est énervé, mais ils ont fini par se réconcilier. Lieutenant, je sais que vous faites votre métier. Je sais aussi que vous êtes parmi les meilleures. Mais je vous assure que vous vous trompez en soupçonnant Ava. Je ne veux pas que l'assassin d'oncle Thomas s'en sorte.

— Moi non plus. Je dois procéder à de nombreuses vérifications auprès de nombreuses personnes. Pour l'heure, je vous demande de faire passer votre oncle en premier. Gardez cette conversation pour vous.

Elle se leva. Ben l'imita.

— Entendu. Je vous laisse. Lieutenant, ce ne peut pas être quelqu'un qui le connaissait. C'est forcément un étranger.

Elle ne le contredirait pas.

Deux ans, songea-t-elle en se rasseyant. Le père d'Anders était mort deux ans auparavant. Deux ans auparavant, Ava avait décidé de rénover la maison de fond en comble. Elle avait lancé son projet destiné aux mères. Elle avait engagé Charles. Elle préparait déjà le terrain, se dit Eve en affichant les renseignements concernant Reginald Thomas Anders.

Elle lut les données officielles, biographies, extraits de rubriques mondaines, interviews. Apparemment, l'homme d'affaires impitoyable avait profité de sa retraite et s'était lancé dans des activités de loisirs. Il souffrait d'hypertension et suivait un traitement. Il avait glissé dans la douche de la résidence secondaire de son fils dans les Hampton. Un vertige, une perte d'équilibre et *boum !* il s'était fracturé le crâne sur le marbre.

Le fils, la belle-fille, le petit-fils et plusieurs invités étaient dans la maison ce jour-là.

Et si ? Eve imprima la photo d'identité de Reginald Anders pour l'ajouter à son tableau de meurtre, puis contacta l'officier qui avait mené l'enquête dans les Hampton.

Une heure plus tard, les pieds sur le bureau, elle étudiait son tableau quand Peabody apparut sur le seuil.

— Je pense qu'elle a trucidé le vieux, annonça Eve.

— Oui, je sais.

— Non, le vieux le plus vieux. Reginald T. Anders. Peut-être n'était-ce qu'un heureux accident, l'événement qui l'a inspirée, mais c'est une manipulatrice. Et mesquine avec ça, comme l'a fait remarquer Leopold. L'aïeul lui a reproché de piquer dans la caisse à des fins personnelles. Ça n'a pas dû lui plaire du tout. Et je suis presque certaine qu'elle avait déjà sélectionné le décorateur avant que Reggie ne s'explose la tête dans la douche, la propulsant au rang d'épouse du président.

— Comment cela ?

Eve hocha la tête.

— Reginald Anders avait pris sa retraite et transmis les rênes à Thomas, mais il détenait toujours la majorité. C'est une manie, dans cette famille. Il renonce à ses responsabilités, mais pas à son pouvoir. Il meurt, Thomas hérite de la majorité des parts et offre quelques miettes à son épouse dévouée. Je parie qu'elle l'a sollicité. Je l'entends d'ici : « Thomas, j'espère que ce n'est pas trop te demander, mais tu sais combien j'aimais Reggie. Si je pouvais avoir quelques parts de l'entreprise, en souvenir de lui. » Oui, je l'imagine très bien réclamer une lichette du gâteau en attendant le reste.

— Si elle en voulait plus, pourquoi ne pas avoir séduit le vieux ? s'étonna Peabody.

— Elle l'a sûrement envisagée. Mais il a craqué pour une femme plus jeune. Environ dix ans de moins qu'Ava quand celle-ci a épousé Thomas.

— Beurk !

— Ce pourrait bien être la raison numéro deux. Un octogénaire se marie avec une femme beaucoup plus jeune que lui, puis il claque. Vers qui vont les soupçons ?

— La femme beaucoup plus jeune.

— C'est précisément ce qu'a fait l'inspecteur chargé de l'enquête tout en penchant pour la thèse de l'accident. Il s'est particulièrement intéressé à l'actrice en herbe de vingt-six ans qui partageait le lit du vieux depuis quelques mois. Il a vaguement interrogé Thomas et Ben, les principaux bénéficiaires, mais à peine jeté un coup d'œil à Ava.

Peabody réfléchit.

— C'est un peu normal si la théorie de l'accident prévalait.

— Je donnerais ma main à couper que c'est elle qui avait eu l'idée d'inviter du monde pour le week-end. La couverture idéale. Qui remarquera que la maîtresse de maison s'est éclipsée une dizaine de minutes ? Surtout si elle a prémédité son coup, ce qu'elle a fait, croyez-moi.

Simple. Rapide et facile.

— Il lui suffisait d'entrer, de se déshabiller afin de ne pas mouiller ses vêtements. Beau-papa chante sous la douche. Elle entre dans la cabine, le pousse. Elle ressort, s'essuie, se rhabille. Elle emporte le drap de bain avec elle et le laisse dans sa propre salle de bains. Elle se recoiffe, retouche son maquillage et rejoint ses amis. Dix minutes suffisent amplement.

Eve ôta ses pieds de son bureau, fit pivoter son fauteuil et gratifia Peabody d'un sourire féroce.

— Devinez qui a été la première personne à s'apercevoir que le vieux manquait à l'appel ? Où donc est passé Reggie ? Thomas, mon chou, si tu allais prévenir ton père que je lui prépare un Martini.

— Froide.

— Et intelligente. Mais elle ne peut pas employer la même méthode pour éliminer le mari. Ça risque d'éveiller les soupçons. On ne sait jamais. À mon grand regret, je ne peux pas lui coller sur le dos l'histoire du requin dévoreur.

— Elle passe au stade suivant, enchaîna Peabody. Un meurtre scandaleux sur lequel vont se braquer tous les projecteurs. Qui va établir un lien entre l'accident de la salle de bains d'il y a deux ans et le crime sexuel d'aujourd'hui ? En dehors de vous.

— Elle a conçu son projet afin qu'Anders apparaisse comme le responsable de sa propre mort. Cette fois, il n'y a personne à la maison, elle est avec ses amies à des milliers de kilomètres de là. Elle est vraiment d'une habileté redoutable. Il faut que je... Qu'est-ce que vous fabriquez ici ?

— Ah, oui, j'oubliais, à force de chanter sous la douche. J'ai eu des nouvelles du Bronx. Les collègues se sont régalés de spaghettis à la bolognaise et de tiramisu tout en adressant des regards intimidants à Petrelli. Elle n'a pas terminé son service. La serveuse leur a raconté qu'elle avait bâclé deux commandes, puis déclaré au gérant qu'elle se sentait mal. Ils y retourneront avec plaisir demain ; ils sont très tentés par l'aubergine farcie et les lasagnes.

— Ces sacrifices qu'un flic est capable de faire ! Je ne pense pas qu'on va avoir besoin d'eux aussi longtemps. On les garde sous le coude. En attendant, il faut que j'approfondisse mes recherches sur Anders senior, que je rédige mon rapport et mes notes, puis que j'expédie le tout à Mira. J'ai encore les interviews de Nadine à visionner, et j'aimerais en apprendre un peu plus sur la femme enfant du vieux, et les invités. Après ça... Vous savez, c'était beaucoup plus facile quand vous étiez mon assistante. Je n'avais qu'à vous filer le sale boulot.

— Vous m'en donnez encore.

— Ce n'est pas pareil. Hé, attendez une seconde !

Eve bondit de son siège.

— Tout le monde a un ou une assistante.

— Sauf vous.

— Et Ava. Où est celle d'Ava ? Examinez les données concernant le décès de Reginald Anders, rédigez des notes sur l'hypothèse dont nous venons de discuter. Lancez des recherches sur la femme enfant, les invités, prenez rendez-vous avec eux.

— C'est pas pour dire, mais question corvées…

— Dehors !

Eve s'empara de son communicateur pour joindre Leopold.

— Qui Ava emploie-t-elle comme assistante ? Je n'ai aucun nom.

— Officiellement, elle n'en a pas. Si elle en avait un ou une, elle serait obligée de mettre la main à la poche.

— Vous voulez dire que c'est elle qui se coltine toutes les corvées, qui prend les contacts, lit les dossiers, etc. ?

— Non. Elle fait régulièrement appel à des bénévoles ou à des membres du personnel. Un petit service par-ci, par-là. Elle a embauché plusieurs mères sous prétexte que c'était un moyen de leur redonner confiance en elles et de perfectionner leur formation. Elle ne les payait pas. Un cadeau de temps en temps.

Il eut un sourire amer.

— Elle adore offrir des cadeaux.

— Connaissez-vous les personnes qu'elle a recrutées ?

— Il n'existe pas de liste. Je vous le répète, ça n'a rien d'officiel. Mais je peux me renseigner. Je ne suis pas au courant de tout.

— Je vous remercie.

— Lieutenant, je sais que Ben est passé vous voir. Je vous demande pardon. Je n'aurais pas dû lui parler, même si vous aviez dit...

— Ce n'est pas un problème.

— Ça m'exaspère, cette façon qu'elle a de jouer la comédie. Quant aux corvées, c'est désormais à Ben qu'elles reviendront. Elle...

Il s'interrompit.

— Je vous prie de m'excuser. Je m'occupe de votre liste.

— Merci.

Petrelli y figurerait probablement. Et...

— Quoi ? aboya-t-elle comme son communicateur bipait.

— Dallas, devinez qui est là ?

— Devinez combien de temps il va me falloir pour faire un nœud coulant de votre langue ?

— Pffff ! souffla Peabody en pinçant les lèvres. Bebe Petrelli. Et elle est très énervée.

— Parfait. Réquisitionnez une salle d'interrogatoire.

Eve ne bougea pas. Elle voulait laisser Bebe mariner un moment.

— Je commence à voir le bout du tunnel, Ava, murmura-t-elle, les yeux rivés sur le tableau. Sentez-vous le sol se fissurer sous vos escarpins de luxe ? J'ai hâte de vous voir tomber dans le trou. Après tout, j'ai le droit de m'amuser de temps en temps, moi aussi.

Elle attendit une dizaine de minutes avant d'aller retrouver Bebe.

— C'est odieux. C'est du harcèlement.

Eve haussa les épaules et prit place en face de Bebe.

— Appelez votre avocat, portez plainte. Mais vous n'en avez pas envie, Bebe, alors cessons de perdre du temps. Vous avez le droit de garder le silence...

Bouche ouverte, Bebe l'écouta citer le code Miranda Révisé.

— Vous *m'inculpez* ?

— Je n'ai aucune charge contre vous. Pour l'instant. Je vous ai demandé si vous compreniez vos droits et obligations.

— Oui, nom de nom ! Ce que je ne comprends pas, c'est… Enfin je n'ai rien fait !

— Ava vous a-t-elle demandé de lui rendre service ?

— Non.

Bebe croisa les bras.

— Vraiment ? Elle ne vous a jamais demandé de passer quelques coups de fil, par exemple, ou de préparer un plat particulier pour une fête ? De lui faire des courses, un peu de travail administratif ?

— J'ai cru que vous parliez de…

Elle se détendit.

— Bien sûr que je l'aidais. Je me portais volontaire. Anders était très généreux pour mes fils et pour moi. C'était ma façon de le remercier. Et j'avais moins l'impression d'accepter la charité.

— Donc, c'était surtout une question de fierté. Disons qu'au début, elle vous sollicite pour une petite chose de rien du tout, puis une autre, plus importante, et une autre, encore plus importante. Est-ce ainsi que cela fonctionnait, Bebe ?

— Je vous l'ai dit : j'étais ravie d'apporter mon aide.

— Lui faisiez-vous des confidences ? Vous êtes devenues assez proches, n'est-ce pas ? À force de vous rencontrer, de travailler ensemble. Et de bavarder avec elle lors des retraites qu'elle organisait. Lui avez-vous dit à quel point votre mari vous manquait ? À quel point c'était difficile d'élever vos enfants toute seule ? Ce dont vous rêviez pour eux ?

Le menton de Bebe trembla. Elle pinça les lèvres.

— Pourquoi pas ? L'un des objectifs de ces retraites était de partager, de se soutenir les unes les autres, d'élargir nos réseaux. Pourquoi ne l'aurais-je pas fait ? Il n'y a pas de honte à cela.

— Elle compatissait avec vous.

Eve se pencha vers Bebe.

— Et elle ? S'est-elle dévoilée ?

— Ça ne vous regarde pas.

— Oh que si ! N'oubliez pas que son mari est mort.

Le brusque changement de ton fit sursauter Bebe.

— Je reprends : un prêté pour un rendu, est-ce ainsi qu'elle présentait la chose ? Je ferai ceci pour vous à condition que vous me rendiez un petit service ?

Eve se balança sur sa chaise, but un peu d'eau à la bouteille qu'elle avait apportée, puis repartit de plus belle.

— Dites-moi ce que je veux savoir et je veillerai à ce que le dossier de votre mari soit rouvert. Rouvert, Bebe, et assigné aux meilleurs inspecteurs de la Criminelle du Bronx.

— Ils n'en ont rien à faire de Luca.

— Je m'arrangerai pour qu'ils changent d'avis. Peabody, suis-je capable de convaincre le Bronx de se pencher sur le cas de Luca Petrelli et d'arrêter ses assassins ?

— Oui, lieutenant, si vous le décidez, vous le pouvez. Bebe, ajouta Peabody, le lieutenant ne plaisante jamais quand il s'agit d'un meurtre. Vous devriez le savoir. Et elle sait quelles ficelles tirer dans le Bronx.

— Je vous le promets, Bebe – regardez-moi ! Je ferai en sorte qu'ils rouvrent cette affaire. Je vous le dis officiellement. Souhaitez-vous que l'on reprenne l'enquête sur la mort de votre mari ?

Les yeux de Bebe s'embuèrent, puis les larmes débordèrent.

— Oui.

— Ava Anders vous a-t-elle demandé de tuer Thomas Anders ?

— Non! Je le jure sur la tête de mes enfants. Mais…

— *Mais*. Il y a un *mais*. Un *mais* qui explique que vous n'ayez pas assisté à la retraite d'il y a six semaines. Un *mais* qui explique pourquoi vous n'avez participé à aucune conférence ni aucun séminaire depuis cinq mois. Je vous écoute.

Bebe s'essuya les joues.

— Je ne pouvais pas prendre ce temps sur mon travail. Mes fils… Elle a été généreuse avec nous, vous comprenez? Elle nous a donné une chance et vous voulez que je la trahisse.

— Elle vous a utilisée et, au fond, vous le savez. Votre père s'est servi de vous, vos frères se sont servis de vous, vos dealers et vos maquereaux aussi. Vous savez ce que c'est que d'être exploitée. Que vous a-t-elle demandé?

— Rien. Elle… elle m'a raconté que son mari abusait d'elle sexuellement, qu'il ramenait des femmes à la maison et voulait l'entraîner dans des… des jeux qui la dégoûtaient.

Quand Peabody lui offrit un gobelet d'eau, elle le vida d'un trait.

— Elle vous a révélé des détails aussi intimes de son couple? murmura Peabody.

— Elle disait qu'elle savait que je comprendrais. Elle avait raison. Elle m'a dit qu'il allait la jeter dehors, arrêter tous les programmes, annuler les bourses, détruire tout ce qu'elle avait entrepris si elle refusait de se plier à ses exigences. Elle en était malade.

— Vous avez eu pitié d'elle, intervint Peabody. L'idée que son mari puisse tout gâcher vous a terrifiée. Vos fils seraient les premiers à en pâtir.

— Oui. Mon Dieu, je ne savais plus quoi penser. J'avais du mal à la croire. Il semblait si gentil. Elle s'est littéralement effondrée. Elle avait découvert qu'il violait certains des gosses – des filles – et qu'elle n'y pouvait rien. Que personne ne la croirait. Qu'il fallait l'en empêcher.

— Quand était-ce ? s'enquit Eve.

— L'été dernier. En juillet. Les enfants étaient en camp de vacances et je travaillais pour elle un dimanche, à son domicile.

— Vous n'étiez que toutes les deux ?

— Oui. Elle a eu une communication avec quelqu'un d'un des refuges pour femmes battues, et après, elle a craqué. Elle était bouleversée et tout est sorti. Son mari était absent. Il partait énormément. Elle était à bout de forces, et voilà qu'il la menaçait si elle ne lui obéissait pas. J'ai pensé à tous ces petits – aux miens aussi. J'ai dit qu'il devait y avoir un moyen d'arrêter ça, de la protéger, de protéger les enfants. Elle m'a répliqué que la seule solution, c'était qu'il meure. Que c'était horrible à dire, mais qu'elle souhaitait sa mort et que parfois, quand il l'avait maltraitée, elle imaginait comment elle s'y prendrait pour se débarrasser de lui. Il pourrait être victime d'un accident, par exemple, mais elle avait besoin de quelqu'un de confiance pour l'aider. S'il était victime d'un accident, les gosses seraient en sécurité. Mes fils n'auraient plus rien à craindre.

— Quel genre d'accident a-t-elle suggéré ?

— Aucun. Aucun parce que je lui ai coupé la parole. Elle avait une drôle de lueur dans les yeux, j'ai eu l'impression qu'elle ne se contentait pas d'imaginer...

Bebe se cacha le visage dans les mains.

— Elle voulait l'éliminer et elle voulait que je l'y aide. Alors je l'ai interrompue, je lui ai conseillé de consulter un spécialiste – comme on nous le recommandait souvent au cours des séminaires. Je lui ai suggéré de prendre du recul. Je lui ai dit qu'Anders ne pouvait pas annuler tous les programmes au risque de ternir sa réputation. Et puis, je suis partie. Dès que j'ai pu. Elle avait eu beau me répondre que j'avais raison, qu'elle avait eu un moment de faiblesse, j'avais peur. Elle m'a fait promettre de ne parler à personne de notre conversation.

Bebe poussa un profond soupir.

— Après cela, elle ne m'a plus jamais demandé d'être bénévole. J'ai pensé qu'elle était gênée. À la dernière retraite, celle de la fin août, elle m'a évitée. Quand j'ai voulu lui demander une explication – parce que je pensais qu'on était amies –, elle m'a répondu sèchement qu'elle était très occupée, qu'elle croulait sous les responsabilités, que je n'avais pas intérêt à oublier tout ce qu'elle avait fait pour mes fils.

— Avez-vous remarqué si elle se rapprochait de quelqu'un en particulier au cours de ce séjour ?

— Je suis restée à l'écart. Comme vous l'avez dit, mon père s'est servi de moi. Mes frères. Les dealers et les autres. J'ai cessé de me laisser exploiter quand j'ai connu Luca.

Une lueur de ressentiment dans le regard, elle poursuivit :

— J'avais compris, d'accord ? J'avais capté. Ava avait tenté sa chance. Je ne lui en voulais pas trop vu tout ce qu'elle m'avait offert, mais il était hors de question que je me soumette. Alors j'ai pris le large.

— Bonne initiative.

— C'est suffisant ? C'est ce que vous vouliez savoir ?

— Ce n'est pas mal.

— Vous allez les obliger à rouvrir le dossier de Luca ?

— Je m'en suis occupée ce matin. Les deux flics qui ont déjeuné dans le restaurant où vous travaillez sont très efficaces. Ce sont eux qui vont reprendre l'enquête. Ils vous contacteront après avoir pris connaissance du dossier.

— Vous… Pourquoi avoir fait ça alors que je ne vous avais encore rien donné ?

— Votre mari méritait mieux. Vos fils et vous méritez mieux. Et je déteste qu'un homme bon soit tué pour de mauvaises raisons.

Bebe la dévisagea un moment. Puis elle posa la tête sur la table et se mit à pleurer.

— Fin de l'enregistrement.

Eve se leva, fit un signe à Peabody. En quittant la pièce, elle l'entendit réconforter la pauvre femme.

17

En regagnant son bureau, Eve appela Feeney.

— Donne-moi du concret.

— Seigneur ! Tu as une idée de tout ce qui s'est accumulé en mon absence ? J'ai du boulot par-dessus la tête. Je vais l'examiner, ta boîte.

— Tu ne peux pas tout simplement l'ouvrir pour voir si elle a modifié le programme ou si elle l'a rechargé avant...

Devant son air sévère, elle se tut.

— Bon, d'accord. Dès que tu pourras.

— Si tu ne m'interromps pas toutes les deux minutes, ça ira plus vite, riposta-t-il.

Elle coupa la transmission.

Ce n'était qu'une preuve indirecte, se rappela-t-elle. Quand bien même Feeney parviendrait à démontrer que le distributeur de pilules avait été reprogrammé et/ou rechargé, cela demeurerait une preuve indirecte. Elle détestait bâtir un dossier sur des preuves indirectes. Or c'était tout ce dont elle disposait. Des impressions, des commentaires, la déclaration de Bebe, des personnalités. Mais pas une pièce à conviction solide.

Pas encore.

Comme elle traversait la salle commune, Baxter se détourna de l'autochef.

— Dallas. L'hypothèse petit ami/travelo ne donne rien. Le dossier Custer, précisa-t-il devant son air interloqué.

— Ah, oui. Désolée, j'avais l'esprit ailleurs. Quelle est votre impression, Baxter ?

— Que l'affaire est aussi classée que la victime. Trueheart et moi continuerons de travailler dessus si nous en avons le temps. Je ne veux pas la clôturer maintenant. Mais il va falloir passer à autre chose. Ça m'énerve.

Elle compatissait, mais elle avait d'autres préoccupations. De retour dans son bureau, elle sortit plusieurs des noms qui apparaissaient dans la liste après celui de Petrelli. Puis elle rédigea un rapport détaillé sur son entretien avec cette dernière, y ajouta quelques notes et hypothèses.

— Ordinateur, calcul de probabilités. Sur la base des données et dépositions, Ava Anders est-elle une grosse menteuse ?

Votre question n'est pas structurée correctement et ne peut être traitée sur une échelle de probabilités. Veuillez la reformuler.

— Elle me paraît pourtant claire. Essayons ceci. Sur la base des données et dépositions incluses dans le dossier homicide Anders, Thomas A., calcul de probabilités : Anders, Ava, a-t-elle menti à la responsable de l'enquête et/ou à d'autres individus ayant rapporté des conversations avec le sujet ?

En cours...

Eve se leva, commanda un café à l'autochef, alla se planter devant la fenêtre.

Tâche accomplie. Les déclarations contradictoires concernant les conversations avec le sujet indiquent une probabilité à 97,3 % qu'Anders, Ava, ait menti. Impossible de distinguer les déclarations fantaisistes des déclarations factuelles.

— Je pense que je saurai faire le tri. Deuxième calcul. Sur la base des données et partant du principe que la dernière déposition de Petrelli, Bebe, est factuelle. Anders, Ava, a-t-elle combiné, organisé le meurtre de Anders, Thomas A. ? Est-elle impliquée ?

En cours...

— C'est ça, rumine là-dessus. Preuves indirectes, une fois de plus. Mais les probabilités ont un certain poids. Il suffit que la balance penche un peu trop d'un côté, quelqu'un se noiera. Qui d'autre avez-vous mené ainsi par le bout du nez, Ava ?

Tâche accomplie. Prenant en compte que la déposition de Petrelli est factuelle, la probabilité s'élève à 50,2 % qu'Anders, Ava ait combiné, organisé ou soit impliquée dans le meurtre d'Anders, Thomas A.

— Merde ! s'exclama Eve. 50 %, c'est insuffisant. Il me faut autre chose.
— Dallas.
Peabody frappa brièvement à la porte.
— J'ai fait ramener Petrelli chez elle en voiture. Je ne voulais pas qu'elle prenne le bus ou le métro. Elle est anéantie.
— Très bien.
Eve tendit le bras, frotta ses doigts contre son pouce. Peabody fouilla dans ses poches.
— Je n'ai pas de billet de vingt sur moi. Elle vous a tout balancé sur Ava, n'est-ce pas une récompense suffisante ?
En guise de réponse, Eve se contenta de réitérer son geste.
— D'accord, d'accord !
Peabody s'empara du bloc-notes électronique sur le bureau d'Eve.
— Il va falloir que je puise dans mon compte épargne Connors.

— Vous avez un compte épargne pour Connors ? Pour lui faire un don ou pour essayer de l'acheter ?

— L'acheter, ce serait le rêve ! McNab et moi avons conclu un pacte ; chacun a choisi une personne, et si l'occasion se présentait de…

Elle remua les sourcils.

— … avec la personne en question, l'autre comprendrait. Une histoire d'une nuit. J'ai jeté mon dévolu sur Connors.

— C'est un amant remarquable, vous en profiteriez donc avant que je n'arrache la peau de votre corps encore frémissant, que je la mette à rôtir sur un feu de bois, puis que je vous oblige à l'avaler.

— Très bien. Donc…

Peabody se racla la gorge, enfonça la touche d'enregistrement.

— Je dois à Dallas, lieutenant Cruella Eve, vingt dollars à prendre sur mon prochain salaire péniblement gagné d'inspecteur sous-estimé. Peabody, inspecteur Souris Grise, Delia.

Elle lança le bloc-notes. Eve l'attrapa au vol et le glissa dans sa poche.

— C'est quoi, le compte épargne Connors ?

— Je mets une modeste somme de côté chaque semaine. Quand j'aurai un montant convenable, j'ai l'intention de lui demander de l'investir pour moi. Il a promis de le faire. Si on ne s'envoie pas en l'air, autant faire sauter la banque.

— Il vous sera de très bon conseil. Démarrez les interrogatoires au sujet d'Anders senior. Plowder et Bride-West figurent sur la liste. Évitez-les pour l'instant. Commencez par les gens qui habitent hors de la ville. Ceux dont Ava n'est pas très proche. La femme enfant, les membres du personnel, notamment les intérimaires, ceux qu'on a virés ou qui ont démissionné. Soyez discrète. Enquête de routine, vérification à la lueur d'un nouvel élément, blablabla. Je vais sur le terrain avant de rentrer chez moi.

— Vous y allez seule ?

— En fait, je vais appeler Connors. Il pourrait m'être utile.

— Dallas, où en sommes-nous ? Je veux dire, nous savons ce que nous savons. Mais sommes-nous sur la bonne voie pour l'épingler ?

— Elle est convaincue que non. C'est pourquoi nous avançons mine de rien. Envoyez-moi les rapports détaillés de vos interrogatoires.

— Combien d'invités ?

— Seize invités, huit domestiques.

— Vingt-quatre entretiens ? J'en ai pour des heures !

— Dans ce cas, dépêchez-vous de vous y mettre. Dégagez !

Eve ramassa son communicateur et trouva de bon augure que Connors lui réponde personnellement.

— Lieutenant ! Que puis-je pour toi ?

— Que dirais-tu de me retrouver dans un sex club ?

— Comme c'est étrange ! Je pensais justement à la manière dont nous pourrions occuper notre soirée, et c'est la première idée qui m'est venue à l'esprit.

— Le *Bang Bang*, Spring Street. Dans une heure, ça te convient ?

— Je me débrouillerai.

Soudain, elle plissa le front.

— Tu n'en es pas le propriétaire, j'espère ?

— Il ne me semble pas posséder cet établissement. Mais je pourrais l'acquérir d'ici une heure pour te rendre service.

Il en était capable. Elle était prête à parier les vingt dollars de Peabody.

— Non, merci. Pour cette fois, je me contenterai du Pouvoir de Connors.

— Je croyais que c'était la Peur de Connors.

— Ça dépend de la situation. Dans le cas présent, j'ai l'impression que le pouvoir sera plus efficace que la peur.

— À ta guise. Dans une heure, lieutenant.

Eve effectua quelques appels, gribouilla quelques notes, faillit s'asseoir sur ses mains pour se retenir de harceler Feeney.

Peabody la héla alors qu'elle partait.

— J'ai parlé avec la femme enfant – Angela Scarlett. Quand j'ai évoqué le vieil homme, sa gorge s'est nouée. Ça m'étonnerait qu'elle gagne l'Oscar de la meilleure actrice. Elle s'en est tenue à ses déclarations ultérieures sans donner l'impression qu'elle avait appris son texte par cœur.

Peabody fit pivoter son fauteuil de la droite vers la gauche.

— Ils avaient fait une « sieste » – elle m'a bien fait comprendre que c'était un euphémisme –, puis elle est descendue se baigner. Elle était dans la piscine avec d'autres invités – et ça colle avec leurs dépositions – quand il est tombé dans sa douche.

Peabody parcourut rapidement ses notes.

— On servait des cocktails et des canapés autour du bassin. J'ai mentionné leur hôtesse, mais elle a été très vague. Ava s'affairait quelque part, comme à son habitude. En ce qui concerne le Martini, vous vous êtes trompée. C'était un gin tonic, la boisson estivale préférée d'Anders senior. Ava était en train d'en préparer. Elle a fait remarquer qu'il n'était pas parmi eux et a envoyé Thomas le chercher. Quelques minutes plus tard, Thomas se ruait sur le balcon de la chambre de son père en appelant à l'aide. Il avait déjà alerté les secours, déjà bougé le corps dans l'espoir de le ranimer. Tout est dans les rapports. Mais j'ai un nouvel élément.

— Surprenez-moi.

— Vous ne serez sans doute pas étonnée d'apprendre qu'Angela n'était, n'est toujours pas, du reste, une fan d'Ava. Une femme froide, snob, prétentieuse – ça, ce sont des compliments. Elle a précisé aussi que l'atmosphère était tendue entre Ava et Reginald ce week-end-là.

— Pourquoi ?

— Elle n'en savait rien. Son «gros ours blanc», comme elle le surnommait, ne discutait jamais affaires avec elle. Il ne lui disait jamais de mal de sa famille. Il ne supportait pas qu'elle se plaigne de l'attitude d'Ava à son égard, aussi elle avait tendance à garder cela pour elle. Mais elle a remarqué qu'ils étaient fâchés. Ils n'avaient pas pris leur café ensemble au bord de la piscine ce matin-là comme à leur habitude. Elle les soupçonnait de s'être disputés, mais comme elle n'en avait pas la certitude, elle avait gardé ça pour elle.

— Mettez-moi tout ça par écrit. J'aviserai plus tard.

Eve se gara devant le *Bang Bang* avec vingt minutes de retard pour cause d'accrochage entre un glissa-gril et un Rapid Taxi.

Son expert consultant civil l'attendait, adossé au mur couvert de graffitis du piège à rats post-Guerres Urbaines qui abritait le club. Son pardessus ouvert sur un costume en cachemire, il pianotait sur son mini-ordinateur.

Sa montre valait sans doute plus que le bâtiment entier. Dans ce quartier où fourmillaient les junkies et les pickpockets un homme pouvait perdre la vie pour une paire de chaussures. Elle aperçut ce que Tiko aurait appelé un individu louche se diriger vers Connors, la main dans la poche, les doigts vraisemblablement serrés autour d'un flingue.

Connors leva les yeux, accrocha son regard. Le personnage louche poursuivit son chemin.

— Vous! grogna Eve en pointant le doigt sur l'un des petits durs qui traînaient sous un porche.

— Va te faire foutre! riposta-t-il en illustrant son propos d'un geste obscène au cas où elle n'aurait pas compris.

Eve sortit son insigne et traversa. Ici, son insigne ne servait pas à grand-chose. Tout était dans l'attitude.

— Lieutenant, riposta-t-elle. Comme dans : Va te faire foutre, lieutenant.

Le copain du petit dur ricana.

— Voici ce que je pourrais faire. Je pourrais vous aplatir contre le mur et vous remonter les couilles jusque dans le bas-ventre. Ensuite, je pourrais vous passer les menottes et vous fouiller. Vous êtes en possession de substances illégales.

— Qu'est-ce que vous en savez ? Vous pouvez pas nous arrêter sans preuve.

— Je les vois. Je suis dotée d'une vision à rayons X.

— Pas possible ? s'exclama le copain, les yeux ronds. C'est géant !

— N'est-ce pas ? Mais je ne le ferai pas. Je ne vais pas consulter vos casiers, puis débarquer chez vous et tout retourner. Je ne veillerai pas personnellement à ce que vous passiez la semaine à venir au trou. Je ne le ferai pas parce que vous allez rester ici tous les deux et surveiller ma caisse comme si c'était votre enfant. Quand je reviendrai, si mon véhicule officiel est exactement là où je l'ai laissé, exactement dans le même état, on se quittera en bons termes. Sinon, je vous rendrai visite plus tard. Pigé ?

Le premier haussa les épaules.

— J'ai rien de mieux à faire.

— Ça tombe bien parce que moi, si. Je vous donne dix dollars maintenant. Les dix autres à mon retour. Je parie que vous vous appelez John Smith, ajouta-t-elle à l'intention du copain.

— Ben non ! Clipper Plink.

— C'est bien ce que je disais. Clipper Plink.

— Comment vous savez tout ça ? Vous avez des pouvoirs surnaturels ?

— Et pas qu'un peu !

— Bordel, Clip ! entendit-elle comme elle retraversait la rue en sens inverse. Qu'est-ce que tu peux être con !

Connors adorait la regarder travailler. Il trouvait cela à la fois fascinant et divertissant. Il avait profité pleinement du spectacle. Le coup du flic méchant, ça ne ratait jamais.

À présent elle venait vers lui, un petit sourire aux lèvres.

— Combien de fois as-tu pratiqué ton numéro du regard qui tue ? s'enquit-elle.

— Je n'ai pas compté. Je ne me sens guère en sécurité par ici. Je suis soulagé d'avoir un flic à portée de main.

— Comme si tu en avais besoin.

— Uniquement de toi, ma chérie. Jour et nuit.

— Ne me dis pas que tu es venu ici à bord d'une limousine assortie à ton costume ?

— Alors je ne le dirai pas. Si tu m'expliquais pourquoi nous devons entrer dans ce bouge par une soirée qui s'annonce printanière ?

— L'une des strip-teaseuses est aussi une des « mamans » d'Ava. Je te raconterai tout plus tard, je pense que tu comprendras au fur et à mesure. Mais je veux absolument l'interroger maintenant. Elle finit dans une heure.

— Dans ce cas, allons-y, fit-il en ouvrant la porte.

Ils pénétrèrent dans l'univers clinquant du sexe à vendre.

L'air empestait la sueur, le sperme, les fumées de diverses substances illégales et l'alcool bon marché. Le sol était jonché d'immondices. Hommes et femmes aux yeux vitreux, aux yeux hallucinés, aux yeux ennuyés se pressaient autour des tables ou du bar souillé tandis que deux serveurs – un mâle et une femelle – s'affairaient. Tous deux étaient nus – hormis tatouages et piercings – et l'éclairage hideux nimbait leur peau d'une teinte rougeâtre.

Sur une minuscule estrade deux femmes – impossible de les qualifier de danseuses – gigotaient autour de poteaux chromés au son d'une musique assourdissante. Toutes deux arboraient autour de la taille une ceinture à paillettes destinée à recueillir les billets. Connors nota que le numéro en cours n'avait pas rapporté grand-chose.

Il se dirigea vers le bar avec Eve. Le barman avait le teint d'une pâleur incroyable. Ses yeux étaient ourlés de rose comme souvent chez les junkies, mais Connors constata que ses iris étaient d'un bleu limpide.

L'albinos posa un gobelet contenant un liquide noir devant un client avant de les interpeller.

— Une boisson minimum au bar. Deux pour une table.

— Cassie Gordon ?

— Une boisson minimum au bar.

Connors sortit un billet de dix dollars alors qu'Eve brandissait son insigne.

— Laissez tomber les boissons, dit Connors. Je tiens à mon estomac.

Eve abattit son insigne sur le comptoir.

— Cassie Gordon.

— On a une licence ! protesta l'albinos en indiquant du doigt le certificat dûment affiché comme l'exigeait la loi. On est à jour.

— Ce n'est pas votre licence qui m'intéresse. Cassie Gordon.

Le barman ramassa le billet et le glissa dans sa poche.

— Elle est là-haut avec un client. Il lui reste cinq minutes. Et elle passe sur scène dans vingt minutes. Vous pouvez soit lui parler entre les deux, soit attendre qu'elle ait fini. Ça m'est égal. Si vous prenez une table, ça vous coûtera dix dollars de plus.

— Camarade, même en combinaison antinucléaire, je refuserais de m'asseoir sur une de ces banquettes. Ce que vous allez faire, c'est nous prêter une pièce propre – pas une de vos salles de sexe – et y envoyer Cassie. Vous allez lui dire d'écourter la séance et de descendre. Sinon, mon partenaire et moi allons vous rendre la vie désagréable.

Le barman désigna Connors du menton.

— Il n'est pas flic. Les flics ne s'habillent pas comme ça.

— En effet, convint Connors d'un ton en apparence aimable. C'est pourquoi je vous ferai encore plus mal, et avec encore plus de plaisir. Où est le bureau du propriétaire ?

— Je n'ai pas de raisons de vous causer des problèmes.

Il se pencha. Eve perçut un bourdonnement et une porte s'ouvrit derrière le bar.

— Parfait ! déclara Connors. Vous aurez le deuxième billet quand nous en aurons terminé. Sauf si vous nous contrariez, ma partenaire ou moi. Dans ce cas, je reprendrai le premier billet et je vous massacrerai au passage.

Eve ne dit pas un mot jusqu'à ce qu'ils soient à l'intérieur. C'était un espace étriqué, relativement propre, meublé de deux fauteuils, d'un bureau et d'une multitude d'écrans muraux.

— C'est moi le flic. Moi qui intimide et qui menace.

— Pourquoi m'avoir proposé ce rendez-vous romantique si tu ne comptais pas me laisser m'amuser aussi ?

— J'avais envie de terroriser le barman.

Il rit, tapota la fossette sur son menton.

— Ma chérie, je te promets que le prochain sera pour toi.

— On a sans doute deux ou trois minutes devant nous. Voici une version éclair des faits.

Elle lui résuma ce qu'elle avait appris de la bouche de Bebe Petrelli, lui exposa sa théorie au sujet d'Anders senior et conclut avec son hypothèse selon laquelle Ava aurait approché Cassie Gordon.

— Elle a commis une erreur avec Petrelli, fit remarquer Connors. Tu crois qu'elle en a commis un autre ?

— Nous n'allons pas tarder à le découvrir. Gordon est dans le métier depuis huit ans. Une femme qui tient aussi longtemps dans un milieu pareil doit cerner les gens rapidement. Elle a une fille. Une gamine de dix ans, inscrite au programme. Patinage artistique. Pas de père à l'horizon. Elle a un coach particulier. Sur le papier, c'est Gordon qui la paie. Tu crois qu'elle gagne assez dans ce boui-boui pour offrir un prof privé à la petite ?

— Certainement pas.

— Elle va nous expliquer où elle trouve l'argent pour le prof, combien de services elle a rendus à Ava. Et je vais savoir si l'un d'entre eux était d'éliminer Anders.

— La voilà.

Connors leva les yeux vers l'un des écrans. Une grande blonde en minirobe verte se faufilait entre les tables, juchée sur des semelles compensées. Sur son passage, un homme glissa la main sous sa jupe.

La blonde le gifla, le faisant gicler de son siège, sans ralentir le pas.

— En voilà une autre qui sait se défendre, commenta Connors avec un sourire à l'adresse d'Eve. Ce genre de femme ne manque jamais de me séduire.

18

Se retrouver dans une pièce minuscule avec deux femmes dotées d'une forte personnalité était une expérience fort intéressante, selon Connors. Cassie Gordon pénétra dans la pièce, une Amazone en négligé de satin provocant, le regard aussi sombre que ses racines. Elle fixa Eve, pinça les lèvres.

— Je passe sur scène dans vingt minutes. Si je ne danse pas, je ne suis pas payée, alors à moins que le département de police de New York ne compense mon…

Elle aperçut Connors, braqua les yeux sur lui. Son agacement se métamorphosa en plaisir, sa bouche se retroussa en un sourire séducteur.

— Bonsoir, inspecteur Beau Gosse. Vous êtes ici pour me palper, j'espère?

Connors n'eut pas le temps de décider s'il devait se sentir amusé ou insulté qu'elle l'ait pris pour un flic qu'Eve se plantait devant Cassie.

— C'est à moi que vous allez parler.

— Je préférerais parler, et faire un tas d'autres choses, avec lui.

Elle haussa les épaules, s'échoua sur un siège et croisa ses longues jambes nues.

— C'est quoi, le problème?

— Si vous commenciez par me dire où vous étiez entre 1 heure et 5 heures le matin du 18 mars. Mardi.

— Chez moi.

Elle repoussa ses cheveux, gratifia Connors d'un coup d'œil lascif.

— Toute seule dans mon grand lit.

— Arrêtez vos conneries, Cassie, si vous ne voulez pas poursuivre cette conversation au Central.

— Qu'est-ce qui vous choque ? À cette heure-là, je suis à la maison. Je travaille de jour.

— Dans votre profession, il arrive souvent qu'on vous demande de faire des heures supplémentaires. Connaissiez-vous Thomas Anders ?

— Pas spécialement. Je sais qui c'est – qui c'était, rectifia-t-elle. Ma fille est inscrite à l'un de ses programmes. Elle pratique le patinage artistique. C'est une championne. Je n'ai pas couché avec lui.

— Vous êtes-vous déjà rendue au domicile des Anders ?

— Vous rigolez ?

Elle renversa la tête en arrière et éclata de rire.

— Elle se fiche de moi ? lança-t-elle à Connors.

— Non. En quoi sa question est-elle si amusante ?

— Je me désape et je donne du plaisir aux hommes pour gagner ma vie. Pas exactement le genre de personne que les Anders invitent à dîner.

— Cependant, Mme Anders vous a reçue, reprit Connors. Dans des centres de balnéothérapie, dans des hôtels.

— C'est différent. Ces séjours sont organisés pour les mères des enfants inscrits aux camps sportifs. Je suis une bonne mère, glapit-elle. Personne ne peut dire le contraire.

— Personne ne le dit, répliqua Connors d'un ton calme. Mais vous entreteniez des relations avec Ava Anders.

Elle laissa échapper une sorte de grognement narquois.

— Si vous voulez appeler ça comme ça.

— Vous l'appelleriez comment, vous ?

— Je dirais plutôt à un arrangement, comme celui que je viens de conclure avec mon client, là-haut.

— Elle vous a baisée, Cassie ? intervint Eve.

— Pas littéralement. Je n'ai rien contre une séance entre filles si le tarif suit, mais je ne pense pas que ce soit son truc.

Elle haussa l'épaule et son sein droit jaillit légèrement de son décolleté.

— Elle voulait quelque chose, j'ai accepté, et j'ai été payée. Point à la ligne.

— Qu'est-ce qu'elle voulait ?

— J'ai supposé qu'elle m'avait invitée pour me prouver à quel point elle est... comment dire... démocratique. Tu parles ! Mais ma fille ? C'est une perle. Pour elle, je suis prête à tout.

— Que vous a demandé Ava ?

— Écoutez, il faut que je mette mon costume. C'est mon dernier passage pour aujourd'hui, je ne peux pas me permettre...

— Vous aurez une compensation, coupa Connors en jetant un regard tranquille à Eve.

Cassie les examina à tour de rôle.

— J'empoche parfois jusqu'à cinq cents dollars.

— N'importe quoi ! lâcha Eve.

— Vous aurez une compensation, répéta Connors. Répondez au lieutenant, cessez de tourner autour du pot, et vous aurez vos cinq cents dollars.

Elle étrécit les yeux.

— Vous n'êtes pas flic.

— Et je m'en félicite chaque jour. Vous avez le choix : soit vous coopérez avec le lieutenant et vous repartez avec votre fric, soit vous coopérerez malgré tout, mais dans un environnement moins confortable et sans rétribution. En outre, vu que vous vous débrouillerez pour présenter votre numéro de toute façon après notre départ, ce sera tout bénéfice pour vous.

— Pas flic, mais pas stupide.

De nouveau, Cassie haussa les épaules.

— D'accord. J'emmène ma petite Gracie à la patinoire dans le parc. Je fais ça depuis qu'elle a trois ans. Même moi, je me rends compte qu'elle est douée. Elle adore ça. J'ai du mal à boucler mes fins de mois, donc, elle ne peut patiner qu'en hiver. Pas question de lui offrir une bonne paire de patins ni un professeur. Un jour, j'ai l'idée de poser sa candidature au programme Anders. Elle est acceptée. J'ai l'impression de lui avoir décroché la lune. Je suis prête à tout pour qu'elle la conserve.

— Ava Anders vous a demandé quelque chose ?

— Elle veut connaître les dessous du métier, ça ne va pas me défriser. Elle veut regarder par le trou de la serrure, pourquoi pas ? Elle estime que je lui dois un peu de mon temps, je m'arrange. Ma fille reçoit une belle paire de patins, une tunique, des heures de cours. Elle veut prétendre que son mari a un faible pour le sadomaso, qu'est-ce que ça peut me faire ?

— Prétendre ?

Cassie sourit.

— Je sais tout de suite quand on me mène en bateau. Ces petites *causeries* étaient pour son bénéfice. Peut-être qu'elle avait envie de tenter quelques expériences avec son vieux. Rien de mal à ça. Sauf qu'il est mort, pas vrai ? Mort en pleine séance. C'est elle qui l'a trucidé ?

— Elle était à l'étranger au moment du meurtre.

— Une chance pour elle.

— Vous ne l'aimez pas, observa Connors.

— En effet. Elle régente tout. Elle cache ça derrière ses «nous appartenons tous à la grande famille Anders», mais on a intérêt à s'incliner. J'ai l'habitude avec les gros porcs, là-haut. Mais je suis payée.

— Vous a-t-elle confié des détails sur sa vie sexuelle ?

— Elle m'a dit que son mari avait des goûts qu'elle ne partageait pas. Elle a été assez subtile. J'ai eu l'impression qu'elle tâtait le terrain. Je me suis dit à un moment qu'elle allait m'engager pour qu'elle puisse nous regarder et apprendre. Le hic, c'est qu'elle ne m'aimait pas plus que je ne l'aimais. Nous le savions toutes les deux.

— Que lui avez-vous donné en échange des cours particuliers ?

— C'est moi qui paie les cours particuliers, rétorqua Cassie. *Moi.*

— Vous ne gagnez pas assez pour payer un coach.

— J'ai de gros pourboires.

— Qu'est-ce que j'entends ? fit Eve en inclinant la tête. Tiens ! Cinq billets de cent qui s'envolent par la fenêtre.

— Bordel !

Cassie bondit sur ses pieds et regarda Eve droit dans les yeux.

— Il s'agit d'un meurtre, non ? D'un crime. Je veux être sûre que vous n'allez pas m'enfermer pour un simple délit.

— Je me moque de savoir si vous faites des heures sup, assura Eve.

Cassie l'étudia longuement puis, apparemment satisfaite, opina.

— J'exerce aussi dans le privé. Je n'ai pas ma licence. Et je fais une petite gâterie gratuitement au père du coach, une fois par semaine. En prime. Ça diminue le prix. En fait, c'est un type gentil. Il a eu un sale accident il y a une trentaine d'années. Il a des cicatrices partout. Même si Anders proposait de prendre les cours à sa charge, je continuerais comme ça parce que ça marche. Et je tiens à avoir ma part dans la réussite de ma fille. Si vous vous imaginez que j'étais avec Anders et que ça a mal tourné, vous vous trompez. Je suis chez moi toutes les nuits. Je ne laisse jamais ma petite toute seule. Jamais. Vous pouvez poser la question à n'importe qui. Je vous conseille plutôt de chercher du côté de sa femme. De vous assurer qu'*elle* n'y était pas.

— Pourquoi ?

— Cette femme a un cœur de pierre.

L'interrogatoire était terminé. Connors savait qu'Eve venait d'éliminer Cassie de sa liste. Mais il était intrigué.

— Pourquoi travaillez-vous ici ? Vous pourriez gagner plus dans un club un peu plus chic.

— Je ne sais pas danser, avoua-t-elle gaiement. Dans les clubs chics, on embauche des filles qui ont de la classe. Moi, j'ai ça.

Elle écarta les pans de son négligé, révélant un corps aux courbes appétissantes, mais qui semblait avoir beaucoup servi.

— Pas mal, mais pas top non plus. Si je change de catégorie, enchaîna-t-elle en refermant son peignoir, on va me demander de remettre de l'ordre dans tout ça. Ici, ils s'en fichent du moment qu'on assure ses passages et son quota de pipes à l'étage. Je peux travailler la journée et être avec ma fille le soir. Et je passe tous mes week-ends avec elle. C'est un compromis qui vaut le coup. Vous verrez, un de ces jours, elle gagnera une médaille olympique. C'est une championne.

— Gracie Gordon. Je m'en souviendrai. Merci de nous avoir consacré un peu de temps.

Eve se dirigea vers la porte tandis que Connors sortait une liasse de billets de sa poche.

— Nom d'un chien, vous trimballez toujours autant de fric sur vous ? s'exclama Cassie, stupéfaite. Dans ce quartier ?

— Je trimballe ce que je veux. Voilà cinq cents dollars, plus cent. Pour la championne.

Cassie contempla l'argent dans sa main.

— Vous êtes un type bien, Beau Gosse. Oui, vraiment. Si vous avez envie d'une petite partie de jambes en l'air gratuite, je suis à votre service.

— Ce serait sans doute un moment mémorable, mais mon épouse est extrêmement jalouse, expliqua-t-il en adressant un sourire à Eve qui l'attendait sur le seuil.

— Elle ? Vous ? Waouh, ça décoiffe !

Eve sortit au pas de charge. Lorsqu'ils furent dans la rue, elle fit volte-face, les poings sur les hanches.

— Tu étais vraiment *obligé* de préciser que j'étais ta femme ?

Le sourire de Connors s'élargit.

— Oui, car j'étais terrifié. J'avais besoin de ta protection. J'ai comme l'impression que cette femme a jeté son dévolu sur moi.

— Je vais t'en jeter un, de dévolu, qui ne partira pas sous la douche.

— Voilà qui m'excite… Qu'as-tu en tête ?

— En plus, tu lui as donné six cents dollars !

— On dirait que c'est toi qui vas payer le dîner ce soir.

— Écoute-moi bien, Roi du Monde. Tu n'as pas à offrir six cents dollars à une danseuse nue qui est aussi une suspecte.

— N'est-ce pas le Pouvoir de Connors ? contra-t-il. D'autant que tu as cessé de la considérer comme une suspecte à l'instant où tu l'as vue gifler ce vicelard dans le club.

Avant qu'elle ne puisse répliquer, le petit dur sous le porche l'interpella :

— Dites ! Vous allez la bouger, votre caisse, ou vous avez l'intention de la laisser là toute la nuit ?

D'un regard, elle lui intima le silence.

— Si elle gagne six cents dollars en six rounds dans ce bouge, moi je vais me mettre à gigoter autour d'un poteau chromé.

— J'adorerais voir ça ! Cela dit, je suis d'accord avec toi. Mais ce n'est pas le problème. Elle a demandé cinq cents dollars, j'ai accepté. Le sixième billet est pour sa fille, et elle veillera à ce que celle-ci l'ait. J'admire et je respecte une femme qui fait tout pour son enfant.

Eve exhala. Bien sûr, il avait pensé à sa propre mère. Aux souffrances qu'elle avait endurées, à tous ses sacrifices. Elle en était morte.

— Tout de même, bougonna-t-elle, à court d'inspiration. Et pourquoi l'ai-je éliminée de ma liste quand elle a calotté ce salopard, selon toi ?

— Parce que tu as vu, comme moi, une femme directe qui va droit au but. Elle aurait peut-être tué Anders si elle n'avait pas eu le choix, mais elle ne l'aurait pas laissé mourir de suffocation.

— Tu aurais dû être flic.

— Tu dis ça parce que j'ai révélé que tu étais ma femme. Disons que nous sommes quittes.

Elle réfléchit.

— Je ne vais pas t'inviter à dîner parce que je suis fauchée et qu'on peut l'avoir gratos à la maison. Donne un autre billet de dix dollars à Boudeur et son copain Imbécile, veux-tu ?

Quand il la rejoignit dans la voiture, elle ricana.

— Je parie que tu ne leur as pas laissé de pourboire.

— En fait, si. Mais comment peux-tu être fauchée ?

— Pardon ? Ah ! Je ne sais pas. Parce que les gens n'ont de cesse de me demander du fric. Ils veulent bien aller me chercher un tube de Pepsi, mais ils veulent une récompense. Les salauds. Et puis, il y a les imprévus. Les indics à payer.

— C'est couvert par le budget du département.

Elle fit la moue.

— Oui, et le temps qu'ils se décident, je serai à la retraite et je prendrai des cours de hoola-hoop à Maui. C'est quoi là, l'inquisition ?

— Je ne comprends pas comment – oui, je te le dis – ma femme peut se plaindre d'être fauchée. Prends de l'argent sur ton compte, pour l'amour du ciel, ou demande-moi des espèces !

— Te deman…

Heureusement, le feu passa au rouge, l'obligeant à s'arrêter. Elle se tourna vers lui et lui lança un regard noir.

— Pas question de te taxer un cent.

— Tu viens de me taxer dix dollars pour ce voyou.

— C'est différent.

— En quoi ?

— Eh bien… ce n'était pas pour moi, c'était pour lui. Si tu veux, je remplirai un formulaire au Central et je te rembourserai.

— Quand on prendra ces cours de hoola-hoop sous les tropiques en mangeant du *poi*. Ne joue pas les idiotes.

— Traite-moi encore d'idiote et tu ne pourras avaler que du *poi* parce que tu n'auras plus de dents.

— Je ne t'ai pas traitée d'idiote, je t'ai demandé de cesser de te comporter comme telle, rétorqua-t-il. Et si tu ne démarres pas, on va avoir une émeute sur les bras.

Elle appuya sur l'accélérateur jusqu'au feu suivant.

— Je me suis toujours débrouillée toute seule et je n'ai pas besoin que papa me file une allocation mensuelle. Je m'en sors très bien.

— C'est évident puisque tu te promènes les poches vides.

— J'ai des cartes, non ?

— Comme tout a dû changer depuis l'époque où je vivais dans la rue. Le plastique, ce n'était pas mon truc.

Un point pour lui.

— Bon, d'accord, je n'ai pas eu l'occasion de tirer de l'argent ces derniers jours. Et alors ? Je ne comprends pas pourquoi ça t'irrite à ce point.

— De toute évidence.

Il s'en tint là, mais le message était clair : il n'était pas seulement irrité, il était furieux.

Elle ne comprenait pas. Pas du tout. Comment en étaient-ils arrivés là ?

À présent il l'ignorait, le regard rivé sur son mini-ordinateur. Sans doute consultait-il son compte en banque dans le but de lui prouver à quel point elle était stupide. Tout ça parce qu'elle s'était retrouvée un peu à court entre deux salaires.

Et alors ?

Elle rumina tout le long du trajet. Quand elle s'arrêta devant la maison, tous deux descendirent sans un mot.

— Écoute…

— Non, Eve, c'est toi qui vas m'écouter. À l'intérieur.

Comme il s'éloignait à grandes foulées, elle n'eut d'autre choix que de le suivre. Elle n'avait vraiment pas besoin de ça. Elle avait des tonnes de boulot. « Du boulot, tu en as sans arrêt », lui chuchota une petite voix. Ce qui ne fit qu'accroître son sentiment de culpabilité.

Dans le vestibule, Connors leva le doigt. Avec surprise, et envie, Eve vit Summerset disparaître sans un mot. La voie étant libre, ils montèrent.

Elle s'attendait qu'il l'entraîne dans l'un de leurs bureaux respectifs ou dans la chambre. Au lieu de quoi, il opta pour l'un des salons. Des plantes fleuries ornaient le trio de fenêtres. Deux fauteuils confortables trônaient de part et d'autre d'une table basse. Connors ôta son manteau et le jeta sur un siège.

— Je vais boire un verre de vin.

Elle ne fut pas surprise lorsqu'il s'approcha du mur pour révéler un réfrigérateur dissimulé derrière les lambris. Il déboucha une bouteille, sortit deux verres, les remplit.

— Si tu t'asseyais ?

— J'ai l'impression que je vais me faire remonter les bretelles par un parent furieux parce que j'ai dilapidé tout mon argent de poche en bonbons. Ça ne me plaît pas, Connors.

— Je ne suis pas ton père, et je me fiche éperdument de la manière dont tu dépenses ton argent. Là ! Rassurée ?

— Non.

— Dommage pour toi. En ce qui me concerne, je vais m'installer pour déguster ce vin et continuer de résister à la tentation de te cogner la tête contre la surface solide la plus proche.

Elle resta debout.

— Tu ne peux pas te mettre dans une colère pareille sous prétexte que je suis un peu à court avant la fin du mois.

— Tu te trompes.

Elle aurait préféré un éclat en bonne et due forme. Et il en était parfaitement conscient, elle le savait.

— Seigneur, où est le problème? J'ai eu des imprévus. La semaine dernière, j'ai dû sortir deux cents billets pour un indic et... il y avait ce gosse et...

— Je viens de te dire que je me fiche éperdument de la manière dont tu dépenses ton argent. Ce qui me navre, c'est que tu te balades les poches vides plutôt que de me demander un complément. Ou de te servir toi-même puisque tu connais les combinaisons de tous les coffres.

— Si tu crois que je vais m'amuser à ouvrir tes...

— Précisément, coupa-t-il.

Il posa son verre d'un geste si calme, si délibéré qu'elle devina qu'il le lui aurait volontiers jeté à la figure.

— Tu refuses de te servir dans *mes* coffres. Tu ne comprends donc pas combien c'est insultant pour moi? Pour nous?

Pour gagner du temps, Eve se débarrassa de son manteau et le posa sur celui de son mari. Puis elle s'assit, s'empara de son verre. L'examina.

— Tu crois que c'est facile, que parce que nous sommes mariés, il est normal que je te tape...

— Et voilà, tu recommences! En quoi est-ce me *taper*, bon sang?

En dépit de la migraine qui commençait à la tarauder, elle avala une généreuse gorgée de vin.

— C'est comme ça que je le ressens! Sais-tu combien de temps il m'a fallu pour m'habituer à vivre ici – enfin presque m'y habituer –, pour m'y sentir chez moi ? Ta fortune, je l'avais classée dans la colonne des moins. Je suis tombée amoureuse de toi malgré elle. Si ça fait de moi une idiote, tant pis.

— Je suis parti de rien, j'ai construit tout ce que j'ai. J'en suis fier. Je conçois que tu aies ton orgueil. Je sais aussi que tu n'accordes pas grande importance à l'argent. Dans ce cas pourquoi ne pas profiter un peu du mien quand tu es à court ?

Elle constata avec soulagement que son énervement se dissipait. Il était sidéré, voire blessé, mais plus fâché.

— Je n'y ai pas pensé. Je ne m'en suis aperçue que lorsque j'ai sorti le billet de dix. J'avais d'autres préoccupations... Tout cela est vrai, mais c'est aussi une dérobade.

Elle but de nouveau. Elle avait la gorge sèche.

— Je ne peux pas. Je suis désolée que cela te contrarie ou te vexe, mais c'est plus fort que moi. Je suis incapable de te tendre la main pour de l'argent.

Il ne dit rien pendant quelques secondes, puis :

— Si nos situations respectives étaient plus semblables, le pourrais-tu ?

— Non. Ce n'est pas une question de chiffre. C'est un ensemble.

Il scruta son visage.

— Tu raisonnes comme une femme obstinée, imprévoyante et radine. Mais bon, d'accord.

— Bon ? D'accord ? s'écria-t-elle, ahurie. C'est tout ?

— Ce sont sans doute ces trois défauts que j'avais inscrits dans ma colonne des moins, riposta-t-il avec l'ombre d'un sourire. Je suis tombé amoureux de toi malgré cela.

Il sortit cinquante dollars de sa poche, lui intima le silence d'un geste, comme avec Summerset, et posa le billet sur la table basse.

— Fais-moi plaisir. Accepte ce prêt. Je ne veux pas que tu partes sans rien demain matin. Tu m'en devras donc soixante le jour de ta paie, en ajoutant les dix de tout à l'heure.

— Entendu.

Elle fourra le billet dans sa poche.

— Nous venons de trouver un compromis? s'enquit-elle.

— Je crois que oui.

— Tant mieux.

Elle but une gorgée de vin.

— Cette pièce est agréable.

— Je trouve aussi. Elle vient d'être redécorée. C'est assez réussi, n'est-ce pas?

— Redécorée? Vraiment? Quand?

— Juste après les vacances.

Connors sourit.

— Je crois t'en avoir touché un mot, au cas où tu aurais voulu y mettre ton grain de sel.

— Ah! Oui, je m'en souviens vaguement. Tu t'es sans doute mieux débrouillé sans moi.

— Jamais.

Elle poussa un soupir, submergée par un élan d'amour.

— On pourrait peut-être dîner ici ce soir? suggéra-t-elle.

— Encore un compromis?

— En guise d'intérêts sur les soixante dollars.

— Mes taux sont très élevés, s'esclaffa-t-il. Tu vas devoir commander le repas, pour la peine.

— Avec plaisir, fit-elle en se levant. Puisque nous nageons en plein compromis, ce sera une pizza.

Ils dînèrent dans une atmosphère paisible. Inévitablement, la conversation s'orienta sur l'enquête d'Eve.

— J'ai confié le distributeur de pilules à Feeney. Si j'avais su qu'il allait tant traîner, je te l'aurais apporté.

— Si le programme a été trafiqué, il ne tardera pas à le découvrir. Quoi qu'il en soit, ça ne prouvera pas que c'est Ava la coupable. Son mari a pu le modifier lui-même. Ça ne tiendra pas devant un tribunal.

— C'est un poids de plus sur la balance. Un élément supplémentaire dans la case occasion. À l'inverse, elle ne peut pas prouver qu'il prenait des somnifères tous les soirs, ni même ponctuellement. Pour ce qui est des femmes qu'il aurait prétendument ramenées à la maison, nous n'avons que la parole d'Ava. J'ai interrogé trois de ses ex-conquêtes. Toutes le décrivent comme un amant timide, attentionné, peu aventureux.

— Je veux bien le croire. Cependant, selon Ava, son comportement aurait changé récemment.

— Tu crois franchement qu'un type timide, attentionné et peu aventureux peut se métamorphoser du jour au lendemain en un pervers qui moleste des mineures ? Elle aura du mal à convaincre le jury. D'autant que ses frasques avec Charles sont documentées, contrairement aux incartades d'Anders. Cela risque de jouer contre elle au lieu de la couvrir. J'ai la déclaration de Petrelli. J'aurais aimé que celle de Cassie Gordon aille dans le même sens. En tout cas, j'en déduis qu'Ava a vite compris qu'elle ne pourrait pas se servir de Gordon de cette façon. Il en existe donc une troisième. Celle qu'elle a su pousser au meurtre.

— Tu as une autre candidate ?

— Je verrai ça demain. Mais je dois élargir la palette. Ce n'est peut-être pas une mère. Imaginons qu'elle ait préféré une ardoise vierge – pour reprendre ton expression –, qu'elle ait sélectionné quelqu'un de l'extérieur, qu'elle se soit arrangée pour la maintenir à l'écart du groupe. Qu'elle en ait fait sa chouchoute. Tous ces noms ! ajouta-t-elle dans un soupir. Il va falloir des semaines pour arriver au bout de cette liste.

— Je peux te donner un coup de main. Je suppose que tu élimines d'emblée toute personne mariée ou partageant un appartement. Il faut donc se concentrer sur les mères célibataires. Celles qui, hormis leurs enfants, n'ont ni famille ni amis. Quelqu'un de suffisamment intelligent pour suivre des instructions, et d'assez faible et terrifié pour s'y soumettre.

— Quand je te dis que tu aurais dû être flic.

Il soupira.

— Nous venons juste de nous réconcilier.

— Pour se réconcilier vraiment, il faut faire l'amour.

— Ça me va !

— Le boulot d'abord, camarade, fit-elle en le poussant légèrement, le sexe ensuite. Je veux me pencher sur le dossier du décès d'Anders senior. Où est le maillon faible ? Un meurtre n'est jamais parfait. Si je trouve la faille dans cette affaire, cela me mettra peut-être sur la voie.

En franchissant le seuil du salon, Eve jeta un coup d'œil par-dessus son épaule.

— La déco. Combien de temps t'a-t-il fallu pour dénicher un professionnel ?

— Très peu dans la mesure où je suis propriétaire de l'entreprise.

— Et pour les gens normaux, combien faut-il prévoir ?

— Tout dépend de l'importance du chantier, des exigences du client, de son budget.

— Je parie que tu n'aurais aucune difficulté à découvrir qui Ava a embauché et à quelle date elle a eu son premier rendez-vous.

— Il suffit que je passe un coup de fil.

Il lui tapota les fesses.

— Je te rejoins. Je vais ôter ce costume.

Elle fit quelques pas, s'immobilisa, se tourna vers lui.

— Connors ?

— Mmm ?

— Je serais tombée amoureuse de toi même si tu avais eu deux fois plus de fric, ce qui me paraît virtuellement impossible. Mais tout de même.

— Et moi, je serais tombé amoureux de toi même si tu avais été deux fois plus obstinée, ce qui me paraît virtuellement impossible. Mais tout de même.

— On forme une bonne équipe, murmura-t-elle avant de se détourner.

19

Quand il entra, elle était assise à son bureau, sa veste négligemment jetée sur un fauteuil. Celle-ci la gênait pour travailler. Son arme ? Elle n'en ressentait sans doute pas plus le poids que celui de ses bras.

Des volutes de vapeur s'élevaient de la tasse posée près de son ordinateur. Le café, songea-t-il, lui était aussi indispensable que son pistolet.

Elle n'était pas encore à bout de forces. Il l'avait déjà vue travailler jusqu'à l'épuisement total. Cette fois, c'était différent. Elle était chargée à bloc.

— C'est une compétition.

Elle se tourna vers lui, sourcils froncés.

— Pardon ?

— Tu es concentrée et déterminée, comme toujours. Tu t'investis totalement dans ta mission, comme à ton habitude. Mais tu ne souffres pas.

— Souffrir, moi ? Je ne souffre jamais.

— Oh que si, Eve chérie. Le meurtre te met en rage, te blesse, et la victime te hante. Mais dans le cas présent, il y a autre chose. Elle te nargue, te défie, et le fait que tu ne l'aimes pas te donne encore plus d'énergie. Tu as décidé de la battre coûte que coûte.

— Possible. Tout est bon à prendre si ça marche. L'essentiel, c'est de clôturer l'affaire. Leopold est très efficace. Je viens de recevoir sa liste des bénévoles –

du moins celles dont il se souvient – qu'Ava sollici-
tait pour de menues corvées. Si tu en as le courage,
nous allons nous les partager.

— Transfère ma part sur mon ordinateur.

— D'accord. On devrait… C'est vrai qu'elle me
déplaît, cette femme. Je l'ai détestée à l'instant où
je l'ai vue sur l'écran de surveillance, quand elle est
arrivée chez elle le jour du drame.

— Avec sa tenue impeccable et ses cheveux bien
coiffés, se rappela Connors.

— Oui, c'était…

Eve claqua des doigts.

— Mais comme je dois rester objective, j'ai essayé
de passer outre. En vain. Il m'a fallu un moment
pour comprendre pourquoi.

Il se percha sur le coin de sa table.

— Je t'écoute.

— Promets-moi de ne pas t'emporter.

Il inclina la tête de côté.

— Pourquoi m'emporterais-je ?

— Elle me fait penser à Magdelana.

Il resta silencieux un moment, se contentant de la
dévisager, puis se leva pour aller se planter devant le
tableau de meurtre.

— Ce n'est pas seulement son côté blondasse chic,
reprit Eve.

— Non, pas seulement, murmura-t-il.

Il pensa à Magdelana, une femme à laquelle il
avait énormément tenu à une époque. Une femme
qui l'avait trahi, et avait fait son possible pour bles-
ser Eve et ruiner leur mariage quelques mois auparavant.

— Pas seulement, répéta-t-il. Toutes deux ont une
fâcheuse tendance à exploiter les autres. Ce sont des
manipulatrices sous leur vernis de sophistication et
d'élégance. Tu as raison, elles se ressemblent.

— D'accord.

Décelant une note de soulagement dans sa voix,
il pivota vers Eve.

— Tu craignais que la comparaison ne m'agace ou me contrarie ?

— Peut-être. Ce qui est sûr, c'est que le jour où je la coincerai, j'éprouverai une satisfaction proche de l'orgasme.

— Je vois. La vengeance par procuration.

— Elle mérite de finir ses jours en cage, c'est évident. Mais, oui, il y a un peu de ça : la vengeance par procuration.

Il revint vers elle, déposa un baiser sur le haut de son crâne.

— Si ça peut t'aider. Maintenant que tu en parles, je crois que j'éprouverai moi aussi une satisfaction proche de l'orgasme.

— C'est petit, mesquin, et indigne de nous.

— Et d'autant plus jouissif. Envoie-moi le fichier, je vais te remplir ta tasse.

Elle lui transmit la deuxième moitié de la liste à partir de la lettre « N », puis elle s'attela à sa tâche.

L'éventail d'esclaves et de servantes potentielles était large. Les vulnérables, les indigentes, les reconnaissantes. Cette salope n'avait qu'à...

— Waouh ! Une seconde ! Stop !

Le café à la main, Connors reparut.

— Ça n'a pas été long.

— Attends ! Attends ! Attends !

Eve bondit sur ses pieds.

— Ordinateur, afficher à l'écran mural les données sur Custer, Suzanne.

— Qui est-ce ?

— Attends ! Ordinateur, écran numéro deux, données sur Custer, Ned.

Connors examina les deux photos, les éléments d'identification.

— C'est un couple marié, constata-t-il. Lui est mort récemment.

— C'est Baxter qui s'occupe de cette affaire.

Elle retomba sur son siège.

— Bordel, je n'ai pas conservé ce fichu dossier, et j'en ai besoin !

— Pousse-toi, ordonna Connors.

— Je t'interdis de pirater l'ordinateur de Baxter. Je vais l'appeler et…

— Ce sera nettement plus rapide à ma façon. Ce n'est pas du piratage, c'est un jeu d'enfant. Et vu la situation, tu es dans ton droit.

Il la poussa légèrement.

— Laisse-moi ta place.

— D'accord, d'accord !

Marcher un peu l'aiderait à réfléchir. Elle étudia la femme – plutôt jolie, l'air fatigué. Mère professionnelle, deux enfants, un mari volage à la main lourde.

— Ça ne peut pas être une coïncidence.

— Chut ! Encore trente secondes. Ah, nous y voilà ! De quoi as-tu besoin ?

— Remplace les données affichées par celles que tu as. On va les parcourir.

Elle le sentait, jusqu'au tréfonds. Mais…

— J'aimerais avoir ton avis d'abord.

Il lut comme elle le rapport décrivant l'assassinat du dénommé Ned Custer par un ou des individus inconnus à ce jour. Découvert égorgé dans la chambre d'un hôtel de passe, attaqué par-derrière, castré, aucune trace d'ADN, aucun témoin. Aucune piste.

— Je constate que l'épouse avait un alibi solide.

— Béton. Ils ont vérifié les transmissions de son communicateur, confirmé la source. Elle était chez elle quand on l'a saigné. Pas de petits amis, pas de parents proches, pas d'amis. Baxter et Trueheart sont consciencieux et méticuleux, ils n'ont rien trouvé.

— C'est une des mères d'Ava.

— Oui.

— *L'Inconnu du Nord-Express.*

— Hein ? C'est quoi, ce délire ?

— C'est un film remarquable. Tourné au milieu du XXᵉ siècle. Hitchcock, tu connais.

— Oui. Et alors ?

— En résumé, deux étrangers se rencontrent à bord d'un train. Le premier est un joueur de tennis professionnel, le second, un supporter. Au fil de la conversation, chacun avoue désirer se débarrasser d'une certaine personne de son entourage. Ils décident que la police ne les soupçonnera jamais s'ils s'échangent les crimes. C'est futé : comment pourrait-on relier les auteurs aux mobiles ? Il me semble que le scénario a été tiré d'un roman.

— Deux étrangers…

— Le premier, qui veut éliminer sa femme, ne prend pas au sérieux le second, un type instable, qui souhaite se débarrasser de son père. Mais la femme est exécutée, et le type instable fait pression sur le tennisman pour qu'il exécute sa part du marché. C'est retors et complexe. Il faut le visionner.

— C'est le coup de l'échange qui m'intéresse, murmura Eve. Cette possibilité. Vous tuez le mien, je tue le vôtre. Nous avons toutes deux un alibi, et qui pourrait nous soupçonner ? Comment Baxter aurait-il pu suspecter Ava Anders ? Elle ne connaît pas la victime, et le fait que Suzanne Custer participe aux programmes Anders ne signifie rien.

— Jusqu'à ce que tu entres en scène, décide que le crime Anders n'est pas un accident, et te mettes à creuser.

— Le calcul de probabilités ne donnera rien, marmonna-t-elle. J'ai besoin de plus d'éléments. Et toi ? Qu'en penses-tu ?

— La personnalité la plus forte élabore le plan et entraîne la plus faible dans son sillage. Elle passe à l'acte la première ce qui lui permet de faire pression sur l'autre, voire de la menacer. Quand la plus faible finit par céder, son travail est moins impeccable. Oui, c'est une hypothèse qui me convient.

— C'est plus facile de déstabiliser la plus faible. Je vais convoquer Suzanne Custer. Si on la cuisine suffisamment, elle finira par dénoncer Ava. Pousse-toi.

Connors lui céda sa place.

— Tu veux que je continue avec la liste ?

— Je confierai ça à un rond-de-cuir. On est sur une piste sérieuse. J'en suis certaine. Le dossier de Baxter est bien fourni. Il suffit d'étudier l'ensemble sous un angle nouveau. Suzanne n'a pas tué son mari. Elle a tué celui d'Ava.

— Il a fallu que les deux meurtrières entrent en contact, fit remarquer Connors.

— Où Custer s'est-elle procuré l'arme du crime, la drogue, le stimulant érectile ? C'est par là qu'il faut commencer. Ava a dû lui donner le code de sécurité, un plan de la maison.

Tout en parlant, Eve gribouillait des noms, des idées, des questions.

— Ils modifient le code tous les dix jours. Il fallait pouvoir transmettre l'info. Simultanément, on va s'attaquer à Ava. Je doute qu'elle ait un alibi irréfutable pour le soir du meurtre de Ned Custer. Ça colle ! ajouta Eve. La taille correspond. Elle est assez rigoureuse pour n'avoir laissé aucune trace de son passage, assez autoritaire pour soumettre quelqu'un d'autre à ses exigences...

— Baxter a sûrement demandé à la DDE d'analyser tous les appareils électroniques des Custer afin de relever les transmissions reçues et passées juste avant la mort du mari et, je suppose, une semaine au moins après.

— Oui, mais pas celles avant la mort d'Anders. Inutile, vu son alibi, elle n'était pas suspecte dans celle de son mari. Baxter ne l'a pas sentie coupable parce qu'il n'y avait rien à sentir.

Elle pianota sur la table.

— Cette ordure de Custer devait prendre des stimulants érectiles. Quant aux barbituriques... où une gentille maman comme Suzanne peut-elle en obtenir ? C'est elle qui a eu cette idée. Ça ne faisait pas partie du plan d'Ava.

— C'est terrible de perdre son mari dans des conditions aussi atroces, observa Connors. Je parie qu'un médecin compatissant a prescrit des calmants à la veuve éplorée. Sauf qu'au lieu de les avaler elle-même…

— Oui, oui ! Excellent ! Le toubib refusera de nous le confirmer sans mandat, mais en attendant, on peut examiner les relevés bancaires de Suzanne Custer pour savoir si elle a payé une consultation médicale ou des médicaments entre les deux affaires.

Elle tenta de joindre Baxter chez lui. Quand elle tomba sur sa boîte vocale, elle ordonna un transfert sur son mobile.

Elle entendit d'abord la musique, une mélodie suave. Le visage de Baxter apparut, faiblement éclairé.

— J'espère que vous me dérangez pour une bonne raison, grogna-t-il.

— Rendez-vous chez moi demain à 8 heures.

— Je suis en congé jusqu'à lundi. J'ai…

— Plus maintenant. Rameutez votre assistant.

— Dallas, lâchez un peu de lest ! J'ai une jolie brune…

— Débrouillez-vous pour l'ensorceler ce soir parce que je vous attends à 8 heures demain. Vous voulez toujours clôturer l'affaire Custer, Baxter ?

Son air renfrogné se dissipa.

— Vous avez du nouveau ?

— 8 heures précises demain. Si vous avez des notes personnelles qui n'apparaissent pas dans les rapports officiels, apportez-les.

— Donnez-moi au moins un indice !

— *L'Inconnu du Nord-Express*.

Elle raccrocha, contacta Peabody puis Feeney.

— Si je comprends bien, il va falloir prévoir un buffet conséquent pour tout ce petit monde, fit Connors.

— Tu n'es pas obligé de les nourrir. Ce serait bien que Mira vienne aussi. J'aimerais avoir son opinion sur les profils des suspectes.

Elle consulta sa montre.

— Il n'est pas si tard.

— Pendant que tu embêtes Mira, envoie-moi le fichier. Je vais farfouiller côté finances.

— Bonne idée. Tâche de voir si Suzanne Custer a acheté des stimulants sexuels.

Après avoir transmis le fichier, Eve fixa son communicateur. C'est vrai, il n'était pas si tard que ça. Prise d'un doute, cependant, elle décida de laisser un message.

— Docteur Mira, je ne voulais pas vous déranger. J'ai du nouveau dans l'affaire Anders, un lien possible avec un autre homicide non classé. Je sais que nous sommes samedi demain, mais mon équipe se réunit chez moi à 8…

— Eve ?

— Oh, bonsoir ! Je suis désolée de vous ennuyer en pleine… J'ai besoin de votre avis. Nous nous retrouvons chez moi demain. Si votre emploi du temps vous le per…

— Quelle heure ?

— À 8 heures.

— Je serai là. Voulez-vous que je consulte des dossiers d'ici là ?

— Je préfère avoir vos impressions spontanées.

— Entendu.

Mira tourna la tête, sourit.

— Dennis vous transmet ses amitiés. À demain.

— Merci.

Eve se replongea dans la lecture des rapports de Baxter, puis ouvrit un nouveau dossier dans lequel elle consigna les corrélations, les connexions – démontrées et possibles –, les chronologies. Au dos de son tableau de meurtre, elle disposa photos, notes et rapports. Puis elle recula d'un pas.

C'était clair. Parfaitement clair. Les étapes, les phases, les actes, les erreurs. C'était insuffisant pour procéder à une arrestation. Mais elle était sur la bonne voie.

La serrure et la clé, songea-t-elle. L'affaire Anders était la serrure, l'affaire Custer, la clé. Une fois la seconde insérée dans la première, la porte s'ouvrirait, et elle n'aurait plus qu'à tendre le bras pour attraper Ava.

Elle rejoignit Connors. Galahad ronronnait sur ses genoux.

— Tu as trouvé quelque chose ?

— Suzanne Custer n'a pas beaucoup de marge. D'après ce que je vois, c'est son mari qui se chargeait des comptes. La plupart des retraits sont à son nom à lui. J'ai plusieurs achats effectués dans un sex-shop au cours des six mois précédant sa mort. Comme je suppose que cela t'intéressera de savoir quels…

— Sur le plan professionnel, tu veux dire.

Il sourit.

— Bref, je me suis amusé un peu et je suis allé explorer les registres du vendeur.

— Tu as piraté.

— Tu dis cela d'un ton tellement désapprobateur ! Tu ne manqueras pas de le faire, officielle et fastidieuse, mais j'avais envie de satisfaire ma curiosité.

Il ramassa sa bouteille d'eau et but une gorgée. Ses yeux pétillaient.

— N'importe quoi ! Oui, j'obtiendrai ces informations par de manière officielle et fastidieuse, mais qu'as-tu trouvé ?

— Une multitude de boîtes d'un produit baptisé « Erectus ». Le flacon a la forme d'un phallus.

— Je coche.

— Divers joujoux. Anneaux, sondes, préservatifs aux textures étranges, vibrateurs.

— Je coche.

— Malheureusement, pas de liens en velours.

— Mais ils en vendent. Nous avons déjà vérifié. Suzanne s'y est-elle rendue elle-même ?

— Difficile de le savoir, mais c'est possible puisqu'ils acceptent les espèces. Toutefois, deux semaines avant la mort d'Anders, elle a eu un rendez-vous dans une clinique avec un certain Dr Yin, d'après les fichiers...

— Auxquels tu as accédé illégalement ?

— Que j'ai explorés, rectifia-t-il d'un ton nonchalant. Elle est ensuite allée à la pharmacie attenante avec une ordonnance pour des seringues, de la lotrominaphine sous forme liquide – un barbiturique destiné aux personnes souffrant de troubles du sommeil et de nervosité.

— Je vais récupérer toutes ces infos en suivant les procédures réglementaires. Ensuite, je pourrai les lui balancer à la figure, déclara-t-elle en pivotant sur ses talons.

— Où vas-tu ?

— Il n'est jamais trop tard pour réquisitionner un mandat.

— Même pas un merci. Après tout ce qu'on a fait pour elle, murmura Connors à l'adresse du chat. C'est ça, les flics.

Pendant qu'elle exposait ses arguments à Reo, substitut du procureur, Connors se replongea un moment dans l'analyse des relevés bancaires de Suzanne Custer. Quand il eut terminé, il posa Galahad sur le sol et alla rejoindre Eve.

— Ça marche, annonça-t-elle. Elle a râlé, mais elle a fini par céder.

— Elle a peut-être râlé parce qu'il est presque minuit.

— Mouais, admit-elle. Quoi qu'il en soit, le plan était presque parfait. Net et sans bavure. Le problème, ce sont les opérateurs. Elle a mal choisi son opérateur.

— Pourquoi ?

— Regarde-la, répondit Eve en indiquant l'écran. Lis sa biographie, étudie son visage. Ava a vu un être fragile, facile à manipuler puisqu'elle restait avec un mari qui la maltraitait. Elle a vu une femme ordinaire sur laquelle personne ne va se retourner. Une femme qui lui est redevable.

— Et toi, que vois-tu ?

— Ça, tout ça. Mais je vois aussi une femme qui prend le temps et la peine de trouver mieux pour ses enfants. Une femme qui, selon les déclarations recueillies par Baxter lorsqu'il a quadrillé le quartier, veillait sur eux. Elle n'a jamais franchi la ligne auparavant. Quand on pousse quelqu'un comme elle de l'autre côté de la ligne, tôt ou tard, elle finit par le regretter. Je vais m'arranger pour que ce soit tôt plutôt que tard.

— Tu pourras t'y mettre dans moins de huit heures.

— Pourquoi… Ah, oui.

Elle sauvegarda ses documents, éteignit son ordinateur.

— Ce n'est pas plus mal de prendre un peu de recul, décida-t-elle.

Il lui prit la main et l'entraîna à sa suite.

— Sache que Suzanne Custer s'en sort beaucoup mieux sur le plan financier depuis que son mari est mort.

— Une petite assurance-vie, une pension de réversion.

— Plus que cela. Au cours des douze derniers mois de son existence, il a dépensé environ quarante-six pour cent de leurs revenus à des fins personnelles. Les cinquante-quatre restants devaient couvrir le loyer, la nourriture, les dépenses de santé, les vêtements, le transport, les fournitures scolaires pour les enfants, etc. Désormais, elle touche son assurance-vie, la pension de réversion et son allocation de mère professionnelle diminuée de huit pour cent.

— Donc, elle…

— Elle dispose de trente-huit pour cent de plus.

— Pas mal. Nettement moins que ce que récolte Ava, mais au moins, c'est du solide. C'est… proportionné. Ce sera une autre question à aborder avec Custer. Merci.

Elle y réfléchit tout en se déshabillant.

— Plusieurs des séminaires organisés par Anders tournent autour des questions de budget, de planification financière. Je parie qu'Ava a montré à Suzanne comment améliorer considérablement sa situation.

— La stratégie de base consiste à lui dresser la liste de tous les avantages dont elle pourrait bénéficier. Et à enfoncer le clou en insistant sur les inconvénients d'un statu quo. J'imagine que ces séminaires encourageaient les participantes à prendre des décisions difficiles pour le bien de leur famille. Autant de théories qu'une femme aussi rusée qu'Ava Anders pouvait utiliser, en les pervertissant, pour séduire une femme vulnérable.

— Tous ces jeux de l'esprit, murmura Eve. Et si peu de preuves.

— Laisse tout cela reposer jusqu'à demain… D'autant que je crois bien que nous n'avons pas fini de nous réconcilier.

Il la saisit par les hanches et la plaqua contre lui. S'appuyant sur ses épaules, elle se hissa sur la pointe des pieds, puis enroula les jambes autour de sa taille.

— À quel point on était fâchés ?

— Au point d'être furieux.

— Tant que ça ?

— Nous avons failli ébranler les fondations de notre mariage.

— Mon œil.

Il rit, déposa un baiser sur ses lèvres.

— J'aime les journées qui se terminent ainsi.

Elle lui caressa la joue. Avec lui, elle les aimait toutes, songea-t-elle.

Ils s'embrassèrent tendrement. Ils allaient faire l'amour en douceur. Ils se connaissaient par cœur, l'un anticipant les désirs de l'autre, mais l'étincelle était toujours là, prête à incendier leurs corps.

Le cœur d'Eve se mit à battre plus vite, ses muscles se décontractèrent. Il sentit qu'elle s'abandonnait. Il savoura le goût de sa peau, là, sous le menton. Un frisson de plaisir le parcourut tandis qu'elle le caressait, le cajolait, lui chuchotait des mots d'amour.

Ce fut elle qui le guida dans son intimité. Les yeux dans les yeux, ils s'aimèrent à un rythme délicieusement lent, retenant leur souffle jusqu'au grand final.

20

Debout aux aurores le lendemain, Eve déploya tous les éléments dont elle disposait. Elle mit de côté les résultats des « explorations » de Connors. Les mandats lui permettraient d'obtenir ces informations bien assez tôt par les voies officielles.

Elle se retint de faire le moindre commentaire sur le buffet et les sièges supplémentaires qui avaient surgi comme par miracle dans son bureau. À quoi bon ? Elle parcourut une dernière fois ses notes, réexamina ses tableaux de meurtres.

Baxter la surprit en arrivant un peu avant 8 heures.

— Vous avez déjà abandonné la jolie brune ?

— Elle fumait. Je l'ai laissée au chaud dans… Mince ! Quel festin !

Eve le regarda foncer vers la table, soulever le couvercle du premier plat chaud.

— De la viande de porc ! Waouh !

Il s'empara d'une tranche de bacon, mordit dedans.

— Je vous en prie, servez-vous, dit Eve avec flegme.

— Avec plaisir !

Sans le moindre scrupule, Baxter ramassa une assiette.

— Pendant ce temps, si vous m'expliquiez en quel honneur je déguste du vrai bacon et… yo ! des œufs, des vrais ! chez vous un samedi à 8 heures du matin ?

— Vous saurez tout quand le reste de l'équipe sera là.

— On a une équipe sur l'affaire Custer ?

Il continua de se servir, son regard hésitant entre Eve et les mets proposés.

— Oui, on a une équipe. Où est Trueheart ?

— En chemin. Peabody ?

— Même chose. J'ai convoqué Feeney, Mira et… et le civil, acheva-t-elle tandis que ce dernier apparaissait sur le seuil de la pièce.

— Baxter.

— Excellent, le bacon ! Merci !

— De rien.

Connors se versa une tasse de café, haussa un sourcil en direction d'Eve.

— Lieutenant ?

— Oui, oui, pourquoi pas ? On verra si on arrive à travailler un peu entre deux plats.

— Génial ! Un super petit déjeuner !

Peabody se mit quasiment à gambader de joie, McNab sur ses talons.

— Je t'avais dit qu'il ne fallait pas nourrir les chiots, grommela Eve.

— Ils sont tellement mignons, rétorqua Connors en lui tendant une tasse.

— Je suis en retard ? Désolé ! fit Trueheart en entrant d'un pas pressé. J'ai raté le… Oh !

Son visage s'éclaira comme une bougie d'anniversaire.

— C'est tout pour nous ! s'écria Baxter. Bonjour, Feeney, docteur Mira.

— Bonjour, répondit cette dernière. Oh, n'est-ce pas charmant !

Eve eut droit à une ébauche de sourire.

— Que c'est gentil, ajouta-t-elle à l'intention de Connors.

— McNab, laissez un peu de bacon pour les autres ! marmonna Feeney en le bousculant pour prendre sa part.

— Il y a aussi du jambon ! dit McNab, la bouche pleine.

— Quand vous aurez fini de vous farcir la panse, vous pourrez peut-être me prêter attention ? hasarda Eve.

— Je peux tout à fait t'écouter en mangeant, assura Feeney.

— Nom de nom, asseyez-vous ! Il s'agit d'un briefing officiel, pas d'un buffet à volonté.

— Tiens, murmura Connors en lui tendant une assiette pleine. Une fois restaurée, tu seras moins grognon.

Elle s'exécuta à contrecœur.

— Certains d'entre vous savent peut-être que l'inspecteur Goinfre, ici présent, et son assistant enquêtent depuis plus de deux mois sur une affaire d'homicide. Baxter, résumez-nous la situation.

— Custer, Ned, attaqua-t-il avant d'exposer les faits.

Lorsqu'il eut terminé, Eve ordonna l'affichage de la photo d'identité et la biographie de Suzanne Custer sur l'écran mural.

— L'alibi de la veuve tient la route, annonça-t-elle. Les transmissions sont bien parties de son appartement, et la DDE a confirmé qu'il ne s'agissait pas d'enregistrements préalables. Suzanne Custer n'a pas égorgé son époux. Non seulement elle n'était pas sur place mais, en plus, elle n'en aurait pas eu la force.

— Trop petite, trop menue, précisa Baxter entre deux bouchées.

— L'investigation méticuleuse et approfondie menée par l'inspecteur Glouton et son partenaire n'a mené nulle part. Ils n'ont trouvé aucune tierce personne, aucun proche, aucun ami susceptible d'avoir exécuté Custer sur les ordres de sa femme, enchaîna Eve. Rien n'indique que ladite femme a engagé un professionnel. Toutefois, elle bénéficie financièrement de la disparition de Custer. Par ailleurs, la victime, en plus d'être radine, avait un fâcheux penchant pour la violence conjugale et l'adultère. Suzanne Custer est donc aussi libérée sur les plans physique et psychologique.

— On ne peut pas l'accuser, Dallas ! s'exclama Baxter en brandissant sa fourchette. Nous avons étudié le problème sous tous les angles imaginables : elle n'est en rien liée à ce meurtre.

— Elle a blêmi, renchérit Trueheart. Quand l'inspecteur Baxter et moi-même nous sommes rendus chez elle pour lui annoncer la triste nouvelle, elle n'a pas semblé étonnée de nous voir. Elle était fatiguée, résignée. Elle a commencé par nous déclarer qu'elle n'avait pas un cent pour payer la caution. Quand on lui a appris qu'il était mort, elle est devenue blanche comme un linge. Je n'ai pas eu l'impression qu'elle faisait semblant. Elle paraissait sincère.

— Elle l'était probablement, dit Eve. Revenons-en à l'affaire Anders.

Baxter se leva pour se resservir du café pendant qu'Eve les mettait au courant de la situation.

— Vous cherchez un lien entre les deux ? s'enquit-il. Parce que les deux victimes semblent avoir été tuées par une prostituée ou une maîtresse ?

— C'est intéressant, non ? Ava Anders ! commanda-t-elle.

L'écran se divisa en deux pour montrer Ava et Suzanne.

— Ava Anders, reprit Eve, avait elle aussi un alibi en béton au moment du meurtre de son mari. Si elle semble avoir plus d'amis, elle a surtout nettement plus d'influence et de ressources que Suzanne. Là non plus, rien ne prouve qu'elle ait fait appel à un professionnel. Elle aussi semble gagnante à tous les niveaux : d'une part, elle empoche une jolie fortune, et d'autre part, malgré les apparences, son mariage était loin d'être parfait.

Elle pivota vers l'écran.

— À première vue, ces femmes partagent de nombreux points communs. Et elles se connaissent. C'est là que le bât blesse. Les deux enfants de Suzanne Custer participent aux programmes sportifs Anders. Elle a suivi plusieurs des retraites et séminaires organisés par Ava pour les mères. Elle a aussi travaillé bénévolement pour l'association.

— Hmm, murmura Feeney.

Eve lui jeta un coup d'œil et vit que le déclic s'était produit.

— Vous croyez que Mme Anders s'est inspirée de l'affaire Custer pour liquider son mari ? risqua Baxter. La petite Suzanne a eu de la chance, pourquoi pas moi ? Elle convainc une compagne licenciée de lui rendre un petit service, la rémunère grâce aux fonds de l'organisation, puis...

— C'est encore plus simple que cela, l'interrompit Feeney en savourant une deuxième portion de pommes de terre sautées.

Baxter plissa le front, puis :

— Nom de nom !

Il en oublia son café et son jambon.

— Connors, donne-moi un coup de main, veux-tu ?

Eve et son mari retournèrent le tableau de meurtre.

— Suivez le schéma. D'Ava Anders à Bebe Petrelli et Cassie Gordon. Elles ne lui ont pas convenu, mais elle les avait testées. D'Ava Anders à Charles Monroe. Compagnon licencié, casier vierge, excellente réputation. Elle s'est servie de lui pour étayer son argumentaire. Son mari avait des goûts bizarres en matière de sexe, pas elle. Néanmoins, elle l'aimait. D'Ava à Brigit Plowder et Sasha Bride-West. Deux alibis. Deux bonnes amies.

Eve poursuivit son raisonnement, désignant chaque fois la photo de la ou des personnes en question.

— D'Ava Anders à Edmond et Linny Luce – amis de la victime qui témoigneraient que le mariage était heureux et stable. Sauf qu'ils ne l'aiment pas – pas du tout même. Elle n'avait pas compté là-dessus. Elle n'avait pas imaginé une seule seconde que l'on parviendrait à établir un lien entre elle, la généreuse bienfaitrice, et les femmes défavorisées dont elle s'occupe.

Elle s'arrêta sur le portrait de Ned Custer.

— Elle s'attendait encore moins qu'on recoupe le meurtre d'un col-bleu volage avec celui de son philanthrope de mari. Deux crimes commis à deux mois d'intervalle, aux mobiles différents, dans deux secteurs opposés.

— Ça pourrait marcher, souffla Peabody.

— Ça a marché, rectifia Eve. Les deux hommes sont morts.

— Vous pensez qu'elles ont *échangé* les meurtres ! s'exclama Baxter.

— Je le sais. Ava y réfléchissait depuis un certain temps. Deux ans au moins, car je pense que c'est elle qui a tué son beau-père. Sans doute plus longtemps. Une fois débarrassée de ce dernier…

Eve désigna Reginald Anders.

— … l'enjeu en devenait d'autant plus important. Plus d'argent, plus de pouvoir, plus de contrôle. Elle étouffait. Jour après jour, elle était obligée de jouer les épouses comblées, d'écouter son mari lui parler de ses activités sportives, de ses affaires, de ses projets. Si elle a tenu bon, c'est parce qu'elle était occupée à planifier son avenir. Elle apercevait la lumière au bout du tunnel.

— Oui, acquiesça Mira quand Eve se tourna vers elle. Pour une personne qui se fixe des objectifs, qui a une vision d'ensemble, la planification fait partie du plaisir. À condition d'aimer les jeux de rôle à long terme, son succès lui procurera une grande satisfaction. Mais à vous entendre, Eve, cela dure depuis des années. N'importe quelle actrice, si amorale et égocentrique soit-elle, a besoin de s'octroyer des pauses.

— La victime voyageait beaucoup. Elle l'y encourageait. Pendant ses absences, elle recevait souvent, mais jamais le neveu ni les amis d'Anders. Quant à Charles, il lui servait de couverture, mais n'oublions pas qu'une bonne partie de jambes en l'air, ça défoule. Surtout quand on est dans le siège du conducteur. Le client a toujours raison.

— Si elle a éliminé Custer, elle a dû le filer, déclara McNab. L'épouse ne pouvait pas savoir dans quel bar il irait le soir de sa disparition. Quant à Anders, elle n'a pas pu agir sur une impulsion. Elle avait dû se préparer.

— Tout à fait. Nous allons repasser tous les établissements que Custer fréquentait au peigne fin, montrer la photo d'Ava. D'autre part, j'ai demandé à Yancy de nous dessiner un portrait-robot d'elle avec les cheveux roux. C'est forcément elle qui a choisi l'hôtel de passe. Elle n'aurait pas pris de risques.

— Je suis d'accord, renchérit Mira.

— Nous allons trouver le lien entre l'hôtel et elle. Elle a acheté une perruque, des vêtements. À nous de découvrir où. On va revoir le dossier du beau-père et y relever ses erreurs. On va la pincer. On va l'inculper de deux homicides et de complicité.

— Suzanne Custer, grommela Baxter.

— Elle est l'aiguille dans la botte de foin *et* l'aiguille par où passe le fil. Elle a confiance en vous.

— Oui, concéda-t-il avec un soupir.

— Nous allons en profiter. Nous allons la faire craquer, Baxter. Vous et moi. Nous y parviendrons parce qu'elle n'est pas comme Ava.

— Elle est devenue nerveuse, rappela Trueheart à Baxter. Quand nous sommes retournés la voir quelques jours après le drame, elle était très agitée. Elle ne voulait pas nous parler. Il a fallu l'amadouer.

— C'est vrai. Ça m'a titillé, mais je n'avais rien de concret. Rien. Du coup, j'ai mis ça sur le compte de la situation. Elle m'a bien eu.

— Désormais, c'est nous qui avons le dessus, intervint Eve. Docteur Mira, pouvez-vous nous décrire le profil de Suzanne Custer ?

— D'après le résumé de l'inspecteur Baxter, je dirais que c'est une femme qui accepte, voire qui s'attend à être victime. Elle a supporté le comportement de son mari. Si elle semble avoir cherché à améliorer le sort de ses enfants, elle n'a pas jugé utile de s'inscrire aux programmes destinés aux femmes battues. Il est possible qu'elle ne se soit pas considérée comme telle. Elle ne domine pas ni ne cherche à s'imposer. À ce stade, et en attendant de me pencher plus attentivement sur son cas, je dirais qu'elle craint et recherche ceux qui ont de l'autorité sur elle.

— Une femme soumise.

— C'est mon impression, mais il faudrait que j'en sache davantage sur son passé, son enfance.

— Je vous serais reconnaissante de vous en occuper de toute urgence. Feency, McNab, lancez une recherche sur les achats électroniques d'Ava. Dénichez-moi la perruque et les costumes. Creusez. Elle a pu se les procurer il y a un an, voire deux. Relevez toutes les transmissions entre Suzanne Custer et elle. J'ai des mandats pour vérifier les appareils de communication de Plowder et de Bride-West.

— Tout de suite, approuva Feeney en continuant de manger.

— Trueheart, vous ferez équipe avec Peabody. Vous irez à la boutique « Pur Sexe ». C'est là que le mari de Suzanne se fournissait en joujoux. C'est donc probablement là qu'elle est allée à son tour. Trouvez-moi son dossier médical. Elle a consulté un certain Dr Yin. Renseignez-vous auprès des transports publics. Elle a dû effectuer l'aller-retour entre son domicile et celui des Anders. Elle a deux gosses, je suis sûre qu'elle prend le métro quotidiennement et qu'elle possède une carte annuelle.

— Lieutenant…

Trueheart leva la main. Baxter le gratifia d'un coup de coude dans les côtes et il s'empressa de la baisser.

— Je ne pense pas qu'elle laisse ses enfants seuls. Ça m'étonnerait beaucoup qu'elle soit sortie en les abandonnant à leur sort. Ce n'est pas du tout son genre.

— D'accord. Voyez si elle a engagé une baby-sitter ou déposé les mômes quelque part pour la soirée. Si le civil a le temps…

— Le civil peut probablement vous consacrer quelques minutes ici ou là, railla Connors.

— Le système de sécurité du domicile Anders a été déconnecté à distance. À l'aide d'un appareil de haute technologie. D'où vient-il et laquelle de nos tueuses se l'est-elle procuré ?

— C'est moins divertissant qu'une visite dans un sex-shop, répliqua Connors, mais le marché noir de l'électronique ne manque pas d'intérêt.

— Bonne chance ! lança Feeney. Ce pourrait être un modèle parmi plusieurs dizaines, acquis à n'importe quel moment au cours des deux dernières années. Si ça se trouve, c'est un engin fait maison.

Connors lui sourit.

— Ce sera encore plus amusant.

— Allons tous nous amuser, conclut Eve. Baxter, avec moi.

— Je ne l'aurais jamais épinglée, marmonna Baxter dans la voiture. Elle m'a embobiné dès le départ.

— Vous ne pouviez pas l'épingler parce qu'elle n'était pas coupable.

— N'empêche, je n'ai rien vu. Trueheart, si. Quand on y est retourné, il a trouvé sa nervosité suspecte. Je l'ai envoyé promener. Je n'ai rien senti, rien entendu.

— Dans ce cas, vous feriez sans doute mieux de rendre votre insigne. Il paraît que les agences de sécurité privées sont à la recherche de flics à la retraite.

— Pour employer une expression qui vous est chère : allez vous faire voir.

Mais Baxter était tracassé.

— C'est une fille douce, Dallas. Mira va vous sortir un profil, mais moi, je vous dis d'ores et déjà qu'elle est douce, vulnérable et terriblement fatiguée. Une petite souris grise. J'ai beau essayer de l'imaginer pénétrant chez Anders, lui injectant des drogues, l'attachant au lit… je n'y arrive pas.

— Vous l'aimez bien. Vous avez pitié d'elle.

Il se crispa, visiblement irrité.

— J'aime toutes sortes de gens, j'ai pitié de certains. Ça ne m'empêche pas de voir une tueuse de sang-froid quand je l'ai devant moi.

— Vous en faites une affaire personnelle, Baxter.

— Un peu, oui ! s'exclama-t-il, furibond. Et épargnez-moi vos discours sur l'objectivité. Vous ne seriez pas le flic que vous êtes si vous n'en faisiez pas une affaire personnelle.

Eve le laissa mariner une minute.

— Vous voulez que je vous accuse d'avoir bâclé votre enquête ? D'avoir loupé le coche ? De ne pas avoir vu ce que vous auriez dû voir ? Croyez-moi, ce serait un bonheur de remonter les bretelles d'un goinfre tel que vous. Mais c'est impossible. Vous n'avez pas échoué. Vous ne pouviez pas voir ce qui n'était pas là.

— Vous avez vu Ava Anders.

— Elle m'a déplu d'emblée – et, oui, j'en fais une affaire personnelle. Mais je n'aurais pas vu le reste si vous ne m'aviez pas harcelée avec l'affaire Custer. Vous irez au bureau des plaintes plus tard, Baxter. Pour l'heure, le temps presse.

— Je suppose que vous allez endosser le rôle du flic méchant.

— Et vous, celui du flic qui s'apitoie sur le sort tragique de la pauvre veuve.

Il soupira. Eve chercha une place où se garer.

— Ça va l'affoler de me voir à la place de Trueheart. De devoir se rendre au Central. Si elle a envisagé cette possibilité, elle a peut-être pris contact avec un avocat. Rassurez-la. Interrogatoire de routine. On boucle.

— Je sais comment m'y prendre.

Il descendit du véhicule, attendit Eve sur le trottoir.

— Je vais parler le premier, lui laisser croire que votre obsession pour la procédure m'agace.

C'était un immeuble miteux post-Guerres Urbaines. Un de ces bâtiments provisoires jailli des ruines. Les murs en béton étaient noircis par le temps et les intempéries, couverts de graffitis et d'obscénités.

Ils pénétrèrent dans un hall étroit et glacial, empruntèrent l'escalier en métal rouillé jusqu'au troisième étage. Leurs pas résonnaient sur les marches, les bruits s'échappaient des appartements, remontaient de la rue.

Baxter se planta devant la porte et frappa. Voix d'enfants et bruitages de dessins animés leur parvinrent de l'intérieur.

Les verrous protestèrent, la porte s'ouvrit en grinçant.

Elle avait dû être jolie, songea Eve. Elle le rede-viendrait peut-être à condition de manger convena-blement, de dormir suffisamment, et de cesser de s'inquiéter. Ce ne serait malheureusement pas possible dans un avenir proche.

Elle paraissait épuisée, pâle. Elle était maigre. Ses cheveux sans lustre étaient tirés en arrière, révélant un visage émacié. Un petit garçon aux yeux ronds se tenait à ses côtés.

— Inspecteur Baxter.

— Madame Custer. Salut, Todd ! s'exclama-t-il en souriant au petit.

— On regarde les dessins 'nimés.

— J'ai entendu. Coucou, Maizie !

La fillette avait un ou deux ans de plus que son frère. Elle adressa à Baxter un sourire ravi.

— Je suis désolée, dit Suzanne en serrant son fils contre elle. Nous sommes un peu désorganisés ce matin. Je... j'étais en train de débarrasser la table du petit déjeuner avant d'emmener les enfants à leur entraînement. Est-ce que... avez-vous... On ne peut pas repousser ça à plus tard ?

— Je crains que non, madame Custer.

322

Eve poussa Baxter de côté. Il fronça les sourcils, agacé.

— Nous avons plusieurs points à éclaircir, et il va falloir le faire au Central.

— Au Central ? Mais...

— Je regrette, madame Custer, intervint Baxter d'un ton mielleux et contrit. Je vous présente mon lieutenant. Comme nous n'avons pas pu clôturer correctement l'enquête sur la mort de votre mari, le lieutenant Dallas doit procéder à un interrogatoire de routine.

— Au Central, ajouta Eve d'un ton sec.

— Mais... les enfants ?

— Je ne...

Lieutenant, s'il vous plaît, interrompit Baxter en se rapprochant de Suzanne. Je peux les faire emmener à l'entraînement ou vous pouvez les garder avec vous et nous veillerons sur eux pendant l'entretien. À vous de choisir.

— Je ne sais pas. Je...

— Je peux pas manquer l'entraînement ! s'écria Maizie. C'est pas possible ! Maman ! S'il te plaît !

— Si je me chargeais de leur transport ? proposa Baxter. Je demanderai à deux agents de rester avec eux. Quand nous en aurons terminé, nous vous conduirons au terrain. Ça vous convient, lieutenant ?

Eve haussa les épaules comme si elle s'en fichait.

— Du moment que vous vous dépêchez. Vous avez déjà perdu assez de temps comme ça. Je vous attends dehors.

— Je suis navré, expliqua Baxter tandis qu'Eve s'éloignait. Le lieutenant tient à respecter la procédure. Je vais tâcher d'accélérer le mouvement.

Dans la rue, Eve contacta Peabody.

— Alors ?

— C'est incroyable ! Je n'imaginais pas qu'il puisse exister autant d'engins conçus pour être insérés dans divers orifices. Nombre d'entre eux se vendent par lots. Pour un piercing, on emporte en prime un paquet d'une valeur de quarante dollars.

— C'est une bonne affaire.

— J'avoue que c'est assez tentant. McNab... Mais comme je suis en service.

— Exact. Continuez à jacasser comme ça, Peabody, et je vous fais un piercing gratuit dès votre retour au Central.

— On a une vendeuse qui a reconnu Suzanne Custer. Sans hésiter. Elle a dit qu'elle s'en souvenait parce que Suzanne paraissait complètement perdue. Elle s'est procuré plusieurs objets qui correspondent à ceux retrouvés sur la scène du crime Anders. La vendeuse n'avait pas envie de vérifier, mais elle flirte avec Trueheart.

— Trueheart flirte avec une vendeuse de sex toys ? Baxter me l'a complètement dévergondé !

— Non, non, c'est *elle*. Il est devenu rouge comme une pivoine. Mais ça a tourné en notre faveur. C'était tellement mignon ! Elle a fini par accepter d'effectuer une recherche. Suzanne n'a pas acheté les liens de velours chez « Pur Sexe » parce qu'ils n'en avaient plus en stock. Apparemment, c'est très demandé.

— Visitez les boutiques alentour. Et si vous revenez avec un piercing, débrouillez-vous pour qu'il soit invisible.

Eve laissa Suzanne transpirer dans la salle d'interrogatoire pendant un bon quart d'heure, l'observant via une caméra de surveillance.

— Elle est terrifiée, commenta Baxter.

— Tant mieux. Nous ne mettrons sans doute pas longtemps à la déstabiliser. Allez-y en premier. Présentez vos excuses au nom de votre odieux lieutenant.

Elle jeta un coup d'œil à Mira, qui entrait dans la pièce.

— Elle semble à bout de forces. Anéantie.

Le visage impassible, Mira s'approcha de l'écran.

— Utilisez ses points faibles : son sentiment de culpabilité. Ses enfants. C'est de vous qu'elle aura le plus peur. La femme capable, dominatrice – tout le contraire d'elle. Le symbole de l'autorité. C'est ainsi qu'elle considère Ava, selon moi. Elle est habituée à la violence. Ça ne l'impressionnera pas outre mesure. Pas plus que les menaces. Elle est habituée aussi à la solitude, à ne compter que sur elle-même. La compassion, le soutien l'amadoueront. Ses enfants sont sa fierté. Elle est prête à tous les sacrifices pour eux.

— Je veux qu'elle me parle d'Ava.

— Faites-lui comprendre que vous avez davantage de pouvoir, que vous êtes plus dangereuse qu'Ava.

— C'est mon intention. Baxter, allez-y.

Il sortit et Mira reprit :

— Ava lui a offert son amitié, ce qui pèse en sa faveur. Elle a un pouvoir énorme sur Suzanne.

— Je sais comment je vais m'y prendre avec elle.

Comme Mira ne disait rien, Eve regarda Baxter pénétrer dans la salle d'interrogatoire et se pencher vers Suzanne pour la rassurer.

— Je sais ce que c'est que d'être maltraitée, isolée, cassée au point d'être convaincue que c'est le seul moyen. Et je sais jusqu'où on peut aller pour y mettre un terme, marmonna Eve.

— Elle ne vous ressemble en rien, et les circonstances sont tout autres.

— C'est vrai. Mais je sais comment la prendre. Baxter a pitié d'elle. Les hommes convenables ont tendance à éprouver de la compassion envers les femmes comme elle.

— Mais pas vous.

— Pas moi. Elle aurait pu s'enfuir. À n'importe quel moment. Faire ses valises et partir avec ses gosses. Vous dites qu'elle sacrifierait tout pour ses enfants, mais que leur a-t-elle offert ? Quelle sorte de vie leur a-t-elle proposée en leur montrant jour après jour sa faiblesse ? Les inscrire dans un programme sportif ne suffit pas à compenser le cauchemar au quotidien, docteur Mira. Cette femme a pris la vie d'un inconnu, la vie d'un homme bon, celui qui a donné de l'espoir à ses petits. Elle a fait cela plutôt que de partir. Alors, oui, je l'avoue, elle me dégoûte. Je n'ai aucun scrupule à l'envoyer en prison. Je veux simplement m'assurer qu'Ava Anders sera incarcérée aussi.

— Eve.

Mira posa la main sur le bras d'Eve comme celle-ci se dirigeait vers la sortie.

— Il existe une différence entre la faiblesse et la méchanceté.

— Possible, mais l'une et l'autre se chevauchent.

Eve entra dans la salle d'interrogatoire et s'assit.

— Enregistrement. Dallas, lieutenant Eve, et Baxter, inspecteur David. Entretien avec Custer, Suzanne, au sujet du meurtre de Custer, Ned, dossier N° HC-20913 et tous événements ou crimes reliés. Inspecteur, avez-vous cité ses droits à Mme Custer ?

— Non, lieutenant.

— Faites-le.

Il poussa un soupir.

— Bien, lieutenant. C'est une simple formalité, madame Custer. Vous avez le droit de garder le silence.

Les pupilles dilatées, le souffle court, Suzanne écouta Baxter psalmodier le code Miranda révisé. Eve s'assit.

— Avez-vous compris vos droits et obligations ? demanda-t-elle.

— Oui, mais...

— Quelque chose me frappe, Suzanne. Je trouve étrange que vous ayez cherché à joindre votre tricheur de mari sur son communicateur alors qu'une pute non identifiée était en train de l'égorger. Vous vouliez lui rappeler de rapporter une bouteille de lait de soja ?

— Non. Il était en retard. Je voulais juste…

— Il l'était souvent, non ? Gémissiez-vous sur sa boîte vocale chaque fois ?

— Non, mais… il m'avait promis. Il m'avait juré qu'il serait à l'heure. Je l'avais menacé de le quitter s'il ne changeait pas de comportement.

— Vous ne l'auriez jamais quitté, rétorqua Eve d'un ton empreint de mépris. Vous n'en auriez pas eu le courage. Aujourd'hui, ce n'est plus nécessaire. C'est lui qui n'est plus là. Vous, vous empochez une assurance-vie et une pension.

— Voyons, lieutenant, vous y allez un peu fort.

Elle darda sur Baxter un regard noir.

— C'est vous qui n'y avez pas été suffisamment fort. Avez-vous déniché un nigaud comme l'inspecteur ici présent pour agir à votre place, Suzanne ? Vous êtes-vous entichée d'un type gentil qui s'est apitoyé sur votre sort ? Pour qu'il commette ce meurtre, ajouta Eve en jetant la photo de la scène du crime sur la table, et que vous soyez enfin libre ?

— Non.

Suzanne préféra fermer les yeux plutôt que de regarder le cliché.

— Je ne voulais pas d'un autre homme. Je voulais juste que mon mari devienne un bon père. Mes enfants méritent un foyer stable, un papa attentionné.

— Vu l'argent que vous recevez désormais, vous pouvez déménager. Où comptez-vous les emmener, Suzanne ?

— Je n'en sais rien. J'ai pensé descendre dans le Sud, du côté de l'Arkansas où vit ma sœur. Loin d'ici. Je n'y ai pas encore réfléchi. Je veux recommencer de zéro. Je ne vois pas ce qu'il y a de mal à cela.

Elle posa un regard implorant sur Baxter.

— Personne ne peut me reprocher de vouloir repartir de zéro avec mes enfants.

— Bien sûr que non. Vous avez beaucoup souffert, ici, et depuis des années. Les petits s'épanouiront à la campagne. Anders a des camps de sport à travers tout le pays.

En entendant ce nom, Suzanne tressaillit et détourna les yeux.

— Si je pouvais les inscrire dans une de ces écoles dotées de bonnes équipes sportives…

— Vous êtes prête à renoncer aux bonus ? s'étonna Eve. Le matériel gratuit, les camps de vacances, les programmes, les retraites pour les mères. Vous avez été plutôt gâtée, non ?

Elle ouvrit un dossier.

— Vous avez quelques jolies vacances aux frais des Anders, non ?

— Des séminaires et des… groupes de soutien.

— Oui, Thomas Anders a été très généreux. Dommage qu'il soit mort, n'est-ce pas ?

Eve jeta une deuxième photo sur la table, celle de Thomas Anders sur son lit.

Suzanne eut un mouvement de recul, baissa la tête entre ses genoux, et ravala un haut-le-cœur.

— Lieutenant ! s'exclama Baxter. Calmez-vous, Suzanne. Respirez. Je vais vous chercher un verre d'eau.

— Laissez-la gerber.

Eve se leva, vint s'accroupir près de Suzanne et l'obligea à relever la tête.

— Ça vous a rendue malade de le tuer ? Votre estomac s'est-il noué quand vous l'avez débarrassé de son beau pyjama, quand vous lui avez ligoté les pieds et les mains ? Vos mains tremblaient-elles comme maintenant quand vous avez serré le cordon autour de son cou ? Il ne s'est pas débattu : vous aviez tout prévu. Vous l'aviez drogué pour éviter de voir ses yeux quand il suffoquerait.

— Non ! cria-t-elle en roulant des yeux tel un animal pris au piège. Je ne veux pas être ici. Je ne sais pas de quoi vous parlez !

— Vous avez bâclé le boulot. Vous n'avez pas serré le lien assez fort. Il a mis très longtemps à mourir.

Vous n'avez pas suivi les instructions. Elle avait pourtant été claire, mais vous n'avez pu vous y résoudre. Contrairement à elle, avec Ned. Vite fait, bien fait. Vous, vous avez craqué. On dirait qu'elle va s'en sortir indemne alors que vous allez finir vos jours au trou. Dans une institution hors planète de préférence. Vous ne reverrez jamais vos enfants.

— Je ne comprends rien à ce que vous racontez ! Inspecteur Baxter, je vous en supplie, dites-lui d'arrêter !

— Pour l'amour du ciel, Dallas, laissez-la souffler ! Suzanne. Suzanne, fit-il en se levant à son tour et en lui prenant les mains. Nous savons que c'était une idée d'Ava. Du début à la fin. Nous savons qu'elle a tout organisé. Si vous nous racontez tout, nous pourrons peut-être vous aider.

— Non ! C'est un piège. Vous essayez de me faire dire des choses. Elle m'avait prévenue que vous...

— Qu'on chercherait à vous coincer ? acheva Eve. Elle avait raison. Mais elle vous avait dit qu'on tenterait de vous accuser du meurtre de Ned et, de ce côté-là, vous n'aviez rien à vous reprocher. Elle n'avait pas envisagé un tel dénouement, n'est-ce pas ? Vous n'y avez pensé ni l'une ni l'autre. Je sais ce que vous avez fait.

Elle poussa Baxter de côté, fixa Suzanne droit dans les yeux.

— Je sais que vous avez tué Thomas A. Anders. L'homme qui a payé le matériel et l'équipement de vos enfants. Espèce de salope égoïste et sans cœur.

— C'est absurde ! Je ne le connaissais même pas. On ne tue pas quelqu'un qu'on ne connaît pas !

— C'est ce qu'elle vous a dit ? Que personne ne vous soupçonnerait jamais ? Elle s'est trompée, figurez-vous. Et ses erreurs, toutes ses erreurs, vous allez les payer. Je vais vous expédier en taule, Suzanne ! Regardez-moi !

D'un geste violent, elle fit pivoter la chaise de Suzanne.

— Je vais vous enfermer, et elle ne pourra pas m'en empêcher. Elle n'essaiera pas, du reste, parce que vous ne lui êtes plus d'aucune utilité. Elle pleurnichera devant les caméras et rigolera en douce parce que vous êtes trop stupide pour vous battre. Et vos gosses ? Ce sont les services sociaux qui vont s'en occuper.

— Non. Je vous en supplie ! Mon Dieu !

— Lieutenant, du calme. Laissez-la respirer. Suzanne, vous devez tout nous dire. Si vous coopérez, nous vous aiderons. Je vous le promets. Peut-être vous a-t-elle menacée. Fait chanter. Peut-être avez-vous eu l'impression que vous n'aviez d'autre choix que de lui obéir.

— J'accumule les preuves contre elle, interrompit Eve. Quand j'en aurai assez, elle viendra ici, à votre place. Elle se retournera contre vous. Si elle parle la première, c'est elle qui bénéficiera de l'accord. Personnellement, je rêve de vous savoir en cage toutes les deux. Vous avez une minute. Pour changer d'avis. Ensuite, ce sera fini. Vous serez condamnée pour meurtre et vous pourrez dire adieu à vos gosses.

— Je vous en prie ! Je vous en prie ! Vous ne comprenez pas.

— C'est vous qui ne comprenez pas. Je sais ce que vous avez fait. Je sais comment vous l'avez fait. Je sais pourquoi vous l'avez fait. Je vous laisse une dernière chance.

— Lieutenant, lâchez du lest. Accordez-lui une minute pour reprendre ses esprits… Suzanne, aidez-nous à comprendre.

— Je ne pensais pas que ça deviendrait une réalité ! explosa-t-elle tout à coup. Je n'y croyais pas. Et soudain, je me suis retrouvée devant le fait accompli. Je ne savais pas quoi faire. Elle m'avait dit que je n'avais pas le choix.

— Crachez tout, aboya Eve. Qui vous a dit quoi ?

Paupières closes, Suzanne avoua :

— Ava m'a dit que je devais tuer son mari parce qu'elle avait éliminé le mien. Que nous avions conclu un pacte.

Suzanne posa la tête sur la table.

— Je suis fatiguée. Si fatiguée.

21

Eve quitta la salle pour appeler Reo, et laissa Baxter aider Suzanne à se ressaisir. Elle jeta un coup d'œil à Mira, qui émergeait de la salle d'observation. Celle-ci passa devant elle, s'arrêta devant les distributeurs, commanda trois bouteilles d'eau et un tube de Pepsi.

Lorsqu'elle eut terminé, Eve rangea son communicateur dans sa poche.

— Merci, fit-elle en s'emparant du tube de Pepsi que lui tendait Mira. L'adjointe du procureur est d'accord pour qu'on négocie dans le but de ferrer un plus gros poisson. Ava, en l'occurrence.

— Comparée à elle, Suzanne n'est que du menu fretin. Elle a tué, Eve, c'est indiscutable. Mais on l'a utilisée.

— Elle avait le choix. Elle a choisi.

Eve but une gorgée de Pepsi.

— Mais je suis prête traiter avec elle.

— J'assisterai à la suite de l'interrogatoire. Son avocat exigera une évaluation psychiatrique.

— Une fois qu'elle sera passée aux aveux, elle pourra consulter une armée de psys si ça l'amuse. Oui, je suis consciente que je l'utilise, moi aussi. Et ça ne me pose aucun problème.

— Vous n'auriez pas dû, mais...

— Elle est douce, interrompit Eve. Vous éprouvez de la compassion pour elle. Ce n'est pas moi qui vous en empêcherai. Mais l'image de Thomas Aurelius Anders me hante.

Mira opina et réintégra la salle d'observation tandis qu'Eve retournait auprès de Baxter et de Suzanne.

— Lieutenant Dallas, reprise de l'interrogatoire, annonça-t-elle. Voici ce que je vous propose, Suzanne. Vous m'écoutez ?

— Je vous écoute.

— Un compromis est possible. Vous serez inculpée d'homicide involontaire. Cela vous évitera une incarcération hors planète et vos enfants auront un droit de visite.

Les larmes roulèrent sur ses joues.

— Combien de temps ?

— Vous risquez entre dix et quinze ans.

— Quinze ans. Mon Dieu ! Ils seront adultes.

— Vous pourrez bénéficier d'une libération conditionnelle dans sept ans, intervint Baxter.

— Si vous ne coopérez pas, s'il y a un procès, vous devrez alors répondre d'homicide volontaire et de complicité de meurtre. La sanction sera sans appel : deux condamnations à perpétuité successives. Hors planète. À vous de décider.

— Mes enfants. Je... Est-ce qu'ils peuvent aller chez ma sœur ?

— Je me renseignerai. Personnellement, promit Baxter. Je parlerai à votre sœur et aux services de protection de l'enfance.

— Ils seront mieux avec elle. J'aurais dû les lui confier il y a des années.

Elle s'essuya le visage avec les mouchoirs en papier que lui tendait Baxter.

— Si j'avais eu ce courage, tout serait différent aujourd'hui. Mais je ne l'ai pas eu. J'ai pensé, Ned est leur père et ils doivent être avec lui. J'ai pensé, je suis son épouse et je suis censé maintenir le foyer. Je me suis dit que si je m'améliorais, tout finirait par s'arranger. Mais je ne me suis pas améliorée, et ç'a été de pire en pire. Et ensuite...

— Vous avez rencontré Ava Anders, dit Eve.

— Oui.

Suzanne ferma les yeux et inspira à fond à plusieurs reprises.

— Elle était si bonne. Avec chacune d'entre nous. Elle m'a redonné confiance en moi. Ned n'en avait rien à faire des programmes sportifs, il y voyait juste un moyen de se débarrasser des enfants. Mais parfois, rarement, il assistait à une séance d'entraînement ou à un match. Cela me réjouissait. Il nous emmenait même manger une pizza après. La dernière fois qu'il m'a battue, il m'a promis de ne plus jamais recommencer. Et il a tenu parole. Pendant plusieurs semaines, il ne m'a pas touchée et il était plus souvent à la maison. J'ai pensé que nous allions nous en sortir. Puis il a recommencé à rentrer tard, et il empestait le sexe.

— Vous avez raconté ça à Ava ? s'enquit Baxter.

— Pardon ? Non… Nous avions déjà discuté. Des mois auparavant. Juste avant la rentrée scolaire. Les petits étaient en camp sportif et j'ai participé à la retraite, fin août. Ned était furieux que j'y aille, mais ça m'a fait un bien fou. Quelques jours de paix. Nous avions déjà bavardé… Ava et moi, je veux dire.

Elle but une gorgée d'eau.

— Elle était si gentille avec moi. On s'asseyait le soir toutes les deux et on parlait encore et encore. Elle comprenait à quel point c'était dur pour moi parce que son mari la maltraitait, elle aussi. Elle ne l'avait jamais dit à personne d'autre que moi. Il exigeait qu'elle lui fasse des choses. Et il se distrayait avec des filles – des mineures. Tout le monde est persuadé que c'était un homme irréprochable, mais c'était un monstre.

— C'est ce qu'elle vous a dit ?

— Elle avait peur de lui. Je sais ce que c'est. Nous avons pleuré ensemble. Elle n'en pouvait plus. Elle a dit que Ned et son mari étaient pareils. Qu'un jour,

Ned s'en prendrait à mes enfants. Qu'un jour, il risquait de... avec Maizie.

Un frisson la parcourut.

— Il... il n'a jamais touché Maizie de cette façon, mais il lui est arrivé de frapper les enfants. Quand ils avaient fait une bêtise, ou qu'il avait trop bu. Je me suis demandé comment je réagirais s'il faisait à Maizie ce que M. Anders avait fait à ces gamines. Je crois avoir dit quelque chose du genre : « S'il ose, je le tue. »

Sa voix se brisa.

— Ava a répliqué qu'il serait trop tard, hoquetat-elle. Qu'il était déjà trop tard pour elle. Elle a dit qu'elle allait m'aider. Qu'on s'aiderait mutuellement. Qu'on n'était pas forcées de vivre ainsi.

Suzanne ramassa son gobelet d'eau et le passa sur son front.

— Elle a comparé ça aux thèmes qu'on abordait dans les séminaires. Comment être forte et sûre de soi. Agir plutôt que d'être passive. Elle arrêterait Ned et moi, j'arrêterais M. Anders. Personne n'en saurait jamais rien.

— « Arrêter » ? répéta Eve.

Suzanne se voûta, les yeux rivés sur la table.

— Tuer. Nous devions les tuer. Personne ne le saurait puisque chacune serait innocente du crime qui la concernait. Pour prouver sa bonne foi, elle agirait la première. On patienterait quelque temps en évitant de se rencontrer. Puis elle arrêterait Ned.

Elle poussa un profond soupir, regarda Eve.

— Elle employait le terme arrêter, pas tuer. Je savais ce qu'elle voulait dire, mais quand elle en parlait, cela me semblait justifié. Elle arrêterait Ned avant qu'il fasse du mal à mes enfants. Puis on laisserait passer deux ou trois mois, et ce serait à mon tour d'arrêter M. Anders.

— Elle vous a expliqué par quelle méthode ?

Suzanne secoua la tête. Elle pleurait toujours, mais son regard était vide. Elle était anéantie. Fracassée.

— Elle avait imaginé un scénario pour que ça ressemble à un accident. Ainsi, quand on le découvrirait, on saurait à quel point c'était une ordure. Elle savait qu'au fond de moi, j'étais une femme forte, une bonne mère et une bonne amie. Elle savait que j'allais la sauver et réciproquement. Nous avons échangé nos promesses. C'est enregistré.

— Enregistré ?

— Elle avait un magnétophone. Chacune notre tour, nous avons déclaré à voix haute nos intentions et donné notre parole. J'ai cité mon nom et juré sur la tête de mes enfants de tuer le monstre Thomas A. Anders. De mes propres mains, et d'une manière à la fois symbolique et juste. Elle a répété les mêmes paroles sauf qu'elle a remplacé Thomas par Ned, et elle a juré sur la tête de tous les enfants du monde.

— Très théâtral.

Les joues de Suzanne se colorèrent.

— Ça signifiait quelque chose. C'était important. Je n'avais jamais rien ressenti de pareil.

— Qu'a-t-elle fait de cet enregistrement ?

— Elle m'a dit qu'elle allait le mettre dans un coffre. Pour plus de sécurité. Qu'une fois Ned et M. Anders disparus, on détruirait la bande ensemble. Après cet épisode, nous nous sommes très peu parlé. C'est une femme terriblement occupée. À mon retour à la maison, j'ai eu l'impression d'avoir rêvé. D'avoir vécu une séance de remise en confiance. Ou peut-être ai-je voulu m'en persuader.

Elle baissa la tête.

— Je ne sais plus. Toujours est-il que je n'y ai plus pensé. Pendant un temps, la situation avec Ned s'est améliorée. Un jour, j'ai croisé Ava dans les bureaux et je lui ai dit que ça allait mieux. Elle m'a souri et répondu que ça irait encore mieux.

Étouffant un sanglot, Suzanne porta le poing à sa bouche.

— Je vous assure que j'avais quasiment oublié notre conversation. Mais Ned a recommencé à rentrer tard, nous nous sommes disputés. Je me suis dit que cette fois, j'allais le quitter. Que j'étais plus forte. Grâce à Ava… Et puis, l'inspecteur Baxter et l'agent Trueheart sont venus m'annoncer que Ned était mort. Ils m'ont expliqué qu'il était allé dans un hôtel de passe avec une prostituée et qu'il était mort. Je n'ai pas du tout fait le rapprochement avec Ava et notre échange du mois d'août. J'ai pensé qu'il était mal tombé.

— Quand vous a-t-elle contactée ?

— Quelques jours plus tard. C'est là que tout a dérapé. Les enfants étaient à l'école. Je me rendais au supermarché quand, tout à coup, elle est apparue à côté de moi. Elle m'a dit : « Continuez à marcher, Suzanne. Ne dites rien pour l'instant. » Nous avons parcouru une centaine de mètres, traversé deux ou trois carrefours. Elle avait une voiture, nous sommes montées dedans. Je lui ai demandé où nous allions. Elle a répondu : « Quelque part où on pourra discuter tranquillement. »

Elle se tut. Baxter poussa le gobelet d'eau vers elle.

— Que vous a-t-elle dit, Suzanne ?

— Qu'elle avait rempli sa part du contrat. Elle m'a demandé quelle impression cela me faisait de savoir que j'étais libre. Pendant une minute, je suis restée muette. Elle était différente… bizarre. Elle riait, mais pas comme avant. J'ai eu peur. Je me suis mise à pleurer.

« Pas étonnant, songea Eve. Vous êtes une geignarde-née. »

— J'ai protesté, j'ai dit que je n'avais pas voulu ça. Pas vraiment. Mais elle m'a rétorqué qu'il était trop tard pour revenir en arrière, trop tard pour avoir des remords. À présent, c'était mon tour. Elle m'a raconté comment elle avait tué Ned.

— Je veux les détails, intervint Eve.

— Ô mon Dieu, mais je ne peux pas ! sanglota Suzanne en se cachant le visage entre les mains.

Eve lui écarta les mains sans douceur.

— Mais si, vous pouvez, répliqua-t-elle d'un ton impitoyable. Ava avait raison sur un point : il est trop tard. Les détails.

Tremblante, Suzanne commença son récit.

— Elle... elle l'a observé plusieurs soirs de suite. Dans des bars. Elle l'a regardé boire, draguer des femmes. Elle l'a étudié, a noté ses habitudes... son territoire. C'est le mot qu'elle a employé. Elle... elle a loué des chambres dans deux des hôtels qu'il fréquentait pour en connaître la disposition. Selon elle, la clé du succès, c'était la préparation. Elle m'a dit qu'elle s'était déguisée en pute parce que c'était ce qu'il aimait. Ce qu'aiment la plupart des hommes. Elle l'a abordé alors qu'il buvait, et lui a tenu compagnie – pas trop longtemps pour ne pas attirer l'attention sur elle. Elle lui a mis la main entre les cuisses, et il l'a suivie comme un chien stupide – ce sont ses propres mots.

Suzanne s'interrompit le temps de boire un peu d'eau.

— Ils se sont rendus dans un des hôtels de passe. Une fois dans la chambre, il a commencé à lui caresser les seins. Elle l'a laissé faire un moment, puis elle lui a dit qu'elle devait aller aux toilettes. Dans la salle de bains, elle a enfilé une combinaison stérile, elle s'est protégé les mains, et elle a sorti son couteau. Puis elle a crié : « Retourne-toi et ferme les yeux, j'ai une surprise pour toi. »

Elle croisa étroitement les bras, comme pour s'empêcher de trembler, puis reprit :

— Il lui a obéi comme un bon petit garçon. Elle l'a égorgé. Elle m'a raconté le drôle de bruit que ça a fait, comment il s'est agrippé la gorge et a essayé de parler avant de s'écrouler. Comment le sang giclait. Il était par terre, à ses pieds, les yeux écarquillés, et... Ô mon Dieu ! Elle lui a tranché le pénis. Un sym... symbole. Elle a remis toutes ses affaires dans son sac et, une fois certaine qu'il était bien mort, elle s'est enfuie par l'escalier de secours. Elle a regagné sa voiture à pied.

— Qu'a-t-elle fait du sac, Suzanne ? Vous l'a-t-elle dit ?

— Le sac ?

— Celui qui contenait le couteau.

— Je vais vomir.

— Qu'a-t-elle fait du sac ?

Suzanne grimaça.

— Elle l'a jeté dans une benne de recyclage.

— Où ?

— Je ne sais pas. En chemin vers sa voiture.

— Où était-elle garée ?

— J'en sais rien. À plusieurs pâtés de maisons de l'hôtel. Vers le nord, je crois. Elle est rentrée chez elle, elle a pris un bon bain, avalé un verre de cognac et dormi comme un bébé.

Le visage couleur cendre, Suzanne regarda Eve.

— Depuis ce jour, je n'ai pas fermé l'œil. On s'est arrêtées sur une aire de repos. On était dans le New Jersey. Je ne sais pas comment on était arrivées là. Je ne pleurais plus. J'étais malade. Ça l'a énervée, mais je n'y pouvais rien. Elle m'a autorisée à ouvrir la portière et j'ai vomi sur le parking... Je suis si fatiguée.

— Dallas, on devrait peut-être... commença Baxter.

Eve lui coupa la parole d'un signe de tête.

— Qu'a-t-elle fait ensuite ?

— Elle est allée se garer du côté des poids lourds et m'a expliqué ce qui allait se passer ensuite. Ce que je devais faire. J'ai refusé. Elle a répliqué que si je ne lui obéissais pas, elle me tuerait, ainsi que mes enfants. Que personne ne me croirait si je parlais. Pour qui est-ce que je me prenais ? J'étais une moins-que-rien, elle une femme importante et respectée. Si je racontais quoi que ce soit, je finirais en prison si elle ne m'avait pas achevée d'abord. Elle savait où mes enfants allaient à l'école, où ils jouaient, où ils dormaient. Je n'avais pas intérêt à l'oublier.

Suzanne semblait perdue dans une sorte de transe.

— Est-ce que je me rendais compte à quel point ma situation s'était améliorée ? Grâce à elle ? Elle m'a dit qu'il fallait attendre environ deux mois. Elle me fournirait une télécommande et le code d'accès, et m'expliquerait en détail ce que je devais faire et comment. Elle m'a donné un communicateur, mais m'a interdit de m'en servir. Elle me joindrait par ce biais le moment venu. Et elle me surveillerait. Les gosses aussi. Elle m'a dit qu'elle enregistrerait tout et que si je bâclais le travail elle enverrait la vidéo à la police. À moins que je ne disparaisse avec mes enfants dans un tragique accident de la route. Elle m'a rappelé que je lui étais redevable. Qu'elle m'avait permis de repartir de zéro et que l'heure était venue pour moi de faire ma part du contrat.

— Quel était le plan ?

— Je devais intervenir entre minuit et 1 heure du matin. Je me servirais de la télécommande pour couper le système de sécurité, puis du code pour entrer. Je… je devais m'être protégée auparavant. Monter directement à la chambre. La porte serait fermée, il dormirait face à elle. Elle était sûre qu'il dormirait parce qu'elle avait remplacé ses vitamines par des somnifères. Je devais… je devais lui retirer son pyjama, lui ligoter les poignets et les chevilles avec le cordon de velours qu'elle m'avait demandé d'acheter. Je devais lui injecter une dose de stimulant érectile et… lui enfiler les anneaux, lui appliquer un peu de lotion. Disposer les sex toys sur la table de chevet. Il se réveillerait sûrement, et c'était tant mieux. Ensuite, je devais lui passer le lien autour du cou, serrer et… et regarder jusqu'à ce que je sois certaine qu'il était mort.

De nouveau, elle but. Trois petites gorgées.

— Je devais desserrer le lien une fois ma mission accomplie mais le laisser en place. Redescendre, gagner la cuisine, récupérer les disques de surveillance comme le ferait une fille qui était déjà venue, ainsi on croirait à un accident – que tout était arrivé par sa faute à lui. Je devais ressortir, rebrancher la sécurité et prendre le métro sur la Cinquième Avenue.

— Et le communicateur ? Les vidéos ?

— Elle devait me contacter à 2 heures. J'étais censée avoir fini. Sauf que ce n'était pas le cas. Je ne pouvais pas... Elle m'a appelée, elle était folle de rage. Alors je l'ai fait. J'ai suivi ses instructions. Mais je ne supportais pas l'idée qu'il soit conscient. Je lui ai injecté un produit que le médecin m'avait prescrit pour dormir et je me suis sauvée.

— Où sont passés le communicateur, les disques, la télécommande ?

— Je devais les jeter dans une benne de recyclage de la Cinquième Avenue. Mais j'ai oublié. Je ne me rappelle même pas être montée dans le métro. Pourtant, je suis bien retournée chez moi. Je n'y ai repensé que le lendemain, quand mes enfants sont rentrés de l'école. Ils avaient passé la nuit chez une amie, car je ne pouvais pas les laisser seuls. Je suppose que j'ai toujours su que je ferais ce qu'elle me demandait. J'avais peur de me débarrasser de tout ça dans mon quartier. J'ai fini par tout fourrer dans un placard parce que j'étais incapable de réfléchir correctement.

— Vous les avez toujours ?

— J'allais les emporter au parc aujourd'hui, là où les enfants s'entraînent, et les jeter dans la benne de recyclage. Mais vous êtes arrivés.

Eve fit signe à Baxter, qui se leva et sortit.

— L'inspecteur Baxter quitte la salle d'interrogatoire, précisa-t-elle avant d'enchaîner : Suzanne, Ava vous a-t-elle contactée depuis ?

— Non. Pas depuis cette nuit-là – ce matin-là, plutôt. J'ai marché, marché... Après... Et elle m'a appelée sur le communicateur. « Alors ? » Je lui ai dit que c'était fait. Elle a répondu : « Bonne fille », comme si j'étais une gamine. Je l'ai tué. Je sais que c'était un monstre, mais je pense qu'elle l'est tout autant.

341

— Vraiment ?

— Qu'est-ce qui va se passer maintenant ?

— Nous allons revenir sur les points de détail. Quelle était la marque de son véhicule ?

— C'était une voiture noire.

— Mais encore.

— Noire, très brillante. Un modèle haut de gamme. Je n'y connais rien en voiture, je n'en ai jamais eu.

— Le jour où vous vous êtes rendue au supermarché, avez-vous croisé quelqu'un que vous connaissiez ?

— Je ne connais pas grand-monde. Ned n'aimait pas…

— Ça suffit ! aboya Eve.

Suzanne sursauta.

— Vous connaissez vos voisins, au moins de vue, les employés du supermarché, les amis de vos enfants, leurs parents.

— Euh… oui, sans doute. Je ne sais plus. J'étais tellement surprise de la voir, et Ned venait de…

— Personne ne vous a adressé la parole ?

— Non. Il faisait très froid et je regardais par terre.

— La voiture était-elle garée dans la rue ou sur un parking ?

— Un parking.

— Quelle direction avez-vous empruntée ?

— Euh… on est allées vers l'ouest puisqu'on est passées devant le supermarché. On a traversé plusieurs carrefours et bifurqué vers le nord. La Septième Avenue, peut-être. Je n'en suis pas sûre.

— Quel est le nom du parking ?

— Je n'en sais rien, ils se ressemblent tous. J'étais malade.

— Combien de temps vous êtes-vous absentées ? Non, Suzanne, ne me dites pas que vous n'en savez rien. À quelle heure êtes-vous partie faire vos courses ?

— Aux alentours de 9 h 30.

— À quelle heure êtes-vous rentrée chez vous ?

— Il était presque midi. J'ai dû prendre le bus. Elle m'avait déposée à la gare routière de l'autre côté du tunnel. Elle m'a donné de quoi acheter mon billet.

— Combien de temps avez-vous attendu le bus ?

— Quelques minutes seulement. J'ai eu de la chance. Je suis descendue et je suis allée au super-marché. M. Isaacs s'est étonné, il avait cru que je ne viendrais pas.

— M. Isaacs ?

— Le gérant. Je vais toujours au supermarché le lundi avant 10 heures. Il m'a trouvée fatiguée, et m'a conseillé de me reposer. Il m'a donné des sucettes pour les enfants. J'avais oublié. Il gâte souvent les petits, c'est un homme très gentil. De retour à la mai-son, j'ai pensé : « Ce n'est pas possible, c'est un cau-chemar. » Puis j'ai vomi de nouveau.

— Quand vous avez conclu votre pacte avec Ava, où étiez-vous ?

— Dans sa suite. Elle m'avait proposé de l'y rejoindre après la dernière conférence. Elle m'avait recommandé de ne le dire à personne. Les gens sont si jaloux. Elle avait juste envie de papoter avec une amie.

Une fois de plus, les larmes jaillirent.

— Vous avez bu un verre. C'est elle qui a passé la commande ?

— Il y avait une bouteille de vin, et un magnifique plateau de fromages et de fruits.

— Quelqu'un a appelé ou frappé pendant que vous étiez là ?

— Non. Elle avait coupé ses communicateurs et accroché la pancarte *Ne pas déranger* sur sa porte.

Jugeant que Suzanne était à bout de forces et qu'elle n'en tirerait plus rien, Eve conclut l'interro-gatoire.

— Nous allons vous inculper. Le tribunal va dési-gner un avocat pour vous défendre. Vous n'obtien-drez pas de meilleur compromis que celui que nous vous avons offert.

— L'inspecteur Baxter est de retour, dit-elle avant de se lever.

— J'ai le mandat de perquisition, murmura-t-il en la croisant. Vous voulez que je m'en charge ?

— Non. Emmenez-la et occupez-vous des formalités. Elle est épuisée.

— Pendant que j'attendais le feu vert, j'ai appelé sa sœur. Elle est sous le choc, bien sûr. Elle va venir chercher les enfants. Les services de protection de l'enfance ont donné leur accord.

— Vous avez tiré des ficelles.

— Ces gosses vont souffrir assez comme ça. Ils n'y sont pour rien.

— Emmenez-la, répéta Eve. Je vais demander à Peabody et à Truheart de s'occuper de la perquisition. J'ai besoin de deux heures pour faire le point. Surtout, que cette arrestation reste entre nous.

Baxter opina et s'approcha de Suzanne.

— Vous allez venir avec moi.

— Fin de l'interrogatoire, annonça Eve dès qu'ils furent sortis.

Elle se passa les mains dans les cheveux.

— Merde, et remerde !

Mira était dans le couloir.

— Je ne veux rien savoir de ses traumatismes, de sa peur de l'autorité ni de ses remords. Elle a tué Thomas Anders.

— C'est vrai, reconnut Mira. Cela n'empêche pas d'avoir pitié d'elle. Un an en prison, vingt ans, la vie de Suzanne Custer est fichue. Elle l'a été à l'instant où Ava Anders l'a prise pour cible.

— Dites-moi : Suzanne Custer savait-elle ce qu'elle faisait quand elle a passé ce cordon autour du cou d'Anders ? Était-elle légalement, mentalement, j'irai même jusqu'à dire moralement consciente de commettre un acte criminel ?

— Oui. Elle est coupable et elle doit payer. Existe-t-il des circonstances atténuantes ? Certainement. Mais elle a tué Thomas Anders en toute lucidité.

— Ça me suffit.

— Vous êtes en colère, Eve.

— Oh que oui ! Désolée, je n'ai pas le temps de vous confier mes sentiments. J'ai du boulot.

Elle tourna les talons, sortit son communicateur de sa poche et s'éloigna au pas de charge.

Dans son bureau, elle commanda un café à l'autochef avant de s'asseoir pour lancer des calculs de probabilité quant aux parkings où Ava avait pu garer sa voiture et l'aire de repos où elle avait emmené Suzanne. Les pièces du puzzle commençaient à se mettre en place. Pendant que l'ordinateur travaillait, elle rédigea son rapport d'interrogatoire, prit des notes, mit à jour ses chronologies.

Quand l'ordinateur cracha le résultat de ses recherches, elle examina le plan de la ville, les distances, les lieux, à la lumière de ce qu'elle savait du fonctionnement d'Ava.

— Je crois qu'on y est. Oui, nous sommes sur la bonne voie, marmonna-t-elle.

Quand on frappa à la porte, elle grogna.

— Bonjour, lieutenant, lança Connors.

Elle accorda à peine un coup d'œil.

— Elle ne va jamais très loin – juste assez pour ne pas se faire repérer. Mais elle n'est pas aussi maligne qu'elle le croit.

— Je suis certain que tu as raison, concéda-t-il en se perchant sur le coin du bureau. Tu as un instant ?

— Je suis débordée. Suzanne a tout avoué. C'était comme d'ouvrir les vannes d'un barrage, tout est sorti d'un coup. Ava sélectionne les faibles, les laissées-pour-compte si l'on peut dire. Mauvais calcul. Suzanne est facile à manipuler.

— Mauvais calcul parce qu'elle n'a pas pris en compte tes propres talents de manipulatrice.

— Elle s'est reposée sur son influence et son autorité pour pousser Suzanne dans ses retranchements. Mais elle a mal jaugé sa partenaire. Elle était même complètement à côté de la plaque. Mon avis ? Elle a cru que Suzanne serait flattée et heureuse de devenir son amie, ravie de se débarrasser de son minable de mari et de lui obéir au doigt et à l'œil. Bien entendu, Ava avait prévu des issues de secours, un plan B, C ou D. Le hic, c'est qu'elle n'a pas compris à quel point Suzanne est une loque.

— Tu es dure.

— Elle le mérite, riposta Eve. Elle aurait pu se dérober à n'importe quel moment. Au mois d'août, quand Ava lui a proposé le marché, elle aurait pu refuser. Quand Ava lui a raconté comment elle avait supprimé Ned Custer, elle aurait pu arrêter la machine. À n'importe quel moment au cours de ces deux derniers mois, elle aurait pu le faire. Même une fois à l'intérieur de la maison d'Anders. Et la voilà maintenant qui gémit et pleurniche. C'est lamentable.

— Tu lui reproches ses actes ou sa faiblesse ?

— Les deux. Et je suis contente de lui faire payer ses crimes. Qu'elles paient toutes les deux. Ava a obtenu ce qu'elle désirait, mais elle a été obligée d'insister. Et elle a commis une erreur de jugement. Elle aurait dû solliciter la douceur naturelle de Suzanne : « Je vous en prie, aidez-moi. Vous êtes la seule en qui j'ai confiance, la seule sur qui je peux compter. Je vous ai rendu ce service comme je vous l'avais promis. Je vous en supplie, ne me tournez pas le dos maintenant. » Au lieu de quoi, elle y est allée trop fort et a cassé son jouet. Je n'ai eu qu'à la secouer un peu.

Elle se leva, alla se planter devant la fenêtre.

Connors la laissa ruminer un moment.

— Qu'est-ce qui te tracasse, Eve ?

— Je prends cette affaire trop à cœur. Ça m'ennuie. Mira me l'a déjà fait remarquer, et c'est irritant.

— Quand tu regardes Suzanne, c'est toi que tu vois. L'enfant battue, prise au piège, sans défense. Et le choix que tu as fait de sauver ta peau.

— C'est à ce point visible ? fit-elle en pivotant. Ça aussi, c'est irritant.

— C'est visible pour Mira et moi. Mais tu caches bien tes sentiments derrière ton armure, lieutenant.

— Suzanne n'est pas une enfant, Connors. Elle n'était pas sans défense. Elle a décidé de tuer, d'obéir à quelqu'un qui lui en donnait l'ordre plutôt que de négocier.

— Et ça te met hors de toi. Elle avait d'autres solutions, elle a choisi la mauvaise. Elle a supprimé un homme qu'elle ne connaissait pas parce que Ava l'exigeait. Son mari est mort parce qu'elle est restée avec lui plutôt que de le quitter. Et désormais, ses enfants sont quasiment orphelins.

— Elle pensait qu'ils devaient être avec leur père. Que c'était sa responsabilité de rester avec lui.

— Ah !

Eve se rendit compte qu'à force de parler, elle commençait à se détendre.

— J'ai pensé à ta mère, qui avait tenu le même raisonnement. Et qui en est morte. Mais bordel, Connors, ta mère était si jeune ! Je ne peux pas croire qu'elle serait restée des années ! Elle t'aurait emmené avec elle si elle en avait eu l'occasion.

— C'est aussi ce que je me dis parfois. Mais je ne sais pas si c'est un réconfort ou une malédiction de penser cela.

— Personnellement, je trouve que c'est un réconfort.

Elle vit une lueur d'amour danser dans ses prunelles.

— Merci.

— Suzanne Custer a conclu un marché avec Ava devant un plateau de fromages et de fruits. Elle a beau le nier, elle savait au fond d'elle-même que c'était bel et bien réel. Elle a accepté la proposition d'Ava. Ce n'est qu'après que celle-ci lui a appris qu'elle avait égorgé son mari qu'elle a vaguement tenté de faire marche arrière. Ned Custer était un salaud et il aurait mérité de purger une peine de prison pour violences conjugales. Mais il ne méritait pas une fin pareille. Pourtant, la femme qui prétend être restée avec lui pour le bien de ses enfants était partie prenante dans cette affaire. Alors, je ne la plains pas. Je ne la plaindrai jamais.

Connors la rejoignit, posa les mains sur ses épaules et lui effleura le front des lèvres.

— Inutile d'être en colère contre toi-même parce que tu n'es pas indifférente. Je décèle un zeste de pitié derrière ton dégoût.

Eve poussa un soupir.

— Elle ne mérite pas ma pitié. Bon, il faut que je m'y remette.

Il lui pressa brièvement les épaules.

— J'étais venu te voir parce que j'ai accompli ma mission, et tu me jettes dehors.

— Tu as découvert d'où vient la télécommande ? Déjà ?

— Oui. Je prendrais volontiers un café.

— Comment est-ce que tu...

— Tu me le sers, ce café, oui ou non ?

— Zut !

Elle programma l'autochef.

— Je t'écoute.

— Je viens d'avoir une conversation avec une vieille... connaissance. Il se trouve que c'est un spécialiste de l'électronique pas toujours légale au sens strict du terme.

— Il vend des décodeurs et des passe-partout au marché noir.

— En effet. Il les fabrique lui-même, le plus souvent pour des clients spécifiques, à un prix exorbitant. Il excelle dans son domaine. C'est sans aucun doute le meilleur de New York.

Connors marqua une pause significative avant de conclure :

— Aujourd'hui.

— Dans la mesure où tu ne travailles pas dans le même domaine que lui.

— Exactement ! J'ai commencé en haut de l'échelle, car j'ai supposé qu'Ava chercherait quelqu'un de doué, d'efficace et de fiable. En outre, il a la réputation d'être discret. J'avoue que je ne m'attendais pas à tomber juste du premier coup. Cependant...

— Cette « connaissance » a conçu et vendu une télécommande à Ava.

— Il y a trois mois, il a reçu un pli sur son lieu légal de travail.

— Une façade.

— Ce que tu peux être tatillonne ! L'enveloppe contenait une commande pour un engin très particulier, ainsi que les caractéristiques du système de sécurité à neutraliser. Il m'a avoué qu'il avait été impressionné par les recherches préalables effectuées par ce client potentiel. Et, ajouta Connors avec un sourire, par l'importance des espèces incluses en guise d'acompte. Un deuxième paiement était prévu à la livraison, et le solde si le client était satisfait.

— C'est ainsi qu'il traite ses affaires en général ?

— Motus et bouche cousue, répliqua-t-il. Néanmoins, je peux dire que c'était un arrangement assez inhabituel. La rémunération proposée aussi. Il a accepté le boulot, bien sûr.

— Il ne l'a jamais vue, n'a jamais été en contact direct avec elle.

— Non. Il a fabriqué le dispositif et l'a déposé dans une consigne où l'attendait le deuxième paiement.

Il a pris des risques.

— Il sait flairer les flics, et les pièges. Il aime aussi savoir pour qui il travaille, c'est pourquoi il avait posté un vigile près de la consigne.

Eve s'autorisa un large sourire.

— Il commence à me plaire, ton type.

— Je crois que vous vous entendriez à merveille, en effet. Bref, la femme qui est venue chercher le colis ne correspondait pas à la description d'Ava, mais elle l'a porté chez Anders après avoir fait un saut au pressing. Le solde a été réglé comme promis, et il n'y a plus pensé jusqu'à ce qu'il apprenne le meurtre de Thomas Anders. Là, il s'est retrouvé dans une situation pour le moins délicate.

— Il pourrait témoigner ?

— Tout dépend. Il exigera l'immunité, l'anonymat – il a une entreprise à protéger – et une rémunération raisonnable.

— Parfait. Nous n'aurons peut-être pas besoin de lui, mais je le garde sous le coude. Tu sais que tu m'es utile, parfois ?

— C'est toujours un plaisir.

— J'ai expédié Peabody sur une autre mission. Que dirais-tu de m'accompagner dans le New Jersey ?

— Je dirais que c'est une excellente idée.

22

— Oui, on a notre lot de dealers, de vandales, de voleurs de véhicules, de violeurs, d'agresseurs.

Le technicien de la sécurité de l'autoroute du New Jersey, dont le prénom *Vince* était brodé sur la poche de sa chemise, haussa les épaules.

— Ça bouge pas mal, notamment entre minuit et 6 heures du matin. Moi, je travaille de jour. J'ai de l'ancienneté.

— Justement, ça m'intéresse. Un jour en particulier, il y a environ deux mois, dit Eve.

— On a des caméras de surveillance sur toutes les aires de repos, le terrain, les distributeurs. On ne peut pas les installer dans les toilettes, alors que c'est là que se passe l'essentiel. Mais on change les disques toutes les soixante-douze heures. On n'a rien qui remonte à deux mois.

— Et vous, Vince, vous étiez là, il y a deux mois ?

— Bien sûr. Ça fera douze ans en juin que je bosse ici.

— Deux femmes à bord d'une berline noire, dont l'une vomissait par la portière.

Il lui adressa un sourire amer.

— Vous savez combien de personnes gerbent sur les parkings et dans les toilettes ?

— Je parie que vous n'en avez pas tant que ça entre 10 et 11 heures un jour de semaine, hors périodes de vacances.

Elle sortit une photo.

— C'est celle qui a vomi.

Il examina le cliché, se gratta le crâne.

— Ça ne me dit rien du tout. Elle est assez banale.

— Et celle-ci ?

De nouveau, Vince se gratta en étudiant la photographie d'Ava.

— Ah ! Là… C'est elle qui conduisait, non ? Une belle Mercedes noire – dernier modèle.

— Vous vous en souvenez ?

— Oui, maintenant que j'y pense. La blonde n'avait pas l'air du genre voyageuse. Elles ne sont pas allées aux toilettes. C'est rare, les femmes qui s'arrêtent sur une aire de repos sans aller aux toilettes. L'autre a dégueulé et je me suis dit : « Voilà un petit déjeuner de gâché. » J'ai pensé qu'elle irait se rafraîchir ensuite, mais la blonde a redémarré pour se garer du côté des camions. J'ai prévenu la maintenance qu'il y avait du nettoyage à faire. Je ne peux pas vous dire combien de temps elles sont restées là.

De retour dans la voiture, Connors étira ses jambes.

— Tu ne vas pas aux toilettes ?

— Ha ! Ha ! J'ai un témoin qui les a vues ensemble ici. Sur l'aire de repos Alexander Hamilton. Ava Anders possède une Mercedes noire, dernier modèle. Ma petite conversation avec Vince confirme le jour et l'heure. Je pourrai d'autant plus facilement étayer mon argumentation que la Mercedes noire a dû franchir la barrière de péage. Je ne sais pas ce qu'elles se sont dit, mais elles sont passées. Comment va-t-elle l'expliquer ?

— Elle trouvera.

— Eh bien, en attendant, on fonce au supermarché.

Le communicateur de son tableau de bord bipa. Elle décrocha.

— Dallas.

— On l'a. Le sac était dans l'armoire, annonça Peabody. Comme prévu. Un communicateur jetable, plusieurs disques de sécurité, une télécommande supersophistiquée… un pyjama d'homme bleu ciel, les seringues et les drogues.

— Embarquez-les, étiquetez-les. Je veux une chaîne de pièces à conviction irréprochable. Demandez à Feeney et à McNab de s'attaquer à l'analyse des contenus. Je suis sur le terrain.

— Ava est dans le pétrin, commenta Connors quand elle eut raccroché.

— Elle va engager un gros avocat vicieux. Une armée de gros avocats vicieux. De ces types qui se débrouillent pour faire disparaître les éléments compromettants et semer le doute. Je n'en ai pas encore assez. Je sais qu'elle s'est rendue dans le New Jersey quelques jours après le meurtre de Custer. Ça ne prouve rien. Quant à Peabody, ce qu'elle vient de récupérer démontre simplement que Suzanne a bien pénétré chez Anders pour le tuer. On a ses aveux. Elle est condamnée d'avance. Ta « connaissance » peut confirmer que l'engin de sa fabrication a été livré chez les Anders, mais il ne peut affirmer qu'Ava l'a eu entre les mains. J'ai ses mensonges, sa relation avec un compagnon licencié, j'ai réussi à obtenir que les flics locaux rouvrent le dossier de la mort du beau-père. Quant au communicateur jetable, la batterie est sûrement déchargée, ce qui signifie que toutes les transmissions ont été effacées. Il me faut davantage.

L'enjoué M. Isaacs lui fut d'un précieux secours.

— Juste après la mort de son mari, c'est ça ? Je m'en souviens très bien. Quel drame affreux ! Elle vient ici tous les lundis vers 9 h 30, mais ce jour-là, elle n'a fait que passer devant le magasin avec son cabas.

— Elle était seule ?

— Non. Elle était avec une dame très chic. Un beau manteau avec un col de fourrure. Long, noir.

Superbe. Il me semble l'avoir vue une ou deux fois, mais pas avec ce manteau.

— Avant ce jour-là ?

— Oui. Je connais mon quartier, les habitants.

— C'est elle ? s'enquit Eve en lui présentant la photo d'Ava.

— Oui, oui, c'est celle qui accompagnait Mme Custer ce matin-là. Elle a des cheveux magnifiques. Blonds, avec des mèches. Elle portait des lunettes de soleil. Mme Custer paraissait si triste, si fatiguée. Elle est revenue toute seule deux ou trois heures plus tard. Je ne sais plus exactement. Elle semblait avoir pleuré. Je lui ai donné des sucettes pour les enfants.

Eve se rendit ensuite au parking, un petit garage à deux étages qui pratiquait des tarifs exorbitants.

— Ça m'étonnerait qu'ils aient conservé leurs disques de surveillance d'il y a deux mois, commenta Connors. De toute façon, leur équipement n'enregistre ni le numéro de la plaque, ni la marque, ni le modèle. Tout ce qui compte, pour eux, c'est l'heure d'arrivée, celle du départ et l'encaissement.

— Ava n'aura certainement pas pris le risque de chercher une place de stationnement au hasard. Elle est trop méticuleuse. Elle l'aura réservée. Il existe forcément une trace quelque part.

— Tu n'as sans doute pas tort.

— Elle aura agi de même quand elle filait Custer. Elle n'a pas imaginé une seconde qu'on pourrait la démasquer. Je te confie une nouvelle tâche.

— Je sens que je vais devoir discuter avec de nombreux gérants de parkings. Si j'avais son numéro d'immatriculation, je trouverais ce qu'on cherche plus vite tout seul.

— Les voies officielles. La chaîne de preuves irréprochable, lui rappela-t-elle. Pas de raccourcis. Allez, au boulot.

De retour au Central, Eve s'enferma dans son bureau une vingtaine de minutes. Les pieds sur la table, les yeux clos, elle s'efforça de passer en revue toutes les étapes.

Jetant un coup d'œil sur sa montre, elle appela Greta Horowitz.

— Lieutenant Dallas. J'ai quelques questions à vous poser.

— Je vous écoute.

— Mme Anders assiste à toutes sortes de manifestations mondaines : dîners, cocktails, etc. Lui arrive-t-il de fréquenter les soirées déguisées ?

— Le grand bal masqué, chaque année au mois d'octobre.

— Où range-t-elle ses perruques ?

— Ses costumes et accessoires sont stockés dans une pièce au deuxième étage.

— Savez-vous si elle possède une perruque rousse ?

— Il me semble qu'elle en a plusieurs, de teintes et de styles différents. J'avoue ne pas être entrée dans cette pièce depuis fort longtemps.

Eve la remercia, coupa la communication et joignit Reo. Après quoi, elle convoqua les membres de son équipe.

Elle attendit les retardataires en arpentant la salle de conférences tandis que Baxter ruminait devant son café et que Connors pianotait sur son mini-ordinateur. Pcabody apparut en compagnie de Trueheart. Cher Reo, l'adjointe du procureur, les suivait de près.

Eve fusilla Feeney du regard comme il franchissait le seuil avec McNab.

— Vous êtes en retard, aboya-t-elle.

— Vous voulez du rapide ou de l'efficace ?

— Je veux des résultats. Où en sommes-nous ? La DDE d'abord.

Feeney sortit son bloc-notes.

— Le distributeur de pilules de la victime a été ouvert et reprogrammé le matin du départ d'Ava

Anders pour Sainte-Lucie. Aucune trace de ses empreintes, ni à l'intérieur ni à l'extérieur. Les communicateurs confisqués chez Anders Worldwide : aucune transmission pour ou de la part de Suzanne Custer au cours des six derniers mois. De même pour les communicateurs personnels et du domicile auxquels nous avons pu accéder. Les disques de sécurité récupérés chez Custer ne dévoilent aucune activité inhabituelle. La télécommande retrouvée chez cette dernière a été fabriquée sur mesure en fonction du système de sécurité de la résidence Anders. Elle a été utilisée à deux reprises. La première fois il y a dix semaines, la deuxième, le matin du meurtre d'Anders.

— Ava l'a testé.

— C'est aussi mon avis. Le communicateur jetable est HS. Ces appareils effacent tout au bout de vingt-quatre heures de toute façon. Celui-ci était un modèle de pacotille.

— En d'autres termes, nous n'avons rien ?

— Je n'ai pas dit cela, répliqua Feeney en étendant les jambes devant lui et en croisant les chevilles. Tout octet électronique laisse une empreinte. Même floue. Nous avons repéré ce qu'on pourrait appeler des échos. C'est un communicateur de merde, mais la merde, ça se manipule. Il va falloir traiter les ondes, les amplifier, les trier. Accordez-nous une journée ou deux, on vous en tirera quelque chose.

— Parfait. Peabody ?

— Les sex toys correspondant à ceux retrouvés sur la table de chevet d'Anders. C'est Suzanne Custer qui les a achetés – ou Ned Custer avant elle. Tout provient de la boutique « Pur Sexe » sauf les liens, qu'elle a payés en espèces chez « Enchaînés ». Custer s'est aussi procuré sur ordonnance de la lotrominaphine, le sédatif présent dans le sang de Thomas Anders, ainsi que six seringues. Quatre d'entre elles étaient dans le sac qu'elle avait dissimulé chez elle. Elle est fichue.

— Pourquoi ne retenez-vous contre elle qu'une charge d'homicide involontaire? intervint Reo.

— Le jeu en vaut la chandelle, la rassura Eve. Au cours de son interrogatoire, Suzanne Custer a déclaré que toutes deux avaient conclu un pacte pour éliminer leurs maris respectifs – sur proposition d'Ava. Elle prétend que celle-ci a enregistré cette conversation.

— C'est débile! s'exclama McNab.

— Si Ava a enregistré sa propre promesse, elle l'a depuis longtemps effacée. En revanche, je parie qu'elle a conservé celle de Suzanne pour la faire chanter.

— Pas si débile que ça, rectifia McNab.

— Trois jours après le meurtre de Custer, Anders a intercepté Suzanne Custer alors que celle-ci se rendait comme tous les lundis matin au supermarché. Custer et Anders ont été vues ensemble. Elles ont été identifiées par Isaacs, Jerome, le gérant du magasin.

Eve leva la main comme McNab ouvrait la bouche.

— Oui, c'est débile, mais n'oubliez pas : Anders n'a pas imaginé une seule seconde que nous établirions un lien entre Suzanne Custer et elle. Si nous lui avions posé la question, elle nous aurait sans doute répondu qu'elle était passée lui présenter ses condoléances. Poursuivons. Anders informe Custer qu'elle a tué Ned. Elle lui décrit le meurtre en détail, et ajoute que ce sera bientôt son tour de remplir sa part du marché. D'après Custer, Anders a obtenu son accord sous la contrainte et la menace au cours d'une balade en voiture dans le New Jersey. Elles se sont arrêtées sur une aire de repos. Un technicien de sécurité a reconnu Anders et son véhicule, corroborant les révélations de Custer. Ce jour-là, Anders a donné à Custer un communicateur jetable et lui a expliqué comment s'y prendre pour liquider son mari.

— Ça fait beaucoup de «elle a dit», Dallas.

— En effet. C'est pourquoi nous devons prouver les affirmations de Custer. Feeney, il faut à tout prix me décrypter ces échos. Contrairement à ce qu'avait exigé Anders, Custer ne s'est pas débarrassée du communicateur, de la télécommande ni des disques. Anders a menti à propos des déviances sexuelles de son mari.

— Démontrez-le, dit Reo.

— C'est votre boulot. Cependant, elle a confié à Custer et à une certaine Petrelli, Bebe, que Thomas Anders était un pervers et un pédophile. Elle l'a aussi laissé entendre à une dénommée Gordon, Cassie. Rien n'indique que c'était vrai. En revanche, il y a des preuves qu'Ava a fréquenté un compagnon licencié pendant plusieurs mois. Elle a accusé Thomas Anders d'entretenir des relations extraconjugales et de s'offrir les services de prostituées. À *elle* de le prouver !

Eve reprit son souffle et enchaîna :

— Alors qu'elle venait d'apprendre la nouvelle du décès de son mari, Ava a commandé un copieux petit déjeuner dans sa suite. Elle s'est habillée et coiffée avec soin. Elle n'a pas réveillé ses amies, et est rentrée seule.

— Elle ne me plaît pas, marmonna Reo. Pas du tout même.

— Vous n'êtes pas la seule. Je reviens en arrière de deux mois. Custer, Ned, a été aperçu pour la dernière fois en compagnie d'une grande rousse que l'on a prise pour une pro. Elle est allée d'un bar à un hôtel de passe avec la victime, mais personne ne l'a vue ressortir. Ava a raconté à Suzanne qu'après avoir égorgé Custer, elle l'avait émasculé puis s'était enfuie par l'escalier de secours. Elle possède plusieurs perruques rousses.

— Je veux du concret, insista Reo. Vos arguments sont valables, mais...

— Le véhicule enregistré au nom d'Ava Anders était garé à huit pâtés de maisons au nord-est de la scène du crime Custer, intervint Connors sans lever les yeux. Elle avait réservé une place dans un parking pour une période de deux semaines. Elle s'en est servie à trois reprises. La dernière fois, c'était la nuit du meurtre. Arrivée 22 h 12, départ 2 h 08.

— Ça, c'est intéressant, déclara Reo, une lueur dans les prunelles. Comment pouvons-nous prouver qu'elle s'y est rendue ?

— Parce que c'est le cas ! glapit Eve. Parce que cette nuit-là, et dix jours auparavant, Thomas Anders était hors de la ville et qu'elle pouvait aller et venir à sa guise. Regardez les chronologies. Elle tue son beau-père, et c'est là que tout bascule.

— La mort de Reginald Anders a été classée accidentelle, lui rappela Reo. Ne vous emportez pas, c'est un fait ! Vous avez rouvert le dossier, et j'aurais tendance à penser comme vous qu'elle l'a éliminé. Mais à ce stade, tout ce que nous avons, c'est un vieil homme qui a glissé dans la douche.

— Nous n'en resterons pas là. Une semaine avant la chute fatale de Reginald Anders, elle a engagé un architecte d'intérieur. Peu après Reginald et elle ont eu une vive discussion au cours de laquelle il lui aurait reproché de puiser dans les fonds de l'association à des fins personnelles. Elle est sortie de là furieuse. D'après la gouvernante, Ava aurait manifesté son désir de rénover la maison deux semaines après le décès de son beau-père – alors qu'elle avait déjà signé le contrat avec son décorateur. Vous allez me répliquer que ce genre d'incident se produit dans tous les couples : l'un agit en douce et met l'autre devant le fait accompli. Mais pourquoi ? Tous les témoignages sont unanimes : Anders était indulgent et généreux, il ne lui aurait jamais refusé ce caprice.

— Alors pourquoi a-t-elle attendu pour lui en parler ? interrogea Reo. Oui, je sais, je vous cherche des poux dans la tête, comme ne manquera pas de le faire l'avocat de la défense.

— C'était un cadeau à elle-même, sa façon à elle de se féliciter. Elle n'a évoqué le sujet qu'après la disparition d'Anders senior. Plusieurs semaines plus tard, elle prend contact avec Charles Monroe et annonce de but en blanc à l'une de ses amies que son mari et elle sont sexuellement incompatibles. Elle organise une retraite pour les mères et entreprend son casting. Elle aborde Petrelli, dont la famille a des liens avec le crime organisé, mais Petrelli ne s'en laisse pas conter. Ava s'attaque ensuite à Gordon, une prostituée qui participe elle aussi aux séminaires, et lui demande des détails croustillants sur ses activités. Finalement, elle trouve la cible idéale : Suzanne Custer.

— Un appât de première catégorie, commenta Baxter.

— L'inspecteur Yancy a exécuté un portrait-robot d'Ava d'après les témoignages de ceux qui l'ont vue avec Ned Custer, ajouta Eve. On trouvera bien quelqu'un qui l'aura remarquée dans le bar ou dans l'hôtel de passe.

— Trouvez-moi ce quelqu'un parce que je suis pressée de la mettre derrière les barreaux, conclut Reo en refermant son carnet de notes. Pouvez-vous m'obtenir des aveux ?

— C'est mon intention. Il faut que je l'attire hors de chez elle afin que nous puissions récupérer la perruque à son insu. Feeney, tu vas me concevoir un communicateur jetable identique à celui-là. Nous avons un enregistrement de ses déclarations, je veux entendre sa voix en sortir. Baxter, vous allez demander à Suzanne qu'elle vous répète mot pour mot ce qu'Ava lui a dit le matin du meurtre d'Anders. Connors, vois si ta « connaissance » accepte de venir. Il n'aura rien à dire. Reo lui accordera l'immunité, et moi, je demanderai l'autorisation de casquer deux billets.

— L'immunité ? En quel honneur ? demanda Reo.

— J'y viens. Convoquez-moi Petrelli et Gordon, et le gardien de nuit de l'hôtel de passe. Trueheart, c'est vous qui irez chercher Ava.

Ce dernier cligna des yeux comme s'ils étaient pleins de poussière.

— Moi ?

— Vous ne l'inquiéterez pas. Vous êtes trop jeune, trop joli garçon. Vous vous confondrez en excuses. Si elle exige d'appeler son avocat, pas de problème, mais j'en doute. Pas d'emblée. Emmenez un autre uniforme. Un bleu de préférence. Je vous dirai quand partir et comment vous y prendre. Pourquoi souristu ? grogna-t-elle à l'adresse de Connors.

— Parce que le spectacle s'annonce passionnant.

— Oui, bon, il ne reste plus qu'à composer les paroles et la musique.

Ce n'était pas difficile pour Trueheart d'apparaître confus et conciliant. Même sous la coupe de Baxter, il demeurait gentil et toujours prêt à rendre service. Jeune, frais et – en apparence pour certains – assez naïf.

— Je suis vraiment désolé, madame, assura-t-il avec un sourire peiné. Je sais qu'on vous dérange, surtout en une période aussi difficile, mais le lieutenant…

— En effet, vous me dérangez, et je traverse des moments difficiles. Je ne vois pas pourquoi je devrais me déplacer. Le lieutenant ne pouvait donc pas venir ?

— Euh… elle serait venue, madame, mais elle est en réunion avec le commandant et le chef Tibble au sujet de… euh… un problème avec les médias concernant l'enquête en cours.

— Elle se fait remonter les bretelles, renchérit le deuxième agent, qui avait appris son texte par cœur.

Trueheart lui coula un regard noir, puis :

— Je crois savoir que le chef Tibble souhaite vous présenter personnellement ses excuses pour ces histoires avec les journalistes. C'est pourquoi on nous a envoyés vous chercher.

— Jeune homme, je comprends bien que vous suivez les ordres, mais vous ne vous attendez tout de même pas que je monte dans un véhicule de police. J'ai subi assez d'humiliations comme cela !

— Euh… eh bien…

Trueheart jeta un coup d'œil à son compagnon, qui haussa les épaules d'un air impuissant.

— Si vous préférez prendre un taxi, je suppose que… je ne sais pas. Je devrais peut-être me renseigner auprès de mes sup…

— Allons, c'est ridicule ! Je vais prendre ma voiture. Je suis libre de mes mouvements, non ? Je ne suis pas en état d'arrestation, que je sache ?

— Bien sûr que non, madame ! Nous vous suivrons. Je suis sûr que c'est possible. Je vais m'arranger pour vous obtenir une place sur le parking visiteurs VIP. Cela vous convient-il ?

— C'est le moins que vous puissiez faire. Je vous en remercie. À présent, je vous prie de m'attendre dehors pendant que je…

— Et le code Miranda ? interrompit le second flic.

Trueheart s'empourpra, se balança d'un pied sur l'autre.

— Je ne pensais pas qu'on était censés…

— Mon sergent m'a botté les fesses – pardon, madame – pour avoir omis de le faire pas plus tard qu'hier. Il faut respecter la procédure.

— D'accord, d'accord. Je suis navré, madame Anders, mais dans la mesure où vous allez voir le lieutenant à propos de l'enquête, nous devons vous citer vos droits avant de partir. C'est une simple formalité, ajouta Trueheart avec un sourire engageant. Si ça ne vous ennuie pas ?

— Très bien, mais dépêchez-vous. Je ne tiens pas à ce que votre véhicule reste garé tout l'après-midi devant ma maison.

Trueheart débita sa tirade d'un air concentré, puis demanda :

— Avez-vous compris vos...

— Vous me prenez pour une idiote ? Bien sûr que j'ai compris. Allez, ouste ! Je vous rejoins dans quelques minutes.

Ava leur claqua la porte au nez et ils regagnèrent leur voiture.

— Dallas est un génie, décréta Trueheart avant de décrocher son communicateur.

Au Central, Eve s'offrit un double café.

— Trueheart la suit. Je veux que les techniciens passent sa voiture au peigne fin dès qu'elle l'aura quittée.

— Vous saviez qu'elle prendrait son véhicule ! s'émerveilla Peabody.

— Pour rien au monde elle n'aurait manqué l'occasion de voir Tibble se confondre en excuses et m'accuser de tous les maux. Pas plus qu'elle ne serait montée dans une voiture officielle à moins qu'on ne l'ait menottée et portée. Cela dit, les experts auraient tout aussi bien pu se rendre chez elle pour inspecter sa Mercedes. Le mandat de Reo nous couvre. Mais je veux que tout se déroule à la perfection. Chacun à sa place. Je veux l'interroger en tête à tête, Peabody, ajouta-t-elle. Compris ?

— Oui. Je sais ce que j'ai à faire. Nous avons deux hommes prêts à s'introduire chez elle pour récupérer les perruques.

— Nous allons la cuisiner jusqu'à ce qu'elle craque.

Eve contempla son tableau de meurtre. L'heure était venue de rassembler les morceaux épars.

— Lieutenant, fit Connors qui l'observait depuis le seuil.

— Je vous laisse, murmura Peabody avant de s'esquiver.

— Elle arrive, annonça Eve. Avec sa voiture.

— Bravo, fit-il en entrant dans la pièce. Tous tes personnages sont en place. Tu sais que tu risques d'avoir de gros avocats vicieux sur le dos.

— Oui. Mais elle est trop arrogante pour exiger leur présence d'emblée. À la fin, elle les réclamera. À cor et à cri. Mais d'ici cela, je vais l'ébranler, la déstabiliser au point qu'elle n'aura d'autre solution que de me remettre à ma place.

— Comme a tenté de le faire Magdelena.

Inutile de le nier.

— Oui, concéda-t-elle. Si c'est ce qui t'inquiète, je ne t'en veux pas.

Il se pencha, l'embrassa tendrement.

— Enfin, pas trop, reprit-elle. Tu ne l'avais pas cernée au départ. Les hommes sont parfois bêtes face à certains types de femmes. Thomas Anders non plus n'avait pas cerné Ava. Il vivait avec elle, mais il ne la voyait pas. Il ne savait pas qui elle était véritablement. Loin de moi l'idée de le lui reprocher. Il l'aimait. Je suis furieuse contre elle d'en avoir profité, de l'avoir exploité. De s'être servie de ceux qu'elle avait sous la main sans le moindre scrupule. Pour le jeu et pour le profit. Elle l'a tué pour ça. Pour le jeu et pour le profit.

— Tu te rends compte que si certaines choses ne m'avaient pas été jetées à la figure, si les circonstances avaient été différentes, Magdelena aurait fini par m'avoir.

— Pourquoi partager quand on peut tout garder pour soi ?

— Exactement. Oui, tôt ou tard, elle aurait cherché à me détruire. Heureusement, je suis marié avec le meilleur flic de la ville, et bien protégé.

— Heureusement, tu es capable de te protéger tout seul. Ce qui n'était pas le cas de Thomas Anders.

Elle pivota vers le tableau où était fixée la photo d'Anders souriant.

— Ça me touche. C'était un type bien qui aimait sa femme et utilisait sa fortune et sa situation sociale pour aider les autres. Il est mort, des vies sont gâchées ou, au mieux, bouleversées à jamais, simplement parce qu'elle voulait empocher toute la mise. Donc... je vais l'écraser comme l'horrible araignée qu'elle est.

Peabody apparut.

— Lieutenant, elle vient de se garer !

— Lever le rideau ! s'exclama Connors.

23

Dans l'esprit de Connors, les postes de police étaient des lieux bruyants, déroutants et surpeuplés. Dans les labyrinthes du Central, flics, suspects, victimes, avocats et techniciens se bousculaient et s'affairaient dans une cacophonie permanente.

Pourtant, malgré cet incessant remue-ménage, la chorégraphie qu'Eve avait mise au point se déroulait sans le moindre heurt. Peut-être parce que nombre des acteurs jouaient leur rôle inconsciemment, leurs actions et réactions étaient aussi naturelles que l'eau de pluie.

Parqué dans la salle d'observation avec Feeney et la réalisatrice en personne, il vit Trueheart et son partenaire en uniforme – tous deux l'air inoffensif – escorter Ava jusqu'à l'ascenseur, puis en sortir.

— Ce sera plus rapide et plus tranquille d'emprunter les trottoirs roulants à partir d'ici, madame Anders, expliqua Trueheart d'un ton poli.

Venant en sens inverse, un homme en T-shirt sale et dreadlocks miteuses, que Connors aurait repéré comme flic en civil à deux cents mètres, se retourna brusquement, le doigt pointé.

— Hé! C'est elle. C'est la nana qui est partie avec Cuss!

Ava regarda Trueheart.

— Désolé, madame. On croise une drôle de faune, ici.

Ils quittèrent le trottoir roulant à l'instant précis où une femme officier arrivait en compagnie de Bebe Petrelli. Connors fut enchanté par la réaction des deux femmes. Le choc d'abord, suivi d'une expression de détresse chez Petrelli et de furie chez Ava.

Le masque commençait à se fissurer, songea-t-il. Trueheart et Ava poursuivirent leur chemin. Cette fois, ce fut au tour de Baxter de surgir derrière eux en compagnie de Cassie Gordon.

— Tiens ! Ava ! s'exclama cette dernière d'un ton amusé. Qu'est-ce que vous faites ici ?

Ava jeta un coup d'œil par-dessus son épaule.

— Je regrette, mais je ne crois pas vous connaître.

— Bien sûr que si, mais je me fonds dans la masse. Comment allez-vous ?

— Je vous prie de m'excuser, mais je suis pressée. Pouvons-nous accélérer le mouvement ? ajouta Ava à l'adresse de Trueheart.

— Oui, madame, nous y sommes presque. Par ici.

Délibérément, il la fit passer par la Criminelle. Le gardien de nuit de l'hôtel de passe était vautré sur un banc, flanqué de deux agents. Il la regarda fixement. Ava s'empourpra.

— Nous y voilà, annonça Trueheart en poussant la porte de la salle d'interrogatoire A. Je vais prévenir le lieutenant que vous l'attendez. Puis-je vous offrir quelque chose à boire ? Un café, peut-être ?

— Je préférerais une boisson fraîche. Un Canada Dry dans un verre.

— Bien, madame.

Eve crocheta les pouces dans ses poches.

— Elle se ressaisit. Elle sait que nous la voyons. Quiconque a un minimum de cervelle – et Dieu sait qu'elle en a – n'ignore pas comment se déroule un interrogatoire au Central.

— Elle a l'air un peu inquiète.

— Elle est surtout furieuse. C'est ce qui va la pousser à la faute. Bien ! L'heure est venue de la secouer.

— Tu veux que je t'embrasse sur le front ?

— Tu veux que je t'arrache les yeux ?

— C'est méchant. Je suis fier de toi. Va dépecer ta proie.

Eve ne voulait pas faire mariner Ava trop longtemps. Elle pénétra dans la pièce les bras chargés de dossiers, la tête haute.

— Madame Anders.

— Lieutenant. J'en ai par-dessus la tête de votre incompétence, de votre insensibilité. J'exige de voir votre supérieur.

— Tout à l'heure. Enregistrement. Dallas, lieutenant Eve, entretien avec Anders, Ava, au sujet de l'affaire HA-32003, Anders, Thomas A., et tous événements ou crimes reliés.

Eve s'assit.

— Nous avons beaucoup de points à éclaircir, Ava.

— Mme Anders, rectifia celle-ci d'un ton pincé. J'aimerais quant à moi éclaircir la manière dont vous et votre département vous êtes comportés vis-à-vis des médias.

Eve ébaucha un sourire.

— Je viens de passer deux journées fort intéressantes. Et vous ?

Devant l'expression de marbre d'Ava, le sourire d'Eve s'élargit.

— Je tombe très rarement sur des cas comme celui-ci et, je dois l'avouer, vous avez bien failli vous en sortir. Je parie que vous vous demandez comment je vais me débrouiller pour vous inculper de meurtre.

— Comment osez-vous ? C'est odieux ! C'est de la diffamation pure et simple. Je n'ai pas tué Thomas. J'aimais mon mari. J'étais à l'étranger quand il est mort, vous le savez pertinemment.

— Épargnez-moi les larmes et la voix étranglée par l'émotion. Je vous connais, fit Eve en se penchant vers elle. Je vous ai cernée dès la première minute. Vous êtes égocentrique, avide, cupide. Intelligente, aussi, et très patiente. À vous de décider comment aborder la suite des événements. Permettez-moi de vous proposer un sujet de réflexion : Suzanne Custer.

— Ce nom est censé me dire quelque chose ?

— Réfléchissez. Dites-vous que lorsque nous l'arrêterons, nous lui donnerons une chance d'échapper au pire. Elle pourra négocier. Personnellement, je pense qu'elle va s'accrocher à cette bouée de sauvetage.

— Lieutenant Dallas, je ne sais pas à quel jeu vous jouez. Quel est votre but, sinon de générer encore plus de frénésie chez les journalistes ? Tout en me le reprochant, d'ailleurs, ce pourquoi on vous a déjà réprimandée. Il a été établi sans doute possible que j'étais à Sainte-Lucie au moment où l'on assassinait Thomas.

— Vous n'étiez pas à Sainte-Lucie la nuit où l'on a égorgé Ned Custer.

— Ce nom ne me dit absolument rien. Qu'ai-je à voir là-dedans ?

— Vous niez connaître Suzanne Custer ?

— Je connais beaucoup de gens.

Elle marqua une pause, fronça les sourcils.

— Suzanne ? Bien sûr. Nous nous sommes croisées. C'est une des mères inscrites à nos programmes.

— La même Suzanne Custer dont le mari a été tué dans un hôtcl de passe d'Alphabet City il y a deux mois.

— C'est abominable ! s'cxclama Ava en pressant la main sur sa gorge. Pauvre Suzanne. Je suis terriblement navrée d'apprendre cela, mais je ne vois pas en quoi cela me concerne.

— Je me demande ce que Suzanne répondrait si nous lui posions la question.

Peabody pénétra dans la salle avec une perruque rousse dans un sachet transparent. Elle fit un signe de tête à Eve et ressortit.

— Tiens ! Tiens ! Comme c'est joli ! fit Eve en soulevant le sachet. Vous la reconnaissez ?

— Je suppose que c'est l'une des miennes vu que j'en possède une du même genre. Je participe de temps en temps à des soirées déguisées. J'aimerais savoir comment elle est entrée en votre possession.

— Grâce à un mandat de perquisition en bonne et due forme. Mais permettez-moi d'évoquer de nouveau Ned Custer, un bar sordide et un hôtel de passe. Je vous laisse une chance, Ava. Vous êtes une belle femme. Grande, bien faite.

Ouvrant un dossier, Eve en extirpa un montage photo.

— Vous restez belle même dans la peau d'une rousse vulgaire sous l'objectif d'une caméra de surveillance de piètre qualité. Certes, ça ne vaudrait pas le coup de l'encadrer, mais ce cliché raconte une histoire. Une histoire qui me plaît. Vous abordez Custer dans le bar, vous l'emmenez dans cet hôtel de passe, vous lui tranchez la gorge, vous l'émasculez, et vous vous en allez. Pourquoi ? Vous allez devoir m'aider, madame Anders. Qu'est-ce qui pousse une femme comme vous à draguer un minable comme Custer et à le tuer ?

— Ce que vous insinuez est grotesque.

— Peut-être les choses ne se sont-elles pas déroulées comme vous l'aviez prévu. C'est une brute, contrairement à Charles Monroe. Peut-être cherchiez-vous à mieux comprendre les déviances de votre mari. Mettez-moi sur la piste...

Eve pianota sur la photo.

— Je vous ai dans le bar avec Custer, Ava. Dans l'hôtel avec Custer. En m'aidant, vous vous aiderez vous-même. Sinon, je laisserai Suzanne Custer prendre le relais.

— Ce n'est pas du tout ce que vous croyez.

Trueheart entra avec un gobelet en plastique rempli de Canada Dry.

— Excusez-moi. Je suis désolé d'avoir été si long.

Eve attendit qu'il disparaisse, qu'Ava boive quelques gorgées. « C'est ça, songea-t-elle. Réfléchissez.

Je parie que j'ai deviné comment vous allez la jouer. »

— Suzanne… J'avais pitié d'elle. Je voulais l'aider.

— En liquidant son ordure de mari ? Mince ! Une amie comme vous, c'est aussi rare que précieux !

— Dieu du ciel, non ! s'écria Ava en plaquant la main sur son cœur.

Elle avait remplacé sa bague de fiançailles démodée par un rubis étincelant.

— Je me suis intéressée à elle, et j'étais terriblement frustrée de la voir se laisser aller. Je sais que c'était idiot de ma part, mais pour lui prouver que les choses pouvaient changer, j'ai arrangé une sorte d'intervention entre son mari et elle.

— Une intervention avec castration au programme ?

— Ne soyez pas si crue ! Je voulais l'*aider*. Pourquoi croyez-vous que je conçoive tous ces programmes destinés aux femmes en difficulté ?

— Qu'avez-vous fait ? Pour l'aider ?

— Je me suis rendue dans un des bars qu'il fréquentait et je l'ai entraîné… jusqu'à cette ignoble chambre. Suzanne était là. C'était une façon de le surprendre en flagrant délit, de lui mettre le nez dans son linge sale. Je suis partie immédiatement.

Elle ferma brièvement les yeux.

— Je n'ai pas parlé à Suzanne depuis. Elle ne m'a pas contactée, elle n'a pas répondu à mes appels. J'en ai déduit que les choses ne s'étaient pas passées comme nous l'avions espéré. Mais je n'imaginais pas que… Si elle l'a tué, lieutenant, c'est en état de légitime défense. Forcément.

— Je résume : vous vous êtes déguisée en pute, vous êtes allée au bar, vous avez convaincu Ned Custer de vous suivre dans un hôtel de passe, tout ça pour rendre service à sa femme ?

Ava releva le menton.

— Je n'apprécie guère vos sous-entendus, lieutenant. Ni votre attitude, du reste.

— Je vous prie de me pardonner, ironisa Eve.

— Lieutenant, il est si facile de s'impliquer dans la vie de ces femmes, d'éprouver de la compassion pour elles. Suzanne voulait à tout prix sauver son mariage, sa famille. Elle était persuadée que si elle le prenait sur le fait, il accepterait de suivre une thérapie. De surcroît, je l'avoue, ça semblait assez excitant. Thomas et moi avons toujours eu pour devise d'*agir*. J'ai commis une erreur épouvantable. Un homme est mort par ma faute.

Elle se cacha le visage dans les mains.

— Bien. Je reprends : vous déclarez avoir rencontré Ned Custer dans le bar le soir du 20 janvier de cette année et être allée avec lui dans un hôtel de passe.

— Oui. Pour y retrouver Suzanne. Il était furieux, bien sûr, mais elle m'a demandé de les laisser seuls afin qu'ils puissent avoir une discussion sérieuse. Je n'aurais jamais dû partir.

Ava tendit les bras vers Eve comme pour la supplier de comprendre.

— Comment pouvais-je savoir qu'elle allait le tuer ? Elle m'avait dit qu'elle voulait sauver son mariage, comment pouvais-je savoir qu'elle allait l'éliminer ?

— C'est la grande question. Vous ne pouviez pas savoir.

— Je suis accablée. Ça me rend malade. Mais Suzanne, mon Dieu, elle devait être…

Cette fois, ce fut Baxter qui les interrompit pour apporter plusieurs pièces à conviction. Il se pencha vers Eve pour lui chuchoter à l'oreille :

— Custer arrive.

— Merci, fit-elle. Voyons un peu ce que nous avons là ! reprit-elle comme Baxter sortait. Une télécommande achetée au marché noir. Et des disques de sécurité récupérés à votre domicile.

Eve souleva le communicateur jetable.

— Un appareil de pacotille, des seringues, un stimulant érectile, un tranquillisant. Le tout confisqué dans l'appartement de Suzanne Custer.

— Ô mon Dieu… Ce… c'est le dispositif dont on s'est servi pour neutraliser notre système de surveillance ? Quand Thomas… Suzanne ? Seigneur, ce n'est pas possible ! Suzanne a tué Thomas ?

— Je parie que oui.

— Mais… mais *pourquoi* ? Ses enfants participaient à nos programmes. Thomas et moi… Non. Non. Non !

Les mains pressées sur les tempes, elle secoua la tête. Elle en faisait trop, décida Eve.

— Ce n'est pas à cause de ce qui est arrivé à son mari. Pas à cause de moi ! Dites-moi que ce n'est pas ça !

— Si, justement.

— Jamais je ne me pardonnerai ! sanglota-t-elle. Tout est ma faute. Oh, Thomas, Thomas !

— Vous voulez une minute pour vous ressaisir, Ava ?

Eve lui tapota la main.

— C'est une rude épreuve, je sais. Je regrette d'avoir été si dure avec vous au début de cet entretien. J'étais en quête du mobile.

— Ça n'a aucune importance ! Tout est ma faute ! Si je n'avais pas accepté de jouer ce petit jeu avec le mari de Suzanne, si je n'étais pas montée dans cette chambre avec lui, Thomas serait encore vivant.

— Sur ce point, vous avez raison. Seulement, il y a un hic. Vous m'écoutez, Ava ?

— Oui, oui. Je suis sous le choc.

— Vous n'êtes pas au bout de vos surprises. Suzanne Custer n'a jamais mis les pieds dans cette chambre d'hôtel.

— Bien sûr que si ! Je l'ai vue. Je lui ai parlé.

— Elle était chez elle, à des kilomètres de là, en train de laisser des messages sur la boîte vocale de son mari pendant que vous lui tranchiez la gorge et le reste. Pendant que vous surgissiez de la salle de bains, vêtue d'une combinaison stérile et armée d'une lame de quinze centimètres de long, elle l'attendait à la maison. Pendant que vous le regardiez se vider de son sang, que vous l'émasculiez, puis que vous vous enfuyiez par l'escalier de secours. Pendant que vous couriez jusqu'au parking où vous aviez garé votre Mercedes, immatriculée A AVA à New York, sur un emplacement réservé à l'avance.

Un frémissement de plaisir parcourut Eve comme Ava se décomposait.

— J'ai l'heure de votre arrivée, celle de votre départ. Vous êtes sortie vingt et une minutes après l'heure du décès. Ce n'est pas tout. Vous vous étiez protégée, mais vous n'aviez pas prévu à quel point les vitres sont sales dans ce genre d'endroit, de même que les rebords de fenêtres. Vous n'avez pas pensé que la crasse pouvait s'accrocher à vos semelles. Nous sommes en train de les examiner, Ava, et je suis certaine qu'elles nous réservent des révélations intéressantes.

Eve haussa les épaules.

— Remarquez, c'est un détail dans la mesure où vous avez avoué vous être rendue dans cet hôtel.

— Je vous ai aussi expliqué pourquoi. Cet homme était vivant quand je l'ai quitté. Pourquoi l'aurais-je tué ? Mutilé ensuite ? Je ne le connaissais même pas !

— Vous avez déjà répondu à ces questions – c'est enregistré. Si Custer n'avait pas été tué, Thomas serait encore en vie. Vous voyez ceci ?

Elle désigna le communicateur.

— De la pacotille, je vous le répète. L'utilisateur lambda est convaincu que les transmissions s'effacent au fur et à mesure. Mais les gars de la DDE ? De véritables magiciens !

Eve se pencha en avant, afficha un grand sourire.

— *Bonne fille.* Vous vous rappelez avoir dit cela à Suzanne – depuis les plages de Sainte-Lucie quand elle vous a prévenue qu'elle avait accompli sa mission ? Vous voulez vous entendre ?

Eve enfonça une touche du communicateur, la voix d'Ava en sortit : « Bonne fille. »

— Ils vont peaufiner, mais je voulais vous faire écouter la première version. C'est gentil à vous de féliciter Suzanne.

— Tout ceci est absurde et vous êtes pathétique. Il est évident que Suzanne a assassiné son mari et le mien. C'est visiblement une malade. Quant à cet appareil, j'ai communiqué avec elle à de nombreuses reprises ces derniers mois.

— Depuis Sainte-Lucie ?

— Je n'en ai pas le souvenir. Sans doute.

Eve ressentit une nouvelle bouffée d'excitation en voyant une petite veine battre frénétiquement à la base du cou d'Ava.

— Vous avez déclaré précédemment n'avoir eu aucun échange de quelque sorte avec Suzanne Custer depuis la nuit du meurtre de Ned.

— J'ai dû me tromper.

— Non. Vous avez menti. Ce sont vos mensonges qui vous trahissent. Le plan était remarquable, je vous l'accorde. Mais vous vous êtes sentie obligée d'en rajouter, de vous dépeindre comme la femme stoïque, loyale et amoureuse d'un homme qui n'en valait pas la peine. Vous avez cherché à vous venger pour toutes ces années où vous avez dû jouer les épouses modèles. Il n'avait jamais fréquenté les prostituées, jamais eu la moindre liaison. Il n'a jamais exigé que vous vous prêtiez à ses manies sexuelles.

— Vous ne pouvez pas apporter la preuve de ce qui se passe ou pas dans la chambre à coucher d'un couple.

— C'est ce que vous avez pensé. Ce n'est pas faux. En revanche, je peux apporter la preuve que personne dans son entourage ne corrobore vos affirmations. Je peux apporter la preuve que vous avez remplacé ses vitamines par un sédatif le matin avant votre départ pour Sainte-Lucie. Je peux apporter la preuve que vous avez conclu avec Suzanne Custer un marché dans lequel chacune d'entre vous acceptait de supprimer le mari de l'autre. Je peux apporter la preuve que vous avez abordé au moins deux autres femmes à ce sujet avant de sélectionner Suzanne.

— Ça ne signifie rien. Vous…

— Je n'ai pas terminé, coupa Eve. Je peux apporter la preuve que votre beau-père – dont je vais aussi vous accuser du meurtre d'ici peu – vous reprochait la façon dont vous vous attribuiez des fonds destinés aux programmes.

— C'est ridicule ! s'écria-t-elle.

Mais elle avait tressailli.

— Aberrant !

— Continuez à le croire, riposta Eve. L'assassinat de Reginald Anders vous a ouvert la porte sur des projets à long terme. Non seulement vous avez parlé avec Suzanne Custer, l'avez contactée après le crime, mais cela a eu lieu à quelques centaines de mètres de chez elle – là encore, vous aviez réservé une place de parking. Vous l'avez accostée dans la rue où vous avez été reconnue par plusieurs témoins. Vous portiez un manteau noir à col de fourrure. Je peux aussi prouver que vous l'avez conduite jusqu'à une aire de repos sur l'autoroute du New Jersey.

— Elle me faisait chanter.

— Oh, je vous en prie !

— Après s'être débarrassée de Ned, elle m'a fait chanter. Elle m'a menacée de raconter à la police que j'avais une liaison avec son mari, qu'elle savait qu'on devait se retrouver ce fameux soir. J'étais terrifiée. Je l'ai rejointe près de chez elle et nous avons roulé jusqu'à l'aire de repos où je lui ai remis le dernier paiement. Je lui ai dit que je ne lui donnerais pas un cent de plus et elle s'est mise en colère. C'est sûrement pour cela qu'elle a tué Thomas.

— Combien vous a-t-elle demandé ? Vite ! Vite ! la pressa Eve comme elle hésitait. Combien ?

— Deux cent mille dollars.

— Vous auriez dû négocier. Elle n'aurait jamais pu dissimuler une telle somme. Quant à vous, vous n'auriez pas pu rassembler un tel montant sans laisser des traces.

— J'ai vendu des bijoux.

— Non, Ava. Non.

Eve laissa échapper un profond soupir.

— Vous me décevez. Je vous croyais plus futée. Nous pouvons vérifier, bien entendu. Mais voilà : primo, Suzanne n'est ni assez intelligente ni assez courageuse pour avoir recours à de telles méthodes. Secundo : non seulement elle n'était pas dans la chambre, mais elle est trop petite pour avoir exécuté son mari. Les experts sont formels, et c'est le genre d'information qui ne manque pas de convaincre les jurés. Vous êtes coincée.

— Elle n'est pas venue. Elle ne s'est pas présentée comme prévu et il m'a agressée.

— Qui ? Soyez plus précise, la route est tortueuse.

Ava ramassa son gobelet, but.

— Le mari de Suzanne.

— Ned Custer vous a agressée ?

— Oui. Il voulait coucher avec moi. Je lui ai dit que Suzanne allait arriver. Il s'est emporté et s'est jeté sur moi. J'étais terrorisée. Vous devez comprendre. Il allait me violer. C'est alors que je me suis emparée du couteau.

— Qui se trouvait à quel endroit ?

— À quel...

— Vite !

Une fois de plus, Ava tressaillit.

— Où était le couteau ?

— Sur lui. Il l'avait sur lui. Il m'a menacée, nous nous sommes battus. J'ai voulu me défendre.

— Vous avez assassiné Ned Custer.

— Oui, oui, mais en état de légitime défense. Il était fou, il brandissait sa lame en criant. Il a déchiré mes vêtements. J'étais effrayée.

— J'accepte votre aveu de culpabilité, mais pas le reste. Aucun jury ne l'acceptera non plus, Ava. Là encore, c'est un problème de médecine légale : vous l'avez surpris par-derrière.

— Nous nous battions.

— Une seule entaille. Aucune trace de lutte sur lui ou dans la chambre. Vous avez fait du beau boulot.

— Je veux mon avocat. Immédiatement.

— Pas de problème, on va le prévenir. En attendant, décréta Eve en rassemblant ses dossiers, je vais m'entretenir avec Suzanne. Elle devrait être arrivée.

— C'était son idée.

— Je suis navrée, Ava, vous avez demandé la présence de votre avocat. Vous ne pouvez plus vous exprimer jusqu'à ce qu'il...

— Merde ! Tant pis pour l'avocat. J'ai besoin de votre aide. Vous appartenez au service public, non ? N'est-il pas de votre devoir de venir en aide aux personnes en détresse ? N'est-ce pas à cela que servent nos impôts ?

— Il paraît, oui. Sérieusement : vous renoncez à faire appel à un avocat ?

— Oui, oui. C'était son idée. J'étais furieuse contre Thomas pour une broutille et j'avais trop bu. C'était pendant la retraite. Elle m'a rejointe dans ma chambre et nous avons bavardé.

La respiration d'Ava était devenue hachée.

— Elle a dit que nous serions toutes deux nettement plus heureuses sans nos maris. J'étais d'une humeur de chien, j'ai acquiescé. Puis elle a suggéré qu'on se charge chacune de l'époux de l'autre. Elle délirait. Du moins l'ai-je cru. Nous avons parlé, parlé, tiré des plans sur la comète. Nous avons ri aussi. C'était une blague. J'étais ivre, déprimée, et ça m'amusait d'imaginer un tel scénario. Mais quelques semaines plus tard, elle m'a annoncé que l'heure était venue. J'étais horrifiée, bien sûr. Je l'ai traitée de folle. Comment pouvait-elle croire que je veuille me débarrasser de Thomas ? Elle s'est montrée si...

féroce. Elle m'a assuré que si je n'acceptais pas ma part du marché, elle tuerait Thomas malgré tout. Que je ne saurais ni quand ni comment, mais qu'elle irait jusqu'au bout. Elle ne plaisantait pas. Plus je protestais, plus elle s'énervait. J'ai fait ça pour mon mari, pour lui sauver la vie.

— Merci pour le « j'ai fait ça ». Et la confession concernant le projet initial.

— C'est elle ! Tout est venu d'elle !

— Elle en est incapable. Regardez ceci, dit Eve en désignant les sachets contenant les diverses pièces à conviction. Ne lui aviez-vous pas ordonné de les jeter ? Mais non, elle remporte le tout chez elle et le fourre dans un placard. Vous avez mal sélectionné votre associée, Ava. Cette fille est une nouille. Mais vous avez votre part de responsabilité dans ce fiasco. Les deux hommes victimes de crimes sexuels ? Je ne suis pas idiote. Vous aimez trop être sous les projecteurs. Vous êtes une pro des relations publiques. Vous avez tout raté, jusqu'au meurtre de votre beau-père.

— Vous ne pouvez rien prouver. Ce ne sont que des spéculations.

— Oh, c'est plus que cela. Et n'oubliez pas que j'ai enregistré vos aveux.

— Vous avez déformé mes paroles. Vous m'avez dupée, vous m'avez mis vos mots dans la bouche. Et vous ne m'avez pas cité mes droits et mes obligations.

— L'agent Trueheart s'en était chargé – officiellement. Cela nous couvre toutes les deux, Ava.

Eve afficha un grand sourire.

— Vous n'avez peut-être pas reconnu le type qui discutait avec Connors, dans le couloir. C'est le genre d'homme d'affaires qui prend toutes ses précautions. Vous avez envoyé l'une de vos bénévoles chercher la télécommande, mais un témoin l'a suivie jusque chez vous, où elle a déposé le colis. La cerise sur mon gâteau. Le bon côté, pour vous, c'est que vous allez avoir droit à des heures et des heures de reportages.

Eve secoua la tête, ramassa ses dossiers.

— Vous n'êtes qu'une meurtrière stupide et pitoyable.

Ava se leva d'un bond, bouscula violemment la table.

— Stupide ? Nous allons voir laquelle de nous deux est la plus stupide ! cracha-t-elle. Personne ne croira un mot de tout cela. J'ai des amis. Des amis puissants. Nous allons vous détruire et réduire en miettes votre « interrogatoire » minable !

— Ma chère, vous êtes seule. Vous ne l'avez pas toujours été. Vous aviez un mari, un homme bon et généreux qui vous aimait.

— Qu'en savez-vous ? J'ai sacrifié seize ans de mon existence pour un individu obsédé par le golf, les matches de base-ball et les enfants qui n'étaient pas les siens. J'ai mérité tout ce que j'ai.

— Se marier ne rime pas forcément avec mériter.

— Qui êtes-vous pour parler de la sorte ? N'avez-vous pas épousé Connors pour son argent ?

— J'ai épousé un homme. Connors, l'homme. Vous ne comprendrez jamais. Vous en êtes incapable. La porte !

Quand elle s'ouvrit, Eve tendit ses affaires à l'officier dans le couloir et se retourna.

— Ava Anders, vous êtes en état d'arrestation pour le meurtre de Ned Custer et conspiration dans le meurtre de Thomas A. Anders. Par ailleurs, vous êtes accusée de...

— Appelez mon putain d'avocat ! Amenez-moi le procureur ! Il acceptera de négocier en échange de mon témoignage contre cette imbécile !

— Pour l'avocat, pas de souci. Mais l'adjointe du procureur a déjà conclu un compromis avec Suzanne Custer ce matin.

Elle la sentit venir. Elle avait attendu ce moment durant tout l'interrogatoire. Elle l'avait anticipé.

C'est pourquoi le flic à la porte et tous ceux qui se trouvaient en salle d'observation se gardèrent d'intervenir, comme elle l'avait ordonné, lorsque Ava se rua sur elle.

Elle esquiva ses ongles, qui ripèrent sur son menton, encaissa le coup qui l'envoya contre le mur, puis, ripostant, elle lui écrasa le pied, lui enfonça le coude dans le ventre avant de la gratifier d'un uppercut magistral.

— On ajoutera ça au reste à votre réveil, murmura-t-elle avant d'enjamber le corps inerte d'Ava. Emmenez-la en cellule dès qu'elle aura repris connaissance, ajouta-t-elle à l'adresse de l'agent à la porte. Elle veut un avocat. Faites en sorte qu'elle puisse le contacter.

— Oui, lieutenant. Lieutenant, vous saignez.

— Ouais, marmonna Eve en effleurant du bout des doigts les griffures. Fin de l'interrogatoire.

Reo fut la première à surgir de la salle d'observation.

— Ça vous suffit ? lui demanda Eve.

— Amplement. Je vais tordre le cou à ses avocats. Vous vous êtes bien amusée, à présent, c'est mon tour.

— Ça s'est vu tant que ça ?

— Pour ceux qui vous connaissent. Vous auriez dû l'assommer avant qu'elle ne vous griffe.

Eve leva la tête, se tapota le menton.

— Les jurés seront enchantés. Elle est à vous, Reo. Peabody, occupez-vous de la paperasse, voulez-vous ?

— Volontiers ! Je veux bien rédiger tous les rapports pour assister à un tel spectacle.

Eve allait s'éloigner quand Baxter lui barra le chemin. Et lui tendit la main. Perplexe, elle la serra.

— Voilà une journée qui se termine bien.

— Oui. Vous êtes en congé jusqu'à lundi.

— Dès les formalités accomplies, je m'en vais.

Elle fonça dans son bureau s'offrir une dose de caféine.

— Assieds-toi, ordonna Connors en la rejoignant avec une trousse de premiers secours.

— S'il te plaît…

— Chut ! Laisse-moi nettoyer ces vilaines égratignures. Les chats méchants transportent des germes redoutables.

— C'est vrai qu'elle est méchante, concéda Eve en s'asseyant. Si on me réprimande pour l'avoir assommée…

— Ça m'étonnerait.

— L'écrasement du pied, c'était pour les gosses de Suzanne. Le coup de coude dans le bide, c'était pour moi. L'uppercut, pour Thomas Anders.

Tout en désinfectant les griffures, Connors croisa son regard.

— Elle l'a bien mérité et n'est pas au bout de ses peines. Tu as un peu tiré sur la corde.

— Par indulgence. Mais j'ai adoré la façon dont elle modifiait sans cesse sa version des faits. Je jubilais. Elle sait planifier, mais elle est nulle en improvisation. Toutes ces déclarations contradictoires au cours d'un seul interrogatoire, ça va déstabiliser ses défenseurs. D'autant qu'elle risque de ne pas pouvoir s'offrir la crème de la crème.

— Ah, non ?

— Étant accusée de meurtre, elle n'a pas le droit de toucher à l'héritage de son défunt mari. Ça réduit considérablement ses revenus. Et si je parviens à prouver qu'elle a tué son beau-père, on lui confisquera ce qu'il lui avait laissé. Il ne va pas lui rester grand-chose pour payer ses gros avocats vicieux.

— Peu importe, souffla-t-il en déposant un baiser sur ses lèvres. C'est fini. Si on rentrait à la maison ?

— Dès que j'aurai mis Whitney au courant des derniers événements. Et transmis le scoop à Nadine. Tu pourrais peut-être me préparer un bon steak ?

— Peut-être.

— Connors.

— Eve.

Elle sourit, mais son regard demeura grave.

— Tu sais, quand elle a prétendu que je t'avais épousé pour ton fric ?

— Tu l'as remise à sa place.

— Oui, mais nombre de personnes pensent comme elle.

— Eve...

— Les gens s'imaginent qu'ils savent tout, comprennent tout. Toi et moi, on sait que ce n'est pas le cas.

— Oui, murmura-t-il en la forçant à se lever pour l'attirer à lui et l'embrasser avec ferveur. Nous savons tous deux que tu m'as épousé pour le sexe, précisa-t-il lorsque leurs lèvres se séparèrent.

— Exactement. Merci pour les premiers soins.

— Avec plaisir, comme toujours.

Elle sourit, puis se rassit pour appeler son commandant. Connors se cala dans le siège en face d'elle, sortit son mini-ordinateur et s'amusa à vérifier le cours des actions d'Anders Worldwide. Ce pourrait être une bonne idée de racheter les parts d'Ava Anders.

Et de les mettre au nom d'Eve Dallas.

9037

Composition Chesteroc Ltd
Achevé d'imprimer en France (La Flèche)
par CPI Brodard et Taupin
le 2 août 2009. 53944
Dépôt légal août 2009. EAN 9782290015162
Éditions J'ai lu
87, quai Panhard-et-Levassor, 75013 Paris
Diffusion France et étranger : Flammarion